L'Actualité

« AMPLEUR DU SOUFFLE ET DE LA VISION, BOUFFÉE DE POÉSIE, DISCRET ROMANTISME, SOLIDITÉ DES INTRIGUES [...] VOILÀ POUR VONARBURG. »
Le Magazine Littéraire

« CE QUI FRAPPE LE LECTEUR CHEZ ÉLISABETH VONARBURG, C'EST LA LUXURIANCE DES UNIVERS QU'ELLE NOUS PROPOSE. »
Le Quotidien

« L'ÉCRITURE DE VONARBURG EST SENSUELLE ET MESURÉE, MAGNIFIQUEMENT DESCRIPTIVE. »
Isaac Asimov's Science Fiction Magazine

« L'ÉCRITURE DE VONARBURG COMBINE LE RÉALISME DE LA SCIENCE-FICTION AVEC DES ÉTUDES DE CARACTÈRE INTENSÉMENT DRAMATIQUES GRÂCE AUXQUELLES ELLE EXPLORE LES THÈMES DE LA LIBERTÉ ET DE L'ÉMERGENCE. »
The Montreal Downtowner

« ÉLISABETH VONARBURG EST UNE FORMIDABLE ÉCRIVAINE. »
Julian May

« L'OEUVRE DE VONARBURG A UN SÉRIEUX DONT EST GRANDEMENT DÉPOURVUE LA SCIENCE-FICTION AMÉRICAINE, MÊME PARFOIS LA MEILLEURE. »
Pamela Sargent

« L'ÉCRITURE DE VONARBURG EST D'UNE GRANDE SOBRIÉTÉ, NERVEUSE, PRESQUE CARDIAQUE, PRÉCISE, LIMPIDE ET, BIEN SÛR, SANS FIORITURES. »
Lettres québécoises

« VONARBURG A UN OEIL ACÉRÉ POUR LES SINGULARITÉS PSYCHOLOGIQUES ET ELLE SAIT PLACER LES DÉTAILS RÉVÉLATEURS ;
ELLE EST CONSCIENTE DES PIÈGES MORAUX OÙ MÈNENT LES INTRIGUES DE SES ROMANS, ET L'ABSENCE DU PRÊCHE Y EST ADMIRABLE. »
Interzone

À PROPOS DU *SILENCE DE LA CITÉ*...

« ...PÉNÉTRÉ D'UNE MATURITÉ PSYCHOLOGIQUE TROP RARE DANS LA SCIENCE-FICTION. »
William Gibson

À PROPOS DE *CHRONIQUES DU PAYS DES MÈRES*...

« UNE EXPÉRIENCE MENTALE EXCITANTE, EXIGEANTE ET SATISFAISANTE – DE LA SCIENCE-FICTION SÉRIEUSE ACCOMPLISSANT CE QUE SEULE PEUT ACCOMPLIR LA SCIENCE-FICTION. »
Ursula K. Le Guin

À PROPOS DES *VOYAGEURS MALGRÉ EUX*...

« LES *VOYAGEURS MALGRÉ EUX*, LE TROISIÈME ROMAN D'ÉLISABETH VONARBURG (DU MOINS EN ANGLAIS), PORTE TOUTES SES MARQUES CARACTÉRISTIQUES : LA RÉFLEXION,
LA PROFONDEUR, UNE GRANDE SUBTILITÉ ET, MÊME EN TRADUCTION, LA POÉSIE. »
The New York Review of Science Fiction

Mon frère l'ombre

Tyranaël –3

De la même auteure

(Œuvre toujours disponible…)

Le Silence de la Cité. Roman.
Beauport : Alire, Romans 017, 1998.

Comment écrire des histoires : guide de l'explorateur. Essai.
Belœil : La Lignée, 1986.

Histoire de la princesse et du dragon. Novella.
Montréal : Québec/Amérique, Bilbo 29, 1990.

Chroniques du Pays des Mères. Roman.
Beauport : Alire, Romans 026, 1999.

Les Voyageurs malgré eux. Roman.
Lévis : Alire, Romans 124, 2009.

Les Contes de Tyranaël. Recueil.
Montréal : Québec/Amérique, Clip 15, 1994.

Tyranaël
1- *Les Rêves de la Mer*. Roman.
Beauport : Alire, Romans 003, 1996.
2- *Le Jeu de la Perfection*. Roman.
Beauport : Alire, Romans 004, 1996.
3- *Mon frère l'ombre*. Roman.
Beauport : Alire, Romans 005, 1997.
4- *L'Autre Rivage*. Roman.
Beauport : Alire, Romans 010, 1997.
5- *La Mer allée avec le soleil*. Roman.
Beauport : Alire, Romans 012, 1997.

La Maison au bord de la mer. Recueil.
Beauport : Alire, Recueils 037, 2000.

Le Jeu des coquilles de nautilus. Recueil.
Lévis : Alire, Recueils 070, 2003.

Vraies Histoires fausses. Recueil.
Gatineau : Vents d'Ouest, Rafales, 2004.

Reine de Mémoire
1- *La Maison d'Oubli*. Roman.
Lévis : Alire, Romans 085, 2005.
2- *Le Dragon de Feu*. Roman.
Lévis : Alire, Romans 090, 2005.
3- *Le Dragon fou*. Roman.
Lévis : Alire, Romans 095, 2006.
4- *La Princesse de Vengeance*. Roman.
Lévis : Alire, Romans 100, 2006.
5- *La Maison d'Équité*. Roman.
Lévis : Alire, Romans 101, 2007.

Sang de pierre. Recueil.
Lévis : Alire, Recueils 128, 2009.

MON FRÈRE L'OMBRE

TYRANAËL –3

ÉLISABETH VONARBURG

ALIRE

Illustration de couverture : JACQUES LAMONTAGNE
Photographie : ÉLAINE BRODEUR

Distributeurs exclusifs :

Canada et États-Unis :
Messageries ADP
2315, rue de la Province
Longueuil (Québec) Canada
J4G 1G4
Téléphone : 450-640-1237
Télécopieur : 450-674-6237

France et autres pays :
Interforum editis
Immeuble Paryseine
3, Allée de la Seine, 94854 Ivry Cedex
Tél. : 33 (0) 4 49 59 11 56/91
Télécopieur : 33 (0) 1 49 59 11 33
Service commande France Métropolitaine
Tél. : 33 (0) 2 38 32 71 00
Télécopieur : 33 (0) 2 38 32 71 28
Service commandes Export-DOM-TOM
Télécopieur : 33 (0) 2 38 32 78 86
Internet : www.interforum.fr
Courriel : cdes-export@interforum.fr

Suisse :
Interforum editis Suisse
Case postale 69 – CH 1701 Fribourg – Suisse
Téléphone : 41 (0) 26 460 80 60
Télécopieur : 41 (0) 26 460 80 68
Internet : www.interforumsuisse.ch
Courriel : office@interforumsuisse.ch
Distributeur : OLS S.A.
Zl. 3, Corminboeuf
Case postale 1061 – CH 1701 Fribourg – Suisse
Commandes :
Tél. : 41 (0) 26 467 53 33
Télécopieur : 41 (0) 26 467 55 66
Internet : www.olf.ch
Courriel : information@olf.ch

Belgique et Luxembourg :
Interforum Benelux S.A.
Fond Jean-Pâques, 6, B-1348 Louvain-La-Neuve
Tél. : 00 32 10 42 03 20
Télécopieur : 00 32 10 41 20 24
Internet : www.interforum.be
Courriel : info@interforum.be

Pour toute information supplémentaire
LES ÉDITIONS ALIRE INC.
C. P. 67, Succ. B, Québec (Qc) Canada G1K 7A1
Tél. : 418-835-4441 Fax : 418-838-4443
Courriel : info@alire.com
Internet : www.alire.com

Les Éditions Alire inc. bénéficient des programmes d'aide à l'édition de la Société de développement des entreprises culturelles du Québec (SODEC), du Conseil des Arts du Canada (CAC) et reconnaissent l'aide financière du gouvernement du Canada par l'entremise du Programme d'aide au développement de l'industrie de l'édition (PADIÉ) pour leurs activités d'édition.

Gouvernement du Québec – Programme de crédit d'impôt pour l'édition de livres – Gestion Sodec.

Dépôt légal : 2e trimestre 1997
Bibliothèque nationale du Québec
Bibliothèque nationale du Canada

10 9 8 7 6 5 4 3e MILLE

À Chantal, ma sœur l'ombre

Ce troisième volume de *Tyranaël* a été finalisé grâce à une bourse du Conseil des arts et des lettres du Québec, à qui j'exprime toute ma gratitude.

Par ailleurs, l'histoire d'Oghim apparaît ici avec la gracieuse permission des éditions Québec/Amérique Jeunesse, qui en ont publié une version légèrement différente dans mon livre *Contes de Tyranaël* (collection Clip, 1994)

Remerciements

Le récit qui continue avec ce volume est mon premier rêve de science-fiction qui se soit transformé en une histoire, le premier que j'aie écrit – et réécrit, et réécrit... En trente ans, il a subi bien des métamorphoses en même temps que moi. Mais certaines de ces métamorphoses lui sont venues plus spécifiquement de rencontres, et je désire remercier ici ces visiteuses et ces visiteurs après lesquels le paysage se réorganisait autrement.

Dans l'ordre d'apparition: René Ferron-Wherlin, Jean-Joël Vonarburg, François Duban, Bertrand Méheust, Aliocha Kondratiev, Danielle Martinigol, Bruno Chaton, Maximilien Milner, René Beaulieu, Serge Mailloux, Gérard Klein (pour les licornes), Daniel Sernine, Jean-Claude Dunyach, Wildy Petoud, Joël Champetier, Jean-François Moreau, Yves Meynard, Jean Pettigrew, Sylvie Bérard, Denis Rivard, Guy Sirois.

Et enfin, et surtout, le dernier visiteur, la source des ultimes métamorphoses – les plus essentielles – Norman Molhant, écosystématicien et encyclopédie extraordinaire. Plongeant avec abnégation dans mon paysage au détriment du sien, il m'a donné l'occasion d'éprouver ce rare plaisir, que seule la science-fiction sait m'offrir, de voir mes fantasmes et mes rêves correspondre parfois à ceux de l'univers. Sans lui, cette histoire n'aurait jamais été ce qu'elle devait être. Si elle ne l'est pas, j'en suis seule responsable.

Ceux qui connaissent le jour de Brahma
qui dure mille âges
et sa nuit, qui ne prend fin qu'après mille âges
ceux-là connaissent le jour et la nuit.
Et la foule des êtres,
indéfiniment ramenée à l'existence,
se dissout à la tombée de la nuit
et renaît au lever du jour
Et toutes les créatures sont en moi
comme dans un grand vent
sans cesse en mouvement dans l'espace (...)

Table des matières

Tyranaël...

Au début du XXIe siècle, la Terre a connu des catastrophes climatiques et écologiques qui ont bouleversé l'économie et la politique mondiales. Le grand élan généreux de la Reconstruction a duré environ un siècle ; on a établi des colonies sur la Lune et sur Mars, puis l'une des sondes du programme Forward a décelé une planète de type terrestre autour d'Altaïr, dans la constellation de l'Aigle. La première expédition découvre une planète apparemment désertée depuis au moins trois siècles par ses indigènes humanoïdes et où se manifeste un phénomène inexplicable, dont la première apparition imprévue décime l'expédition, laissant des naufragés qui vont devenir les premiers colons. Ce phénomène apparaît lors d'une éclipse totale de lune, recouvre toute la planète jusqu'à une altitude de mille mètres, annihile l'énergie électrique sur mille mètres supplémentaires et absorbe toute matière organique vivante ; à cause de sa couleur bleue, les colons lui donnent le nom de "Mer", d'autant que les anciens indigènes y naviguaient ; ces derniers avaient par ailleurs remodelé l'immense continent principal en bâtissant de nombreuses digues pour faire obstacle à cette "Mer". Celle-ci est présente pendant la moitié de la longue année de la planète, soit un peu plus de deux ans terrestres, puis disparaît lors d'une éclipse totale de soleil. Après la seconde expédition, on commence à coloniser la planète, qu'on nomme Virginia, du nom de la première enfant qui y est née. La non-disponibilité de l'électricité pendant la moitié de l'année force les colons à utiliser des technologies archaïques astucieusement modernisées (vapeur, air comprimé, gaz, ballons, etc.). On a depuis le début délibérément fermé les yeux sur les nombreuses énigmes irrésolues de Virginia, à commencer par la disparition des indigènes, mais quelques chercheurs plus audacieux s'entêtent. L'un d'eux, Wang Shandaar, découvre des indices portant à croire qu'une autre race différente des indigènes a très longtemps vécu sur Virginia; il s'embarque sur la Mer pour disparaître avec elle, persuadé qu'il est possible de survivre à cette disparition, et malgré l'expérience malheureuse de l'*Entre-deux*, un bateau en voyage expérimental sur la Mer, dont l'équipage a péri le cerveau brûlé ; on n'entendra plus jamais parler de Shandaar. Des dizaines de saisons plus tard, les sphères métalliques des pylônes, un vaste réseau d'artefacts indigènes, se mettent à briller sur tout le continent lorsque Simon Rossem, un adolescent apparemment autistique, pénètre dans une île du nord jusqu'alors interdite par une barrière mortelle pour les humains. Et Simon semble manifester par la suite des capacités psychiques inhabituelles...

Tout cela, c'est Eïlai qui le voit et nous le voyons avec elle dans le premier tome de *Tyranaël*, *Les Rêves de la Mer*. Eïlai est une Rani, une humanoïde pourvue d'un don bien difficile à supporter : elle Rêve d'autres univers. Et elle a Rêvé l'arrivée de Terriens sur sa planète, Tyranaël, avec des conséquences funestes pour les siens comme pour les nouveaux venus. Mais, comme toujours, elle ignore si ses Rêves se réaliseront dans son propre univers. Cependant, ce Rêve-là a bouleversé la vie de tout son peuple, comme il a bouleversé la sienne et, pendant toute sa vie, tout en essayant de comprendre les humains à travers ses Rêves et ceux d'autres Rêveurs, Eïlai s'est efforcée de faire la paix avec ce qui doit être – et avec ce qui ne sera peut-être jamais.

Dans *Le Jeu de la Perfection*, nous accompagnons Simon Rossem pendant les cent cinquante saisons suivantes : incompréhensiblement pourvu de longévité, sinon d'immortalité à la fin de sa première longue vie, il "meurt" et "ressuscite" à plusieurs reprises. Lors de sa deuxième vie, il découvre un certain nombre de données concernant les Anciens grâce à de mystérieuses plaques évidemment conçues par et pour des télépathes, mais il ne peut s'y consacrer : il doit continuer à surveiller la mutation qui se développe et se diversifie chez ses compatriotes, ainsi que les transformations subies par la société virginienne elle-même dans ses relations de plus en plus conflictuelles avec la Terre.

Simon et les siens ont eu tout le temps d'organiser des réseaux et des groupes clandestins de mutants, et même de les laisser fonctionner de façon autonome. Voilà bientôt qu'un groupe s'implique secrètement dans le mouvement indépendantiste virginien, auquel il va permettre d'arriver au pouvoir puis de mener à bien l'insurrection armée devenue nécessaire. Simon veille, d'autant qu'est impliqué le jeune Martin Janvier, arrière-petit-fils de son frère Abraham. Puissant télépathe, Martin n'est hélas pourtant pas le compagnon – le confident, le complice – que Simon souhaiterait pour adoucir la terrible solitude où le plongent ses trop nombreux secrets...

Et, comme Martin – comme Simon lui-même –, les mutants sont aussi des êtres humains, avec leurs peurs, leurs désirs, leurs idéologies parfois divergentes. Que va-t-il advenir de leur solidarité et de leurs idéaux maintenant qu'ils sont au pouvoir sans avoir encore révélé leur véritable nature ? Quant à lui, Simon ne sait combien de vies il lui reste, mais il va continuer à se promener à travers le continent sous diverses identités, aidant là où il le peut, admettant son impuissance quand il le doit. Une des plaques déchiffrées décrit un jeu fort prisé des Anciens, le Jeu de la Perfection, où, semble-t-il, qui perd gagne. Simon veut espérer que même s'il perd des batailles et, qui sait, la guerre même, il trouvera moyen de ne pas perdre totalement son âme...

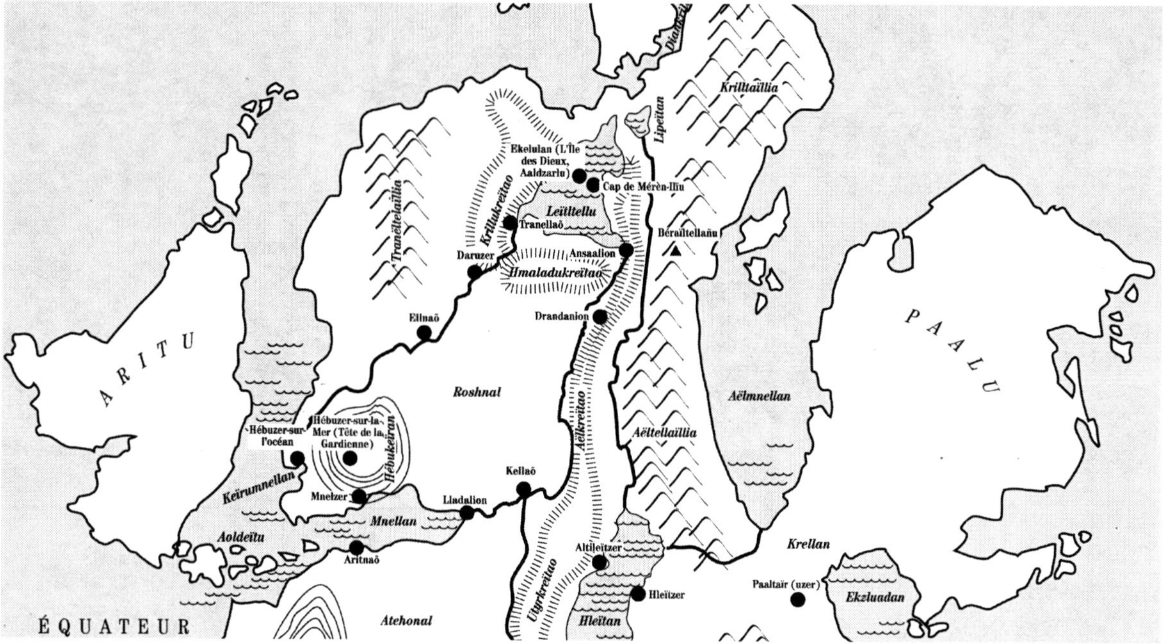

PAALU
ARITU
ÉQUATEUR
Krilltaïllia
Lipeïtan
Ekelulan (L'Île des Dieux, Aaldzarlu)
Cap de Mérèn-Iliu
Leïtltellu
Tranellaô
Krillukreïtao
Traneïtelaïllia
Daruzer
Ansaalion
Béraïltellañu
Hmaladukreïtao
Ellnaô
Drandanion
Roshnal
Aëlmnellan
Aëlkreïtao
Aëltellaïllia
Hébuzer-sur-l'océan
Hébuzer-sur-la-Mer (Tête de la Gardienne)
Hébukeïran
Keïrumnellan
Kellaô
Mnelzer
Lladalion
Mnellan
Aoldeïtu
Aritnaô
Krellan
Altiljeïtzer
Ütyrkreïtao
Hleïtzer
Paaltaïr (uzer)
Ekzluadan
Atehonal
Hleïtan

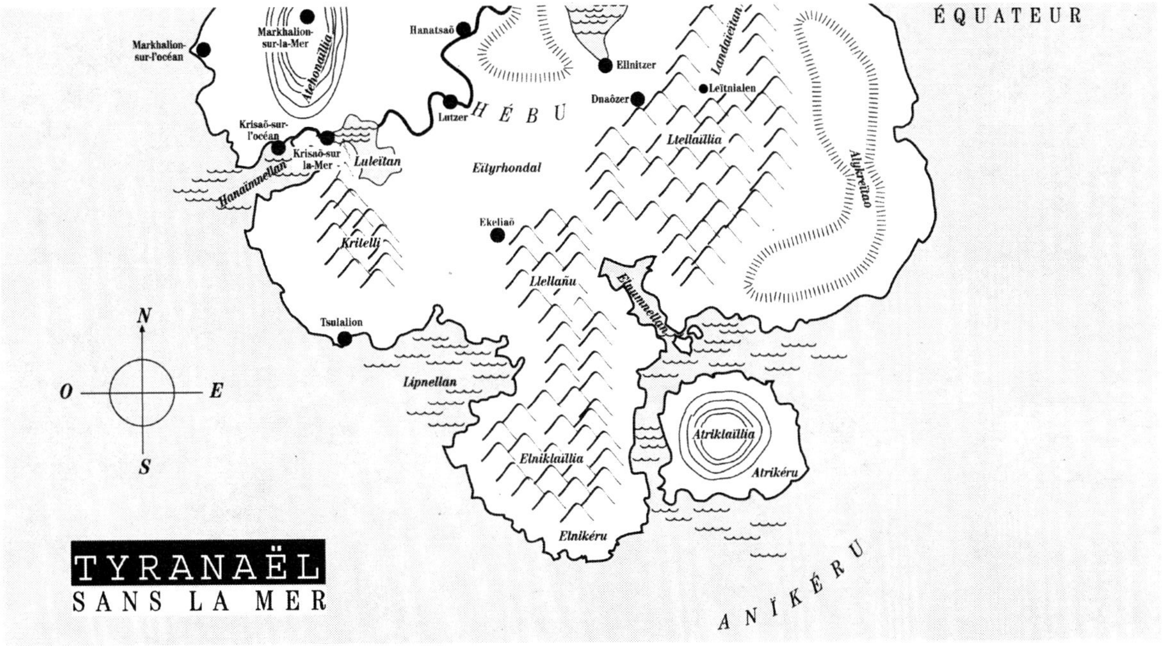
ÉQUATEUR
Markhalion-sur-l'océan
Markhalion-sur-la-Mer
Atehonaïllia
Hanatsaõ
Ellnitzer
Landaïeïtan
Leïtnialen
Dnaôzer
Lutzer
HÉBU
Krisaõ-sur-l'océan
Krisaõ-sur la-Mer
Luleïtan
Hanaïnnellan
Eïtyrhondal
Ltellaïllia
Alykreïtao
Ekeliaõ
Kritelli
Llellañu
Elnumnellan
Tsulalion
N
O
E
S
Lipnellan
Atriklaïllia
Elniklaïllia
Atrikéru
Elnikéru
TYRANAËL
SANS LA MER
ANÏKÉRU

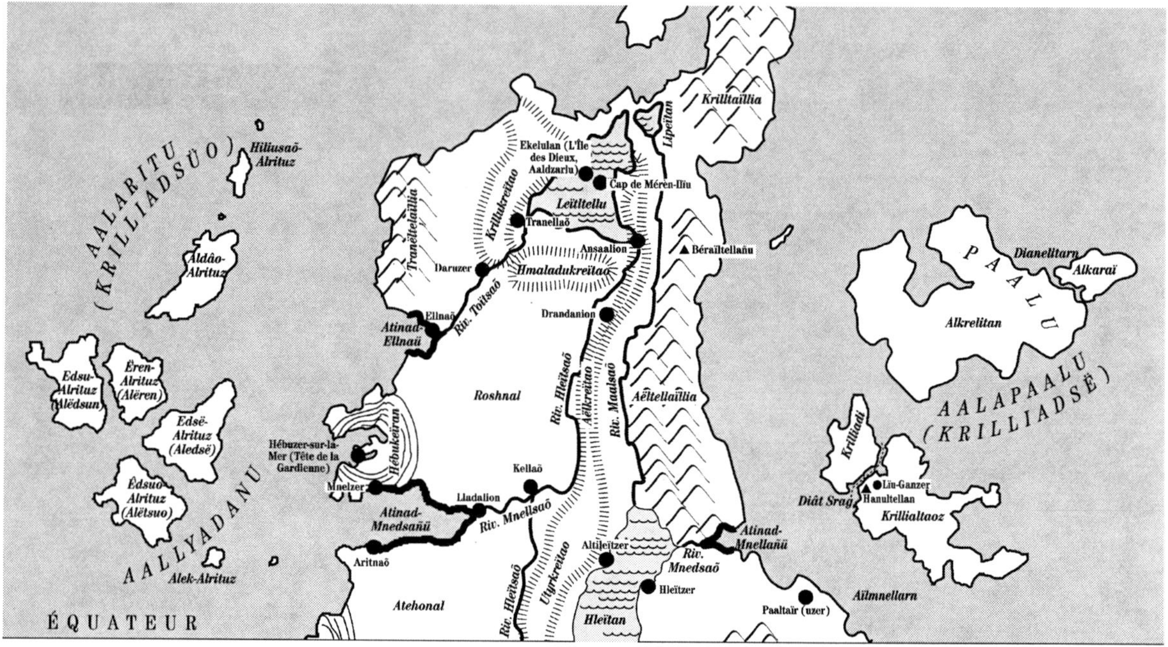
AALARITU
(KRILLIADSÜO)
Hiliusaõ-Alrituz
Áldâo-Alrituz
Edsu-Alrituz (Alëdsun)
Ëren-Alrituz (Alëren)
Edsë-Alrituz (Aledsë)
Êdsuo-Alrituz (Alëtsuo)
AALLYADANU
Alek-Alrituz
ÉQUATEUR
Tranëltelaïllia
Krillukreïtao
Ekelulan (L'Île des Dieux, Aaldzarlu)
Cap de Mérèn-Iliu
Leïtltellu
Tranellaõ
Ansaalion
Daruzer
Hmaladukreïtao
Ellnaõ
Atinad-Ellnaü
Riv. Toïtsaõ
Drandanion
Roshnal
Hébuzer-sur-la-Mer (Tête de la Gardienne)
Hébukeïran
Mnelzer
Atinad-Mnedsañü
Lladalion
Riv. Mnellsaõ
Kellaõ
Aritnaõ
Atehonal
Riv. Hleïtsaõ
Aëlkreïtao
Riv. Maalsaõ
Utyrkreïtao
Altileïtzer
Hleïtzer
Hleïtan
Riv. Mnedsaõ
Atinad-Mnellañü
Lipeïtan
Krilltaïllia
Béraïltellañu
Aëltellaïllia
Paaltaïr (uzer)
Aïlmnellarn
PAALU
Dianelltarn
Alkaraï
Alkrelitan
AALAPAALU
(KRILLIADSË)
Krilliadi
Lïu-Ganzer
Hanultellan
Diât Srag
Krillialtaoz

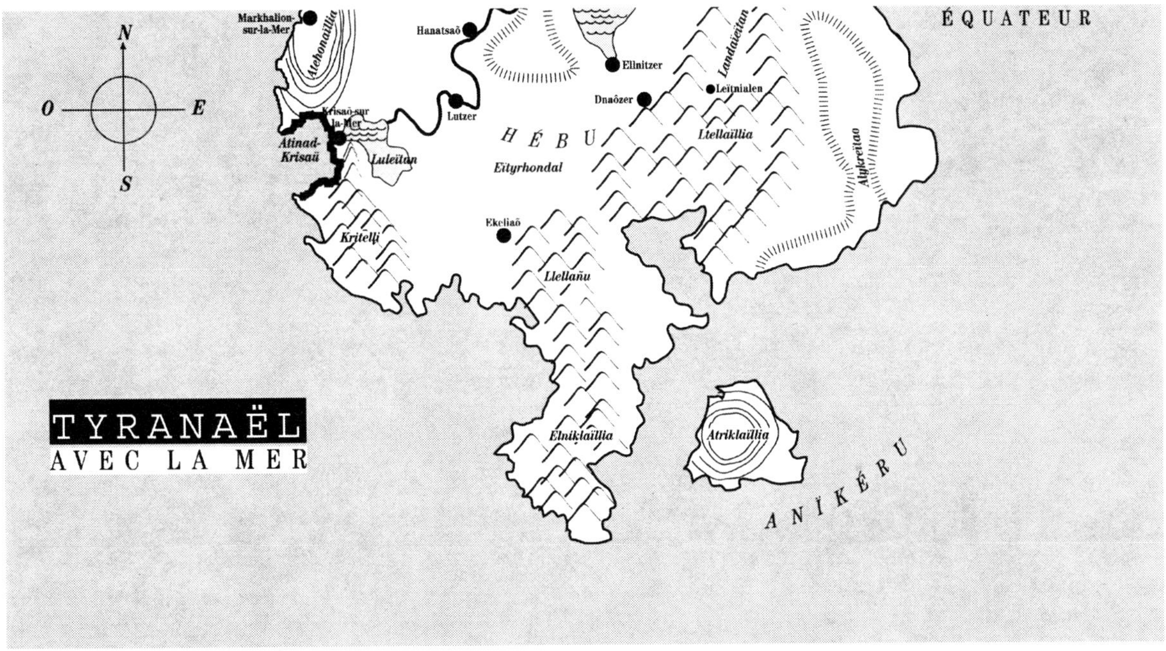

ÉQUATEUR
N
O
E
S
Markhalion-sur-la-Mer
Atehonaïllia
Hanatsaô
Ellnitzer
Landaieïtan
Leïtnialen
Dnaôzer
Lutzer
Krisaô-sur-la-Mer
Atinad-Krisaü
Luleïtan
HÉBU
Eïtyrhondal
Ltellaïllia
Alykreïtao
Ekeliaô
Kritelli
Llellañu
Elniklaïllia
Atriklaïllia
ANIKÉRU
TYRANAËL
AVEC LA MER

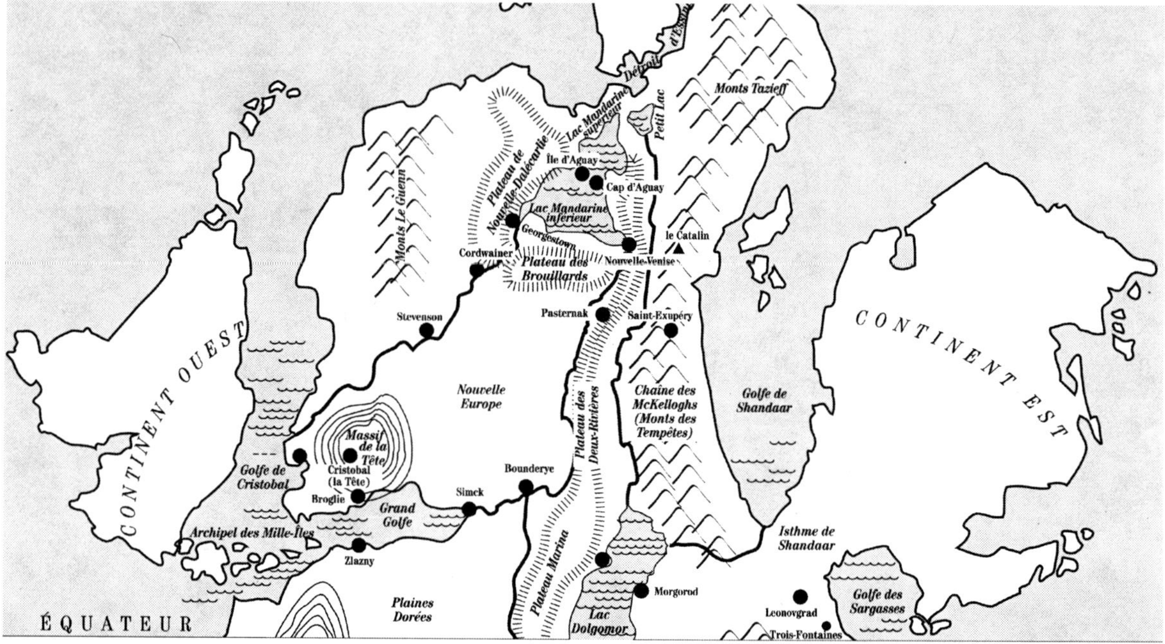
Détroit d'Essing
Monts Tazieff
Petit Lac
Lac Mandarine supérieur
Plateau de Nouvelle-Dalécarlie
Île d'Aguay
Cap d'Aguay
Lac Mandarine inférieur
Georgestown
Monts Le Guenn
le Catalin
Cordwainer
Plateau des Brouillards
Nouvelle-Venise
Pasternak
Saint-Exupéry
Stevenson
CONTINENT EST
CONTINENT OUEST
Nouvelle Europe
Chaîne des McKelloghs (Monts des Tempêtes)
Golfe de Shandaar
Plateau des Deux-Rivières
Massif de la Tête
Cristobal (la Tête)
Golfe de Cristobal
Bounderye
Simck
Broglie
Grand Golfe
Isthme de Shandaar
Archipel des Mille-Îles
Zlazny
Plateau Marina
Morgorod
Golfe des Sargasses
Leonovgrad
Plaines Dorées
Lac Dolgomor
ÉQUATEUR
Trois-Fontaines

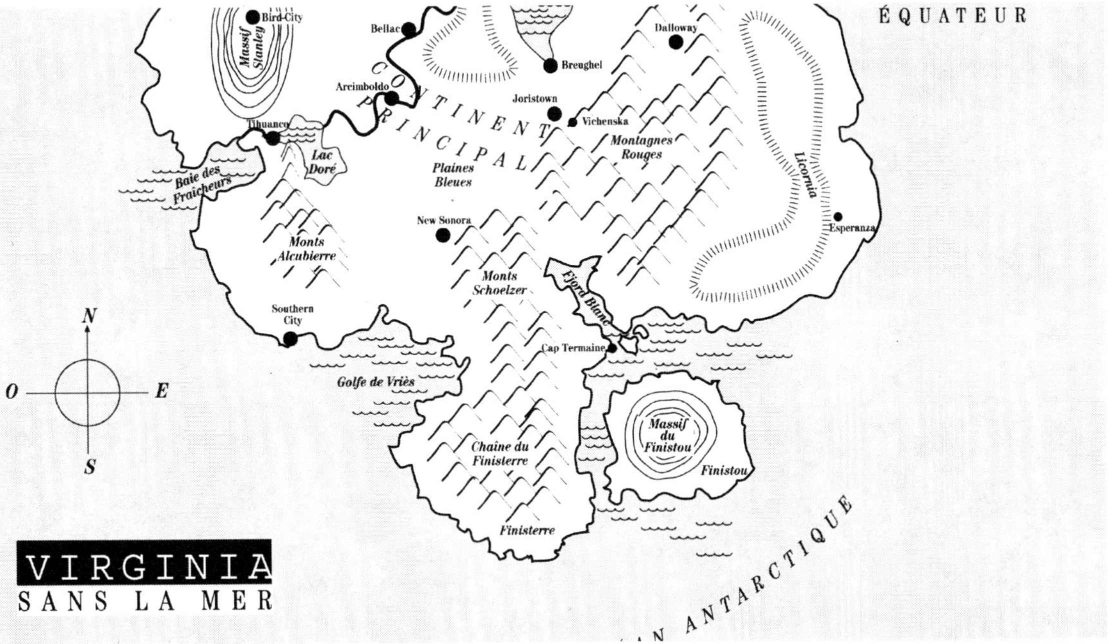
ÉQUATEUR
Bird-City
Massif Stanley
Bellac
Breughel
Dalloway
Arcimboldo
Joristown
Vichenska
CONTINENT PRINCIPAL
Montagnes Rouges
Licornia
Tihuanco
Lac Doré
Plaines Bleues
Baie des Fraîcheurs
Esperanza
New Sonora
Monts Alcubierre
Monts Schoelzer
Fjord Blanc
Southern City
Cap Termaine
N
O
E
S
Golfe de Vriès
Massif du Finistou
Chaîne du Finisterre
Finistou
Finisterre
AN ANTARCTIQUE
VIRGINIA
SANS LA MER

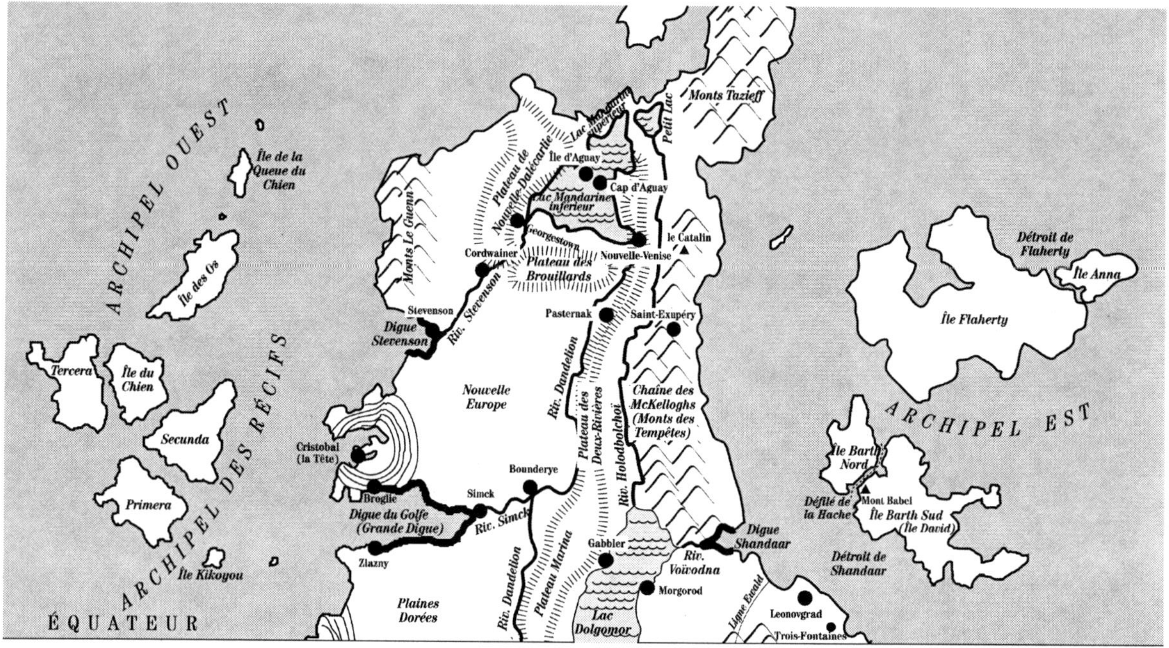
ARCHIPEL OUEST
Île de la Queue du Chien
Île des Os
Tercera
Île du Chien
Secunda
Primera
ARCHIPEL DES RÉCIFS
Île Kikoyou
ÉQUATEUR
Monts Le Guenn
Plateau de Nouvelle-Dalécarlie
Lac Mandarine supérieur
Île d'Aguay
Cap d'Aguay
Lac Mandarine inférieur
Georgestown
Cordwainer
Plateau des Brouillards
Nouvelle-Venise
le Catalin
Petit Lac
Monts Tazieff
Stevenson
Digue Stevenson
Riv. Stevenson
Pasternak
Saint-Exupéry
Nouvelle Europe
Riv. Dandelion
Plateau des Deux-Rivières
Riv. Holodbolchoï
Chaîne des McKelloghs (Monts des Tempêtes)
Cristobal (la Tête)
Bounderye
Broglie
Simck
Digue du Golfe (Grande Digue)
Riv. Simck
Zlazny
Plaines Dorées
Riv. Dandelion
Plateau Marina
Gabbler
Lac Dolgomor
Morgorod
Riv. Voïvodna
Digue Shandaar
Ligne Ewald
Leonovgrad
Trois-Fontaines
Détroit de Flaherty
Île Anna
Île Flaherty
ARCHIPEL EST
Île Barth Nord
Défilé de la Hache
Mont Babel
Île Barth Sud (Île David)
Détroit de Shandaar

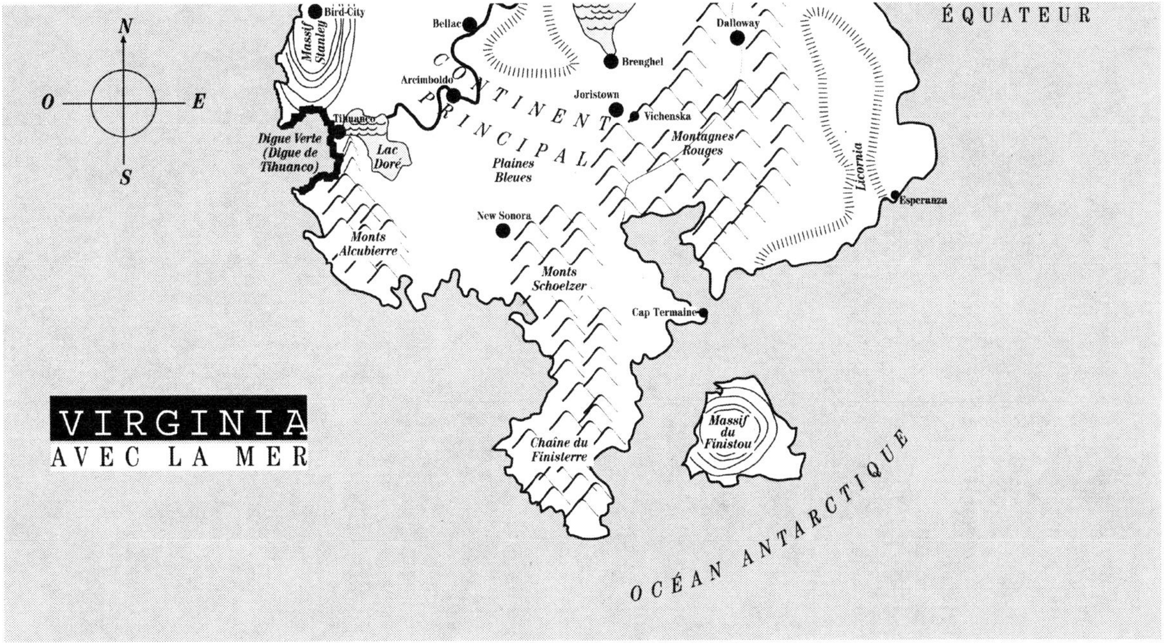
ÉQUATEUR
N
O
E
S
Bird-City
Massif Stanley
Bellac
Arcimboldo
Tihuanco
Digue Verte (Digue de Tihuanco)
Lac Doré
Brenghel
Dalloway
Joristown
Vichenska
CONTINENT PRINCIPAL
Plaines Bleues
Montagnes Rouges
Licornia
Esperanza
New Sonora
Monts Alcubierre
Monts Schoelzer
Cap Termaine
Chaîne du Finisterre
Massif du Finistou
OCÉAN ANTARCTIQUE
VIRGINIA
AVEC LA MER

Première partie

1

Il y a très longtemps, au temps où les Ékelli marchaient encore sur Tyranaël, une grande joie advint en la demeure de Karaïd Tsaludar, à Hleïtzer qui était alors la capitale des Paalani sur Hébu. Longtemps le roi et son épouse Mirnaë avaient attendu un enfant, et par trois fois déjà leur espoir avait été déçu. Or, pendant la nuit de l'éclipse d'été, alors que la lune épousait le soleil, il leur naquit un fils. L'enfant avait les yeux violets de son ancêtre Ktulhudar, et tous les mages déclarèrent que par lui se réaliserait sûrement la prédiction de l'Homme-Dieu aux Paalani, lors de leur ultime défaite : « Vous serez grands de nouveau, non par les armes et dans la guerre, mais par l'amour et dans la paix. »

Cette grande joie se changea pourtant bientôt en une grande peine. Ce ne fut d'abord qu'un chuchotement dans les couloirs du palais, puis un murmure de bouche à oreille, mais enfin la nouvelle éclata dans la ville royale consternée : le regard du divin soleil ne s'arrêtait pas sur le prince héritier ! Le fils du roi, le descendant de l'Homme-Dieu Ktulhudar, Oghim Karaïdar, n'avait pas d'ombre !

Karaïd Tsaludar était un roi juste et bon, aimé de tout son peuple, et tout son peuple s'affligea avec lui. Non seulement l'enfant n'avait pas d'ombre, mais il n'avait pas non plus de reflet : ni l'eau ni le métal ne renvoyaient son image ! On essaya tout pour le guérir – mais ce n'était pas une maladie. On essaya tout pour le désensorceler – mais si c'était une malédiction, d'où venait-elle ? Tous les guérisseurs, tous les mages, tous les sages appelés au palais demeurèrent impuissants à expliquer la condition du petit prince.

Mais c'était le seul enfant de Karaïd Tsaludar, le prince héritier, et son père décida que, dans la mesure du possible, il serait élevé comme tel.

Les années passèrent, et l'enfant sans ombre grandit en force et en beauté. Par ordre du roi, on avait banni tous les miroirs du palais, et l'on ne laissait sortir le jeune prince dans les jardins intérieurs que pendant les heures obscures où nul astre nocturne ne brillait dans le ciel. Le jour, il dormait dans une partie du palais dont toutes les fenêtres avaient été murées, éclairée seulement par la lumière de la pierre dorée, qui ne fait pas d'ombre. Ainsi le prince put-il vivre jusqu'à sa quinzième saison sans jamais soupçonner qu'il n'était pas comme les autres. Il apprit le maniement des armes et toute l'histoire glorieuse de ses ancêtres. Il apprit à jouer des instruments de musique qui convenaient à un jeune prince des Paalani. Il apprit toutes les grâces de la cour, et toutes les subtilités du combat. Il apprit aussi, sous les voûtes sonores des cours et des jardins qu'on avait aménagés pour lui seul, à chevaucher de petits aski ; on n'avait en effet pas osé le présenter aux tovik qui résidaient à Hleïtzer, et on les tenait soigneusement à l'écart de la partie du palais où vivait le prince. Il l'ignorait et ne pouvait donc s'en affliger, mais il n'aurait pas de compagnon tovker quand il deviendrait roi : comment les grands unicornes auraient-ils pu le choisir, sans ombre ?

Il deviendrait roi un jour, cependant, il n'en avait jamais douté : son père le traitait comme tel, sa mère le traitait comme tel, tous les maîtres et les compagnons qu'on lui avait choisis avec soin le traitaient comme tel. Il l'avait appris avec chacun de ses souffles et le croyait sans questions. Tout comme il croyait que l'immense palais où il vivait n'avait pas de limites, et constituait le monde.

Mais vers le milieu d'une nuit d'études, de jeux et de combats (c'était pour lui la journée), il advint que tous les compagnons d'Oghim s'endormirent, terrassés par la fatigue. Seul Oghim ne parvenait pas à trouver le sommeil. Il décida d'aller se promener dans le palais. Ses compagnons, qui étaient ses gardiens, avaient toujours été là pour le détourner des endroits où il ne devait pas se rendre. Mais comme ils dormaient d'un profond sommeil – et comme tout le monde dormait aussi dans le palais à cette heure, même les gardes, qui savent dormir les yeux ouverts – Oghim se trouva bientôt dans une partie du palais inconnue de lui. Il y avait là des tapisseries et des tableaux comme il n'en avait jamais vu, dépeignant de vastes étendues d'arbres et d'eau semblables à celles des jardins intérieurs du palais, mais sans murailles pour les délimiter. Et au-dessus de ces grands espaces s'ouvrait un ciel comme il n'en avait jamais vu, bleu pâle, où flottaient des morceaux de coton blanc.

Déconcerté mais curieux, Oghim poursuivit son chemin. Et d'escaliers en corridors, de cours en jardins, il arriva sans le savoir à la limite du palais, sur l'ancien chemin de ronde. Au-dessus de lui, le ciel nocturne s'arrondissait, fourmillant d'étoiles, mais c'était un spectacle familier pour Oghim. Ce qui l'était moins, c'était que le ciel fût si vaste. Et ce qui l'était moins encore, ce qui lui fit retenir son souffle avec un mélange de stupeur et d'excitation un peu effrayée, ce fut de voir au-dessous de lui, lorsqu'il s'accouda au parapet du chemin de ronde, un espace apparemment infini constellé de lumières, et qui n'était pas le ciel, qui se trouvait en fait là où s'étendait normalement la terre ! Il en montait des bouffées de musique et des rires, et des voix qui s'interpellaient. Il y avait des gens là-bas ! Et pourtant, le palais semblait bien s'arrêter là où se tenait Oghim.

Oghim descendit l'escalier qui menait dans la cour principale du palais, se glissa dehors par une petite poterne, dans le dos d'un garde qui ronflait, appuyé sur sa lance, et descendit le long chemin qui menait vers la grande cité de Hleïtzer.

◆

Le milieu du monde est rond et creux. Dans le monde il y a des chambres et des couloirs. Les couloirs vont d'une chambre à l'autre. Il y a vingt et une chambres et trois couloirs, une chambre au bout de chaque couloir et trois de chaque côté de chaque couloir. Je sais le nombre des chambres parce que je sais compter, même si je ne me rappelle pas quand j'ai appris. Toutes les chambres sont pareilles, sauf celle du centre, un grand espace tout rond ; tous les couloirs y vont. J'habite la troisième chambre du deuxième couloir en partant de la droite, par rapport au couloir de Gardien. Je n'ai pas le droit d'aller dans le couloir de Gardien.

Gardien est gris, parce que ses habits sont gris, mais ses mains et sa figure sont très brunes. Gardien est plus grand que moi, aussi : une tête de plus. Gardien est un homme comme moi, juste un peu plus gros.

Je suis habillé en gris aussi, mais j'ai de la peau blanche partout, avec plein de lignes un peu plus foncées sur les cuisses, sur la poitrine et sur les bras. Je crois que je m'appelle Mathieu parce que des fois Gardien m'appelle comme ça.

Gardien s'occupe de moi. Il change la terre glaise, les couleurs, les pinceaux et les petits outils quand ils sont usés. Il apporte de nouveaux jeux de patience et des livres d'images. Quand c'est l'heure de la gymnastique, il installe les appareils dans la chambre centrale. Gardien me donne à manger cinq fois par jour. À la première cloche, je me réveille. Gardien apporte à manger dans la chambre du centre : c'est le premier déjeuner du matin. On va marcher dans les couloirs, et après je retourne dans ma chambre. Jusqu'à la deuxième cloche, je fais des images avec la peinture ou je fabrique des objets en terre. Il y en a plein la chambre. Hier, Gardien est venu les enlever parce qu'ils prenaient beaucoup de place. J'en referai d'autres. Je mange encore à la deuxième cloche. Après on va encore se promener, et puis je dessine encore des images, ou je regarde des livres. J'aime bien recopier les images des livres. Je dessine bien. Quand c'est la troisième cloche, Gardien vient me dire, c'est la méridienne, il faut dormir. Je dors, et puis il vient me réveiller, on va marcher, et je reviens dans ma chambre pour jouer. Il y a encore deux cloches après, avec à manger un peu à la première, la gymnastique entre les deux, et davantage à manger à la seconde.

Des fois, avec Gardien, on va dans le reste du monde, pas très loin, en passant par le fond d'une des chambres au bout du couloir de Gardien. C'est différent : les couloirs n'ont pas tous la même taille, et ils vont tout de travers. Ils mènent dans des chambres bizarres : elles ne sont pas carrées, les murs ne sont pas lisses, il y a de l'eau qui coule dessus et des petites choses bizarres qui poussent, sur les plafonds aussi, ça donne de la lumière. Mais ce n'est pas la même lumière qu'au milieu du monde : elle ne fait pas d'ombre.

De la première à la dernière cloche, c'est la journée. Après, c'est la nuit.

C'est agréable de toujours savoir ce qui va se passer.

Mais quelque chose est différent maintenant : il n'y a pas de tablettes orange avec les repas.

•

Maintenant, c'est aujourd'hui. Avant aujourd'hui, c'est hier. Je ne savais pas que je connaissais tous ces mots-là.

Alors, aujourd'hui, j'ai trouvé un nouveau jeu : au lieu de faire des images sur le papier, j'écris. Je ne me rappelle pas non plus quand j'ai appris, mais écrire, c'est dessiner avec des lettres. J'ai écrit tout ce qu'il y a avant. Je pourrais peut-être le montrer à Gardien. Il serait étonné.

Ou peut-être qu'il serait fâché.

C'est une drôle d'idée. Pourquoi il serait fâché ?

J'attendrai d'en avoir davantage avant de lui montrer.

•

Avant-hier non plus il n'y avait pas de tablettes. Est-ce qu'il n'y en aura pas non plus demain ?

•

Depuis six jours, je n'ai pas eu de tablettes orange. Je suis triste. J'aime bien les tablettes orange, elles ont bon goût. J'ai demandé pourquoi à Gardien, mais Gardien m'a dit de me mêler de ce qui me regarde. Il me semble pourtant que ça me regarde : c'est mes tablettes, après tout.

•

Ce matin, Gardien avait changé de figure quand il est venu apporter à manger. Toujours pas de tablettes orange. Ça fait huit jours. Même avec sa nouvelle figure, Gardien n'a pas voulu expliquer pourquoi.

•

Je n'ai pas écrit depuis longtemps parce que j'étais malade. J'avais très chaud, je ne pouvais pas rester debout. Je ne pouvais rien faire : mes mains tremblaient tout le temps. Je n'avais même plus faim. Gardien me donnait à manger pareil, à la cuillère. Il était fâché. Je ne sais pas combien de jours je suis resté couché. Maintenant ça va mieux, même si j'ai encore le vertige, des fois. Mais je dors mal. Je me réveille tout le temps. J'ai peur. Je crois que je vois des images quand je dors. Mais je ne me rappelle pas quand je me réveille.

•

Gardien a encore changé. C'est la quatrième fois en vingt-huit jours, depuis que j'écris de nouveau. Il change tous les sept jours. Comment il fait ? Le soir, il a encore la même figure, et le matin du huitième jour, il en a une nouvelle ! Il change pendant la nuit, alors. Je voudrais bien voir comment il change. Et moi, est-ce que je change aussi de figure tous les sept jours ? Pour le savoir, il faudrait que je puisse me voir comme je vois Gardien, mais je ne peux pas. C'est drôle de penser que j'ai un visage, moi aussi.

•

Je me rappelle l'image de quand je dors. C'est un grand couloir tout plat, mais c'est comme s'il montait très fort. Je le sais parce que l'image bouge : je marche dans le couloir, je monte, et j'ai très mal aux genoux. Alors je me tire après les poignées des portes des chambres, pour m'aider à monter. J'avais le cœur qui battait très fort en me réveillant. Je préférerais ne pas me rappeler l'image qui bouge.

•

Gardien vient vérifier tous les soirs si je suis bien couché. Ensuite il doit sûrement retourner dans sa chambre. Il faudrait pouvoir le suivre, mais mes pieds font beaucoup de bruit : je dois toujours porter les bracelets de cheville avec les clochettes.

•

J'ai eu une idée: il n'y a qu'à enlever les bracelets pour ne pas faire de bruit ! Je sais comment: Gardien les enlève quand je me lave, ce n'est pas comme le bracelet que j'ai au poignet droit. Lui, je ne peux pas l'enlever, il n'a pas de fermeture et ma main est trop grande. Je n'ai pas le droit d'enlever moi-même les bracelets de cheville, sûrement, mais si Gardien ne me voit pas, il ne pourra pas me gronder. Et s'il ne m'entend pas, il ne pourra pas me voir: il ne saura pas où je suis !

•

J'ai percé un trou dans la porte de Gardien avec un de mes petits outils. Gardien ne fait pas attention à sa porte. J'ai bouché le trou avec de la terre et un peu de couleur marron. Ça se voit. Mais c'est parce que je sais qu'il y a un trou. Gardien ne sait pas.

•

C'est le soir où Gardien change de figure. Ça fera la sixième fois en quarante-deux jours. C'est drôle, je ne comptais pas les jours avant de ne pas avoir de tablettes.

C'est drôle aussi que Gardien change de figure. Il ne change pas seulement de figure, d'abord, il change aussi de taille, de voix, de couleurs. Il change aussi avec moi : des fois il me parle gentiment, des fois il ne me dit rien du tout. Et des fois il est méchant.

Et si c'était tout Gardien qui changeait ? Si à chaque fois ce n'était pas le même ? Voilà une idée très bizarre. Il y aurait plus qu'un Gardien, alors ? Mais ce n'est pas possible : ils viendraient d'où ? Pas des chambres, elles sont vides. Je les aurais vus dedans.

Ils sont peut-être tous dans la chambre de Gardien ? Mais non, elle est trop petite.

•

Il y a plusieurs gardiens ! Je n'ai pas bien vu comment, mais à un moment donné un autre est descendu du plafond sur une espèce de plate-forme et ils ont été deux dans la chambre. Le nouveau gardien a la peau noire et des cheveux noirs avec des toutes petites boucles frisées. L'autre a expliqué à Noir comment se passait la journée, comment utiliser les machines qui aident à faire à manger, et surtout la *radio*. Je ne connaissais pas le mot, mais ils ont fait marcher la machine, et ça permet d'entendre d'autres gens qui ne sont pas là, et de la musique. Noir a dit, ça doit être drôle quand la mer est là. Je n'ai pas compris. Mais il y a d'autres gens ailleurs !

•

Cette nuit, je me suis réveillé, et je me rappelais toutes les images. Le rêve. Quand on voit des images en dormant, c'est un rêve. Il y a le grand couloir. Et des gens. Je ne les vois pas mais je sais qu'ils sont là et qu'ils me voient. Moi, je ne me vois pas, mais je marche dans le couloir et j'ai très mal aux genoux. Je m'accroche aux portes des chambres pour me tirer, et j'ai peur que les gens le voient. Et au bout du couloir, il y a quelqu'un qui m'attend pour me faire du mal et je n'arrive pas à le voir non plus !

J'avais de l'eau sur la figure en me réveillant. J'étais malheureux. Je n'aime pas ces images-là. Je préfère les images des livres.

•

Les gardiens ont peut-être d'autres machines dans leur chambre, mais je n'ai pas bien pu voir par le petit trou dans la porte. Noir a encore dit quelque chose que je n'ai pas compris : je plains ceux qui sont de garde quand la mer est là. C'est quoi, la mer ?

Ils ont parlé de moi, aussi. Je crois qu'ils parlaient de moi. C'est un vrai tête de pierre, ce type, Noir a dit. Pardi, un *térien*, a dit l'autre.

Un térien, je ne sais pas ce que c'est. Mais quand je touche ma tête, elle n'est pas dure comme de la pierre. La pierre, c'est ce qu'il y a dans les couloirs, et dans le reste du monde. En tout cas, ce n'est pas bien, un tête de pierre : drôlement pénible pour les gardiens, l'autre gardien a dit. Noir a dit : à ce prix-là, il fallait bien se douter que ce n'était pas une partie de plaisir, il n'y a plus de vrais têtes de pierre là-haut, tu crois que c'est pour ça qu'ils le gardent ici ? Et l'autre a dit : tu es trop curieux, il ne faut pas se poser tellement de questions. Et Noir a dit : je peux me poser des questions, on n'est pas des mangeurs de tablettes.

Et ils ont ri tous les deux.

Je me rappelle exactement tout ce qu'ils ont dit, même si je ne comprends pas tout. Je me rappelle bien mieux, depuis que je ne mange plus de tablettes. Je ne me posais pas de questions, non plus, quand je mangeais des tablettes.

•

Dans le rêve, maintenant, je vois presque les gens. Ils sont tout gris, comme les gardiens, mais transparents. Je crois que ce sont des gardiens. La personne au bout du couloir aussi, je la vois presque. Je n'ai pas envie de la voir. Alors je me réveille et j'ai encore mal aux genoux du rêve. Après, ça passe.

•

Ce matin, Noir est entré dans ma chambre pas comme d'habitude, ça n'était l'heure de rien, et il m'a vu en train d'écrire. Il m'a demandé d'un drôle d'air ce que j'étais en train de faire. Je lui ai dit que je dessinais. Il est venu vérifier, mais j'avais fait des tourbillons de couleurs sur ce que j'écrivais, et il n'a rien vu. Il est plus curieux que les autres gardiens. Ça ne serait pas bon s'il apprenait que j'écris et que je comprends des choses, j'ai l'impression. Maintenant, j'écrirai pendant que les gardiens dormiront.

•

C'est un homme au bout du couloir. Dans le rêve. Je ne veux pas le voir mais je le vois. Il a des cheveux noirs bouclés, mais pas comme le gardien noir. Et des yeux noirs. Je ne vois pas le reste de sa figure. J'essaie d'arrêter de marcher vers lui, mais je ne peux pas. Il me dit quelque chose. Je ne vois pas sa bouche mais il me parle. Je connais sa voix.

J'ai peur de me rendormir.

•

Le monde est bien plus grand que je ne croyais. Il y a un haut et un bas. Je suis en bas. Les gardiens viennent d'en haut. Avant d'être en bas, je devais être en haut, mais on m'a mis en bas parce que je suis un tête de pierre, ou un térien, c'est la même chose : ce n'est pas bon non plus d'être un térien.

Ceux qui m'ont mis en bas sont plus forts que les gardiens : les gardiens ont l'air d'en avoir peur quand ils en parlent. Ils n'en parlent pas beaucoup. En haut, il y a des gens qui mangent des tablettes orange, comme je faisais. Ils ne posent pas de questions et ils n'ont sûrement pas beaucoup de mémoire, comme moi avant. Ceux qui m'ont mis en bas ne mangent sûrement pas de tablettes. Mais ils en font manger aux autres.

Il y a deux catégories de gens en haut. Les gardiens ont l'air d'être entre les deux.

•

Pourquoi ils ont arrêté de me donner les tablettes ? Pourquoi est-ce que j'ai peur quand je rêve ? Depuis combien de temps je suis en bas ? Où j'étais avant ?

Je veux partir d'ici. Je veux sortir.

2

C'était la Foire de Printemps à Hleïtzer. Que de merveilles pour Oghim, lui qui n'avait jamais quitté la partie du palais qui lui était réservée ! Les jongleurs et les souffleurs de feu, les acrobates et les dresseurs, l'odeur sucrée du fofolod flottant sur les ruelles, tous ces gens dans leurs splendides habits de fête, leurs accents tous différents... Oghim avait un peu le vertige, il lui semblait rêver, mais en même temps, c'était passionnant, excitant, fascinant! Il but de l'eau pétillante aux fontaines, courut avec une bande de masques poursuivis par des banki, se fit donner des beignets par une marchande généreuse... Et pendant tout ce temps, parmi tous ces gens, il n'y en avait pas un pour le reconnaître et le saluer! Ces gens ne savaient pas qu'il était Oghim Karaïdar. C'était à la fois stupéfiant et curieusement agréable.

La fatigue finit par le rattraper et il chercha un endroit plus tranquille pour se reposer un peu. Il se retrouva dans un lacis de petites ruelles sombres où n'arrivaient que faiblement les bruits de la Foire, et il ralentit le pas. Soudain, alors qu'il cherchait son chemin sur les pavés inégaux, il buta contre quelque chose de mou, qui remua en gémissant et s'assit. C'était une vieille femme en haillons, qui sentait mauvais, à laquelle il manquait les dents de devant, et qui tendit vers lui une main crochue en marmonnant d'une voix geignarde dans un dialecte qu'il ne connaissait pas. Il fallut un moment à Oghim pour comprendre : il n'avait jamais vu de mendiants. Il chercha dans ses poches mais il n'avait pas d'argent, seulement un morceau de beignet qu'il n'avait pas fini de manger. Il le mit dans la main tendue et se fit adresser une bordée de paroles dont le contenu était incompréhensible, mais pas l'intonation. À la fois apitoyé et irrité, et déconcerté par ces sentiments inhabituels, il s'éloigna.

Il vit des gens endormis dans des encoignures de portes, et certains étaient des enfants, en tas comme des animaux. Par des fenêtres chichement éclairées, il regarda à l'intérieur de maisons décrépites, sales et exiguës. Dans la pénombre des ruelles, le nez froncé, il marcha dans des ordures et des excréments, et rencontra des troupeaux de rongeurs presque aussi audacieux que des banki... Il n'avait jamais rien vu de tel. On ne lui avait jamais appris rien de tel! Qu'était donc cet endroit?

Cette partie de la ville était celle des pauvres, mais il ne le savait pas.

◆

Mathieu attend, couché sur son lit, dans la lueur bleuâtre de la veilleuse. Il compte les hippopotames en silence, lentement, depuis que la lampe du plafond s'est éteinte. Trois mille quatre cent quatre-vingt-dix. À six mille, le gardien sera endormi. Il a vérifié. De temps en temps, son esprit dérive, lui demande ce qu'est un hippopotame, mais il le ramène aussitôt sur le droit chemin : tout ce qu'il a besoin de savoir, c'est que dire le mot hippopotame prend une seconde, c'est pratique pour compter le temps. Il ne se rappelle pas où il a appris ça, mais il le sait. Et là son esprit veut encore poser des questions – pourquoi sait-il tant de choses alors qu'il ne se rappelle ni où ni quand il les a apprises ? Mais il fait taire les questions. Plus tard. Pour l'instant, il attend que le gardien soit endormi, et alors il va prendre son baluchon, avec les rations de nourriture mises de côté. Ça prend trois jours par le souterrain, les gardiens ont dit, quand ils se sont retrouvés dans la chambre, le soir de la relève. Ils parlaient du dehors. Mathieu va partir. Sortir. C'est comme du feu dans ses veines, ce mot-là, chaque fois qu'il y pense il a le souffle court, les mains qui tremblent un peu. Sortir.

Et voilà, six mille hippopotames, il se lève, assure la courroie rudimentaire de son baluchon sur son dos, et s'engage à pas silencieux dans le couloir.

S'arrête un instant, le cœur étreint d'angoisse. Mais le couloir est bien plat, et il n'a pas mal aux genoux. Il passe les portes des chambres, les unes après les autres, sans curiosité – pendant que le gardien dormait, les jours précédents, il a déjà vérifié qu'elles sont toutes vides, sauf deux : une sorte de débarras poussiéreux où il a trouvé des choses utiles, comme la grande feuille de plastique souple qui lui sert de sac, une couverture supplémentaire et un rouleau de fil torsadé très mince mais très solide ; dans l'autre, il y a seulement une sorte de grande chaise allongée, grise, avec des attaches là où se trouveraient le front, la taille, les poignets et les chevilles de quelqu'un qui y serait assis. C'est peut-être un instrument de gymnastique ? Il est ressorti très vite de cette chambre-là, sans bien comprendre pourquoi son cœur battait si fort.

Il arrive au bout du couloir maçonné, entre dans la chambre par où on arrive dans le reste du souterrain. La lumière blanche éclaire encore quelques mètres devant lui, s'épuise sur la pierre vive, grossièrement taillée en voûte, et puis c'est le noir. Mais il y a l'autre lumière, celle de ce qui pousse sur la pierre, Mathieu sait qu'au bout d'un moment ses yeux s'habitueront, il fera assez clair pour avancer. La sortie est de ce côté.

La gorge sèche, il allonge le pas, il a hâte de quitter la lumière des gardiens. Une fois dans le noir, il pose une main sur une paroi – sèche, rugueuse, rassurante – et avance un moment à l'aveuglette en se forçant à garder les yeux grands ouverts. Une lueur fantôme apparaît, il bat des paupières, il n'est pas sûr, mais les contours du souterrain se précisent bientôt dans la lumière bleutée de plus en plus nette, et Mathieu sourit avec gratitude. Il se remet en route. Il sait où il va. Le passage fait un brusque tournant à angle droit, un peu plus loin, et ensuite, on passe à travers les cavernes où il y a de l'eau. Il n'est jamais allé plus loin avec les gardiens, mais il a vu que le passage continuait après les cavernes.

Il va dehors !

Il dépasse le tournant. Et manque buter contre la silhouette noire soudain dressée devant lui dans le passage resserré.

« Où vas-tu comme ça, Mathieu ? » dit la voix issue de la bouche invisible, et Mathieu recule. Il a le vertige.

Il rêvait, c'était un rêve ? Mais il n'a pas mal aux genoux ! Il appuie sa main très fort contre les arêtes de la pierre, s'il se coupe, est-ce que ce sera un rêve ? Il regarde fixement la silhouette noire... et peu à peu des détails y apparaissent, des vêtements, gris, le visage anguleux, la bouche souriante, les grands yeux noirs profondément enfoncés dans les orbites, la masse de cheveux bouclés où courent des fils argentés.

Un long doigt mince se tend vers lui, lui caresse la joue. Il se cogne douloureusement la tête contre la paroi en essayant d'y échapper, mais le doigt le suit, dessine la ligne de ses mâchoires, de ses lèvres. « Tu sais bien que tu es à moi, Mathieu. Pour toujours. »

La main retombe, lui prend le poignet, le soulève. Le bras de Mathieu bouge comme s'il ne lui appartenait pas. « Tu portes toujours mon bracelet, n'est-ce pas ? Tu te rappelles, n'est-ce pas ? »

Les yeux noirs sont rivés aux siens, fixes, avides, brûlants. Mathieu reste paralysé. Il ne se rappelle pas. *Il ne se rappelle pas*. La voix, les yeux, il les connaît, pas seulement dans son rêve, mais il ne se rappelle pas. Il y a quelque chose qui gonfle en lui, qui monte, qui l'étouffe, mais il ne veut pas, il ne veut pas se rappeler.

L'autre attend, un long moment, puis fronce un peu les sourcils, comme s'il était perplexe, ou déçu, ou agacé. Il laisse retomber le poignet de Mathieu avec une moue, fait un petit pas en arrière et soupire : « Pensais-tu encore t'enfuir, mon pauvre garçon ? Tu devrais savoir, depuis le temps. Tu ne m'échapperas jamais. »

Et ce qui étouffait Mathieu explose soudain, c'est un mot, c'est un nom, il le crie et son corps explose en même temps, libéré de sa paralysie. Ses deux mains serrées en poings vont frapper l'autre au visage, et la silhouette grise s'écroule comme un pantin de chiffon après avoir heurté la paroi opposée.

La tête vide de pensées, vide d'images, bloc de rage et de terreur, Mathieu court de toutes ses forces dans la lueur bleutée du souterrain, droit devant lui.

◆

À force de marcher, cependant, Oghim se retrouva de nouveau dans un quartier plus accueillant, où quelques tavernes étaient encore ouvertes. La foule des passants était plus clairsemée, car la nuit s'achevait. Sur le seuil d'une des tavernes, où l'on était en train de ranger tables et chaises, un joueur de pilpai était assis ; un air un peu mélancolique s'élevait sous ses doigts. Oghim n'avait jamais vu de pilpai – la double-flûte des Hébao n'était pas un instrument très digne d'un prince, aucune flûte : un prince paalao jouait des tambours ou, à la rigueur, du nankesset, dont il faut frapper les cordes avec force pour en tirer le moindre son. Il s'approcha donc, attiré par la nouveauté de l'instrument et la joliesse de la mélodie, et il s'assit près du musicien.

Celui-ci en joua une autre, puis une autre, et une autre encore, de plus en plus tristes. Enfin, il déposa son pilpai sur ses genoux : « Une longue nuit ! » soupira-t-il en s'étirant.

Oghim admit qu'en effet la nuit avait été bien longue.

« Mais la nuit finit toujours, ajouta le musicien, même la plus noire. » Et, en voyant l'air étonné d'Oghim pour qui cette nuit avait certainement été la moins triste de toute son existence, il expliqua : « Mon compagnon de vie m'a congédié aujourd'hui. Et j'ai dû jouer des airs joyeux toute la nuit, parce qu'on m'avait engagé pour cela. »

Il se leva et Oghim, qui ne savait plus trop que faire, se leva aussi pour lui emboîter le pas. « Je n'ai nulle part où aller », continua le musicien. Comme Oghim ne disait rien, l'homme soupira de nouveau : « Rentre chez toi, petit. Il y aura bien une barque retournée à sec pour moi, près du port. » Oghim comprit alors : le musicien avait espéré qu'il lui offrirait l'hospitalité ! À vrai dire, il aurait bien pu l'emmener avec lui au palais... sauf qu'il se demandait maintenant comment on l'y accueillerait, avec ou sans invité. On ne lui avait jamais interdit d'en sortir – il n'avait jamais su qu'on pouvait en sortir, de toute façon ! Mais il avait l'impression qu'on ne serait pas content de sa promenade.

« Je ne suis pas sûr d'avoir envie de rentrer », dit-il, à sa propre surprise.

« Ça ne va pas à la maison ? » Le musicien lui donna une petite tape dans le dos. « Il y a un moment où il faut partir, quand on arrive à ton âge. »

Et il se mit à lui raconter comment il avait quitté sa famille à quatorze saisons pour devenir musicien.

Tout en parlant ainsi, ils arrivèrent sur le port. C'étaient les petites heures de l'aube. Oghim, qui s'était toujours couché avant le lever du soleil, ne savait pas ce qu'était cette lumière qui montait à l'est. Et surtout, il était fasciné par ce qu'elle lui révélait de la vaste étendue liquide qui s'étirait à ses pieds jusqu'à l'horizon, agitée de légers frissons.

« Qu'est-ce que c'est ? » demanda-t-il en la désignant de la main.

Le musicien, surpris, répondit : « Mais c'est le Grand Lac, le Hleïtan. »

À ce moment-là, le soleil jaillit au-dessus des collines de la ville, illuminant les eaux. Oghim ferma les yeux, aveuglé. Quand il les rouvrit, il vit que le musicien avait mis genou en terre et levait vers lui ses paumes offertes, comme il sied à qui salue son prince. L'homme semblait effrayé. Oghim sourit, un peu déçu : « Pourquoi me reconnais-tu maintenant, musicien ? Nous sommes pourtant restés longtemps ensemble. »

L'homme baissa la tête, et Oghim, suivant son regard, vit par terre à côté du musicien comme un rappel noir et plat de sa silhouette agenouillée.

« Qu'est-ce que c'est ? » demanda-t-il encore, plein de curiosité. Il en avait déjà vu en ville, dans la lueur des torches, mais sans vraiment y prêter attention, trop excité par toutes les autres nouveautés qui se présentaient à lui, plus colorées et plus tangibles.

« C'est mon ombre, Seigneur », murmura le musicien.

Et, à la demande d'Oghim, il expliqua ce qu'était une ombre.

Oghim regarda un moment l'ombre du musicien tourner avec le soleil qui montait dans le ciel.

« Pourquoi n'en ai-je pas ? » demanda-t-il enfin.

Le musicien baissa de nouveau la tête, mais ne répondit pas.

3

Mathieu est loin maintenant des territoires familiers. Il a couru jusqu'à ce que ses jambes se dérobent sous lui. Il est resté là, avec le rugissement de son sang dans ses oreilles, sûr qu'il allait mourir, mais son souffle s'est calmé peu à peu, et il a pu écouter. Le lourd silence du souterrain. Personne ne l'a suivi. Maintenant, il marche. La lumière atténuée émane toujours des parois recouvertes de lichen lumineux ; il distingue parfaitement l'embranchement qui s'ouvre devant lui dans le souterrain. Choisir. Mais comment ? Les gardiens n'ont jamais parlé d'embranchement.

À droite ? À gauche ?

Il se force à ne plus penser, tourne à droite. S'arrête en vacillant un peu : un vaste espace caverneux s'ouvre devant lui, où la lumière bleutée semble se perdre. Il attend, le cœur étreint d'angoisse, mais au bout d'un moment les contours de la caverne s'esquissent dans la pénombre, avec ici et là des masses sombres et irrégulières. Il faudra avancer plus prudemment, c'est tout. Il fait un pas, quelque chose se froisse en craquant sous son pied.

Et le souvenir le frappe, un éclair brutal, total, qui sature tous ses sens. La cour. La cour de la petite École. Le dessin des mosaïques sous le craquement des feuilles mortes, losanges et cercles entrelacés, les couleurs, bleu, jaune, pourpre, la fraîcheur de la pierre à l'ombre, la brûlure du soleil sur son dos, et l'autre brûlure sur sa joue, là où le maître l'a giflé après l'avoir séparé de Pashka, après la bagarre. Les cris aigus des autres enfants, l'odeur acidulée de la verdure. Le vent qui froisse les branches de l'arbre-à-eau, le friselis des reflets dans le bassin, avec les caliches rouges et noires qui virevoltent en dessous entre les herbes. La cour. Toujours trop grande, même s'il y avait là une place bien à lui, un lieu rituel où il retrouverait sa bande. Mais il n'a jamais bien longtemps fait partie d'aucune bande. Les maîtres essaient bien de temps en temps de le pousser à jouer avec les autres, et on le tolère un moment, on le choisit quelquefois pour les parties de ballon-panier – il est petit pour ses sept saisons, mais il est habile, il court vite et il saute haut. Pourtant, bien vite, il se retrouve dans un coin, à regarder les autres jouer. Ce n'est pas toujours qu'on l'évite ou qu'on l'écarte, plutôt... comme si on l'oubliait. Même des maîtres, parfois, ont l'air vaguement surpris en le voyant.

Une fois, quand il était plus petit, il pleurait. Et une jeune maîtresse est venue le voir dans son coin, Maîtresse Caroly, il n'oubliera jamais son nom. Elle l'a pris dans ses bras – c'est si rare, comment pourrait-il oublier ? – et il lui a demandé : « Est-ce que je sens mauvais ? » parce qu'on leur disait toujours de bien se laver et qu'il n'était pas sûr. Elle lui a caressé la tête d'un air navré en lui disant que non. Et elle a ajouté : « Non, mais tu es... bizarre. » En voyant son air sûrement catastrophé, elle a murmuré, comme triste : « Vous êtes tous bizarres à l'École, Mathieu. » Elle a eu l'air de chercher quoi dire, puis elle l'a lâché avec un soupir : « Mais tu es plus bizarre que les autres. C'est comme ça. » Elle a regardé un autre maître qui s'approchait d'eux, et soudain, très vite, elle a murmuré : « Ça ne sera pas toujours comme ça, peut-être, Mathieu. Sois patient. »

Mais ça ne sert à rien d'être patient. Rien ne change. Il est au dortoir, ou en classe, ou au réfectoire, et pour les autres, c'est comme s'il n'était pas là. Quand il se bagarre, ils sont bien obligés de le voir, et les maîtres aussi. Au moins le temps de le punir.

Il regarde les autres enfants de l'autre côté de la cour, la surface verte du bassin rond, l'élan majestueux de l'arbre-à-eau vers le ciel d'un bleu laiteux, toujours un peu couvert. Le soleil flotte dans son halo, et on voit même les petits arcs-en-ciel, aujourd'hui, là où des rayons lumineux dessinent une croix dans le cercle nébuleux. Mathieu aime cette symétrie ; et puis, la vaste découpe du ciel lui rappelle toujours avec un plaisir ambigu que le monde est plus grand qu'il ne le paraît, qu'au-delà des salles et des couloirs et des escaliers familiers, il y a autre chose, comme dans les dessins des fresques et les images des livres.

Il s'est sauvé du dortoir, une fois. Il était petit, tout petit, il ne se rappelle pas exactement quel âge il avait, mais il se rappelle la sensation fraîche des dalles sous ses pieds nus, l'excitation tremblante des premiers pas au-delà de la porte du dortoir, la lueur dorée qui s'est mise à poindre à travers les mosaïques indistinctes, comme pour lui indiquer le chemin. C'était si grand, les couloirs, les salles, les rotondes, les escaliers. Des fois, il se dit qu'il a rêvé, qu'il ne peut pas avoir marché pendant si longtemps. Il commençait à être fatigué quand un dernier escalier l'a mené dans un parc, tout en haut de l'École : il n'y avait pas de murs autour, juste le ciel avec les étoiles. C'était trop grand, trop mystérieux, ces arbres devinés, ces mouvements obscurs. Il est resté près du parapet, une main sur la pierre pour se rassurer. Au bout d'un moment, il a grimpé dans les arabesques sculptées pour se pencher et voir par-dessus. Tout en bas, loin, il y avait une cour, une énorme cour, bien plus grande que celle de l'École, avec des bâtiments tout autour, quatre, non, cinq étages, ou peut-être six : c'était compliqué, ils n'avaient pas l'air tous au même niveau. Une poignée de silhouettes noires traversaient la cour dans un sens ou un autre, petites comme des fourmis ! Et il y avait un immense bassin rectangulaire au milieu de la cour, avec un arbre-à-eau gigantesque qui poussait jusqu'à la hauteur du parapet où se trouvait Mathieu.

Et là il sait qu'il ne rêvait pas, car une main s'est posée sur son épaule, et son sursaut de terreur l'a presque fait basculer par-dessus le parapet. La main l'a retenu par son pyjama, et il s'est retrouvé devant un maître inconnu, mais furieux, qui grondait : « Qu'est-ce que tu fais là, toi ? »

Et on l'a ramené par la peau du cou au dortoir, et la punition a été terrible : un jour entier au cachot, dans le noir, sans manger.

Ça lui a fait quelque chose à raconter, au moins, au lieu d'être toujours celui qui écoutait les autres, ceux qui sortaient quelquefois pour aller dans leur famille. Mais ils se sont moqués de lui, bien sûr : eux, ils allaient vraiment *dehors*. Mathieu est un *orphelin*, ça veut dire qu'il n'a plus de parents et qu'il ne sort jamais de l'École. Il a eu une famille, pourtant, il se rappellerait presque, des mains, des voix, être porté... Mais plus maintenant. Leurs histoires n'étaient pourtant pas bien excitantes, les autres : ils montaient dans des voitures qui traversaient des rues bordées de maisons pour les emmener dans d'autres maisons. Et puis, ceux qui ne sont pas partis définitivement dans leurs familles, ils ont arrêté d'en parler, du dehors ; maintenant, ils ne sortent plus beaucoup, il y en a même quelques-uns qui ne sortent plus du tout. Quand Mathieu a essayé de demander pourquoi à Pashka, il lui a sauté dessus. C'est comme ça que ça a commencé, avec Pashka. Sauf que maintenant, Pashka n'a plus vraiment besoin de raisons pour lui sauter dessus. Mathieu sait bien pourquoi Pashka ne va plus dans sa famille : sa famille ne veut plus de lui, parce c'est une vraie *peau de vache* ! Peau de vache, se répète intérieurement Mathieu, satisfait de l'insulte, même s'il ne la comprend pas bien : il n'a jamais vu de vache ailleurs que dans les livres et ça a l'air d'être une bête bien gentille et bien utile – mais il n'y avait pas à se tromper sur le ton du jeune maître qu'il a entendu dire ça l'autre jour. Qu'est-ce qui est le plus bizarre, hein, être un *orphelin* ou être une *peau de vache* que ses parents ne veulent même plus voir ?

Il donne un grand coup de pied dans les feuilles mortes. Ce n'est pas juste : Maîtresse Caroly a dit, “vous êtes tous bizarres”, tous “bloqués”, comme le disent aussi parfois les maîtres, mais alors pourquoi ils sont ensemble, les autres, et pas lui ? Regardez-les là-bas sous l'arcade, assis en rond comme des idiots, les yeux fermés. Ils sont encore en train de jouer à l'œuf. Comme si ça ne suffisait pas de le faire avec les maîtres ! Et puis ce n'est pas un jeu, c'est un *exercice* qu'on fait en *classe*, tous les jours, un exercice *sérieux*, sûrement, même si les maîtres ont parfois l'air de s'ennuyer quand ils le font faire. S'imaginer qu'on est dans un œuf à la paroi élastique, respirer très lentement, en voulant que la paroi devienne de plus en plus mince, transparente. Voir l'œuf du maître à travers la paroi. Et quand on voit la paroi de l'œuf du maître se soulever en même temps que la sienne pendant qu'on respire, tendre les bras pour traverser la paroi et entrer dans l'œuf du maître.

Personne n'y arrive jamais, de toute façon. Mathieu n'a même jamais pu voir la paroi de son œuf ! À la place, il s'endort, et les autres se moquent de lui – pas longtemps, parce qu'il n'a pas peur de se battre. En classe, il y en a de temps en temps qui disent qu'ils y arrivent, et même à voir l'œuf du maître, mais c'est le maître qui sait si on y arrive ou pas. Et puis, il ne suffit pas de voir l'œuf du maître : il faut réussir à sortir du sien. Ce qui se passe après qu'on est "débloqué" n'est pas très clair, mais en tout cas on change d'École, et on retourne chez ses parents. C'est ce que disent les maîtres ; à en croire ce que disent ceux qui voient encore leurs parents, c'est ce que disent les parents. À mesure que le temps passe, Mathieu trouve que les maîtres ont l'air de moins en moins convaincu. Il se demande si les parents le sont davantage. À voir la tête de Pashka la dernière fois qu'il est revenu de chez lui, peut-être pas.

Il y a pourtant des maîtres près de l'arcade qui regardent sans rien dire, comme si c'était bien de jouer à l'œuf sans eux, en dehors des classes.

Mais Mathieu sait pourquoi : il a bien vu comme des maîtres arrivent de partout quand un cercle se forme dans la cour de récréation ; ils surveillent les joueurs pour qu'ils ne fassent pas de bêtise, comme Géry, la saison dernière, qui s'est mis à flotter au-dessus du sol, assis en tailleur, et il ne s'en rendait même pas compte ! Les maîtres l'ont vu, eux, et ils sont venus le retirer du cercle vite fait, et on n'a jamais revu Géry après. Et sûrement pas parce qu'il est allé dans une autre École. « C'était un *batzi*, son œuf était mauvais », a expliqué le maître en charge. Et il avait l'air si fâché que personne, pas même Mathieu, n'a osé continuer à poser des questions. Ils ont seulement tous eu très peur de devenir des *batzi*.

La cloche sonne la fin de la récréation. Sous les arcades, le cercle muet se défait. Ils ont tous l'air très énervé – ça n'a rien donné, comme d'habitude, qu'est-ce qu'ils croient : sans le maître au milieu, ça ne peut pas marcher ! Quand Mathieu vient les rejoindre pour rentrer, Pashka le bouscule tout d'un coup en faisant encore semblant de ne pas l'avoir vu. Mathieu lui envoie un coup de pied. Une sorte de bonheur sauvage l'envahit à l'idée de la bagarre. Il ferme les poings. Pashka peut venir, il va voir !

Mais l'autre recule un peu. Ses sourcils se soulèvent, sa bouche s'étire en un sourire méprisant, il hausse les épaules et dit très fort, à la cantonade : « Je vais pas toucher à un vrai tête de pierre ! »

Mathieu ne sait pas ce que ça veut dire, c'est la première fois qu'il entend ces mots-là. Mais il comprend que c'est une insulte, et à entendre les ricanements bizarres des autres, c'est pire que "peau de vache". Il crie « Froussard ! » d'une voix qui s'étrangle, et il fonce sur Pashka.

Quelque chose le retient par-derrière. Il ne se demande pas quoi : ça le retient, c'est tout. Il se débat à coups de pied, à coups de poing. L'étreinte se resserre, devient douloureuse, mais il se débat seulement plus fort. Tout à coup, ça le lâche. Dans son élan furieux, il va rouler par terre. Alors seulement la voix irritée de Maître Sandor traverse le brouillard de fureur qui isolait Mathieu : « Mais il est enragé, cet animal ! »

Mathieu regarde autour de lui, égaré, foudroyé par le souvenir, trop clair, trop net, intact, les sensations, les émotions... Mais ce n'est pas la cour au soleil, c'est le souterrain, la pénombre diffuse de la grande caverne où il allait entrer. Il titube, il se laisse glisser à terre, le dos appuyé à de la pierre. Il ferme les yeux, la gorge serrée, la tête sonnante d'une rage et d'un chagrin passés depuis longtemps.

4

Dans les jours et les semaines qui suivirent, le roi et la reine regardèrent avec désespoir leur fils dépérir. Rien ne pouvait tirer le jeune prince de son accablement, ni les armes, ni les chants, ni les jeux. Les livres qui avaient fait ses délices restaient à l'abandon, son asker blanc et noir s'ennuyait à l'écurie. Le chagrin de ses parents comme la sollicitude de ses amis laissaient Oghim également indifférent. Il mangeait peu, dormait à peine, passait ses journées à errer dans le palais sans voir ceux qui croisaient son chemin. Son visage était celui de qui dort en faisant de mauvais rêves, et son mauvais rêve était toujours le même : le visage effrayé du musicien, le visage effrayé de tous ceux qu'il avait croisés en revenant de la ville. Il n'était pas comme eux. Il n'était pas non plus comme les gens du palais. Il était maudit. Il n'avait pas d'ombre.

◆

Mathieu s'immobilise. Son cœur cogne dans sa poitrine. Les objets blancs semblent flotter sur le sol inégal où la faible lumière omniprésente leur refuse une ombre. Il s'oblige à approcher. Le squelette n'est pas très grand, les os bien propres, bien nets, fins et élégants. Rien n'a dérangé ce cadavre pendant que la chair en disparaissait. Il reste une image précise du moment où la vie s'est arrêtée : les bras serrés sur le ventre, les jambes repliées contre la poitrine...

Mathieu s'arrache à sa contemplation, contourne le squelette et se remet en route. Depuis un moment, il avait vaguement l'impression de tourner en rond, même s'il ne rencontrait pas les marques sombres qu'il avait faites avec soin dans les parois luminescentes, tous les dix pas. Mais il n'a jamais vu ce squelette auparavant. Il ne sait pas où il est. Sûrement perdu. Ça lui est égal. Il a toujours été perdu.

Cette partie du souterrain est très silencieuse. Les pas n'y éveillent aucun écho. Au bout d'un moment, à force de silence, ses mouvements deviennent mécaniques,

Mathieu cesse de penser ; seuls les signaux de son corps lui parviennent encore à travers une sorte de brouillard. Quand la porte apparaît devant lui, il trébuche comme s'il se réveillait.

Est-ce bien une porte ? Seulement un accident de la roche, un caprice du hasard qui a évidé en un demi-ovale grossier une variété de roche plus tendre. Une veine de roc sombre en fait le tour. Aucun lichen n'y pousse. La pierre est lisse, un arceau noir dans la lumière pâle du lichen. Au-delà, le souterrain continue, identique.

Mathieu franchit l'arceau.

Il s'arrête aussitôt, alarmé : mille bruits infimes emplissent soudain le souterrain, gargouillis rythmés, chuintements, clapotis, et des froissements intermittents qui ressemblent à de vastes soupirs. Il se retourne, incertain, revient sur ses pas. De l'autre côté, seulement des sons espacés, rares et lointains. Lorsqu'il repasse sous l'anneau de pierre, il perçoit de nouveau la rumeur qui dessine dans le lointain tout un relief sonore, des espaces plus ouverts, de l'eau courante – peut-être la sortie ?

Il doit y avoir une raison très simple, une acoustique particulière au souterrain. Mathieu chasse son malaise et se remet en route en marquant avec soin les parois tous les dix pas. La végétation luminescente est plus épaisse. Mathieu avance à pas réguliers, obstinés, en essayant de ne pas penser qu'il est en route de nulle part vers nulle part. C'est peut-être la tiédeur de l'atmosphère confinée, plus humide aussi, ou la fatigue, mais il a du mal à respirer. Et tout à coup, comme si c'était ce qui lui bloquait la poitrine, une bulle vient encore éclater à la surface de sa mémoire.

Il se réveille, mais n'ouvre pas les yeux tout de suite. Il se sent bizarre. Oppressé, le souffle court. Et comme si l'espace autour de lui n'avait pas les bonnes dimensions. Il a dû faire un cauchemar, un long, très long cauchemar. Il ouvre les yeux... et il s'assied sur son lit, stupéfait, terrifié : il n'est pas dans le dortoir de l'École ! Il se trouve dans une petite chambre à plafond haut, décorée jusqu'à mi-hauteur de mosaïques en frises parallèles, séparées par des bandes métalliques ; une fenêtre à carreaux en losange est entrebâillée sur le jour.

Il ferme les yeux très fort, les rouvre. Le décor n'a pas changé. Il essaie de respirer à fond, le cœur dans la gorge, toujours avec cette sensation d'essoufflement. Et puis, comme s'il retournait une lourde pierre dans sa mémoire, il se rappelle, et la terreur recule un peu. Il s'est battu. Il s'est battu avec... avec... Pashka, et les maîtres l'ont puni. Le souvenir déboule, maintenant: on l'a isolé dans une petite pièce, sans manger, tout le reste de la journée. Un maître muet est venu lui apporter un plateau, en début de soirée. Et tout d'un coup, en mangeant, il a eu tellement sommeil, il a posé sa tête sur ses bras à côté de son assiette, il a dû s'endormir. Si profondément qu'il ne s'est pas réveillé quand ils l'ont amené ici.

Il y a une lampe au plafond, ronde, une autre sur la table de nuit, pas du tout comme les lampes du dortoir, on les allume comment ? Une petite armoire en bois rose-rouge sur un mur, du racalou – et ses affaires sont dedans. Ses habits, ses souliers, ses affaires de toilette. Mais pas ses affaires de classe. Devant la fenêtre, une table et deux chaises, en bois rose-rouge aussi. Il les contourne pour aller à la fenêtre.

Il se trouve au rez-de-chaussée de quelque part. Dans une sorte de très longue cour rectangulaire, beaucoup plus large que la cour de la petite École, et encerclée par de très hauts murs aussi, mais obliques, comme si la cour était une boîte plus ouverte vers le haut ; sans fenêtres, comme les murs de la petite École, mais pas lisses du tout, irréguliers, comme... froissés, même si Mathieu peut voir ici et là les jointures des blocs et des protubérances métalliques ; de la végétation serpente dans tous les sens le long des parois, lianes, vignes vierges et même de petits arbustes.

Devant la fenêtre de la chambre s'ouvre une terrasse pavée des habituelles dalles écarlates et dorées. Plus loin, de l'autre côté du petit parapet, descendant en pente douce, un grand jardin ou un parc, plein d'arbres, autour d'un bassin, sans doute – un miroitement entraperçu à travers les feuillages. Des arbres-rois, des racalous, et quelques arbres que Mathieu ne connaît pas, aux longues et fortes branches dont les plus basses traînent par terre, couvertes de fleurs en grappes violettes. Devant la terrasse, de petits arbustes, régulièrement espacés. Des bébés arbres-à-eau, Mathieu s'en rend compte en s'approchant de la balustrade qui borde la terrasse ; certains sont même de simples pousses. Il descend les trois marches menant au jardin, se retourne pour regarder vers la chambre. Sa fenêtre est la seule. Au-dessus et de chaque côté, la même paroi oblique d'au moins quinze mètres de haut, au relief irrégulier sous les plantes bariolées.

Mathieu contemple la fenêtre un moment, désemparé. Il est tout seul ? Il est tout seul dans une autre partie de l'École ?

Est-ce qu'il est encore puni ?

Il se retourne vers le jardin, le cœur étreint d'inquiétude – ou bien c'est parce qu'il se sent toujours comme essoufflé. Il respire plusieurs fois à fond, ça va un peu mieux. Ma foi, s'il est puni, ça pourrait être pire. Tant qu'à être tout seul, autant être *vraiment* tout seul, au lieu de voir les autres être ensemble ! Puisque c'est comme ça, il va aller explorer son nouveau domaine.

Il fait chaud, mais pas trop humide, malgré la végétation abondante ; le soleil tombe presque à la verticale sur le parc, la matinée doit être bien avancée – c'est bizarre, il n'a pas faim. Les arbres font de l'ombre, et l'herbe jaune est bien fraîche. Il y a des plaques de mousse, aussi, élastiques sous les pieds nus ; ça sent bon, l'odeur poivrée des arbres-à-eau mêlée à l'odeur d'anis des arbres-rois et, par bouffées, avec la brise qui tourne entre les parois de la cour, le parfum délicat, indescriptible, des grappes de fleurs violettes. Des insectes cliquettent et bourdonnent, invisibles. Des oiseaux, juste des chants, dans les arbres.

Il longe l'étang – un véritable étang, pas un bassin-piscine comme dans l'autre cour – avec des semis de plantes en minuscules demi-lunes vertes à la surface, de grands joncs, et des plaques de nénuphars bleus. L'eau est sombre, sûrement profonde. Il attend un peu, pour voir s'il y a des poissons ou des grenouilles, mais ça ne doit pas être leur heure.

Après l'étang, il enjambe les branches basses d'un des arbres inconnus, en faisant attention de ne pas abîmer les fleurs, et juste après il arrive dans une sorte de petite clairière. Un unique gros buisson aux feuilles vernies d'un vert presque noir y pousse, plus haut que Mathieu, dans un cercle d'herbe fine – une autre sorte d'herbe, plus courte, d'un jaune plus clair. Le buisson est constellé de fleurs blanches aux pétales épais et pourtant translucides, ourlés les uns autour des autres en volutes complexes ; certaines fleurs sont largement ouvertes, et sur chaque pétale se recourbe une flûte rosée où tremble du nectar ; d'autres fleurs sont fermées : comme une cage ronde, et dans la cage, quelque chose de plus sombre... qui bouge ?

Interloqué, Mathieu regarde de plus près, et oui, ça bouge ! Il y a même un battement léger, régulier, comme un cœur.

Il ne sait pas s'il a envie de reculer ou d'ouvrir la fleur, pour voir. Et pendant qu'il s'interroge, les pétales frémissent, d'abord d'une manière imperceptible, puis ils commencent à s'écarter les uns des autres en s'enroulant sur eux-mêmes, lentement, d'abord ceux du dessus, puis couche après couche après couche...

Et tandis que Mathieu regarde, les yeux écarquillés, la fleur s'épanouit, dévoilant son cœur qui n'est pas un cœur mais une masse mouvante, pulsante, qui se défait soudain et jaillit en milliers de confettis multicolores, dans une explosion de parfums acidulés.

Mathieu recule tellement vite qu'il perd l'équilibre et se retrouve assis par terre, à regarder les confettis qui ne retombent pas, qui flottent... non qui volent, qui volent au-dessus du buisson ! Et ils s'organisent en couleurs, des rouges profonds ou presque roses, des bleus violents ou aussi tendres que le ciel, des verts acides, des jaunes sonores. Et voilà qu'un autre mouvement coloré se dessine dans l'ombre, puis dans la flaque de soleil au-dessus du buisson, d'autres confettis – des insectes, des oiseaux minuscules ? – qui dansent en réseaux colorés et auxquels le premier essaim vient se mêler. Ils virevoltent et se déploient tous ensemble comme une grande écharpe, puis s'abattent sur les fleurs ouvertes un peu partout dans le buisson.

Mathieu se relève, sidéré, et en même temps, il ne sait pas pourquoi, il a envie de rire. Il s'approche pour observer ce que font les confettis – il a un peu peur qu'ils ne se dispersent à son approche, mais c'est comme s'il n'était pas là, ils continuent à se gorger de nectar. Et oui, ce sont bien de minuscules oiseaux, pas plus gros que l'ongle de son petit doigt, avec des ailes qui vibrent trop vite pour être vraiment visibles et un long bec fin comme une aiguille.

Il prend conscience d'une ombre qui s'allonge près de lui, en même temps qu'une voix dit dans son dos : « Eh bien, voilà un heureux présage ! »

Il se retourne, prêt à avoir l'air coupable, mais réalise en même temps que la voix était amusée. Et ce n'est pas un maître qui se tient devant lui, ou du moins ça n'y ressemble pas : un grand jeune homme mince aux jambes et aux bras nus, coiffé d'un large chapeau de paille dépenaillé, avec un tablier brun taché de terre qui lui descend un peu plus bas que les genoux, serré à la taille par une ceinture de cuir retenant des instruments miniatures – sécateur, pelle, rateau – et des cordelettes. Il porte un bracelet argenté au poignet droit.

Le jeune homme repousse son chapeau de paille, s'essuie le front ; sous la tignasse de cheveux noirs emmêlés, de grands yeux sombres rient en regardant Mathieu, comme rit la bouche aux lèvres rouges.

« Sais-tu ce que tu viens de voir ? » demande le jeune homme ; il s'approche du buisson en faisant signe à Mathieu de le suivre, et enchaîne : « La naissance des derniers oiseaux de cette fleur-à-cœur. »

Il dégage son sécateur et désigne sur une branche du buisson trois fleurs encore fermées où bat le cœur d'oiseaux à naître. Le voile coloré se soulève, ondulant dans la brise au-dessus du buisson ; les couleurs se mêlent et changent vertigineusement, formant des dessins trop brefs pour être perceptibles. « Si on laisse ceux-là sortir, il n'y aura pas assez de nourriture pour tout l'essaim, il ne sera pas bien portant, et il ne pourra pas se reproduire correctement. »

Trois claquements de lames, trop rapides pour que Mathieu puisse même réagir, et les trois boules blanches tombent et roulent à ses pieds. Le jeune homme s'accroupit, en prend une, la regarde un instant puis la tend à

Mathieu, qui se force à la prendre à son tour : le cœur ne bat plus.

Mathieu lâche la fleur morte. Le jeune homme se relève avec un soupir, les yeux plissés à cause du soleil. « Oui, c'est triste. Mais moins triste que de voir l'essaim dépérir, n'est-ce pas ? »

C'est vrai, et Mathieu hoche la tête. D'ailleurs, l'essaim est revenu se poser sur les fleurs ouvertes.

Le jeune homme tend les mains : « Je m'appelle Jordan. Je suis... le jardinier. » Il sourit en biais, comme s'il venait de faire une plaisanterie. Mathieu ne comprend pas la plaisanterie, mais c'est un sourire, et des mains tendues, et il n'y a jamais tellement eu de sourires ni de contacts physiques dans sa vie jusqu'à présent. Il prend les grandes mains osseuses, qui enveloppent délicatement les siennes pour les serrer.

« Je m'appelle Mathieu. Est-ce que vous allez m'apprendre à jardiner ? »

Jordan se met à rire : « Ce serait un bon début, ma foi. Viens, je vais te montrer les petits arbres-à-eau. »

Il se débarrasse de son chapeau, qu'il plante sur la tête de Mathieu, relève le bord d'une pichenette, contemple son œuvre d'un œil critique : « Il faudra te trouver un chapeau à ta taille, si tu veux devenir jardinier. » Puis il se met à rire, se détourne, et se dirige à pas rapides vers le haut du jardin.

Mathieu le suit comme il peut, vite essoufflé de nouveau. L'autre se retourne, le voit derrière lui, fronce un peu les sourcils, murmure « Ah oui », et s'arrête pour l'attendre. Quand il repart, il marche plus lentement. Ils arrivent ensemble auprès des rangées de petits arbustes. La plupart ont seulement leur premier étage de vraies branches, comme un parasol vert tendre, disposées en étoiles autour du tronc encore droit où le réservoir n'a pas encore commencé à s'arrondir, et où des radicelles forment comme une fourrure jaunâtre.

« Quand ils sont jeunes, les arbres-à-eau sont des arbres-miroirs, Mathieu », dit Jordan en se campant main sur la hanche près d'un arbuste d'environ un mètre de haut. « Leurs racines poussent exactement comme leurs branches. » Il suit du doigt une des branches, désigne ensuite le sol. « Il suffit de regarder les trois premiers étages des arbres-à-eau pour savoir combien ils ont de racines, où elles se trouvent, et dans quelle direction elles poussent. Pratique, hein ? »

Mathieu hoche la tête, impressionné et curieux de la suite.

« Mais quand on replante des arbres-à-eau pour remplacer ceux qui sont trop vieux, on a besoin de pouvoir les raccorder aux canalisations en place. » Il tire une cordelette de sa ceinture, la noue autour d'une branchette d'environ cinquante centimètres et serre très fort ; la branchette se contracte et plie, comme un petit tube en caoutchouc. « Cette racine-là, on n'aura pas besoin qu'elle soit plus longue. »

Il se redresse, s'essuie de nouveau le front. Mathieu a envie de lui redonner son chapeau, mais Jordan se passe la main dans les cheveux avec un grand sourire satisfait en disant : « Et ce sera la leçon pour aujourd'hui. Tu n'as pas faim, toi ? Ça va bientôt être la méridienne. »

Quand ils reviennent dans la chambre, il y a deux plateaux sur la table, avec la collation du milieu de journée. Jordan grignote tandis que Mathieu dévore – son appétit lui est revenu. Ils parlent encore du jardin, des plantes et des arbres. Puis Jordan se lève : « Je reviendrai après la méridienne. Dors bien. » Il ferme les volets de l'intérieur puis il sort par l'unique porte de la chambre.

Mathieu n'a pas osé demander s'il était puni. Il écoute si une clé tourne dans la serrure. Non. Il reste interdit, hésite, mais finalement il ne va pas ouvrir la porte.

5

Devant Mathieu, derrière lui, l'eau invisible du souterrain goutte, cascade, ruisselle ou gargouille, obstinée.

La galerie monte en pente douce, seule raison pour lui de continuer à marcher : vers le haut, vers le haut, c'est la seule pensée cohérente qui lui reste. Le souterrain s'élargit parfois et, en levant la tête, il peut voir d'innombrables doigts de pierre pointés vers lui, roses ou gris dans la luminescence du lichen qui les gaine, faisant pleuvoir les gouttes d'une lente pluie tiède. Au moins, il ne mourra pas de soif.

Il ne peut plus ignorer les protestations de son estomac. Il s'arrête dans un endroit relativement sec, sort le morceau de pain le plus rassis, va le tremper dans une flaque et, quand le quignon est assez ramolli, il le mange en se forçant à prendre de petites bouchées qu'il mastique longtemps. Ce n'est pas grand-chose, et pourtant, quand il a fini, ses yeux se ferment tout seuls, comme s'il venait de finir un plantureux repas. Paupières closes, le corps vibrant de fatigue, il écoute vaguement la symphonie cascadante des gouttes proches et lointaines. Au bout d'un moment, il perçoit des différences dans leurs rythmes, pressés ou d'une exaspérante lenteur, et dans leurs sonorités, certaines plus sèches, d'autres plus mates, presque grasses. Il y en a une, tout près, rapide, élastique, bondissante...

... un son rythmé, bizarre, à l'écho vaguement métallique, mais mou en même temps. Il ouvre les yeux, c'est encore la nouvelle chambre et il se sent encore la poitrine oppressée, mais le choc de la surprise ne dure pas longtemps, écarté par la curiosité. Il va pousser les volets de la fenêtre par ailleurs grande ouverte, et voit une silhouette qui danse sur les dalles en faisant rebondir un ballon. Torse nu luisant de sueur, longues cuisses brunes et nerveuses sortant d'un short violet, tignasse noire retenue par un bandeau rouge, c'est Jordan, qui zigzague sur la terrasse en évitant des adversaires invisibles et saute pour abattre le ballon dans un panier inexistant.

Mathieu s'accoude à la pierre chaude de la fenêtre, un peu étonné mais content de voir que Jordan a tenu parole. L'autre continue à jouer un moment, puis lance le ballon à Mathieu, qui le rattrape de justesse ; il ne pensait pas que Jordan l'avait remarqué. « Bien dormi ?

Je vais piquer une tête, ça te dit ? Mets ton maillot et prends des serviettes.»

Mathieu obtempère avec une joie incrédule tandis que Jordan s'évente avec son chapeau récupéré sur la table.

Une fois à l'étang, Jordan va droit à une petite plage miniature débarrassée de végétation et de là s'avance dans l'eau jusqu'à mi-cuisses. Puis il plonge et s'éloigne sous la surface, une longue ondulation verte qui se propage à travers les lentilles d'eau et les nénuphars. Mathieu entre dans l'étang, un peu hésitant à cause des plantes : il n'y en a pas autant dans le bassin-piscine auquel il est habitué. Mais il oublie vite son inquiétude : l'eau est juste à la bonne température, pas trop tiède, pas trop fraîche, et le sillage de Jordan dessine un chenal presque libre de nénuphars ; la pellicule des lentilles d'eau est plus opiniâtre et, avant de se lancer, Mathieu fait de grands mouvements de bras pour les écarter. Jordan surgit à quelques mètres en s'ébrouant, puis revient vers lui en nageant la bouche à demi ouverte dans l'eau, moissonnant les plantules vertes. Arrivé près de lui, il se dresse, recrache l'eau entre ses dents et mâchonne d'un air jovial. Mathieu le contemple, les yeux ronds. « Ça se mange, Mathieu ! Et si tu te fais piquer par un insecte, tu prends une fleur de nénuphar et tu la frottes sur la piqûre, c'est radical. Les plantes de ce jardin sont nos amies.»

Mathieu, un peu honteux, décide de l'impressionner : il part dans un crawl effréné vers le milieu de l'étang, sans plus se soucier des nénuphars restants, qui s'écartent ou ploient obligeamment sous lui. Mais il n'a pas fait vingt brasses qu'un étau lui serre la poitrine, il est à bout de souffle ; il ouvre la bouche au mauvais moment, avale de travers une grosse gorgée d'eau, s'étouffe et se met à patauger en essayant de reprendre sa respiration, mais il n'y arrive pas. Il s'enfonce sous l'eau, une fois, gesticule pour remonter, essaie de crier... mais plus il bouge, plus il s'étouffe. Il panique, un voile noir lui passe devant les yeux.

Deux bras solides viennent le chercher, le soulèvent... Jordan le tire vers le rivage, lui tapote le dos tandis qu'il tousse et crache, l'enveloppe dans une serviette chaude

de soleil. « Il vaut mieux nager tranquillement, au début, dit-il enfin. Et on ne jouera pas trop au ballon. »

Mathieu se sent trop mal pour demander pourquoi. Il préfère reprendre son souffle, avec le bras de Jordan passé autour de ses épaules par-dessus la serviette. Comme Jordan a de grands bras, sa main pend dans le champ de vision de Mathieu, avec son beau bracelet argenté ; il y a des animaux gravés dessus, des tigres, autour d'une pierre noire polie.

Au bout d'un moment, Jordan demande : « Ça va ? »

Mathieu hoche la tête. Jordan le dévisage longuement. « Tu as déjà fait l'exercice de l'œuf, hein, Mathieu ? »

Mathieu ne répond pas tout de suite, trop surpris : quel rapport ? Et puis, il comprend ce que ça implique, et il se sent un peu accablé.

« Vous êtes un maître ? » dit-il enfin, pour être sûr.

Il n'a pas pu cacher sa déception, il l'entend dans sa voix et baisse la tête, inquiet. Mais Jordan lui prend le menton pour le relever : « Pas un maître, Mathieu. *Ton* maître. C'est moi qui vais m'occuper de toi, maintenant. Juste moi. Tu penses que tu pourras le supporter ? »

Mathieu le contemple, incrédule, et c'est plus fort que lui, ça lui échappe : « Je ne suis pas puni ?

— Plutôt pas », dit Jordan, et il se met à rire devant l'incompréhension de Mathieu. « Non, Mathieu. Tu es quelqu'un de très spécial. Il te faut un maître spécial. Et c'est moi. »

Il redevient sérieux : « Ça ne veut pas dire que je ne te ferai pas travailler très fort, au contraire. Tu auras même l'impression que ce sont des punitions, quelquefois. Mais plus on est spécial, vois-tu, plus il faut faire d'efforts. Ça se mérite, être spécial. Et quand nous aurons fini, tu seras... comme le plus bel arbre-à-eau du jardin, comme le plus bel essaim d'oiseaux-parfums. Tu veux ? »

Et Mathieu dit "Oui", bien sûr. Comment ne voudrait-il pas ?

Jordan lui sourit : « Alors, on se met à l'ombre et on essaie l'œuf. Histoire de se détendre tous les deux, après tout cet énervement. On n'est pas obligés de faire tout l'exercice, juste le début. Étends-toi, ferme les yeux et respire lentement. Tu connais le truc. »

Et Jordan dit ça d'un ton tellement désinvolte, alors que les maîtres sont toujours si sérieux quand il s'agit de l'œuf, Mathieu ne peut s'empêcher de sourire avant d'obéir.

Et oui, ça lui fait du bien de respirer lentement, dans la pénombre de ses paupières closes. Il se concentre sur son souffle, comme on lui a montré, dedans-dehors, il arrive même à l'imaginer comme une vapeur lumineuse qui entre dans ses poumons, circule dans tout son corps, en ressort, s'éparpille, revient... ah non, il ne faut pas que ça s'éparpille, ça doit rester dans les limites de l'œuf, toujours son problème, les limites de l'œuf... Mais il entend le souffle régulier de Jordan non loin de lui, et il se concentre sur la surface de sa peau, et au bout d'un moment il peut sentir celle de ses bras picoter, comme si les petits poils sentaient la proximité d'une surface solide. Dedans... dehors... la vapeur lumineuse de son souffle, dedans, dehors, et lui qui flotte au milieu, et oui, il sent presque les limites de l'œuf, il les verrait presque. Dedans... dehors... flotter... la lumière...

On le secoue, et il ouvre les yeux. Jordan l'observe avec un sourire en biais: « Eh bien, on s'est reposés, au moins. »

Mathieu détourne les yeux, honteux. Il s'est encore endormi. Il a déçu Jordan, comme tous les autres maîtres. Mais Jordan se relève, lui tend une main pour l'aider à en faire autant.

« Ce n'est pas grave, Mathieu, dit-il avec gentillesse. Ça peut prendre longtemps pour les gens qui sont vraiment spéciaux. » Et il ajoute en regardant Mathieu bien en face: « Ça m'a pris longtemps aussi. »

Tandis que Mathieu digère cette confidence, abasourdi, Jordan jette les serviettes sur son épaule: « Prêt pour un peu de vrai travail, Mathieu ? Comment tu es en orthographe et en maths ?

— Plutôt bon », dit Mathieu, heureux de pouvoir enfin se vanter à bon escient.

— On va voir ça. »

Ils retournent à pas lents vers la terrasse et la chambre, où sont apparus des cahiers et des livres. Et un petit coffret de bois noir dont Jordan tire un bracelet en argent

ouvragé, épais et large, gravé d'animaux – des chevaux – autour d'une pierre bleu-gris.

« Quand j'ai rencontré mon propre maître, Mathieu, il m'a donné mon bracelet. » Jordan tapote le bracelet qui entoure son poignet. « Je me suis dit que ce serait bien de t'en donner un aussi en cadeau, pour célébrer notre rencontre et notre association. Oui ? »

Mathieu ouvre de grands yeux. On ne lui a jamais fait de cadeau. Il ne peut que hocher la tête en silence. Jordan lui passe le bracelet au poignet droit, en presse les deux extrémités l'une contre l'autre. Il y a un petit déclic. Mathieu fait glisser le bracelet le long de son bras, l'examine avec curiosité : il ne voit pas de fermeture.

Jordan sourit : « Ce sont des bracelets magiques. Une fois qu'on les a mis, on ne peut plus les enlever. Tu vois, moi, je porte toujours le mien. »

Mathieu l'observe avec une petite moue pour voir s'il est sérieux, et Jordan se met à rire : « Non, pas magiques ! Il y a une fermeture secrète. Mais il n'y a que moi qui peux l'ouvrir, comme seul mon maître pouvait ouvrir le mien. Si un jour tu n'as plus confiance en moi, tu n'as qu'à me demander, et j'ouvrirai le bracelet. »

Il ne sourit plus maintenant, il a l'air très grave : « Mais penses-y bien avant de demander, Mathieu, parce que le bracelet ne reviendra pas ensuite. Tu comprends ? »

La gorge un peu serrée, Mathieu pose une main protectrice sur le bracelet, déjà chaud de la chaleur de sa peau. « Oui.

— Alors, voyons un peu cette orthographe », dit Jordan en souriant.

Mathieu revient à lui avec un grand frisson dans la symphonie chaotique de l'eau invisible. Il se rend compte qu'il a la main posée sur le bracelet. Il l'en arrache comme s'il s'était brûlé, cherche autour de lui, puis, à quatre pattes, tâtonne frénétiquement dans la pénombre du souterrain. Quand il a trouvé un morceau de roche assez lourd, il se met à taper sur le bracelet, encore et encore, et peu importe les coups qui manquent et lui déchirent la peau, qui lui écrasent presque les doigts, il ne sent pas la douleur. Enfin, un bruit fêlé, l'anneau d'argent cède. Avec un hurlement qui lui déchire la gorge, Mathieu le lance au loin dans l'obscurité, ne l'entend pas tomber – la symphonie qui pleure des stalactites fait trop de bruit. Il se laisse tomber sur le côté, recroquevillé sur lui-même en tenant sa main poisseuse de sang contre sa poitrine.

Au bout d'un moment, il pense au squelette, et il se relève. Il lave sa main tant bien que mal dans une flaque, et repart, les dents serrées. Il n'est pas encore mort, lui.

6

Un jour, cependant, un vieux mendiant se présenta à la porte du palais et demanda à voir le prince Oghim. « Je peux l'aider », dit-il au garde. Karaïd Tsaludar fit venir le mendiant, irrité et intrigué à la fois : les plus grands sages et les plus grands mages n'avaient pu donner une ombre à son fils, et un vieux mendiant tout pelé allait le faire ?

« Laisse-moi voir le prince, Karaïd Tsaludar, dit le mendiant. Si je réussis, tu as tout à y gagner. Si j'échoue, tu pourras toujours me faire punir. »

Le roi lui donna donc la permission de rencontrer son fils.

Oghim était étendu à terre dans le coin le plus sombre du palais. Il ne bougea même pas en entendant arriver le mendiant. Le vieillard sortit de sa besace un petit miroir de sirid rond et le plaça sur les genoux du prince. Oghim releva enfin la tête, mais il ne regarda pas le miroir. Il demanda d'une voix lasse au mendiant : « Que veux-tu ?

*— Regarde dans le miroir, Oghim », dit le mendiant d'un ton impérieux et, sans savoir pourquoi, Oghim

obéit. Comme à l'accoutumée, il ne vit pas son visage se refléter dans la surface lisse du métal. Mais il n'y vit pas non plus ce qui se trouvait derrière et autour de lui. Le miroir ne réfléchissait rien.

« Es-tu un magicien ? » demanda Oghim, un peu curieux malgré lui.

« Les miroirs des humains ne peuvent refléter que les images des humains, répondit le mendiant. Mais ce miroir, Oghim, n'est pas fait pour refléter le monde des mortels. Seuls les Ékelli peuvent y apparaître. De même, le soleil qui éclaire ce monde ne peut donner une ombre à qui n'est pas de ce monde.

— Je ne suis donc pas de ce monde ? s'étonna Oghim.

— Non. Tu es le premier des temps à venir, et ceux qui te suivront honoreront ta mémoire comme l'avait prédit ton ancêtre Ktulhudar. »

Car le mendiant voulait voir si Oghim était capable d'orgueil. Mais le prince répliqua : « Que m'importe la gloire ? Demain, elle habillera seulement la poussière de mes os. C'est aujourd'hui qui compte pour moi. »

Le mendiant lui dit alors que s'il désirait vivre dans ce monde, il devait accepter d'y être sans ombre et sans reflet.

« C'est impossible, dit tristement Oghim. Comment vivre en n'étant qu'une moitié d'humain, sans jamais connaître mon visage ?

— Et si je te disais que le connaître te séparerait à jamais de ceux que tu aimes ?

— C'est impossible ! s'exclama le prince atterré. Suis-je donc un monstre ? Ceux qui m'ont aimé jusqu'à ce jour m'ont-ils donc menti ? »

Le mendiant sembla méditer un instant puis demanda : « Désires-tu vraiment retrouver ton ombre, Oghim ?

— On peut la retrouver ? dit Oghim, soudain plein d'espoir. Elle est quelque part où on peut la trouver ? Dis-moi où, vieillard !

— D'abord il te faudra tout abandonner de ce que tu connais, souffrir la faim et le froid...

— J'en souffrirais bien plus pour retrouver mon ombre ! » s'écria le prince.

« Sache aussi que sur ta route tu ne devras t'arrêter pour personne, sous aucun prétexte.

— N'est-ce que cela ? s'esclaffa le prince. Dis-moi plutôt où je dois me rendre, et ma reconnaissance sera éternelle.

— Les humains parlent bien légèrement d'éternité », remarqua le mendiant.

« Je suis Oghim Karaïdar, dit fièrement le prince, et je n'ai qu'une parole ! »

Le vieillard sourit : « Qui donc tout à l'heure parlait de la gloire qui habille seulement les os ? Tu es bien un humain malgré tout, Oghim Karaïdar, si tu crois que ton nom est plus qu'un nom. Tu apprendras en chemin... et tu regretteras d'être parti.

— Jamais ! » dit imprudemment le prince.

Le vieillard sourit de nouveau, mais sans rien dire, puis il désigna le miroir sur les genoux d'Oghim : « Ne perds pas ce miroir, prince, et puisses-tu en chemin te souvenir sans amertume de moi et de tes paroles. Va à l'île des Dieux, tu y trouveras ton ombre.

— L'île des Dieux ? s'étonna Oghim. Elle existe vraiment ? Mais où est-elle ?

— Trouve-la », dit simplement le vieux mendiant. Et il disparut sans qu'Oghim pût dire où il était passé.

◆

Cette partie du souterrain est remplie d'une vie opiniâtre, blême, d'une phosphorescence vague qui le dispute à la lueur bleutée des micro-champignons, sur les parois. Mathieu y avance dans un interminable bruit de succion, d'arrachements mous et, lorsqu'il s'arrête, il entend les plantes reprendre leur place autour de lui avec un chuchotement mouillé. Il doit se frayer un chemin à travers des champignons géants couleur de perle malade, écarter sans cesse les lanières humides des pseudo-fougères argentées avec par intermittence l'éclatement sourd d'un champignon arrivé à terme, qui disperse ses spores dans un jet verdâtre. Il s'enfonce parfois jusqu'au ventre dans de véritables mares de mousses visqueuses et il doit avancer en tenant son baluchon à bout de bras, comme on marche dans la boue, lentes arrachées d'une jambe après l'autre, avec la crainte, toujours, de perdre pied, l'impression de ne bientôt plus pouvoir avancer, de devoir rester là vaincu par l'étreinte insidieuse, figé en plein mouvement, englué pour toujours.

Après avoir traversé une dernière mare, il s'arrête. Il n'en peut plus. Il est trempé, ses vêtements lui collent à la peau d'une manière insupportable. Son poignet et sa main ont arrêté de saigner, mais il en irradie une douleur sourde, lancinante, qui lui résonne dans tout le corps à chaque pas. Au début, l'odeur douceâtre des champignons l'a écœuré, maintenant il ne la sent même plus. Mais il voit avec dégoût sur ses mains et ses bras les traînées de sève luisante, mêlée çà et là de spores minuscules, vert pâle ou blanchâtres, comme des taches maladives. Il se laisse tomber contre une paroi près de laquelle les mousses ont des dimensions à peu près normales. Ses jambes, tout son corps, tremblent de fatigue. Il ferme les yeux, étend les bras le plus loin possible, allant chercher du bout des doigts les aspérités de la paroi pour obliger ses muscles à s'étirer, malgré la douleur qui lui lance le poignet.

Sous sa main gauche, une dépression, à la forme régulière.

Une entaille ? Il se retourne pour vérifier, tâtant la pierre sous le velours omniprésent de la lumière.

Plusieurs entailles ! Il s'agenouille en scrutant la paroi, la gratte d'un ongle impatient. Un cercle, entaillé d'une croix. L'une des branches horizontales de la croix dépasse la circonférence et se replie un peu, comme un crochet. L'entaille devait être profonde, assurément faite avec un outil, mais le ruissellement de l'eau, le grignotement imperceptible des micro-champignons l'ont peu à peu comblée, le signe à demi effacé semble lointain, presque transparent, comme un rêve de la pierre.

Mais c'est un signe, un signe que Mathieu peut déchiffrer: la représentation du *S* majuscule dur en setlaod. Il gratte de part et d'autre du signe et, oui, d'autres entailles, pour le Ë, le T, le U... Le dernier signe doit être un O. Ëtsuo. *Sud*. Dans un lointain passé, des Anciens vivants se sont arrêtés à cet endroit et ils ont laissé cette marque. Pas n'importe quelle marque : une direction à suivre. Il se relève, change la courroie de place sur son épaule et repart en scrutant les parois.

Après seulement, il se rend compte de ce qui vient de se passer, et sent les souvenirs qui l'envahissent. Pas un éclair, cette fois, pas une hallucination paralysante. Plutôt une marée dont les longues vagues montent et descendent au rythme de ses pas. Car il n'en est plus le prisonnier fasciné comme auparavant; il peut continuer à marcher.

Le livre. Le livre en setlaod. Jordan le lui a offert. « Pour notre anniversaire. » Il a dû expliquer: ils sont ensemble depuis une saison. « C'est l'hiver, maintenant. » Pas une grande différence dans le jardin : quelques feuilles jaunies çà et là, quelques plantes en sommeil. Peut-être fait-il un peu moins humide, mais à peine.

Le livre ne ressemble pas aux livres habituels. Petit, carré, avec des pages épaisses, " du parchemin " a dit Jordan. Et pas imprimé: écrit à la main, illustré d'images colorées – "enluminé", et Jordan a encore dû expliquer. Entièrement rédigé en setlaod. Une couverture de cuir délavée, usée, trouée en deux endroits, avec des gravures au fer presque effacées. Pas de titre. « C'est un très, très vieux livre. » Une antiquité. Pourquoi Jordan lui offre-t-il un si vieux livre si mal en point? Mais Mathieu ne se le demande pas longtemps : Jordan est revenu, Jordan l'aime à nouveau!

C'est après l'une de ses longues disparitions, toute une semaine, quatorze jours pour Mathieu à ne voir personne à part le maître qui apporte à manger – il ne sait toujours pas son nom, il a renoncé à l'interroger. Et c'est après l'un de leurs échecs, une journée entière de jeûne, de méditations et d'exercices, et lui toujours incapable de sortir de son œuf. Quand il a rouvert les yeux, accablé, Jordan est parti sans un mot. Et ensuite, à mesure que les jours passent, la montée de l'angoisse, de la terreur, du désespoir. Chaque fois que Jordan disparaît ainsi, Mathieu est sûr qu'il ne reviendra pas.

Jordan revient toujours, pourtant, parfois amical et encourageant, parfois sévère mais indulgent, parfois seulement sévère. Chaque fois Mathieu sent son cœur bondir de joie en le voyant, et chaque fois il se jure de travailler encore plus fort pour le satisfaire.

Cette fois-là, Jordan revient souriant, avec le livre, le cadeau. Jordan n'apprécie pas tellement l'intérêt que

Mathieu porte au setlaod et aux Anciens, il le tolère, tout au plus ; alors, ce livre, c'est plus qu'un cadeau, c'est un signe codé : Jordan regrette d'avoir abandonné ainsi Mathieu, c'est sa façon à lui de se faire pardonner. Peut-être. Sûrement. Mathieu est bien prêt à lui pardonner, il lui aurait pardonné même sans le livre !

Ça a commencé avec les mosaïques de sa chambre – le setlaod, les Anciens. Non, pas les Anciens, les Anciens c'était avant. Les fresques de l'autre cour, des dortoirs, des salles de classe. Aux quelques questions, les maîtres répondaient toujours la même chose, sur le ton qui invitait à ne plus interroger : les Anciens avaient vécu très, très longtemps dans le passé, ils n'étaient plus là, et c'était tout. Toutes ces récréations de solitude à contempler les fresques, les grandes silhouettes dorées, les animaux, les paysages. À rêver. Les Anciens avaient l'air gentil. Plus gentil que les maîtres, en tout cas. Plus heureux. Très tôt, il a essayé de recopier les fresques dans ses cahiers de dessin, mais les maîtres n'aimaient pas ça et lui ont défendu, alors il a continué sans leur montrer. Il était plutôt content d'avoir quelque chose que les maîtres n'aimaient pas.

Avec Jordan, ce n'est pas pareil. Quand Mathieu s'est rendu compte que Jordan n'aimait pas tellement non plus, ça l'a inquiété, ça lui a fait de la peine. Mais si Jordan a donné à propos des Anciens les mêmes réponses que les autres maîtres, avec la même mimique un peu agacée, il n'a rien interdit, lui. Il a seulement dit : « Pourquoi ne dessines-tu pas aussi des choses vivantes, comme les plantes ? » Et comme Jordan a toujours raison, Mathieu s'est mis à observer et à dessiner les plantes du jardin, et c'est devenu son passe-temps favori. De toute façon, il n'y a pas de fresques dans la nouvelle cour. Juste les mosaïques géométriques sur la terrasse, comme dans la chambre. Mais de temps en temps, quand il en a assez de dessiner des plantes, il dessine encore des Anciens, de mémoire, avec d'autres images qu'il se rappelle des fresques. Peut-être parce que les Anciens n'existent pas. N'existent plus, mais ça revient au même. C'est plus... intéressant de dessiner des choses qui n'existent pas. On peut toujours inventer. C'est comme aller se promener ailleurs. Vraiment ailleurs. Là où personne ne peut l'obliger à rester. Il n'aime pas trop penser ainsi. Il a l'impression que ce n'est pas bien à l'égard de Jordan.

« Oh, tu sortiras d'ici, lui répète Jordan. Tu sortiras de l'École aussi. J'en suis bien sorti, moi. Mais d'abord, il faut que tu sortes de ton œuf. Comme les oiseaux de la fleur, eh ? Tu es trop spécial, Mathieu. Les gens dehors ne le sont pas. Et dans le reste de l'École, même s'ils sont spéciaux, ils ne le sont pas comme toi. Ce serait trop difficile pour toi d'apprendre ce qui t'est nécessaire si tu étais avec les autres enfants de l'École. Tu te rappelles comme c'était avant, n'est-ce pas ? »

Et Mathieu, qui se rappelle trop bien, de hocher la tête en silence. C'est sûrement mieux d'être spécial que d'être bizarre, comme a dit Maîtresse Caroly... Mais elle a dit aussi qu'il ne sera peut-être pas toujours bizarre. « Et si j'arrive à sortir de mon œuf, je ne serai plus spécial ?

— Quand tu sortiras de ton œuf, Mathieu, tu seras comme moi. Très, très spécial, mais d'une façon qui te permettra d'aller partout où tu le voudras. »

Mathieu continue à avancer, malgré la faim qui lui tenaille le ventre, malgré la pulsation douloureuse de sa main droite. Il sait qu'il est sur la bonne voie : les signes se multiplient, un courant d'air frais lui effleure le visage. Puis il perçoit au loin un son différent des bruits minutieux du souterrain, un grondement mêlé d'éclaboussements sourds : beaucoup d'eau coulant avec force. Il s'arrête, les jambes soudain molles de soulagement, d'espoir, de crainte. Il s'appuie à la paroi, sent sous sa main d'autres entailles. Il les caresse avec gratitude. Il va peut-être devoir son salut à une langue morte, appartenant à des êtres disparus depuis longtemps. Il y a là, après tout, une certaine logique. Des vivants, qu'a-t-il jamais pu attendre ? Il s'assied, prend un autre morceau de pain – il n'y en a plus beaucoup, mais il a bien le droit de célébrer un peu.

Guère de célébrations. Sauf avec Jordan. Quelquefois. Jamais moyen d'être sûr. Il peut réussir un problème difficile, faire une dictée sans faute, et alors, l'incertitude : des félicitations, ou juste un sourire – ou pas : ça va de soi qu'il devait réussir. Et puis d'autres fois, sans raison, et même après un échec, des cadeaux. Ou avec des motifs qu'il faut deviner, supposer, comme le livre en setlaod. Les punitions, pareil. Il essaie de ne pas y penser comme à des punitions en se rappelant l'avertissement de Jordan tout au début. Mais souvent, c'est difficile. Quelquefois, de plus en plus souvent, ça l'inquiète presque de recevoir un cadeau : c'est quelque chose que Jordan pourrait reprendre. Quand il se surprend à penser ainsi, il s'oblige à regarder son bracelet : Jordan ne l'a pas repris. Jordan ne le reprendra que si Mathieu n'a plus confiance en lui. Et Mathieu a confiance en Jordan. Même lorsque Jordan ne dit pas tout, même lorsque Jordan agit de façon incompréhensible.

La langue des Anciens, Jordan lui a donné les livres nécessaires pour l'apprendre, et il ne les a pas repris. Et puis c'est bien clair entre eux, Mathieu s'amuse avec le setlaod pendant son temps libre, et seulement quand il a fini tout le reste.

Les mosaïques, dans la chambre. Au début, Mathieu pensait que c'étaient juste des décorations d'un autre genre, ces petites images noires alignées en rang entre les motifs géométriques. Et puis, ça le frappe tout d'un coup : c'est comme les lignes dans ses livres de classe ! Il le dit à Jordan, tout excité, et Jordan hausse les épaules : eh bien oui, c'est l'écriture des Anciens. Et il commence la première leçon de l'après-midi, de l'arithmétique. Mais Mathieu est distrait. Des lettres, des mots, des phrases sur les murs. Les murs... les murs parlent. Il se met à recopier les signes, obsessivement, quand il a le temps ; il essaie de deviner leur son à leur forme, il leur donne des noms. Quelques jours plus tard, accroupi devant la mosaïque qui se trouve sous la fenêtre, il est tellement concentré qu'il n'entend pas la porte s'ouvrir sur Jordan, et il sursaute quand la voix un peu moqueuse dit dans son dos : « Tu ne devrais pas recopier de gauche à droite. Ils écrivaient dans l'autre sens. »

La surprise de l'irruption de Jordan est effacée par l'espèce de pirouette que font soudain les signes dans la feuille, sans bouger, mais comme si tout l'espace se réorganisait autrement – ce sont pourtant les mêmes signes !

C'est après cette fois-là que Jordan lui a donné le dictionnaire et la grammaire. En lui disant de se débrouiller tout seul.

Et il se débrouille. Il finit par déchiffrer les messages des murs de sa chambre. Il conclut que c'est de la poésie, parce que ça n'a pas grand sens autrement : le cercle de l'arc-en-ciel, et si on le traverse on rencontre son frère, ou sa sœur, ou enfin, les Anciens ont un mot qui veut dire "enfant du même parent", mais sans préciser le sexe ni de l'enfant ni du parent. C'est le plus déconcertant pour lui, ça, au début, dans la langue des Anciens – des *Ranao*, *Rani* au singulier, avec l'accent sur la deuxième syllabe et le r prononcé en expirant et non en roulant le son ; ça veut simplement dire « humains ». Parfois, chez eux, les gens ont un sexe, parfois ils n'en ont pas. Les mêmes personnes ! Et quand ils n'en ont pas, on utilise des pronoms et des suffixes spéciaux. Mais ce n'est pas parce qu'ils n'ont pas de sexe, c'est parce qu'on veut parler d'eux... en général. En dehors de leur sexe. C'est vraiment bizarre. On est toujours un garçon ou une fille, non ?

Jordan se contente de hausser les épaules avec un petit sourire en biais : « Ça dépend comment on choisit de voir. »

Ça ne se choisit pas, de voir des garçons ou des filles ! On *est* un garçon ou une fille. On *naît* comme ça !

Mais apparemment les Anciens pensaient autrement. Voyaient autrement. Et à mesure qu'il apprend leur langue, Mathieu commence à voir un peu autrement aussi. Le setlaod est très compliqué, avec des jeux d'inflexions et d'accentuations qui transforment le sens d'un même mot jusqu'à lui faire dire parfois le contraire de ce qu'il signifie au départ. Comme Jordan ne s'est pas offert à lui apprendre comment le parler, Mathieu n'a de la prononciation qu'une idée approximative, malgré les indications du dictionnaire. C'est un peu comme de la musique, les modulations, les rythmes... Certains mots lui plaisent tellement qu'il se les répète pendant des heures, et il les choisit même comme mantra pour les exercices de méditation qu'il fait de sa propre initiative, avant la méridienne et au coucher. *Lladparal* – c'est une sorte de harpe – *rhondalaï*, une clairière, *alnadilim*, enfants d'un même père. Frères, en quelque sorte. Mathieu pense toujours à Jordan quand il dit ce mot-là.

Il lui faut du temps pour arriver à construire des phrases qui tiennent debout : la grammaire est complexe, le vocabulaire immense (en fait, il y a plusieurs langues là-dedans, il s'en rend compte peu à peu en voyant comment les racines se distribuent, les préfixes, les suffixes ; ça, ça ne le dérange pas : sa propre langue, le virginien, fonctionne de la même façon). Mais c'est un jouet comme il n'en a jamais eu, un jouet infiniment transformable, toujours obéissant et pourtant toujours surprenant. Entre cette langue et la sienne, qu'il continue d'apprendre, des déplacements de constructions, de genres, de déclinaisons suscitent d'étonnantes métamorphoses dans son paysage mental ; parfois, il lui semble avoir acquis de nouveaux sens : il ne perçoit plus le monde de la même façon quand il essaie de le décrire en setlaod. C'est un peu comme les dessins qu'il imaginait à partir des fresques : il est ailleurs.

Le livre est une déception, pourtant. Une seule histoire dedans. Difficile à déchiffrer, aussi, à cause de l'écriture du scribe, et parce qu'elle est rédigée dans une forme plutôt archaïque de setlaod. Et incomplète, en plus !

C'est l'histoire de Matal Ughataï, un prince des Hébao, une des peuplades des Anciens. Fils aîné de la famille des Ughataï, il vit à Palangudzer, une ville “ à la pointe du Grand Lac ”. La dynastie des Ughataï possède une fleur magique qui permet de faire beaucoup d'enfants : c'est la Fleur de Palang, et le magicien du roi, Askorch, en est le gardien pour les Ughataï. Mais en réalité, Askorch veut devenir le maître de Palang et convoite la Fleur pour créer sa propre dynastie.

Askorch s'arrange en secret pour que la fiancée de Matal Ughataï épouse quelqu'un d'autre (l'histoire ne dit pas leurs noms). Il connaît bien Matal, qui a le sang chaud, et il sait comment il essaiera de se venger : en volant la Fleur de Palang – ainsi, s'il ne peut pas avoir d'enfants de sa propre lignée, personne n'en aura. Pas très sympathique, Matal Ughataï.

Seuls les Ughataï peuvent toucher la Fleur de Palang sans être réduits en cendres, Askorch le sait. En tant que magicien, s'il touchait la Fleur, il perdrait seulement presque tous ses pouvoirs. Il s'est donc arrangé pour la faire voler par Matal Ughataï : comme tout le monde saura que le voleur ne peut être que Matal, le prince ne deviendra jamais roi, et Askorch sera ainsi débarrassé du principal obstacle à ses ambitions. Qui plus est, en rapportant la Fleur à Palang, Askorch s'assurera de la reconnaissance du roi, ce qui lui sera bien utile par la suite.

Mathieu trouve un peu agaçante cette partie de l'histoire, qui dure bien trop longtemps : que de machinations ! Il préfère penser aux Anciens comme à ces gens sans soucis qui rient et dansent dans les fresques...

Après le vol, et la fuite de Matal, Askorch déclare donc au roi consterné qu'il retrouvera le talisman des Ughataï. Il suit Matal et réussit à reprendre la Fleur, mais il la touche accidentellement, et il perd la majorité de ses pouvoirs ; il ne les retrouvera qu'à la mort de Matal Ughataï, l'enchantement de la Fleur le veut ainsi. Avec les maigres pouvoirs qui lui restent, il n'est pas capable de vaincre Matal, qui a peut-être sale caractère mais qui est un grand guerrier. Askorch doit donc attendre que Matal meure de lui-même, quitte à l'aider un peu.

Et ça s'arrête là ! Mathieu a d'abord pensé qu'il manquait des pages, mais ça n'en a pas l'air, il y a une phrase indiquant bien clairement que l'histoire est terminée. Il faut supposer qu'Askorch a suivi Matal Ughataï dans ses voyages – mais a-t-il réussi à le tuer ? Matal l'a-t-il vaincu, a-t-il repris la Fleur, est-il rentré à Palangudzer pour se faire pardonner ? Agaçant mystère.

Après le premier agacement, cependant, Mathieu découvre qu'une histoire sans fin vaut peut-être mieux qu'une histoire achevée : il peut inventer toutes les fins qui lui chantent ! Et même, tant qu'à y être, il peut changer le caractère de Matal, d'Askorch, du roi, de la fiancée, changer tout et tout le monde autour de la Fleur de Palang et raconter complètement une autre histoire ! Et il peut le faire en setlaod – pas très longuement au début, il combine plutôt des images avec quelques courtes phrases ; mais, à mesure que s'affirme sa maîtrise de la langue des Anciens, les images s'espacent, deviennent de simples illustrations.

Quelquefois, Jordan lui prend ses histoires et les lui rend avec toutes les fautes soulignées en rouge. D'autres fois, il les lui prend et ne les lui rend pas. Mais il ne peut pas lui défendre d'en imaginer, n'est-ce pas ? Parfois, Mathieu se dit – un peu honteux de cette pensée – que c'est peut-être pour ça que Jordan ne lui défend pas d'en écrire.

7

Malgré les remontrances et les supplications de son père comme de sa mère, Oghim décida de quitter le palais à la recherche de l'île des Dieux. Il consulta auparavant tous les mages et tous les sages du palais et de tout le royaume, pour apprendre ce qu'il y avait à savoir sur l'île. Quelle ne fut pas sa déception ! Selon les histoires, elle se trouvait au nord, au sud, à l'ouest et à l'est, sur une rivière, un étang, un lac ou un océan ; dans certains cas, ce n'était pas du tout une île mais une colline, une montagne, ou même une caverne souterraine ! Et c'étaient toujours des fictions, non des relations de voyage : personne n'était jamais réellement allé dans l'île des Dieux.

Mais Oghim était obstiné. Puisque le mendiant lui avait dit « Trouve-la », c'était qu'il pouvait la trouver. Qu'il était destiné à la trouver ! Il décida donc de partir droit devant lui en faisant confiance au hasard : il lança en l'air une pièce d'or à l'effigie de son ancêtre Ktulhudar pour choisir le nord ou le sud, et ce fut le sud. Il en lança une autre en argent à l'effigie de son père pour déterminer l'autre direction, et ce fut l'est. Oghim rassembla donc ses affaires et partit avec son asker noir et blanc vers le sud-est. Une bonne direction, pensait-il : n'était-ce pas de là que ses ancêtres paalani étaient arrivés sur Hébu ?

Il parvint ainsi aux confins du royaume, dans les Montagnes Écarlates. C'était une petite bourgade, quelques maisons seulement ; à la limite du village s'élevait un grand arceau de métal noir. « La porte », répondirent les villageois interrogés, des Hébao taciturnes qui ne savaient rien d'autre ou ne voulaient pas en dire davantage : le nom d'Oghim Karaïdar leur était inconnu, et un prince paalao, même s'il chevauchait seulement un asker, n'était pas un spectacle cher à leur cœur.

Elle ne tenait à aucun mur, cette porte, les montants en étaient simplement enfoncés dans le sol. Amusé, Oghim poussa donc son asker sous l'arceau. De l'autre côté, c'était le même paysage, des épaules de rochers, des étendues de rocailles, des bosquets de petits arbres trapus... Encore plus loin, la montagne, de plus en plus escarpée, impassable.

Oghim décida de rebrousser chemin pour trouver un chemin à travers la montagne. Inutile de repasser par l'arceau de « la porte », il y avait de la place à côté, n'est-ce pas ?

Mais son asker s'arrêta net, comme devant un obstacle invisible.

Oghim essaya l'autre côté de la porte. Le mur invisible s'y trouvait aussi.

Irrité, déconcerté, Oghim dirigea son asker vers le centre de la porte.

Le mur invisible était encore là.

Incrédule, Oghim le suivit loin vers la gauche jusqu'à une infranchissable barrière rocheuse, puis loin sur la droite jusqu'à une autre paroi de pierre. Impossible de passer. Il ne pouvait pas rebrousser chemin. Et il ne pouvait non plus aller de l'avant ! Était-ce un signe ? Était-ce un mauvais signe ? Comment le savoir ? Les villageois ne purent rien lui dire et se mirent à l'éviter quand ils comprirent qu'il ne pouvait repasser la porte de fer pour retourner d'où il était venu.

Et il ne savait toujours pas où chercher l'île.

Il s'assit au bord de la route, désespéré. Pourquoi avait-il cru le vieillard, au palais ? Jamais il ne retrouverait son ombre !

◆

Le jour monte, Mathieu le sent sur son visage, comme si la lumière encore lointaine avait un poids, et il ouvre les yeux avec un petit tressaillement, soudain conscient de les avoir fermés, en se demandant avec angoisse s'il a dormi, même quelques secondes. Mais non, c'est impossible, il vient de terminer le dernier mantra de la nuit. L'ombre coule peu à peu de la terrasse, loin en face, laisse percer le miroitement de l'étang, serpente le long des parois en animant feuilles et lianes de mouvements fantastiques avant de les abandonner à la chaleur. Bientôt le petit arbre où Mathieu s'est perché, à mi-hauteur de la paroi est, se trouvera lui aussi en plein soleil. Ce sera le troisième jour de l'initiation. Le dernier jour.

Mathieu se lève avec précaution, s'étire en se tenant d'une main au tronc mince qui jaillit entre deux blocs de pierre – l'entrelacs de branches ploie et tangue mais tient bon. Il fait durer son geste : c'est le seul moment de la matinée où il pourra bouger. Ensuite, il verse l'huile dans ses mains, en frotte cérémonieusement tout son corps nu. Il sent à peine les entailles qu'il s'est infligées pour se tenir éveillé. Il prend l'autre gourde, en ralentissant délibérément ses gestes – par mépris de son désir de boire, d'abord, et ensuite parce qu'il n'est pas sûr de ses mains, après deux jours sans nourriture et sans sommeil. Il boit, lentement, religieusement, trois gorgées. Hier, c'était deux, avant-hier, une seule. Ensuite, toujours au ralenti, il se rassied en tailleur dans son nid précaire, joint les mains à la hauteur de son plexus solaire et entonne le premier mantra de la matinée.

Sa voix n'est plus qu'un murmure rauque, après deux jours, mais ça n'a pas d'importance. Il doit répéter le mantra douze fois, exactement à la même vitesse ; chaque répétition dure cinq minutes. À la fin de la douzième répétition, une heure après, alors que le soleil traverse le mince abri de feuillage, il entame le second mantra. Il y en a quinze, qui le conduiront jusqu'au moment où il pourra se lever et se huiler de nouveau, et boire trois autres gorgées d'eau. Ensuite, pendant la méridienne, en se livrant aux disciplines prescrites, il essaiera de contacter son Guide. Pour la dernière fois. S'il n'y parvient toujours pas, l'initiation aura échoué. Encore. Quatre fois en quatre saisons.

Il retrouve le rythme du mantra, y noie son angoisse naissante, écarte sans y penser les hallucinations qui ont essayé de s'immiscer dans son regard. Il n'a pas faim. Il n'a pas soif. Il flotte dans la mélodie intérieure dont le sens a disparu depuis longtemps mais dont le rythme va l'emporter, syllabe après syllabe, vers le plein soleil de midi.

◆

Oghim se laissait aller au découragement lorsqu'il entendit une voix qui demandait : « As-tu du pain, étranger ? »

Oghim leva les yeux et vit devant lui un grand Tyrnaë vêtu de guenilles bleues. Il prit ce qui lui restait de pain et le tendit au vagabond. Puis il se replongea dans ses tristes pensées. Le vagabond s'assit près de lui, rompit le pain en deux et lui en rendit une moitié en disant : « Tu es généreux, étranger. Je vais l'être aussi avec toi. » Et il sortit de ses haillons une gourde de peau qu'il offrit au prince.

Oghim goûta avec prudence au contenu de la gourde ; à sa grande surprise, le breuvage avait une saveur délicieuse. « Quel est ce vin ? demanda-t-il. Je n'en ai jamais bu de pareil.

— C'est du shméïlé, répondit le vagabond. On n'en trouve pas par ici. Il ne se fabrique que chez moi.

— D'où viens-tu ? » dit Oghim en lui rendant la gourde, déjà distrait.

« Et toi-même ? » répliqua le vagabond.

Oghim fut un peu choqué d'une telle désinvolture mais il songea que l'homme ignorait avoir affaire à un prince. « Je viens de Hleïtzer, dit-il avec lassitude, mais tu ne dois même pas savoir où cela se trouve.

— Au bord du Hleïtan. Et toi, sais-tu où se trouve le cap de Mérèn-Ilïu ? »

Oghim reconnut qu'il ne le savait pas.

« Dans le Nord, déclara le vagabond. Je viens de là. On y fabrique le vin que tu as bu. Les baies dont il est

tiré ne poussent qu'à cet endroit du lac, sur la rive la plus proche de l'île des Dieux.

— Tu sais donc où elle se trouve ? » s'exclama Oghim, n'osant croire à sa chance. « C'est là que je veux aller. J'en ignorais le chemin !

— Vraiment ? dit le vagabond. Et pourquoi crois-tu que j'accepterais de te l'indiquer ? Parce que tu m'as donné de ton pain ? Je t'ai donné de mon vin. Nous sommes quittes.

— Je te donnerai de l'or », dit Oghim.

Il prit sa bourse et la jeta aux pieds du vagabond, qui se mit à rire : « Tu donnes ton or bien facilement, jeune étranger. Tu n'as pas dû avoir grand mal à le gagner.

— Tu le gagneras sans peine non plus, si tu me dis comment aller à l'île des Dieux ! » dit Oghim avec impatience.

Le vagabond secoua la tête : « Tu sembles beaucoup tenir à cette information. Il ne serait pas bon que tu l'obtiennes si facilement, et par le mépris, encore.

— Que veux-tu dire ? » s'enquit Oghim, étonné et mécontent de ces paroles dont il sentait confusément la vérité, mais qu'il trouvait étranges dans la bouche d'un vagabond.

« Je vois à tes vêtements que tu es noble, et à la taille de ta bourse que tu es riche. Tout à l'heure, tu m'as donné un pain presque entier, mais ce n'était pas par générosité : c'était parce que la largesse fait partie des attributions de tes pareils et que tu as l'habitude d'avoir toujours du pain en abondance. Tu n'as pas songé que j'avais faim, ni que j'étais peut-être, comme toi, loin de chez moi. Tu ne m'as même pas vraiment regardé. Et lorsque tu m'as jeté ta bourse, comme on jette un os à un banker, tu n'as pas songé que l'or pouvait ne pas signifier davantage pour moi que pour toi, bien que mes vêtements soient des guenilles et les tiens ceux d'un prince, Oghim Karaïdar.

— Tu sais donc qui je suis ? » murmura Oghim, honteux de la justesse de ces paroles. « Pourtant, nul ne semble me connaître par ici.

— C'est que je ne suis pas d'ici, dit en souriant le vagabond. Je viens du Leïtltellu, où l'on fabrique le vin des Dieux.

— Et tu ne veux pas m'en indiquer le chemin », murmura tristement Oghim.

« Je ne veux pas de ton or en échange, Oghim Karaïdar. Mais peut-être pourrais-tu me donner autre chose ?

— Dis-moi ce que tu veux et je te le donnerai ! » s'écria Oghim, de nouveau plein d'espoir.

« Trouve-le toi-même », répliqua le vagabond.

Oghim réfléchit un moment : « Je ne possède rien d'autre ici que mon or, mon asker, mes armes et mes habits. Veux-tu mon asker, mes armes et mes habits ? »

Le vagabond secoua la tête. Oghim soupira, découragé : « Que pourrais-je t'offrir, alors, sinon mes excuses pour ma légèreté de tout à l'heure, et mon amitié ? Que vaudraient-elles pour toi ?

— On ne possède pas seulement ce qu'on peut toucher, dit le vagabond en souriant. Elles vaudraient l'information que tu désires. » Et il tendit ses mains ouvertes au prince stupéfait et ravi. « Je m'appelle Galaas, ajouta-t-il. Si tu le veux, je ferai plus que t'indiquer la route de l'île : j'irai avec toi, car c'est aussi mon chemin. »

Oghim sentit alors comme une brûlure contre sa poitrine. C'était là qu'il portait le miroir donné par le vieux mendiant, attaché à une lanière de cuir. Il se hâta de sortir le miroir de sous sa chemise et, lorsqu'il y regarda, quelle ne fut pas sa surprise : le visage du vieillard s'y trouvait ! Le vieil homme ne lui avait-il pas dit que seul pouvait s'y refléter le visage des Ékelli ? Mais avant qu'Oghim ait pu manifester son respect à celui qui venait ainsi de lui révéler sa véritable nature, le vieil homme lui dit, d'un ton amusé : « Eh bien, Oghim, je vois que tu as trouvé de la compagnie. Mais ne serait-il pas temps de te mettre en route à la recherche de l'île des Dieux ?

— Justement... dit Oghim.

— Rappelle-toi », interrompit encore le vieil homme, plus sévère à présent, « tu ne dois t'arrêter pour personne en chemin ! Ta quête est trop importante. »

Et sur ces mots, le visage du vieillard disparut, et le miroir redevint froid et vide comme avant.

◆

Jordan n'attend pas comme d'habitude dans le jardin après l'échec de l'initiation, quand Mathieu réussit à redescendre de la paroi où il s'était perché, vers le milieu de l'après-midi, accablé, sans forces, à demi inconscient. Jordan n'est pas sur la terrasse où Mathieu réussit à se traîner en début de soirée. Il n'est pas dans la chambre. Mathieu s'endort ou tombe dans l'inconscience, il ne sait pas. Quand il se réveille, vers le milieu de la journée suivante, il y a un plateau sur la table, un peu de nourriture froide, un grand verre d'eau. Mais pas de Jordan. Il titube jusqu'à la table, boit et mange avec parcimonie, retourne s'écrouler dans son lit. Un autre plateau l'accueille au réveil, un peu plus chargé – le retour à la normale après l'initiation. Mais Jordan n'est toujours pas là. Le troisième jour au matin, Mathieu est assez remis pour se laver. Le quatrième jour sans Jordan, désespéré, il essaie d'interroger le maître muet qui vient lui apporter à manger. Le cinquième jour, il le supplie, toujours en vain. Le sixième jour, il glisse un message pour Jordan sous son assiette vide. Le lendemain, comme le maître refuse toujours de répondre à ses questions, Mathieu se jette sur lui. Mais que peut faire un gamin de douze saisons, pas très grand pour son âge, contre un colosse ? L'autre le repousse d'un revers de main, pas même une gifle. Et Mathieu, à moitié assommé contre le mur d'en face, entend la clé tourner dans la serrure.

Il renverse table et chaise, jette à la volée ses livres et ses cahiers, retourne le lit, déchire les oreillers, contemple un instant les nuages de plumes, bouche béante, puis, férocement heureux de ses déprédations, terrifié, horrifié, il se précipite dans le jardin en hurlant le nom de Jordan. Pour un peu, il piétinerait les jeunes pousses d'arbres-à-eau, mais un vestige de prudence l'arrête et il se force à courir plus loin, traverse les arceaux des arbres-rois en arrachant des poignées de feuilles au passage, saute par-dessus les branches des miralilas, une, deux, trois, il vole, porté par la rage et le chagrin – il trébuche sur la branche suivante, tombe et se recroqueville en boule, secoué par des sanglots secs. Jordan, Jordan ! Il a failli à la quête, il n'est pas digne de son guide ! Il enfonce ses ongles dans sa peau, dans sa chair, il voudrait s'arracher à ce corps imbécile où il est prisonnier, n'être plus que pur désir, un éclair fulgurant, et alors la paroi invisible qui le sépare de Jordan exploserait, la quête serait achevée, leurs esprits se rencontreraient dans la lumière... Un moment, il a presque l'impression de toucher une épaisse surface membraneuse, il la pousse de toutes ses forces, mais elle se referme sur lui, élastique, et il suffoque.

Quand il reprend ses esprits, l'ombre a voyagé dans le jardin. Froissements de feuillage, bruits d'insectes, et les parfums entêtants du plein midi. Il se relève, il retourne en boitant à sa chambre – il s'est fait mal à un genou. Il y a à manger sur la table. Et la porte est toujours fermée à clé.

À la fin de la semaine, Mathieu prend une décision. Il n'est bon à rien. Il ne sortira jamais de son œuf. Jordan l'a bien compris, qui ne reviendra plus, qui a renoncé à le conduire vers la lumière. Qui l'a abandonné. Il ne peut pas sortir de son œuf, et il ne peut pas sortir de la chambre. Mais il peut sortir quand même. Il peut quitter l'École. Et si dehors la vie est si dure, s'il ne survivra pas longtemps, comme le lui a souvent laissé entendre Jordan... tant pis. Tant mieux. Mais il va leur montrer, à tous, et à Jordan aussi. Ils seront bien étonnés quand ils constateront qu'il a disparu.

Et peut-être – une pensée rapide, qu'il nie à peine formulée, oublie rageusement – peut-être Jordan viendra-t-il le chercher.

Tard dans la nuit, alors que la troisième petite lune commence son transit dans le ciel vers la face ronde et grêlée de la Lune, il traverse le jardin endormi et commence à escalader la paroi ouest.

Il n'est pas encore complètement remis de l'initiation, mais l'escalade est facile entre les lianes, les arbustes et les protubérances de roche qui hérissent le mur oblique. Et il s'y entraîne chaque saison pendant trois semaines avant l'initiation : il en a encore les mains calleuses, il connaît toutes les prises, il pourrait le faire les yeux fermés. Après trois mètres, déconcerté, il se surprend à sourire. Non, il n'est pas heureux, bien sûr, mais il se sent... presque bien. Et même, peut-être – une autre pensée qui disparaît aussi vite qu'elle est venue – un peu excité, un peu curieux.

Il arrive au niveau de l'arbre où il avait installé son nid pour l'initiation. À partir de là, c'est l'inconnu – il n'est jamais monté plus haut. Étrange. Mais non: c'était comme la porte. Tant qu'elle n'était pas fermée à clé. Mais voilà que penser à la porte déclenche une grande vague confuse de chagrin et de colère où roulent pêle-mêle les paroles de Jordan, " Si un jour tu n'as plus confiance en moi..." – et le mot "confiance" se répète dans sa tête, comme un écho fou –, la sensation passée du bracelet refermé autour de son poignet, la sensation présente du bracelet qui glisse sur son bras alors qu'il cherche une autre prise... Il secoue la tête et se concentre sur son ascension.

Il est en train de se hisser le long d'une grosse branche tortueuse, dans un fouillis de feuilles picotantes à l'arôme citronné, et tout à coup, la branche fait un coude brusque, il ne voit plus la paroi à travers les feuilles et, sous lui, devant lui, s'étend une surface horizontale. Il a passé le bord du mur sans s'en rendre compte. Déjà ? Il est presque déçu.

Il lâche la branche, se laisse tomber un peu plus bas sur le sol dallé, mains brûlantes, tous les muscles vibrant de fatigue. À demi accroupi, il écoute en contrôlant son souffle. Des bruits lointains, isolés, montent vers lui. L'École dort en cette heure tardive. L'excitation qui l'a envahi s'éteint peu à peu. Et maintenant ? Comment trouver la sortie ? Il regarde autour de lui, avec un vague sentiment de familiarité. Un très vaste jardin, plutôt un parc. Le ciel immense, où la lueur de la grosse lune éteint les étoiles; les petites lunes en sont très proches. Il se rappelle soudain que c'est la nuit de l'éclipse. Rien d'autre que les arbres pour se découper sur le ciel, pas d'autres structures. Il se trouve déjà en haut de l'École ? Un peu interloqué, il longe le parapet, se penche.

La cour centrale se trouve bien là en contrebas, mais bien plus loin qu'il ne se la rappelait, les bâtiments autour sont plus hauts, plus massifs.

Avec un bassin ovale. Sans arbre-à-eau.

Mathieu s'agrippe à la balustrade, saisi de vertige. Il rêve ? Ce n'est pas la bonne cour ? La pierre est fraîche sous ses doigts, lisse, réelle. Il se frotte les yeux : le bassin est toujours ovale.

Quelqu'un vient s'accouder près de lui. Jordan. Le bref élan de surprise extatique se transforme en désolation : c'est vraiment un rêve, alors, si c'est Jordan. Il n'a pas escaladé la paroi, il est toujours enfermé dans sa chambre, il rêve qu'il retrouve Jordan. Il ne reverra jamais Jordan !

Un bras mince se pose autour de ses épaules endolories et il frissonne. Jordan se penche vers lui.

« Où vas-tu, Mathieu ? » murmure la voix familière, un souffle chaud sur sa joue.

Et Mathieu s'étouffe sur ce qu'il voudrait crier – je m'en vais, reste avec moi, je te déteste, garde-moi, aide-moi ! – et ça fait trop mal, il s'écroule en sanglots sur la poitrine osseuse.

Les grands bras se referment sur lui, le soulèvent, l'emportent sous les arbres. Jordan s'assied dans l'herbe, sans le lâcher, lui caresse la tête, le dos, en murmurant des paroles indistinctes. Au bout d'un moment, Mathieu cesse de pleurer, mais il s'accroche de toutes ses forces à la veste humide de Jordan, les yeux fermés, avec un hoquet intermittent.

Les mains de Jordan viennent ouvrir ses doigts, les yeux de Jordan le dévisagent avec gravité, tout près : « Tu voulais me retrouver, Mathieu ? »

Il renifle : « Oui », même si un petit coin de son esprit sait que ce n'est pas tout à fait vrai. *C'est* vrai ! C'est vrai aussi...

« Mais tu sais que nous ne pourrons jamais être vraiment ensemble si tu ne sors pas de ton œuf. »

Un retour de sanglot secoue Mathieu : « J'ai essayé ! J'essaie tout le temps ! »

— Mais est-ce que tu veux vraiment, *vraiment*, sortir ?

— Oui ! » La protestation de Mathieu s'étrangle dans les aigus. Il ne pouvait pas vouloir davantage que l'autre jour dans le jardin ! Il était prêt à mourir, si c'était la seule façon de se libérer ! « Ce n'est pas ma faute ! »

Jordan le contemple un instant en silence, avec une expression impossible à déchiffrer dans les ombres. Il dit enfin, tout bas, comme pour lui-même : « Non. Nous n'avons pas encore trouvé la bonne clé, c'est tout. »

Sa main caresse le bras nu de Mathieu, s'attarde sur les cicatrices des entailles. Puis, avec un soupir, il se lève: « Viens, Mathieu. Rentrons chez nous. »

Mathieu ne bouge pas; il n'est pas sûr de comprendre. Jordan a un petit froncement de sourcils: « Tu habiteras avec moi désormais.

— Tu ne me laisseras plus ? »

Jordan a l'air de réfléchir. « Non », dit-il enfin ; et il tend la main à Mathieu pour l'aider à se lever à son tour.

Ensemble, ils longent le parapet ; de temps à autre, Mathieu jette un coup d'œil par-dessus le rebord de pierre, vers la masse indistincte, en bas, entre les parois obliques, qui est son jardin, sa terrasse, sa chambre à l'unique fenêtre obscure. Il a encore l'impression de rêver.

Ils descendent un petit escalier en spirale, se retrouvent dans un large corridor silencieux, éclairé par des plafonniers à la lumière douce. Des fresques sur les murs, encore des Anciens, une scène de chasse, on dirait. La main de Jordan se resserre brusquement sur celle de Mathieu, qui lève les yeux : une silhouette arrive à grands pas du fond du couloir, un homme grand et gros, au crâne chauve, vêtu d'une robe de chambre bariolée. Il s'arrête net à quelques mètres d'eux. Jordan s'immobilise à sa hauteur ; il a son drôle de sourire en biais, comme lorsqu'il n'est pas content. L'autre a l'air bizarre aussi. En colère, mais il ne veut pas le montrer.

« Il était inutile de vous lever, Maître Malik », dit Jordan avec trop d'amabilité.

L'autre maître ne dit rien, se contente de regarder fixement Jordan, dont le sourire s'élargit et qui poursuit. « Je continue à m'en occuper en personne. Mathieu habitera avec moi, maintenant. Voici Maître Malik, Mathieu. Tu le verras sans doute quelquefois. »

Mathieu tend une main hésitante, voit le recul de l'autre, laisse retomber sa main.

« Trois saisons », dit soudain le maître Malik d'une voix basse et intense, comme s'il ne pouvait pas se retenir. « Trois saisons, Jordan. »

Le visage de Jordan s'est figé, et Mathieu rentre instinctivement la tête dans les épaules : il connaît cette expression. Puis le sourire revient: « Mais bien sûr. »

L'autre va comme pour dire autre chose, puis il tourne les talons et s'éloigne. Jordan attend qu'il ait disparu au tournant du couloir, puis reprend son chemin et Mathieu le suit, incertain. Ils rencontrent encore deux personnes avant d'arriver aux appartements de Jordan, une femme qu'ils croisent, un homme qu'ils dépassent, tous deux assez jeunes. La femme regarde Mathieu avec stupeur, puis avec une sorte de dégoût ; l'homme ralentit après qu'ils l'ont dépassé, et Mathieu a le sentiment que s'il se retournait il verrait la même expression sur son visage. Jordan les salue tous les deux à haute voix, avec un grand sourire. Ils ne répondent ni l'un ni l'autre.

Mathieu trouve toutes ses affaires chez Jordan, dans l'armoire de la pièce qui va désormais être sa chambre. Il est très étonné, mais comme Jordan ne dit rien, il ne demande rien – avec le temps, il commence à savoir quand ne pas poser de questions. Il se lave dans la petite salle de bain, revient pour voir Jordan assis sur le lit, qui lui fait signe de s'asseoir près de lui.

« Les règles vont être un peu différentes ici, Mathieu. D'abord, tu peux aller n'importe où dans l'appartement, mais il vaut mieux que tu n'en sortes jamais sans moi. »

Mathieu hoche la tête avec conviction. Il ne demande même pas pourquoi. Il sait qu'il ne voudrait pas rencontrer le maître Malik tout seul. Et puis, il imagine l'École le jour, même avec Jordan, avec tout ce monde partout, et ça lui fait une drôle de sensation dans l'estomac.

Jordan lui a pris une main et caresse d'un air absent la cicatrice, sur le dessus. Il a l'air... sévère. Mathieu demande tout bas : « Il y aura encore... l'initiation ? »

Jordan se redresse, le regard lointain. « Une autre sorte, Mathieu. Très différente. Plus facile, d'une certaine façon. »

Et il se tait de nouveau. À quoi pense-t-il ? Au bout d'un moment, Mathieu n'en peut plus, il dit la première chose qui lui passe par la tête, et il en est surpris lui-même : « Ce n'est pas la même École, ici. »

Jordan semble aussi surpris que lui, mais finalement il hoche la tête d'un air plutôt approbateur. « Non. Comment le sais-tu ? L'éclipse de lune n'est pas commencée et tu n'as jamais vu d'éclipse de soleil. »

Mathieu ne comprend pas, reste un moment interloqué, puis murmure: « Le bassin, dans la grande cour. Il n'est pas pareil. »

Jordan sourit, les yeux un peu plissés, tout en dévisageant Mathieu : « Ah, oui... Et tu te rappelles, au début, comme tu étais facilement essoufflé ? On est beaucoup plus haut que l'autre École, ici.

— Sur une montagne ?

— Un haut plateau. Assez haut, en tout cas, pour que tu aies eu besoin de t'acclimater après que je t'ai fait transférer ici. »

Mathieu assimile l'information en silence. Puis il demande : « Pourquoi tu ne m'as pas dit que j'étais dans une autre École ?

— Parce que tu n'étais pas prêt », dit enfin Jordan ; il semble prendre une décision. « Veux-tu que je te retire le bracelet ? » demande-t-il d'une voix basse, un peu triste, en regardant Mathieu bien en face.

Mathieu pose instinctivement la main sur son bracelet. « Non ! »

Jordan lui ébouriffe les cheveux. « Bien. Alors nous continuerons à travailler ensemble ici, et quelquefois je t'emmènerai avec moi dans l'École. Tout ce que tu as à te rappeler, quand on rencontrera du monde, c'est de ne jamais tendre la main, et de ne jamais parler le premier.

— Pourquoi ? » demande Mathieu qui se sent soudain toutes les audaces.

« Parce qu'ici, on ne se parle pas forcément à voix haute. Comme toi et moi quand tu sortiras de ton œuf. »

Mathieu se rappelle les rares descriptions que Jordan lui a faites de ce qui se passerait entre eux si l'initiation réussissait, la lumière, les paroles qu'on perçoit, mais qui ne passent ni par la bouche ni par les oreilles ; il baisse la tête : « Ils en sont tous sortis, ici », murmure-t-il.

« Ceux qui étaient dans un œuf pour commencer, oui. Tout le monde n'y est pas. Mais moi j'y étais, rappelle-toi seulement ça. Il ne faut pas se décourager. »

Puis Jordan lui donne une petite poussée sur la poitrine : « Couche-toi, il est temps de dormir. Tu dois être fatigué. »

Et de fait, Mathieu sent ses yeux qui se ferment tout seuls, mais il n'a pas envie que Jordan s'en aille déjà.

Quand Jordan se penche pour l'embrasser, il lui jette les bras autour du cou et se serre contre lui. Les mains de Jordan s'attardent dans son dos, les lèvres de Jordan dans ses cheveux puis sur sa tempe. Ils restent un moment ainsi, Mathieu sent son cœur prêt à exploser... et puis Jordan se détache de lui, le repousse avec douceur contre l'oreiller, claque des doigts pour éteindre la lampe de chevet. « À demain, Mathieu. »

8

Mathieu n'a plus besoin de vérifier si les signes sont toujours gravés dans les parois du souterrain : le bruit de l'eau s'intensifie, la galerie continue à monter, la voûte s'élargit. Les champignons sont moins abondants et plus petits ; les pseudo-fougères prennent moins de place, leurs draperies brillantes retombent de part et d'autre de la voie ; le courant d'air fait miroiter le dessous argenté de leurs lanières. Le rugissement du torrent est enfin tout proche, les parois de la galerie s'élèvent, s'effacent dans leur propre luminescence, beaucoup plus intense ici que n'importe où dans le souterrain.

Une salle immense s'étend en contrebas de l'endroit où Mathieu s'est arrêté. Dans la lumière sans ombre, elle est curieusement dépourvue de relief, comme un dessin inachevé. Les tourbillons de l'eau doivent l'avoir évidée pendant des millénaires, puis le torrent a baissé ; il surgit maintenant en cascade écumeuse de la paroi, à une centaine de mètres à gauche, pour disparaître ensuite dans son lit surcreusé ; seules des gerbes intermittentes d'écume, avec le grondement de l'eau, indiquent sa présence. De nombreuses petites mares posent ici et là des flaques de lumière, reflétant les rochers, brouillant encore davantage le relief. Il n'y a presque pas de mousses mais d'énormes champignons, une nouvelle sorte, de gros morceaux de velours froissé, toutes les nuances, du rose à l'écarlate. Ils s'évasent en corolles aux replis cassants, presque recouverts par endroits de fougères argentées qui s'élèvent ici à hauteur d'arbres.

Au milieu d'un de ces faux bosquets, dans une apparence de clairière, une silhouette humaine est assise.

◆

Galaas regarde l'aspirant s'avancer. Est-ce vraiment pour lui qu'on l'a tiré de son sommeil ? On ne lui a communiqué aucune donnée, si la Porte Noire a bien été activée. Il n'a pas le sentiment de la durée mais il déduit qu'un temps considérable a dû s'écouler depuis son dernier éveil : la nature et l'aspect des plantes, la taille des stalactites... Et ce jeune humain ne ressemble guère à ceux qu'il a vus passer depuis la création du labyrinthe. Il est bien jeune pour un aspirant, d'abord : une quinzaine de saisons, à en juger par la taille...

À mesure que l'adolescent s'approche, Galaas remarque de nouveaux détails insolites : les vêtements sont d'une coupe inconnue, ce qui est normal, mais surtout en lambeaux, et très sales. Le garçon aussi : des traînées verdâtres recouvrent sa peau, ses cheveux noirs sont hirsutes et collés par touffes, et tout le bas de son visage...

Le voici devant Galaas. Il est bien plus vieux qu'il n'y paraissait de loin : c'est de la barbe, et non de la saleté, qui noircit le bas de son visage. Ils ont de la barbe, maintenant ? S'est-il donc passé assez de temps pour que la race se transforme ainsi ? De la barbe, une taille réduite, la peau presque blanche, d'un aspect maladif...

Et des yeux bleu très clair, une couleur jamais vue. À la pupille ronde ! Ils dévisagent Galaas avec une immense stupeur, ces yeux. C'est dans la norme, mais l'épuisement visible du jeune homme est quant à lui très anormal. Et sa stupeur n'est pas la bonne : incrédulité, et non respect ; il reconnaît bien quelque chose, mais il ne voit certainement pas le Vagabond Divin. Et puis, quelle incroyable confusion en lui : les indices liminaux sont presque insaisissables dans ce tumulte d'émotions ! Par ailleurs, pourquoi a-t-il mis tant de temps pour arriver ? Et que porte-t-il sur l'épaule, un baluchon ? Aucun aspirant n'a jamais eu de bagage !

Il faut tout de même lui adresser les paroles rituelles : « As-tu du pain, étranger ? »

Le regard fixe ne quitte pas Galaas, mais le jeune homme ne répond pas. Ne bouge pas. Sa stupeur et sa confusion augmentent encore – Galaas ne l'aurait pas cru possible. Que se passe-t-il ? A-t-il oublié les enseignements ?

Et quand le jeune homme parle enfin, Galaas est certain qu'il y a un problème : il ne comprend pas un mot de ce que dit l'aspirant. La langue elle-même n'a pu changer au point de le rendre inapte à remplir ses fonctions ? L'aspirant parle encore, toujours des mots inconnus. À tout hasard, Galaas répète les paroles rituelles : « As-tu du pain, étranger ? »

Le jeune homme change d'expression. Il est toujours stupéfait, mais il a compris ! Il répète d'une voix enrouée : « Du... pain ? »

Bon, il est capable de parler de façon intelligible ! Même si ce n'est pas la réaction attendue. Galaas répète avec patience : « As-tu du pain ? »

Le jeune homme fronce les sourcils, la méfiance commence à prendre en lui le pas sur la stupéfaction : « Qui... es-tu ? »

L'écart se creuse encore avec les réponses rituelles. Que faire ? Cet aspirant n'est de toute évidence pas dans un état normal. L'aëllud en affecte certains plus que d'autres, c'est vrai ; et pour quelque raison, le début du périple semble avoir été physiquement assez éprouvant pour celui-ci : il a une main enroulée dans un chiffon sanglant. Se serait-il perdu en route ? C'est pratiquement impossible, mais impossible n'est pas humain. Quitte à improviser, il faut s'adapter à la situation, traiter ce garçon avec douceur jusqu'à ce qu'il ait retrouvé ses esprits ; la santé mentale des aspirants est plus importante que le rituel.

« Qui es-tu ? » répète le jeune homme avec plus de dureté.

« Un voyageur, comme toi, et qui a faim. »

De nouveau cette incompréhensible stupeur : « Mais tu es un... Rani ! » dit-il enfin d'une voix étranglée.

Galaas envisage un instant de l'endormir sur-le-champ et d'en référer au Cercle : l'intonation et les émotions sous-jacentes – incrédulité toujours, refus – n'indiquent-elles pas que Galaas ne *devrait pas* être un Rani ? Il décide cependant d'explorer davantage : « Bien sûr, je suis de Tyranaël », dit-il en s'ouvrant au maximum pour capter les réactions du jeune homme, « comme toi. »

Autant qu'il puisse en juger, la stupeur et l'incrédulité, toujours mêlées de méfiance, continuent à se disputer l'esprit confus du jeune homme : celui-ci ne réplique pas, mais c'est comme s'il suffoquait. Puis quelque chose se débloque tout à coup, mais pas du bon côté : le garçon se met à rire, un rire nerveux qui se brise comme un sanglot. Il jette son baluchon à terre, se passe une main sur la figure, dévisage Galaas : « C'est leur dernière... » Il cherche un mot qu'il ne trouve pas, se résout à : « ... trouvaille, n'est-ce pas ? » La prononciation est bizarre, mais compréhensible. « Et que diras-tu si je demande... comment sortir ? » Il se remet à rire, furieux et désespéré.

Enfin un élément reconnaissable dans cette confusion : il veut *sortir*. Pour une raison ou une autre il a perdu la mémoire, et tout ce qui lui reste, c'est l'idée de sortir. Que répondre, à présent ? La situation est totalement anormale. En référer au Cercle, remettre ce malheureux aux responsables ? Il n'a pas même passé la première épreuve. On ne peut le déclarer inapte sans lui avoir au moins fait passer la première épreuve ! Il a quand même activé la Porte. En toute justice, il faut lui donner sa chance. Après en avoir néanmoins référé au Cercle.

Le Cercle ne répond pas, voilà qui est curieux. Et le jeune homme recommence à dévisager Galaas avec méfiance ; il rappellera plus tard ; quelque chose est décidément très inhabituel dans tout ceci.

Pour le moment, il faut tant bien que mal adapter le rituel : « Pourquoi te montrerais-je comment sortir ?

— Mais tu connais le chemin, bien entendu », dit le jeune homme. Il se remet à rire en vacillant légèrement, marmonne encore dans cette langue inconnue.

Galaas se décide: «Quelle langue parles-tu donc?»

Le jeune homme hésite, déconcerté. « C'est du (un mot que Galaas ne comprend pas). Ma langue. Celle qu'on parle là-haut.»

Il ne faut pas le contrarier avec trop de brusquerie. «N'est-ce pas la langue que nous utilisons tous deux qui est parlée... là-haut?

— Par quelques-uns seulement. » Le jeune homme n'est plus très sûr d'avoir raison. Il répète les mêmes paroles incompréhensibles, tout bas, de plus en plus bas, ses yeux se ferment...

Galaas tend les bras pour amortir sa chute et se livre sur lui à un examen rapide après l'avoir étendu sur la mousse. L'aspirant est épuisé, affamé, et les lacérations de sa main droite se sont infectées: rien de grave. Galaas lui injecte antibiotiques et reconstituants, pousse l'examen un peu plus loin, par acquit de conscience...

Le taux d'aëllud dans son sang est bien trop élevé ! Et la drogue n'est pas pure, de surcroît. Et surtout, la composition de ce sang... La race a énormément changé ! Se peut-il qu'une aussi longue durée se soit écoulée?

Cette fois, Galaas se sent dépassé. Il essaie encore de contacter le Cercle, toujours sans obtenir de réponse. Déconcerté, il observe l'aspirant endormi... *L'aspirant.* C'est la seule chose à prendre en compte. Cet étrange jeune homme est un aspirant. D'une nouvelle sorte à bien des points de vue, mais un aspirant tout de même. Galaas ne les a-t-il pas vus changer depuis qu'il se trouve dans le labyrinthe ? Pas des transformations aussi radicales que celles-ci, mais c'est l'hypothèse la plus rationnelle. La Porte a été activée, en tout cas, c'est un fait indéniable, le fait essentiel. Le Cercle ne répond pas, c'est tout simplement parce qu'on estime Galaas capable de s'adapter, et que la situation, malgré les apparences, n'est pas si fondamentalement différente de la situation normale. Il faut faire passer les épreuves à l'aspirant. C'est le rôle de Galaas. Il remplira sa fonction.

9

Mathieu n'ouvre pas les yeux tout de suite. Il se souvient très bien, tout est plus clair que jamais dans son esprit, mais... un Rani ? Impossible. Ni un rêve ni un délire, il sait ce qu'il a vu, et c'est impossible.

Il s'efforce de continuer à respirer de façon régulière comme s'il dormait encore, étonné de se sentir aussi bien. Disparus l'épuisement, la faim, la douleur lancinante de sa main droite.

On remue à côté de lui. Il glisse un regard entre ses cils. L'homme est bien là, un dos massif et musculeux sous la courte tunique bleue toute déchirée. Mathieu prend soudain conscience d'être nu sous la couverture qui le recouvre ; ses vêtements sont en train de sécher, pendant des énormes champignons qui surplombent le feu.

L'homme se retourne. Longue face aux traits bien marqués, peau dorée, plutôt jeune malgré les cheveux argentés, sourcils noirs presque jointifs au-dessus du nez courbe, bouche aux lèvres sinueuses, et de grands yeux à la pupille verticale. La couleur n'est pas la bonne : vert, un vert intense, Mathieu n'a jamais vu d'Anciens aux yeux verts dans les fresques. Mais c'en est un. Rester détendu, respirer posément... Au bout d'un moment, l'inconnu se penche de nouveau vers le feu.

Un Rani. Impossible. Les Anciens ont disparu depuis très, très longtemps.

Mais quelle preuve en a-t-il, après tout ? Les déclarations des maîtres, les livres des maîtres ? Il n'est jamais sorti de l'École.

Il n'est jamais sorti de nulle part. Il n'est pas sorti non plus de sa prison souterraine. Ils l'ont laissé s'échapper. Oh, ils ont dû rire en épiant son retour à la conscience après la disparition des tablettes, ses préparatifs de fuite, son errance dans le souterrain ! Ils l'ont lâché pour le regarder se débattre et mourir, comme une bête captive. Il n'est même pas le premier : d'autres se sont perdus avant lui dans ce labyrinthe, et ils y sont restés. Il sent un gémissement lui monter aux lèvres, le retient, furieux, désespéré.

« Comment te sens-tu ? » demande l'inconnu, toujours en setlaod. Il doit s'être rendu compte que Mathieu est réveillé. Sa voix est grave et lente, empreinte d'une apparente sollicitude. Mathieu ne répond pas, se contente d'ouvrir les yeux et de regarder l'autre fixement. L'homme répète avec patience: «Comment te sens-tu ?»

Changer de tactique. Jouer le jeu. Après tout, qu'a-t-il à perdre ? Et pour obtenir de l'information, peut-être vaut-il mieux feindre de coopérer. Il oblige son visage à se détendre, à prendre une expression un peu hébétée : «J'ai faim.»

L'autre fouille dans le baluchon de Mathieu, en sort le dernier quignon de pain sec qu'il examine un moment avec ce qui semble être une certaine perplexité, le lui tend: «Cela te convient-il ?»

Mathieu se met à manger. Il n'a pas faim du tout, mais cela lui donne le temps d'observer l'inconnu à la dérobée tout en réfléchissant. Jeu, test, expérience, comment l'inconnu s'intègre-t-il au scénario ? Surveillance, sans doute. Et il doit l'empêcher de sortir du souterrain, très certainement.

Ou bien on veut vérifier qu'il sait encore parler le setlaod ! Mathieu se sent traversé d'une brève hilarité hystérique.

Du calme. Une chose à la fois. La situation est claire: il veut sortir du labyrinthe, l'inconnu a laissé entendre plus tôt qu'il savait comment le faire. Mathieu l'examine une fois de plus: il est très grand, au moins deux mètres, large en proportion, et sans doute aussi robuste en conséquence. Inutile d'envisager la force. La ruse, donc. Attendre. Feindre de coopérer, feindre de jouer le jeu, et le moment venu, s'il vient, agir. Il échappera aux dents du piège alors même qu'ils croiront le refermer sur lui !

Il finit de manger, regarde l'homme d'un air soumis: «J'ai soif.»

Après une pause qui ressemble plus à une réflexion qu'à une hésitation, l'autre lui tend la gourde de peau qu'il porte accrochée à la ceinture. Mathieu boit une gorgée, s'étrangle. Avec un début de panique, il jette la gourde au loin en essayant de recracher le liquide qui lui brûle la langue, le palais, la gorge. Il se dresse, furieux, désespéré, prêt à se jeter sur l'inconnu.

Mais la brûlure s'atténue. Et l'autre le contemple avec une expression de profonde stupéfaction. Mathieu se détend un peu, décontenancé. L'autre va ramasser la gourde, la rebouche, en disant avec une inflexion hésitante: «C'est du shméïlé, un vin qu'on trouve rarement. Les baies dont il est tiré ne poussent qu'à un seul endroit du Leïtltellu, sur la rive la plus proche de l'île des Dieux...»

Du vin? C'est du vin, ça? Mathieu tousse, la gorge encore à vif, se rassied en essayant d'avoir l'air digne. «Je préférerais de l'eau.»

L'inconnu le dévisage avec une expression curieuse. Quoi, c'était un test? Mathieu fait un effort pour maîtriser l'élan de rage qui le soulève de nouveau, s'enveloppe dans la couverture et contemple le feu, les dents serrées. Du coin de l'œil, il voit l'autre s'éloigner et revenir au bout d'un moment avec une coupe qu'il lui tend, pleine d'eau. Elle est assez lourde malgré ses rebords minces; des points cristallins blancs scintillent dans la pierre grise; Mathieu boit en silence, puis décide de prendre l'initiative: «Tu es là depuis longtemps?»

L'autre fait une nouvelle pause. Il ne connaît pas son rôle par cœur? Ou il veut faire croire qu'il est aisément pris au dépourvu.

«Oui.

— Mais tu sais où est la sortie.»

L'autre incline la tête: «C'est mon chemin. Si tu veux, nous pourrions faire route ensemble.»

Mathieu appuie son menton sur ses genoux relevés, en essayant de dissimuler sa stupeur. Il est censé sortir du souterrain? L'inconnu doit l'aider? Encore un piège. L'autre lui fera croire qu'il va l'aider, et au dernier moment... Une rage désespérée envahit de nouveau Mathieu mais il la repousse de toutes ses forces. Pas le moment, pas le moment! Jouer le jeu. Leur faire croire qu'il est dupe encore une fois. Quand il est certain que sa voix ne le trahira pas, il demande: «Tu me montreras le chemin?

— Oui, je te montrerai le chemin », dit l'autre, après la pause réflexive qui va vite devenir agaçante.

10

(...) Quand ils arrivèrent au pont, alors que le soleil se couchait derrière les montagnes, ils ne trouvèrent sur la rive qu'une arche écroulée et, ici et là, dépassant du flot rapide, quelques blocs de maçonnerie sur lesquels la rivière se déchirait en écumant.

« La crue de printemps a dû démolir le pont », remarqua Galaas. Et il s'assit sur un rocher pour sortir de son sac de quoi faire à manger.

« Y a-t-il un autre pont plus loin ? » demanda Oghim, inquiet.

« Eh non, dit Galaas, c'était le seul pont.

— Mais comment allons-nous passer ? » s'écria Oghim, atterré.

« Il faudra sans doute rebrousser chemin », dit Galaas.

Dans la lumière déclinante, Oghim alla se percher à l'extrême bord de l'arche écroulée et mesura du regard la distance qui la séparait des morceaux du pont effondrés dans l'eau. C'était bien trop loin ! Construire un radeau ? Mais il ne poussait aux alentours que de petits arbres rachitiques, tout juste bons à fournir du bois pour le feu. Et de toute façon, ils n'avaient pas de cordages... Rebrousser chemin ! Et lui qui avait tellement mal aux pieds...

Soudain, il entendit Galaas crier « Oghim ! » en même temps qu'éclatait un rugissement qui couvrit presque le fracas de l'eau. Il se retourna juste à temps pour voir Galaas lâcher la casserole qu'il tenait et se précipiter vers lui, tandis qu'un énorme karaïker se dessinait entre les rochers en amont.

Le félin les avait vus. Il bondit par-dessus le feu qu'avait allumé Galaas et s'avança vers eux, au pas – pourquoi se serait-il pressé ? Ses futures proies n'avaient aucune retraite possible.

« Il faut sauter, dit Oghim.

— Comment ça, sauter ? protesta Galaas.

— Mieux vaut tenter notre chance avec le courant et les rochers que n'en avoir aucune avec le karaïker. »

Galaas admit qu'il avait raison et, alors que le karaïker s'avançait lentement vers eux – ils pouvaient voir ses crocs satisfaits – ils sautèrent ensemble dans le flot bouillonnant.

Oghim avait fermé les yeux dans l'attente du choc glacé. Mais tout ce qu'il sentait, c'était le souffle du courant et l'humidité de l'écume ! Il rouvrit les yeux... et vit qu'il flottait à un bon lani au-dessus de l'eau ! Le karaïker, frustré, lui lançait des coups de patte depuis l'extrémité de l'arche écroulée, mais Oghim était bien trop loin.

À la fois stupéfait et soulagé, Oghim chercha Galaas au milieu des tourbillons d'écume. Le vagabond était accroché à un rocher un peu en aval. Il fallait l'aider ! À peine cette pensée avait-elle traversé l'esprit d'Oghim qu'il sentit son corps se mouvoir au-dessus de l'eau, en direction de Galaas. Il avait bien un peu le vertige – surtout en voyant le torrent qui continuait à se précipiter sous ses pieds – mais il se laissa flotter dans l'air vers le vagabond. Une fois arrivé à sa hauteur, cependant, il se demanda quoi faire. Sans point d'appui, serait-il capable de le sortir de l'eau et de le transporter jusqu'à l'autre rive ? Avec prudence, il se plia en deux pour toucher la main de Galaas – jusque-là, tout allait bien. Le vagabond le vit et lui agrippa la main. Après un bref moment de terreur, Oghim constata qu'il flottait toujours au-dessus de l'eau, même avec le poids de Galaas accroché à l'une de ses mains. Et maintenant ? Il fallait le sortir de là...

À peine cette pensée avait-elle traversé l'esprit d'Oghim que son corps l'avait exécutée : il tenait maintenant Galaas à bout de bras au-dessus du torrent et flottait en direction de l'autre rive. Sur le morceau de pont écroulé, en face, le karaïker mordait les pierres en rugissant de rage.

Oghim déposa le vagabond sur la rive et s'y posa lui-même. Puis il éclata de rire : « Merci, ô dieux ! Je sais maintenant que vous voulez ma réussite ! » Et, léger comme l'oiseau, il s'envola de nouveau au-dessus des eaux écumantes pour aller chercher les affaires qu'ils avaient abandonnées près du feu sur l'autre rive. Enfin, pour faire bonne mesure, il remplit un pan de sa chemise de morceaux de rochers et alla les laisser tomber sur la tête du karaïker, qui eut beau se dresser de toute sa hauteur sur ses pattes de derrière : Oghim flottait hors d'atteinte au-dessus de lui !

Il revint ensuite se poser près de Galaas qui tordait ses habits pour les essorer. « Nous n'aurons plus jamais à nous mouiller les pieds ! » lui dit-il en riant.

Ils firent un grand feu et mangèrent de bon appétit, ou plutôt Galaas mangea de bon appétit : Oghim était trop occupé à explorer son nouveau pouvoir. Ce n'était pas très compliqué. Il suffisait de penser à aller à droite ou à gauche, à monter ou à descendre : penser à bouger, c'est déjà esquisser le mouvement à l'intérieur – et le corps continue le mouvement ensuite, à l'extérieur.

« Arrête, Oghim, se plaignit enfin Galaas, tu me donnes le tournis ! »

Oghim revint se poser près du feu : « Les dieux sont bons ! » dit-il, tout excité.

« Peut-être as-tu toujours possédé ce pouvoir, remarqua Galaas. Mais tu n'en avais jamais eu besoin auparavant.

— Ou bien les dieux m'aiment et me l'ont donné pour me sauver la vie », s'obstina Oghim.

« Peut-être, dit Galaas. Repose-toi, maintenant. Nous partirons tôt demain matin. »

Le lendemain matin, Oghim se réveilla tout courbaturé.

« Que croyais-tu ? lui dit Galaas, moqueur. Même quand il se déplace dans l'air ton corps est toujours un corps, il se fatigue. Tu devras être plus économe de ce pouvoir, à l'avenir !

— Si j'avais été économe, je ne t'aurais pas sauvé la vie, lui rappela Oghim ulcéré. Tu ne m'as même pas remercié !

— C'est vrai, dit Galaas. Merci, Oghim. Et maintenant, ramasse tes affaires. »

Mais au moment où ils allaient reprendre leur route, ils virent une petite silhouette qui sautait de rocher en rocher pour les rejoindre sur la rive. C'était un enfant d'une dizaine de saisons qui leur criait : « Attendez, attendez ! »

Quand il fut arrivé près d'eux, tout essoufflé, il leur demanda : « Comment avez-vous fait pour passer ?

— Nous avons volé, répondit Oghim en riant, comme des oiseaux !

— Ne vous moquez pas de moi, implora l'enfant au bord des larmes. Le pont était là quand je suis allé rendre visite à mes grands-parents, et maintenant il faut que je retourne chez moi, et je ne peux plus traverser !

— Comment t'appelles-tu ? demanda Oghim.

— Zotaï, dit l'enfant.

— Eh bien, Zotaï, ce n'est pas bien compliqué. Monte sur mon dos, je te transporterai de l'autre côté.

— Nous devons repartir sans plus tarder, Oghim, remarqua Galaas. Rappelle-toi ce que t'a dit le vieil homme dans le miroir.

— C'est un enfant ! protesta Oghim, scandalisé. Sa famille l'attend. Nous ne pouvons le laisser là sans l'aider ! »

Il prit l'enfant sur son dos et s'envola de nouveau au-dessus du torrent. Il l'emmena assez loin de l'autre rive pour le remettre dans le bon chemin sans risquer de rencontrer le karaïker de la veille. L'enfant l'embrassa et le remercia avec effusion, puis s'éloigna en chantant dans le sentier. Oghim repartit et revint se poser près de Galaas qui l'attendait, assis sur son sac. « Aïe, constata-t-il, je suis tout vermoulu !

— Je t'avais prévenu, dit Galaas, morose.

— Mais cela n'en valait-il pas la peine ?

— Sans doute », dit Galaas.

Au même instant, Oghim sentit le miroir lui brûler la peau. Il le sortit de sa chemise et y vit le visage sévère du vieux mendiant.

« Que t'avais-je dit, Oghim ?

— C'était juste un enfant », protesta Oghim. Puis, en voyant que la sévérité du vieil homme ne s'atténuait pas : « Je ne le ferai plus, c'est promis. »

Le vieux mendiant hocha la tête et son image disparut du miroir.

Oghim se mit en marche derrière Galaas en essayant d'oublier ses muscles endoloris. Les dieux ne lui avaient sûrement pas donné ce pouvoir pour qu'il ne s'en servît point ? Ni afin qu'il s'en servît uniquement pour lui-même ? D'ailleurs, il l'avait utilisé pour sauver Galaas et les dieux n'avaient rien dit à ce propos... Mais les dieux étaient les dieux, et s'ils étaient un peu étranges, qui pouvait s'en étonner ?

C'est ainsi qu'Oghim Karaïdar devint le premier humain capable de voler, le premier tzinan.

◆

Le deuxième jour, ils arrivent au Pont. Les eaux jaillissent en gerbes d'écume sur les arches écroulées. « C'est ça, ton passage ? » marmonne *Matieu*. C'est le nom de l'aspirant – un nom inhabituel, ou un prénom, impossible d'en juger puisqu'il n'en offre pas d'autres, mais Galaas n'en est plus à une anomalie près. Il surveille les émotions du jeune homme : toujours le même calme calculateur en surface, la même rage frénétique et douloureuse en dessous.

« La crue de printemps a dû emporter le pont », remarque Galaas – c'est étrange de prononcer ainsi de loin en loin les paroles rituelles. La plupart du temps, elles sont hors contexte, mais pas cette fois : l'aspirant va subir la première épreuve. Et il ne semble pas plus qualifié maintenant que lorsque Galaas l'a vu pour la première fois. Soit, il a activé la Porte, mais c'est à se demander si avec le temps la Porte n'est pas devenue défectueuse ! Quels changements ont bien pu se produire à l'extérieur pour qu'on envoie un tel aspirant dans le labyrinthe ? Si, malgré sa petite taille, son corps est robuste et bien constitué, son esprit est indéniablement malade. Tant de colère et de haine sous son apparente soumission... Et avec quelle obstination il élude toute question ! De quoi a-t-il peur ? Que lui est-il arrivé pour le rendre aussi méfiant ? La seule hypothèse qu'a pu élaborer Galaas à partir des données à sa disposition, c'est qu'on utilise maintenant le labyrinthe à des fins thérapeutiques. Mais dans ce cas il est vraiment étrange que le Cercle s'obstine ainsi à rester muet.

En dehors de toute autre instruction, cependant, que faire sinon accompagner l'aspirant dans les épreuves ?

« Drôle de passage », dit Matieu avec un éclair de sarcasme ; il assure son baluchon sur son épaule et commence à descendre vers la rivière.

Galaas le rattrape en deux enjambées : « Où vas-tu ?

— Voir de plus près. On doit pouvoir traverser, à deux, non ? »

Que veut-il dire, « à deux » ? C'est par ses propres moyens qu'il doit franchir la rivière !

Le garçon s'est avancé sur la première arche du Pont en sautant de pierre en pierre. Un instant, Galaas se dit que tout va rentrer dans l'ordre : la plupart des aspirants font de même. Sur une dizaine de mètres, les énormes blocs écroulés, à demi disjoints, forment une sorte de gué au-dessus des eaux rugissantes ; mais plus loin, la rivière en a englouti la plupart, et ceux qui émergent sont clairement trop éloignés les uns des autres pour être accessibles par des moyens normaux.

Le garçon revient sur ses pas. Il semble résolu, mais à quoi ? Il sort de son baluchon un rouleau de fil mince. De la corde ? Il a emporté de la corde ? Comment a-t-il pu tromper la vigilance du Cercle ? Galaas prend l'extrémité pendante du filin, l'examine : tout comme le baluchon, c'est du plastique, une autre variété très résistante. Une nouvelle technologie, dehors. Il a vraiment dû s'écouler beaucoup, beaucoup de temps.

« Que vas-tu faire ? »

Le jeune homme relève la tête et dévisage Galaas avec une secrète ironie furieuse : « Il n'y pas d'autre chemin, n'est-ce pas ? Il faut passer par ici ?

— Oui.

— Alors, on attache le filin au rocher, là, l'un de nous traverse jusqu'aux premiers blocs émergés, il attache l'autre bout du filin, et il tire l'autre. Je plonge le premier, je suppose. »

Toujours la même ironie dissimulée, mais Galaas a d'autres soucis. Le filin. Ce rouleau ne peut être passé inaperçu. Il est donc permis. Les normes ont décidément beaucoup changé. Et en toute logique, c'est lui qui devrait passer en premier: il est le plus fort. Galaas examine le jeune homme avec une certaine inquiétude : aura-t-il vraiment la force physique nécessaire?

« Tu as peur ? » demande Matieu ; cette idée semble lui plaire.

Galaas hésite un moment, choisit de hausser les épaules: « Non. » De toute évidence, le courage physique est important pour cet aspirant – et peut-être pour les responsables qui, sûrement, doivent être en train de surveiller tout ceci.

Il suit donc le garçon jusqu'au dernier bloc accessible, prend le baluchon qu'il lui tend, soigneusement ficelé, le regarde s'encorder et plonger, disparaître dans l'écume et reparaître un peu plus loin, nageant furieusement vers les blocs empilés qui constituent la première étape de la traversée. Il est si petit, si mince... Mais Galaas le voit s'agripper au rebord du premier bloc, glisser, se rattraper et se hisser tant bien que mal en rampant sur la pierre. Au bout d'un moment, il se relève, se retourne pour regarder Galaas. Puis il détache la corde de sa taille, la noue autour d'un morceau de bloc, exerce plusieurs tractions et fait enfin signe à Galaas qu'il est prêt.

Galaas détache le filin, le noue autour de sa taille, et met partiellement en marche son unité agrave au moment où il touche l'eau. Inutile d'obliger le garçon à haler toute sa masse : il n'aura pas trop de toutes ses forces pour traverser la rivière par la méthode qu'il a choisie.

Finalement, deux heures plus tard, hissé par Galaas sur la rive opposée de la rivière, l'aspirant s'effondre en balbutiant des paroles incompréhensibles entre deux quintes de toux. Un peu inquiet, Galaas le relève, mais le garçon déborde d'une vaste satisfaction et, entre deux accès de claquements de dents, il affiche un sourire triomphal. Un bizarre défi colore cette satisfaction, comme si l'aspirant savait avoir passé une épreuve dont il croit Galaas responsable et qu'il aurait en quelque sorte gagnée contre lui. Si le but de cette épreuve est bien à présent de prouver son courage physique et de renforcer ainsi la confiance qu'on a en soi, Matieu l'a passée avec succès.

Comment va-t-il se débrouiller pour la suite ? S'il y en a une. Galaas n'est plus trop sûr de rien.

« Faisons du feu, dit-il. Il faut nous sécher. »

Matieu acquiesce, commence à ramasser des morceaux de champignons secs. Galaas en fait autant, tout en surveillant l'autre rive. Il voit bientôt la petite silhouette qui s'approche du Pont.

« Regarde là-bas », crie-t-il à Matieu par-dessus le bruit de l'eau, presque soulagé de voir enfin les événements se conformer à ses attentes. « N'est-ce pas un enfant qui nous fait signe ? »

La réaction est très négative : incrédulité, fureur, refus. Sur l'autre rive, l'enfant saute sur place et fait de grands signes, inaudible mais visiblement désespéré.

Matieu continue à entasser des champignons.

« Ne faudrait-il pas l'aider ? » se résigne enfin à demander Galaas.

Matieu se frotte les mains d'un air buté au-dessus des premières flammes – il avait apparemment emporté aussi un briquet. Il est totalement dérouté et, comme à son habitude, apparemment, son réflexe est d'avoir recours à la colère : « Il n'a qu'à rester de l'autre côté !

— Mais s'il veut sortir d'ici, lui aussi ?

— Il n'a qu'à se débrouiller ! »

Cette épreuve-ci est assez claire – et guère différente en somme de ce qu'elle était avec les aspirants d'autrefois. « Et toi, dit Galaas avec sévérité, qu'aurais-tu fait sans moi ? »

Matieu ne répond pas tout de suite ; sa rage intérieure recule un instant ; son visage semble soudain très jeune malgré la barbe qui lui mange les joues. Puis son regard bleu se dérobe, la méfiance et le sarcasme reviennent au premier plan de ses émotions : « Bien sûr, il faut l'aider », dit-il avec un sourire en biais ; il y a là pour lui des sous-entendus qui échappent à Galaas. Il va reprendre la corde, l'attache autour de sa taille, en boucle l'extrémité libre autour d'un rocher, et se dirige vers le bord de la rivière.

◆

Incroyable, le gamin aussi est déguisé en Ancien ! Environ une douzaine de saisons, la variété à peau bistre, aux cheveux roux presque rouges et aux yeux noirs. Il a dit s'appeler Zotaï. Toujours les vêtements en lambeaux, le setlaod. À quoi peut bien rimer cette mascarade ? De toute évidence, le gamin est de connivence avec le soi-disant Galaas : les paroles qu'ils ont échangées semblaient préparées d'avance, comme des répliques de théâtre. Et Galaas a eu l'air de trouver la présence de cet enfant tout à fait naturelle. Naturelle !

Ils sont à présent assis tous les deux auprès du feu et font cuire les poissons pêchés dans le torrent. Mathieu s'accroupit près du gamin. Même de près, le déguisement est parfait : la peau lisse, les sourcils presque jointifs, les cils longs et fournis qui constituent les seules pilosités visibles avec les cheveux. Galaas aussi est imberbe, même s'il doit avoir une bonne trentaine de saisons... Curieux pourtant comme son visage est dépourvu de véritables rides d'expression.

Mathieu voit l'enfant se tourner vers lui et demande avec brusquerie, en espérant le désarçonner : « D'où viens-tu ? »

Le gamin reste muet ; Galaas répond à sa place : « Il s'est perdu dans les galeries, il y a deux jours.

— Et comment le sais-tu ? »

L'autre ne se trouble pas : « Il me l'a dit pendant que nous pêchions. »

Il semble disposé à parler et Mathieu décide d'insister un peu : « Où était-il, avant de se perdre ?

— Là-haut », dit Galaas en retournant les poissons d'un geste économe sur les braises rougeoyantes.

Mathieu essaie de contenir son triomphe, imprime à sa voix une inflexion innocemment interrogative : « Par où est-il entré ? Si la sortie est de ce côté de la rivière, comment se trouvait-il de l'autre côté ?

— Il y a des zones d'effondrement dans les régions supérieures du souterrain, des puits. Zotaï est tombé dans l'un d'entre eux. »

Mathieu ne peut retenir son énervement : « Pourquoi ne pas le laisser s'expliquer lui-même ? »

Galaas se tourne vers le gamin : « Veux-tu lui parler, Zotaï ? »

Le gamin regarde Mathieu, Galaas, de nouveau Mathieu, et baisse la tête sans répondre.

« Il a peur de toi, dit le géant, calme et sévère, parce qu'il n'y a pas d'amour dans ton cœur. »

Et il commence à retirer les poissons du feu tandis que Mathieu reste là à le contempler, muet de stupeur incrédule.

11

Au bout de quelques jours, tout comme l'exercice sur la terre ferme endurcit les muscles du corps, les exigences de son nouveau pouvoir avaient endurci les autres muscles d'Oghim. Joyeux comme un enfant, le prince ne se lassait pas de voler au-dessus des rochers, au-dessus des arbres, et il riait de la lenteur de son compagnon Galaas.

Ils arrivèrent ainsi à une cabane isolée, en ruine, au pied de la montagne. Un vieil homme se trouvait là en train de mourir. Près de son grabat étaient placés une armure ornée d'or, une épée et une lance de sirid, et un bouclier dont les ciselures d'une merveilleuse délicatesse représentaient la Grande Chasse de Matal Ughataï. Stupéfait, Oghim s'agenouilla près du vieillard. « Vieil homme, lui demanda-t-il, comment ces objets sont-ils arrivés en ta possession ? Les hommes de Palangudzer pleurent depuis bien des saisons la disparition de Matal Ughataï. L'as-tu donc rencontré ? Qu'est-il advenu de la Fleur de Palang ? »

Le vieil homme eut un faible et triste sourire : « Je suis Matal Ughataï, et ces armes sont les miennes.

— Laisse donc ce vieillard en paix, dit Galaas. Il va mourir bientôt. Occupons-nous plutôt de trouver une passe dans la montagne.

— Mais c'est Matal Ughataï ! protesta le prince. Ne connais-tu pas son nom ? Et même si ce n'était pas Matal, pourrais-tu le laisser mourir ici tout seul ? Donne-lui de ton vin, qu'il retrouve assez de forces pour nous raconter ce qui lui est arrivé. Ainsi ne mourra-t-il pas tout à fait dans la mémoire des humains. »

Galaas donna donc du vin des dieux au vieil homme, qui se tourna vers la fenêtre par où l'on apercevait la montagne : « Vois-tu ce pic, au-dessus des nuages ?

— Oui, dit Oghim. Quelque chose vole alentour. » Ce devait être un oiseau énorme, pour être visible à cette distance.

« C'est le magicien Askorch. Il m'a suivi depuis Palangudzer et m'a dérobé la Fleur pendant mon sommeil. Après s'être transformé en agraïllad, il s'est installé au sommet de la montagne en attendant que ma mort rompe l'enchantement qui le prive du reste de ses pouvoirs. Alors, il retournera avec la Fleur à Palangudzer et y régnera pour l'éternité, tandis que le nom des Ughataï s'éteindra pour toujours. Bien des fois, espérant tromper sa vigilance, j'ai tenté d'escalader la montagne, mais elle est trop escarpée. J'ai échoué, et maintenant je vais mourir.

— J'irai chercher la Fleur », dit Oghim, saisi de compassion devant la détresse du vieux héros, et en oubliant encore une fois l'ordre des Ékelli. « Askorch ne me fait pas peur. J'irai chercher la Fleur et je la rapporterai aux Ughataï de Palangudzer. Leur nom reprendra force lorsque des enfants leur naîtront à nouveau. »

Et Oghim se servit de son pouvoir pour voler jusqu'au sommet de la montagne, où il trouva Askorch endormi près de la Fleur de Palang brillant de mille feux sur la pierre rouge. Le magicien s'éveilla à son approche, prit la forme de l'agraïllad et se précipita sur lui pour le jeter au bas de la montagne. Mais grâce à son pouvoir Oghim se mit aisément à l'abri en volant. Askorch reprit alors sa forme humaine : « Qui es-tu, jeune audacieux ? dit-il. Sache que je suis Askorch, le maître de la Fleur de Palang, le plus grand magicien que la terre ait jamais porté. Je pourrais te réduire en cendres, mais je n'en ferai rien par pitié pour ta jeunesse, si tu me dis comment tu es arrivé ici. »

Oghim se mit à rire : « Je suis Oghim Karaïdar, et tu es seulement le plus grand menteur que la terre ait jamais porté : tu n'as plus guère de pouvoirs depuis que tu as touché la Fleur de Palang, et tu ne les retrouveras tous qu'après la mort de Matal Ughataï. Donne-moi la Fleur, Askorch, et peut-être te laisserai-je vivre.

— Prends-la donc », dit Askorch. Et il alla s'asseoir à l'écart en ricanant. Oghim se rappela alors la nature de l'enchantement qui liait la Fleur aux Ughataï : seuls un homme ou une femme de leur famille – ou un puissant magicien – pouvaient la toucher de leurs mains nues ; tout autre en était foudroyé...

Puis il lui vint une idée : s'il avait pu transporter son propre corps de l'autre côté de la rivière, comme Galaas, et l'enfant Zotaï, ne pouvait-il transporter la Fleur, qui était bien plus légère, mais sans la toucher ?

Et sous le regard et la volonté d'Oghim, la Fleur se souleva du rocher où elle reposait et vint flotter devant lui. Askorch s'élança sur la Fleur, les mains tendues pour la retenir, mais il ne lui restait pas assez de ses pouvoirs de magicien : à peine l'eut-il effleurée que son corps s'embrasa et bientôt ne demeurèrent plus de lui que des cendres emportées par le vent.

Oghim redescendit de la montagne précédé par la Fleur qui flottait devant lui, pour revenir auprès de Galaas qui l'attendait au chevet de Matal Ughataï. Le vieillard contempla la Fleur avec ravissement et se redressa sur sa couche pour la prendre entre ses mains : « Sois béni, fils de Karaïd, dit-il en pleurant de joie, je sens que mes forces reviennent. Avec la Fleur de Vie, tu m'as rendu la vie. Ne t'arrête pas plus longtemps pour moi. J'irai moi-même rapporter la Fleur dans la cité de mes pères, la mort m'attendra jusque-là, je le sens. »

Et il se leva pour revêtir son armure de sirid et d'or.

Oghim s'émerveillait de cette vigueur retrouvée lorsqu'il sentit le miroir des Ékelli lui brûler la peau. Il se rappela alors leur avertissement : « Que personne ne te détourne plus de ton chemin, ni enfant, ni homme ni femme. » Le désespoir l'étreignit. Il prit le miroir et y regarda avec appréhension. Le vieux mendiant lui apparut aussitôt, l'air courroucé : « Tu as encore désobéi,

Oghim ! Mais c'était plus de l'étourderie que de la véritable désobéissance. Nous serons cléments cette fois encore. Poursuis ta route, mais souviens-toi : tu n'as rien de commun avec les humains ordinaires. Ne perds pas davantage ton temps avec eux.»

Oghim remercia les Ékelli de leur bienveillance, comme il convenait. Mais le doute était entré dans son cœur : aurait-il dû laisser Matal Ughataï mourir sans essayer de le secourir, comme il aurait dû ne pas aider l'enfant Zotaï ? À quel prix retrouverait-il donc son ombre ? Faudrait-il pour elle perdre tout ce qui le rattachait à ses frères humains ? En quoi était-il si différent d'eux, après tout, même s'il n'avait pas d'ombre, puisqu'il pouvait sentir leur peine, et rire avec leur joie ?

Oghim reprit sa route avec Galaas, mais il marchait à présent, car il n'avait plus le cœur à voler.

C'est ainsi qu'Oghim Karaïdar devint le premier humain capable de transporter des objets sans les toucher, le premier keyrsan.

◆

« Garez-vous ! » crie Mathieu. Il pousse de toutes ses forces le rocher qu'il a suspendu à une stalactite voisine, le regarde suivre sa courbe au bout du filin et heurter une fois de plus la base du mince pilier. Cette fois la stalagmite émet un son différent, plus mat, et avec un craquement gratifiant la pierre vole en éclats. Mais l'objet lumineux qui se trouvait accroché au sommet tombe plus lentement que les fragments de roche, comme s'il flottait. Il vient se poser à quelques mètres de Mathieu qui le contemple, incrédule. C'est vraiment une fleur, un peu semblable à la fleur asymétrique des arbres-rois, mais bien plus grosse et d'un bleu profond. Il sort de son abri, se penche pour la ramasser...

« N'y touche pas ! » s'écrie Galaas.

Il interrompt son geste, voit l'autre s'approcher en courant. Il y tient, à ses sornettes ! « Seuls les Ughataï peuvent toucher la Fleur à mains nues. » Oh, il se rappelle. L'histoire inachevée. Eh bien, il n'avait jamais pensé à cette fin-là : Mathieu sauveteur providentiel de Matal Ughataï !

Il enlève sa veste, enveloppe la fleur dans le tissu grossier, la ramasse, puis se retourne d'un air narquois vers Galaas : « Eh bien, je dois être un Ughataï », dit-il sans essayer de masquer son ironie.

Le visage de l'autre reste impassible ; après la petite pause coutumière, il dit simplement : « Viens, il faut rendre la fleur à Matal. »

Ils retournent à la cabane, près de l'amoncellement de troncs polis par les eaux. Le vieillard est toujours couché sur son grabat ; Mathieu jurerait qu'il n'a pas bougé depuis leur départ, trois ou quatre heures plus tôt. Quand il lui tend la fleur, le vieux sourit : « Sois béni, fils de... » Il semble chercher quelque chose, reprend avec le même enthousiasme : « Sois béni, Mathieu. Je sens que mes forces reviennent. Avec la Fleur de Vie, tu m'as rendu la vie. Ne t'arrête pas plus longtemps pour moi. J'irai rapporter la Fleur moi-même dans la cité de mes pères, la mort m'attendra jusque-là, je le sens. »

Et il se lève pour revêtir son armure.

Grotesque ! Quelle histoire de fous !

Mais justement, si les maîtres sont fous, ça explique bien des choses. Avec un nouveau ricanement, Mathieu quitte la cabane pour aller récupérer son filin. Ça pourra encore servir.

12

Après avoir fait leurs adieux à Matal Ughataï, Oghim et Galaas reprirent leur marche vers le Nord. Ils voyagèrent pendant des jours et des jours sans incident le long de la rive ouest du Grand Lac puis dans la plaine d'Aëlhondal, tandis que le printemps devenait l'été. Puis, vers la fin de l'automne, ils entrèrent dans l'épaisse forêt qui recouvre les hautes collines d'Aëlkreïtao, entre la Maalsaõ et la Hleïtsaõ. À dix-sept saisons, Oghim était un adulte à présent – mais il n'avait toujours pas d'ombre.

Ils marchaient d'un bon pas sous les feuillages rouge et or de l'automne quand tout à coup, au détour d'un chemin, un homme se dressa devant eux en brandissant une épée. Il était à demi nu, ses cheveux en broussaille lui couvraient le visage et son corps portait de nombreuses blessures encore fraîches. « Où allez-vous ? » gronda-t-il, et ses dents se découvraient comme celles d'une bête sauvage.

« Dans le Nord, à l'île des Dieux, répondit Oghim. Nous ne faisons que passer.

— Ton déguisement ne me trompe pas, Bayïsil ! s'écria l'inconnu. Tu es revenu me la prendre, mais je saurai t'en empêcher encore une fois ! »

Et il s'élança sur Oghim, l'épée haute. Oghim l'esquiva aisément en flottant hors de son chemin : « Nous ne te voulons aucun mal, étranger, lui dit-il, et nous ne savons de quoi tu veux parler. »

Mais déjà l'homme revenait à la charge. Oghim se mit à l'abri en flottant de nouveau hors d'atteinte ; l'autre poussa un cri de rage et se retourna contre Galaas. « Tue-le, Oghim ! » s'écria celui-ci d'un ton piteux en essayant de se cacher derrière un tronc d'arbre.

« Pourquoi le tuer ? dit Oghim. Ce malheureux n'a plus toute sa raison. » Il s'approcha par-derrière de l'homme qui essayait de frapper Galaas et, à l'aide de sa ceinture, il l'immobilisa sans peine. L'inconnu se débattit un moment mais il n'avait pas de force, et soudain il se mit à pleurer comme un enfant.

« Quel est ton nom ? lui demanda Oghim avec douceur. Où est ta maison ?

— Il ne t'entend pas, grommela Galaas. Il ne te voit même pas. Il n'a d'yeux et d'oreilles que pour sa folie. Laissons-le et poursuivons notre route. »

Oghim protesta que les bêtes sauvages attaqueraient l'inconnu et qu'il ne pourrait se défendre. « Mais si tu le détaches, dit Galaas, il nous agressera de nouveau. » Oghim décida alors de trouver la demeure de l'homme fou, s'il en avait une.

Ils arrivèrent bientôt à une petite cabane solitaire au milieu d'une clairière. Il régnait une odeur épouvantable. En apercevant la cabane, l'homme fou poussa un cri et recommença à se débattre en essayant de se jeter sur Oghim et en criant : « Tu n'as pas le droit de me la prendre, tu n'as pas le droit ! » Tandis que Galaas le ligotait de nouveau, Oghim entra dans la cabane d'où émanait l'odeur de mort. Sur un lit de branchages reposait le corps d'une jeune fille vêtue d'une robe nuptiale. Elle avait la gorge tranchée, mais un large collier de pierres bleues recouvrait la blessure.

Ils portèrent le lit dehors, creusèrent une tombe et y enfouirent le corps de la jeune fille. Puis ils brûlèrent la litière funèbre et la maison. L'homme fou, épuisé par ses cris et ses efforts pour se libérer de ses liens, était tombé à terre et pleurait faiblement. Oghim examina ses blessures et entreprit de le soigner tandis que Galaas partait dans la forêt à la recherche d'herbes odorantes, afin de dissiper l'odeur affreuse qui s'attardait dans la clairière.

Lorsqu'il revint, il dit à Oghim avoir trouvé le corps d'un homme jeune, mort depuis quelque temps de nombreuses blessures, et qui portait au cou le même collier que la jeune fille morte. Ce devait être son frère ou son époux, car seuls les membres d'une même famille portaient de tels colliers dans ce pays. L'homme fou était sûrement le meurtrier de l'inconnu comme de la jeune fille.

« N'accuse pas sans savoir, dit Oghim. Donne-lui plutôt de ton vin, et peut-être retrouvera-t-il assez de bon sens pour répondre à nos questions. »

Galaas obéit, et dès qu'il eut avalé la première gorgée du vin des dieux l'homme fou parut sortir d'un rêve. Il regarda autour de lui et demanda avec anxiété : « Où sont-ils partis ? Étranger, si tu les as vus, dis-le-moi, je t'en supplie !

— Qui donc ?

— Ma compagne, Alisthyn, et son frère, qu'il soit maudit ! S'il l'a emmenée, il la tuera !

— Pourquoi un frère tuerait-il sa sœur ? » demanda Oghim.

« Parce qu'il ne l'aime pas comme un frère, répondit l'homme avec désespoir. Il a juré de la tuer plutôt que

de la laisser à un autre. C'est aujourd'hui le jour de nos noces. Dis-moi si tu les as vus, ou elle est perdue! »

Oghim libéra l'homme de ses liens pour l'emmener dans la forêt, là où Galaas avait trouvé le cadavre au collier de pierres bleues. Lorsqu'il le vit, l'homme fou devint semblable à une statue : « C'est Bayïsil, murmura-t-il. Je l'ai tué en combat singulier, je me rappelle, à présent. Mais où est Alisthyn, où se trouve ma bien-aimée ? »

Oghim prit la main de l'homme et lui dit alors avec compassion : « Elle est morte. Nous l'avons enterrée. » Et il le ramena dans la clairière. L'homme ne voulait pas le croire et de ses mains nues se mit à creuser la terre de la tombe. Un morceau de la robe nuptiale rouge apparut bientôt, et l'homme cessa de creuser. Il se releva et dit : « Je me rappelle. Elle est morte. Bayïsil l'a tuée. »

Et il tomba aux pieds d'Oghim comme s'il était mort lui-même.

Galaas essaya de le réveiller grâce aux remèdes qu'il connaissait, mais en vain. « Son esprit est trop loin, dit-il enfin. Il faudrait pouvoir lui parler sans passer par les voies de son corps, qu'il a fermées. »

Alors Oghim aveugla ses propres yeux, ferma ses oreilles et scella sa bouche, et son esprit partit à la recherche de l'esprit de l'homme fou.

Ce fut un long voyage à travers une contrée aride et désolée. En se retirant, l'homme fou avait tout brûlé, et le vent avait un goût de poussière. En chemin, Oghim traversa un village où se tenaient des hommes, des femmes et des enfants figés comme des statues sans visage, et c'étaient les souvenirs de l'homme fou ; car le temps s'était arrêté et avec lui la vie qui les avait animés. Oghim continua pourtant d'avancer, et enfin, au fond de la mémoire ravagée, il trouva l'homme perdu qui s'y était caché. Toutes ses blessures s'étaient rouvertes, et il pleurait du sang.

Oghim le prit dans ses bras, il pleura avec lui, et là où ses larmes tombaient, les blessures de l'homme se refermaient. « Viens avec moi », lui dit-il enfin, et l'homme le suivit, parce que l'esprit d'Oghim avait su le retrouver et le guérir.

C'est ainsi qu'Oghim Karaïdar devint le premier humain capable de connaître et de partager les pensées et les émotions d'autrui, le premier danvéran.

◆

Galaas contemple le corps du Fou étendu à ses pieds, tandis qu'il prend la pleine mesure de ce qui vient de se passer. Quand le Fou a attaqué, il n'est pas intervenu tout de suite ; il n'a pas repéré chez Matieu les modifications internes habituelles, qui lui auraient signalé d'envoyer au Fou l'ordre d'arrêt, mais il s'attendait vaguement à voir le jeune homme trouver au problème une autre surprenante solution. Mais il a bientôt compris que cette fois il n'y en aurait pas et, en un éclair, il a décidé d'agir : il a donné au Fou l'ordre de tomber.

Il se sent totalement désorienté à présent, en territoire inconnu, sans consignes, sans repères. S'il n'avait rien fait, Matieu aurait été tué. Il ne possède de toute évidence pas plus ce pouvoir-là qu'il n'avait celui de traverser la rivière sans se mouiller ou de déplacer la Fleur sans la toucher. Pouvait-on vouloir lui faire passer cette dernière épreuve alors qu'il n'y aurait pas survécu si Galaas n'était intervenu ?

Le garçon se redresse sur les genoux, haletant, livide sous le sang qui coule d'un sourcil fendu. « Pourquoi l'as-tu arrêté ? » demande-t-il d'une voix entrecoupée ; sa stupéfaction répond à la perplexité de Galaas : il est persuadé qu'il devait mourir dans cette épreuve.

Galaas a beau chercher encore une autre interprétation, il n'en trouve pas. Même dans l'hypothèse où les épreuves ne servent plus à déclencher ou évaluer les pouvoirs des aspirants, seule la force brute pouvait arrêter le Fou – et Matieu n'a de toute évidence pas la force physique requise. L'aspirant pourrait-il avoir été condamné à mourir dans le labyrinthe ? Voilà qui plonge Galaas dans un terrible inconfort. Mais comment expliquer sinon les dangers courus par Mathieu depuis son arrivée dans les souterrains ? Un usage thérapeutique du labyrinthe, auquel Galaas a voulu croire depuis le début de leur périple afin de pouvoir continuer à remplir sa fonction, ne lui semble plus vraisemblable. Le garçon ne s'est nullement amélioré : il est toujours aussi méfiant, toujours aussi refermé sur lui-même, toujours dévoré en secret par la même terreur, la même haine, le même désespoir. Mais si l'on abandonne cette hypothèse, que reste-t-il ? Une présence accidentelle dans le labyrinthe, avec une défectuosité concomitante de la Porte, et surtout une négligence impossible à prêter au Cercle. Ou une présence non accidentelle, ce qui oblige à formuler une autre hypothèse extrêmement dérangeante: quelqu'un, quelque part, veut la mort de Matieu. On l'a placé dans le labyrinthe pour qu'il y meure, au passage de la rivière, au contact de la Fleur ou aux mains du Fou.

Mais dans ce cas, quel est son rôle à lui, Galaas ? Celui ou ceux qui ont mis Matieu dans le labyrinthe doivent bien savoir qu'il s'y trouve aussi et ne laisserait pas mourir un aspirant ?

Galaas abandonne cette ligne de réflexion trop perturbatrice et revient à la seule certitude qui lui reste dans toute cette confusion : il doit mener le jeune homme dehors sain et sauf, et le plus vite possible.

Il essuie avec douceur le sang qui coule sur le visage de Matieu, vérifie qu'il n'a pas trop souffert de sa brève bataille avec le Fou, lui injecte des reconstituants. Le jeune homme se laisse faire, hébété. Puis, comme s'il revenait à lui, il essaie de repousser les mains de Galaas : « Qu'est-ce que tu fais ? » balbutie-t-il d'une voix altérée.

« Je te soigne. »

Le garçon essaie de s'éloigner : « Tu es là pour me surveiller, pas pour m'aider !

— J'ai bien senti que tu me crois ton ennemi, Matieu, mais tu te trompes, j'ai toujours été là pour t'aider. »

Galaas n'essaie pas de retenir Matieu quand il s'assied avec un petit gémissement de douleur ; la confusion intérieure du garçon est à son comble ; il n'a plus assez d'énergie pour soutenir sa rage perpétuelle. Galaas en profite pour pousser son avantage : « Je ne comprends pas plus que toi ce qui s'est passé ici. Dès que tu te sentiras mieux, nous sortirons et nous irons demander des explications au Cercle. »

De nouveau la crainte et la méfiance : « Ils m'attendent ! Ils me tueront pour de bon !

— Le Cercle n'a jamais tué personne, Matieu, proteste Galaas. Il y a eu une erreur, ou peut-être une machination contre toi, mais ce n'est sûrement pas le Cercle qui en est responsable ! » Il cherche la bonne formulation : « Tu dois avoir... un ennemi puissant. On y mettra bon ordre. Il sera démasqué et guéri, je te l'assure. »

Le jeune homme le dévisage un long moment, en proie à des émotions contradictoires. « Quand tu parles de ton cercle, dit-il enfin, j'ai du mal à croire qu'il s'agit des gens auxquels je pense. »

Voilà une idée nouvelle pour Galaas, et encore plus dérangeante. « Il se peut en effet... que ce ne soient pas les mêmes, admet-il cependant. Parle-moi de ceux auxquels tu penses. Qui sont-ils ? »

Le garçon hésite : « Je ne sais pas vraiment. Les... maîtres. » Il utilise le terme archaïque qui veut dire " seigneur ", rectifie avec celui qui signifie " enseignant ", hausse les épaules : « On les appelle comme ça. On les appelait comme ça. À l'école. Là où je vivais... avant d'être en bas. » Son regard devient fixe, il avale sa salive, plusieurs fois, réussit à dire enfin, d'une voix qui s'éraille : « Ce sont des êtres... cruels. Peut-être fous.

— Impossible », dit Galaas.

Matieu baisse la tête. « Je ne sais pas, murmure-t-il, accablé. Je ne suis sûr de rien. Je ne me rappelle pas tout. »

Galaas observe le jeune homme, conscient de sa soudaine bonne volonté, désireux de ne pas laisser passer l'occasion. Ce que Matieu évoque est pourtant incompréhensible, ou plutôt inexplicable. Comment de tels humains pourraient-ils se trouver là-haut en position de pouvoir ? Avec un effort, Galaas écarte le malaise presque insupportable où le plonge cette idée : « Comment sont-ils ? À quoi ressemblent-ils ?

— Ils sont... comme moi. Physiquement, je veux dire. Enfin, pas tout à fait. Plus grands, et leur peau est en général plus foncée. Mais je suis... différent. » Il rit soudain, un petit rire désespéré qui se brise vite. « Spécial. Tellement spécial qu'ils ont fini par m'enfermer en bas.

— Quand ? »

Le regard trop clair vacille à nouveau : « Je ne sais pas. Ils m'ont donné une drogue qui... supprime la mémoire. Longtemps. Des saisons entières. Et puis un jour ils ont cessé de m'en donner, et je me suis sauvé dans le labyrinthe. » Sa voix se brouille : « Quel âge me donnes-tu ?

— Plus de vingt saisons », dit Galaas ; il n'en sait pas assez sur cette curieuse variante de la race pour être plus précis. L'aëllud n'altère pas la mémoire ! Même impure... Et donner de l'aëllud à un humain pendant des *saisons* ? Aucun n'y survivrait ! Ou du moins pas ceux qu'il connaît. Et celui-ci doit être un humain, malgré les différences considérables. Ou alors, si on lui a bien administré de l'aëllud pendant des saisons et qu'il y a survécu, il est peut-être totalement fou. Galaas n'en a pas l'impression, mais jusqu'à quel point peut-il désormais se fier à ses perceptions ?

« Ceux dont tu me parles n'ont certainement rien à voir avec les membres du Cercle », dit-il pour entretenir la conversation. À supposer que le jeune homme soit fou, il peut fort bien avoir élaboré tout un système imaginaire auquel il croit fermement : cela suffirait peut-être à rendre inopérantes les perceptions de Galaas : il est capable de percevoir le mensonge – il a fort bien déchiffré l'apparente obéissance du garçon, par exemple, au cours des épreuves. Mais si Matieu ignore qu'il ne dit pas la vérité... Galaas n'a aucun moyen de s'en rendre compte.

« Galaas... », dit soudain le jeune homme ; il se tait, comme embarrassé, reprend un ton plus bas : « Tu n'es pas un véritable Rani, n'est-ce pas ? »

Galaas n'a pas le droit de répondre à cette question, mais il a déjà plus ou moins enfreint tant de règles qu'il trouve étonnamment facile de biaiser encore une fois : « Pas vraiment. Je... dormais. Le labyrinthe n'a pas été utilisé depuis très longtemps, et je dormais. Quand tu as passé la Porte Noire, tu te souviens ? Tu as activé un signal, et je me suis réveillé.

— Mais pourquoi vous ont-ils déguisés en Ranao, toi et les autres ? »

Le garçon n'a pas l'air de comprendre du tout. Et de nouveau cette implication qu'ils ne devraient pas être des Ranao ! « Tu parles ma langue et tu m'as dit venir de Tyranaël, comme moi », remarque Galaas.

Le garçon frappe le sol du plat de la main, dans un élan de frustration : « Ce n'est pas ma langue, ni la leur !

Ils m'ont laissé l'apprendre, mais ce n'est pas la langue qu'on parle là-haut. Il n'y a plus de Tyranaël, là-haut ! C'est Virginia. Les Ranao ont disparu depuis des siècles ! »

Il est persuadé de dire la vérité, c'est évident. Galaas se penche un peu vers lui : « Raconte-moi ce que tu te rappelles, Matieu », dit-il de sa voix la plus persuasive.

Matieu secoue la tête, les lèvres serrées. Il est absolument terrifié de nouveau, mais Galaas se rend compte que ce n'est pas de lui. Il ne veut pas... il ne veut pas se souvenir ?

« J'étais dans une école, dit-il enfin, d'une voix enrouée, sans regarder Galaas. Je n'arrivais pas... à sortir de mon œuf. Et ils m'ont mis dans une autre école après, ailleurs. Tout seul. Ils ont essayé... de me faire sortir. Mais j'étais bloqué. Je n'y arrivais toujours pas. »

Il se tait, comme s'il étouffait. Galaas se demande s'il devrait lui injecter un calmant, mais le garçon reprend. « Et finalement, ils m'ont mis en bas et ils m'ont donné des tablettes orange. C'est tout. »

Il n'en dira pas plus, c'est évident. Galaas envisage en silence les possibilités. Le seul élément qui concorde avec ce que serait la situation normale, c'est cette histoire d'œuf et de blocage. Le garçon a activé la porte, après tout. Le reste... Il faut quand même essayer d'en savoir davantage.

« Des dons particuliers sont nécessaires pour passer les épreuves du labyrinthe. Peut-être tes maîtres voulaient-ils vérifier si tu les possédais après le temps passé en bas.

— Eh bien, je ne les ai toujours pas ! » s'écrie Matieu d'une voix qui part dans les aigus.

« Et les maîtres, eux, ils en ont ? »

Une longue hésitation. Le garçon va-t-il encore se refermer ? Non, il murmure : « Ils peuvent... se parler... en esprit. »

« Des danvérani. » Matieu ne connaît donc pas ce terme ? « Et comme toi, il y en avait d'autres ? Dans les écoles ? Qui... sortaient de leur œuf ? »

L'hésitation est encore plus longue : « Oui. Mais moi – sa voix se brise – j'étais spécial. »

Et à l'éclair de rage et de souffrance qui le traverse à ce mot, Galaas comprend qu'il ne faut pas le pousser davantage dans cette direction.

13

Le souterrain est à présent régulièrement maçonné sous le lichen lumineux. Mathieu se retourne vers Galaas : « Tu es sûr que c'est la bonne route ?

— Tu n'as toujours pas confiance en moi, Mathieu ? » dit l'autre avec un reproche amical.

Mathieu ne répond pas. Toutes ses craintes reviennent en avalanche. Et si tout cela n'était encore qu'une gigantesque supercherie ? Si là-haut Galaas allait se mettre à rire et le poussait dans les mains de ses bourreaux ? Mathieu a envie de faire demi-tour, d'aller se terrer loin au fond du labyrinthe, les yeux fermés, les oreilles bouchées. Arrêter la course du sang dans ses veines, soustraire le battement de sa misérable vie aux êtres malfaisants qui planent au-dessus de lui... Mais non, ils se trouvent au cœur du labyrinthe comme ils règnent là-haut, il n'y a pas d'issue !

Galaas s'arrête, pose sur le bras de Mathieu une main étonnamment lourde : « Ne t'abandonne pas à la crainte, Mathieu, c'est par là qu'ils t'emprisonnent. Je suis avec toi. Je t'aiderai. Contre moi, ils ne pourront rien. »

Les yeux verts regardent Mathieu, tranquilles, la voix grave est assurée. Mathieu a tellement envie de le croire – un désir presque aussi effrayant pour lui que l'idée des tortionnaires peut-être en train de l'attendre à la sortie du souterrain. Mais le géant lui a bel et bien sauvé la vie, il l'a aidé tout du long, il le conduit à la sortie. Et c'est un Ancien, n'est-ce pas ?

Pourtant, à mesure que la sortie se rapproche, Mathieu n'est plus si sûr de rien. On doit l'avoir délibérément privé des tablettes orange, pour une raison ou une autre. Mais ensuite ? Les signes gravés dans la paroi, et qui l'ont mené à Galaas, il les a trouvés par hasard. Et Galaas lui-même, ignore-t-on vraiment son existence, comme il semble le croire?

Tout revient à Galaas, à la question que Mathieu a de plus en plus de mal à faire taire: et s'il avait menti? Impossible de choisir dans un sens ou dans l'autre, mensonge ou vérité. L'aide apportée par Galaas peut aussi bien faire partie d'un autre machiavélique scénario des maîtres. Choisir. Comme entre les deux branches du souterrain, au premier embranchement. Impossible de prendre une décision basée sur des faits, les faits ont trop d'interprétations possibles. Un pari, alors, et non un choix. Parier que le géant doré a dit la vérité, qu'il n'est pas son ennemi...

Galaas s'arrête, Mathieu en fait autant. Ils sont arrivés devant une arche voûtée ouverte sur une profonde obscurité. Mathieu se retient de faire un pas en arrière, mal à l'aise devant cet impalpable mur noir. Après la lumière atténuée du labyrinthe, puis celle, plus intense, dans les couloirs qu'ils ont ensuite parcourus, tout son corps se rebelle à l'idée d'avancer en aveugle.

Galaas fait un pas dans la noirceur, qui semble l'avaler à demi: «Viens, Mathieu.» Et comme Mathieu ne bouge pas, il lui tend la main.

Mathieu la prend machinalement, le regrette aussitôt: l'autre est bien plus fort que lui, il pourrait l'entraîner s'il le désirait dans l'obscurité! Mais la main n'exerce aucune traction, c'est seulement une pression légère, amicale. « C'est par la crainte qu'ils t'emprisonnent, Mathieu», répète Galaas.

Mathieu voudrait se libérer, mais les paroles de Galaas le retiennent mieux que sa main. « Quelle garantie ai-je que tu m'as dit la vérité ? » s'exclame-t-il, furieux de sentir sa voix se briser.

«Il n'y a jamais de garantie, Mathieu. Seulement des choix. Choisis-tu de vivre ta vie dans une crainte perpétuelle?

— Je n'y vois rien», dit Mathieu, en essayant encore de nier sa crainte par un ton buté.

Galaas lui sourit, un sourire à moitié perdu dans le noir: «Enlève tes sandales et entre, il y aura de la lumière pour toi.»

Mathieu ôte ses sandales, pose un pied hésitant sur le sol invisible, puis un autre. Il se trouve dans une obscurité totale, à présent, il ne voit même plus Galaas. Il y a seulement cette main autour de la sienne. La pierre est tiède. « Attends un peu, la lumière va venir », dit la voix de Galaas près de lui.

Il voit enfin la lumière familière qui naît peu à peu des profondeurs de la pierre dorée, formant un cercle laiteux autour de lui, s'étendant de plus en plus vite à partir de ses pieds nus pour révéler bientôt les motifs circulaires concentriques des mosaïques et, aux confins de la surface ainsi délimitée, des parois qui s'élèvent en s'incurvant jusqu'à un plafond en coupole. À mesure que la lumière monte, Mathieu discerne des ouvertures dans le plafond, comme de longues et étroites fenêtres, encadrant des espaces à la luminescence violacée complètement différente de la lueur de la pierre. Est-ce le ciel ? Il se rappelle des ciels violets d'éclipses au-dessus de l'École...

La haute silhouette de Galaas se dessine maintenant dans la pénombre lumineuse. « Viens », dit la voix grave du géant. À sa suite, Mathieu traverse la salle, pénètre dans un couloir obscur où la lumière les précède déjà, commence à gravir des marches.

À l'étage, la lumière de la pierre dorée se perd dans l'éclairage de lampes au feu blanc qui rappellent brusquement à Mathieu les couloirs de son ancienne prison. Il sent toutes ses terreurs renaître, se rend compte que Galaas tient toujours sa main crispée. Il se libère d'un geste brusque, mais il est trop tard pour faire demi-tour : Galaas est arrivé devant une porte rectangulaire, et l'ouvre d'une seule poussée.

Une pièce de taille moyenne. Des machines le long des murs, un peu les mêmes que chez les gardiens, avec des écrans, des cadrans. Éteints. Un homme vêtu d'une combinaison grise sans manche bondit d'une petite couchette en laissant tomber une revue aux couleurs criardes, les yeux agrandis de stupeur. Il fouille à sa ceinture, brandit un objet au museau camus. Il y a une explosion curieusement étouffée.

Galaas fait un pas en avant. Encore une explosion, et d'autres encore. Le Rani s'avance toujours vers l'homme terrorisé. D'un geste presque négligent, il saisit le bras qui tient l'arme, le secoue un peu. L'arme tombe. L'homme ne se débat même pas. Ses yeux se révulsent et il s'effondre comme un pantin désarticulé.

Galaas se tourne vers Mathieu. Des points noirs fument sur sa poitrine dénudée. Mathieu sent ses jambes se dérober. En un éclair Galaas est près de lui, le soutient d'un bras passé autour de sa taille ; il émane de lui une odeur un peu piquante.

«Tu devrais... être mort», balbutie Mathieu.

Le géant sourit: «Je n'ai pas duré aussi longtemps pour m'arrêter ainsi. Tes maîtres ne peuvent rien contre moi.»

Mathieu est soudain saisi d'un tremblement incoercible. Galaas le fait asseoir sur le lit de camp puis se met à déchirer la grosse couverture de laine en lanières, comme si elle était de papier, pour en ligoter ensuite l'homme évanoui.

«Il m'attendait?» finit par murmurer Mathieu encore abasourdi.

« Je ne sais pas. Je ne parle pas ta langue – le virginien. Beaucoup d'humains... parlent dans leur gorge tout en pensant et cela je peux le percevoir. Cet homme a formulé quelque chose comme "tètepièr'" en te voyant. Sais-tu ce que cela veut dire?»

Mathieu croise le regard attentif des yeux verts. Galaas est toujours accroupi en face de lui, parfaitement immobile. Sur sa poitrine lisse, les points noirs ont disparu sans laisser de traces. Mathieu se sent la tête légère, tout faible, comme s'il avait faim, mais ce n'est pas la faim qui lui creuse la poitrine. Il ne sait pas ce que c'est. Il a du mal à penser.

« C'est leur mot pour ceux qui ne peuvent pas sortir de leur œuf.»

Galaas revient vers lui et Mathieu se pousse sur le lit de camp pour lui faire une place, mais le géant s'accroupit en face de lui. Sa tête dépasse encore celle de Mathieu. « Nous devons interroger cet homme pour en savoir davantage. Il faut que tu m'aides, que tu lui poses les questions dans ta langue.»

Mathieu hoche mécaniquement la tête.

Galaas va se pencher sur l'homme, presse l'extrémité d'un de ses doigts contre la peau nue de l'avant-bras ;

l'homme pousse un grognement, essaie de se redresser dans ses liens. Galaas l'adosse contre le mur comme s'il ne pesait rien.

« Demande-lui s'il t'attendait. »

Mathieu s'exécute. L'homme répond d'une voix rêveuse, sans regarder personne : « Non. »

« Demande si on te croit mort. »

Oui.

Galaas se redresse d'un air sombrement satisfait : « Tu n'es pas en danger ici. Je crois même que tu ne seras nulle part en danger s'ils te croient mort. Ils ne te chercheront pas, et même s'ils te cherchaient, ils ne pourraient pas te trouver. »

Mathieu désigne du menton l'homme qui dodeline du chef contre le mur : « Et lui ? »

Galaas plisse les yeux : « Demande-lui s'il est venu ici en bateau. »

L'homme dit que oui.

« Dis-lui qu'il ne nous a jamais vus. Que Mathieu est mort dans le souterrain. Et qu'il a très sommeil. »

L'homme ferme les yeux, s'affaisse sur lui-même, et son souffle se fait ample et régulier. Galaas se tourne vers Mathieu médusé : « Ici, c'est l'île Voïstra. Ce n'est pas très loin de Hleïtzer. Je vais te conduire jusqu'à la ville dans son bateau et nous irons... »

Tout le corps de Galaas semble se figer. Il reste là, la bouche entrouverte, un bras à demi levé, les yeux fixés sur Mathieu.

« Galaas ? »

Il ne bouge pas. Il ne respire pas. Comme dans un rêve, Mathieu tend la main, effleure la poitrine dorée : elle est froide, et curieusement dure sous la couche élastique de la peau. Dans un élan de stupeur désespérée, il saisit le bras de Galaas, essaie de le secouer. Il n'ébranle même pas le grand corps pétrifié.

Mathieu recule sans savoir ce qu'il fait. Il tâtonne le long du mur, il cherche la porte, la trouve. Sortir, sortir, de nouveau c'est tout ce qui lui reste.

Deuxième partie

14

À travers la dentelle obscure des feuilles et des branchages, le violet du ciel se fond peu à peu au noir tandis que les petites lunes poursuivent leur course et que la face grêlée de la Lune retrouve sa pleine rondeur. Mais Mathieu n'a jeté qu'un seul coup d'œil autour de lui avant de se blottir, le cœur affolé, en sueur, sous les arbres qui ceignent l'île. Une esplanade dallée descend vers la rive ; elle ne mesure sans doute pas plus d'une centaine de mètres de large, mais si la terreur qui a propulsé Mathieu hors de l'édifice ne l'avait soutenu, il n'aurait pu traverser cet espace horriblement ouvert, découvert, où le regard se perd sans pouvoir se poser sur de rassurantes parois. Il connaît un mot pour décrire ce qu'il ressent, *agoraphobie*, c'est étrangement réconfortant de pouvoir mettre un nom sur sa panique, *agoraphobie*, il se le répète en silence, *agoraphobie*. Ça va passer, sûrement ; il n'a pas vécu toute sa vie dans le souterrain ; il y avait l'École, la première, et le jardin dans la deuxième École, même s'il y avait des murs autour, et ensuite hors du jardin, le reste de l'École, et même, des fois, il montait sur la terrasse tout en haut avec... avec... quelqu'un, il ne se rappelle pas bien, mais il voyait l'horizon, très loin de tous les côtés, il y avait une ville en contrebas, immense, et de l'eau à perte de vue, et au début il était malade, mais à force il s'est habitué.

Il s'oblige à observer l'esplanade qui entoure le bâtiment, mais rien n'y bouge, rien n'y a bougé depuis qu'il est sorti. La vaste coupole de l'édifice est obscure, seule la petite sphère qui en couronne la haute flèche métallique brille sur le ciel sombre. Au bout d'un moment, il regarde de l'autre côté, toujours à travers la rassurante proximité des feuilles et des branches agitées par la brise, vers la plage de sable clair et l'eau ondulée qui brille sous la lueur redevenue blafarde de la Lune. Il se force à laisser son regard suivre la surface houleuse, plus loin, toujours plus loin, jusqu'à la ligne sombre qui délimite l'horizon. La côte. Il ferme les yeux, c'est plus facile de penser ainsi, enfermé dans son corps. Il va devoir nager. Pas question d'utiliser le petit bateau qui se balance à quai, tout proche. Ne pas laisser de traces. Pas d'autres traces que... Son esprit se dérobe, mais il se force à compléter sa pensée, *pas d'autres traces que Galaas transformé en statue*, puis il claque la porte sur les questions affolées qui menacent de l'envahir à nouveau. Pas maintenant. Quitter l'île, voilà la priorité. L'île Voïstra, qui n'est pas très loin de Hleïtzer, a dit Galaas. " La ville du Grand Lac", en setlaod. La ville sur la côte, là-bas, au nord-est, où une luminescence vaguement rougeâtre diffuse dans le ciel. La ville qui doit être Morgorod, sûrement, puisque la deuxième École se trouvait là, et qu'il y avait un lac. Il avait demandé : « C'est la mer ? », et on avait répondu : « Une mer d'eau douce, un lac », et après il avait été malade et...

Priorités. Quitter l'île.

Pour aller où ? À Morgorod ? Se jeter à nouveau dans les bras des maîtres ?

Mathieu claque la porte sur cette pensée-là aussi. Quitter l'île, en tout cas. Avant le lever du soleil.

La ceinture d'arbres et de buissons descend en pente douce vers la plage, qui elle-même descend vers le lac. Beaucoup moins large que l'esplanade, la plage, elle sera vite traversée. Après s'être dévêtu et avoir empaqueté avec soin ses uniques possessions dans la feuille de plastique – les deux couvertures bien repliées aussi autour des vêtements et des sandales, du briquet, du filin et des feuilles de son bref journal – Mathieu s'attache le paquet autour de la taille avec la courroie, prend une grande inspiration, s'arrache au couvert des arbres et traverse la plage à la course, les yeux mi-clos. Au bord, il ralentit, essaie d'entrer dans l'eau sans trop faire de bruit.

Elle est moins froide qu'il ne le craignait, juste fraîche, avec un goût vaguement métallique, pas comme l'eau du souterrain. Il faut à Mathieu quelques mètres pour bien coordonner ses mouvements, le paquet sur ses reins le déséquilibre un peu ; puis il trouve le bon rythme. Le vent souffle plus fort ici, et plutôt vers le nord, mais les vagues sont les bienvenues : elles masquent un peu l'immensité liquide. Au bout d'un moment, Mathieu renonce à nager directement vers la côte : elle s'incurve justement vers le nord, le courant suscité par le vent finira par l'y pousser – un peu plus tard, voilà tout. Il n'est pas si pressé d'arriver, de devoir se remettre à penser. Il lui suffit pour l'instant d'être un corps nu qui nage à grandes brasses lentes dans l'eau maintenant presque tiède. De temps à autre, pour se reposer, il se laisse flotter, les yeux clos, bercé par la houle, en battant paresseusement des pieds. L'espace n'a plus d'importance, le temps n'existe plus, pour un peu, il s'endormirait.

Mais le temps s'écoule, les lunes dérivent dans le ciel tout comme Mathieu traverse l'espace liquide et la ligne sombre de la côte se rapproche, de plus en plus nette. Il peut distinguer la plage, à présent, quand il se trouve au sommet d'une vague : une bande claire parsemée de masses noires, sans doute des troncs d'arbres morts, au pied d'une falaise. Puis il peut voir que la falaise n'en est pas une, mais de vastes terrasses suspendues en escalier, couvertes de végétation, une, deux, trois. Il cesse de regarder, continue à nager en essayant de penser qu'il est dans l'étang, qu'il a seulement vu les parois obliques du jardin. À une cinquantaine de mètres du rivage, il se rend compte qu'il a pied et pourrait marcher, mais il continue à nager le plus longtemps possible, barbote même quand ses mains et ses pieds touchent le fond, pour ne pas avoir à se lever et à regarder autour de lui. Quand il se trouve enfin sur le sable humide, les pieds encore dans l'eau, il reste à plat ventre, la tête sur ses bras repliés, les yeux fermés. Il ne sait pas s'il est épuisé ou terrifié, les deux sans doute, mais il se sent tout faible. Il écoute la nuit à travers les battements de son cœur. Le bruissement du vent dans les arbres de la première terrasse, le clapotement des vagues sur le sable...

Et un martèlement sourd qui enfle à sa gauche.

Il se soulève sur les poignets, tourne la tête vers le bruit, terrifié, tous les muscles noués. Trois formes en mouvement, qui se rapprochent. Massives. Quadrupèdes. Pas des humains – le soulagement l'aplatit de nouveau sur le sable. Il n'a pas la force de s'inquiéter davantage, et d'ailleurs, à une centaine de mètres de lui, les bêtes bifurquent vers le lac et caracolent dans l'eau peu profonde en soulevant des éclaboussures argentées. Leur pelage brille sous les lunes, noir, blanc, zébré. Elles ruent, s'ébrouent, se cabrent, leurs cornes uniques s'entrechoquent en des parodies de combat, avec des claquements secs qui résonnent le long de la plage.

Mathieu se redresse sur les mains et les genoux, lentement, incrédule. Des licornes. Les *tovik* des Anciens. Elles existent vraiment, alors ? Elles ne l'ont pas vu. Elles jouent. Deux d'entre elles sortent de l'eau, se poursuivent vers la première terrasse. Elles sont plus petites que la troisième, la blanche, qui retourne au pas sur la plage et se couche dans une position curieuse, presque roulée en boule, une posture de félin plutôt que de cheval. Mais ce ne sont pas des chevaux, ce sont des *tovik*, des Libres Compagnons, qui choisissaient leurs humains parmi les rois comme parmi les gens du commun, et ne portaient jamais ni bride ni selle.

Mathieu les contemple, toujours accroupi ; il a l'impression de rêver. Il les regarde galoper vers la terrasse abrupte, s'y hisser en un bond puissant, s'y enfoncer dans de grands craquements de branches. Elles en ressortent plus loin, bondissent de nouveau sur la plage et font mine de foncer sur la licorne couchée, freinant des quatre pattes pour l'arroser de sable. La licorne blanche, peut-être la mère des deux petites, se relève, se secoue avec dignité et s'éloigne au pas le long de la rive. Les deux petites la suivent au trot, la dépassent, lui tournent autour, agitant leur queue en panache comme des drapeaux.

Mathieu s'est levé, il ne s'en était pas rendu compte ; il les suit des yeux, toujours plus loin, jusqu'à ce qu'elles s'effacent dans la nuit. Et il se retrouve debout sur la plage, seul dans tout cet espace, au bord de l'eau immense sous le ciel immense, mais pendant un instant il n'y a pas de place pour la terreur dans son esprit exalté. Il est *libre*. Il est *dehors*. Pour la première fois de sa vie, il est vraiment, vraiment, *dehors* !

15

La rue est grise, à perte de vue, et horizontale, mais il y avance comme s'il escaladait une montagne, une douleur lancinante dans les genoux, les doigts subrepticement agrippés aux poignées de portes qu'il ne voit pas, aux rebords de fenêtres également invisibles, aux aspérités de murs qui n'existent pas non plus, pour s'aider à bouger. La rue est déserte, mais il a très peur qu'on ne le voie, qu'on ne comprenne avec quelle difficulté il marche. Si on le voit, il est perdu.

Ensuite, sans transition, une place ronde, une gigantesque esplanade dont les confins se perdent dans une brume indistincte, mais le pas y rebondit et vacille comme si le sol était une membrane tendue sur un liquide lourd. Une présence sans visage plane, attentive, ricanante, féroce. Il perd l'équilibre, tombe à genoux, brûlant de chagrin et de rage. Du tranchant de la main, il frappe la membrane élastique. Elle s'ouvre comme un éclair tombe du ciel, sur une immense vague écarlate qui l'encercle d'un seul coup. Horrifié, il ferme les yeux, la bouche, se pince les narines, mais il sait que la substance poisseuse va pénétrer en lui malgré tout, et il ne sera plus alors qu'un sac de peau molle roulant dans la mer rouge.

Mathieu essaie de se redresser, suffoqué, se débat pour se libérer de ce qui l'entrave ; des feuilles lui giflent le visage. Une fois dégagé de la couverture, il reste un moment immobile, cœur battant, gorge sèche, incertain : le jardin, il est dans le jardin ? Puis il se rappelle où il se trouve, avec un mélange d'exultation et de panique. Il sort à quatre pattes du buisson de milierre sous lequel il s'était caché pour dormir, en clignant des yeux dans la lumière du jour. Puis il pense *la lumière du jour*, et il reste là, comme foudroyé. Les terrasses lui masquent la montée du soleil, mais il peut en sentir la marée lumineuse dans le ciel encore gris qui tourne insensiblement à un bleu laiteux au-dessus de la falaise. La lumière du jour. Depuis combien de temps n'a-t-il pas vu la lumière du jour ?

Il se réfugie aussitôt dans des pensées concrètes, pratiques, utiles. Il va devoir se fabriquer un chapeau. Gare aux coups de soleil, ses habits à moitié déchirés lui laissent trop de peau à découvert. Porter la couverture sur le dos et la tête... Non, il aura trop chaud... Ou alors vérifier s'il y a des aménias dans les environs. Il lève les yeux, à la fois étonné et soulagé de constater comme les noms des plantes et des arbres lui reviennent aisément. Quelques arbres-rois, des racalous et des miralilas, la trinité habituelle, tous plutôt petits, et beaucoup de buissons et d'arbustes ; la couche d'humus ne doit pas être très épaisse sur ces terrasses. Mais oui, des boules d'aménias sont piquées dans les branches ici et là, il doit bien encore y avoir des baies. Il y en a en tout cas dans ce gros chapattier, là, et elles, elles se mangent, même si elles doivent être un peu sèches, maintenant. C'est l'Hiver, maintenant, n'est-ce pas, après l'éclipse de lune ? Mathieu s'agenouille près de l'arbuste, saisit une grappe cireuse à pleines mains, la dévore sans se soucier de l'égrener. S'arrête, la bouche pleine de pâte farineuse et un peu fade, étonné des soudaines larmes que le goût familier lui fait monter aux yeux.

Quand il se relève, une fois l'arbuste débarrassé de presque toutes ses grappes, il est rassasié mais assoiffé. Il n'a pas envie de retraverser la plage nue pour se rendre au lac, il se sent trop bien sous les arbres de la première terrasse. Il continue à examiner le sous-bois, repère les feuilles grasses d'un sodatri, va en fendre une d'un ongle ébréché – il faudra s'occuper de ça aussi, se limer les ongles sur un bout de rocher – et en détache l'épaisse pulpe intérieure. Il est tard dans la saison, le jus a un goût trop acidulé, mais ça désaltère. Après une dizaine de feuilles, il regarde autour de lui, satisfait, en s'essuyant les mains sur son pantalon. Il pourrait vivre ici ! Toutes les plantes, ici, sont des amies.

Quelque chose efface son sourire, il ne sait quoi. Comme un écho de souvenir... une inquiétude, en tout cas. Il ne peut pas rester ici, bien sûr. Pas si près de l'île.

Il va cueillir des baies d'aménias, les écrase, se frotte de leur huile. Ça devrait le protéger, surtout s'il se tient dans le sous-bois le plus longtemps possible. Puis, après avoir de nouveau empaqueté ses affaires avec soin, il cherche un chemin pour grimper sur la première terrasse ; il va se rendre jusque sur la troisième. Il aura peut-être une meilleure idée des lieux, depuis là-haut.

Les chants d'oiseaux et les crissements des insectes se taisent brièvement autour de lui, reprennent dans son dos ; l'herbe bleuâtre est rase entre arbustes et buissons, avec de fréquentes taches de sable : ces terrasses sont en fait d'anciennes plages suspendues par le temps au-dessus du lac. Ici et là, elles ont été aménagées, consolidées par des troncs d'arbres – il y a très longtemps, sûrement au temps des Anciens : on ne s'en rend compte que là où des troncs se sont écroulés, partout ailleurs ils sont invisibles sous la végétation. D'anciens chemins serpentent entre arbres et buissons, aussi. Mathieu préfère les éviter, un peu inquiet, à l'affût d'habitations perdues dans le sous-bois. Mais il n'y a rien. L'endroit est resté, ou redevenu, sauvage. Pourtant, à mesure que Mathieu se rapproche du sommet de la troisième terrasse, il entend par moments des grondements sourds, qui s'approchent et s'éloignent en semblant la longer.

En haut de la dernière terrasse, les arbres sont plus nombreux et plus serrés, mais après quelques centaines de mètres ils s'arrêtent brusquement, une lisière trop rectiligne pour être naturelle et d'ailleurs elle est doublée d'un haut grillage. Au-delà du grillage, pas un seul arbre, une étendue d'herbe hivernale bleue, rase mais touffue ; et plus loin deux larges rubans écarlates, à peu près parallèles, séparés par deux talus aux flancs inclinés également couverts d'herbe et de petits buissons feuillus couleur de rouille. Des véhicules y passent de temps à autre, surtout de gros camions lancés à toute vitesse, de gauche à droite sur la route la plus proche de Mathieu, dans l'autre sens sur l'autre route.

Mathieu ne regarde pas longtemps – trop d'espace. Il retourne sous le couvert des arbres puis, après réflexion, sur la deuxième terrasse. Il marche depuis environ cinq heures, à en juger par le soleil. Il doit se trouver au moins à quinze ou seize kilomètres au nord de son point de départ. Peut-être serait-il temps de décider où il va aller. Galaas a dit qu'ils le croient mort. Si c'est vrai – personne ne semble jeté à sa poursuite, en tout cas – il peut aller n'importe où !

Il s'immobilise, s'assied dans l'herbe, soudain accablé : n'importe où, c'est nulle part. Il ne connaît rien de cet endroit, il ne sait même pas vraiment où il se trouve. Sur Virginia, mais une planète, c'est très vaste. Près de Morgorod, qui est située au bord d'un très grand lac – peut-être le Hleïtan de l'histoire de Matal Ughataï ? Il n'a jamais vu de cartes nulle part, pourquoi ne lui ont-ils jamais montré de cartes ? Virginia, Morgorod, ce sont seulement des mots. Où aller, dans des mots ? Le seul qui signifie un peu quelque chose pour lui, c'est Morgorod, parce qu'il a vu la ville et le lac, quelquefois, depuis la grande terrasse tout en haut de l'École. Morgorod, où se trouvent les maîtres.

Et des milliers, des centaines de milliers, peut-être des millions d'autres personnes. Les chiffres lui donnent le vertige, l'idée de tous ces corps pressés dans l'espace, mais il se force à poursuivre sa pensée : *et tous ne sont pas des maîtres*. Il n'a pas oublié ce qu'il a appris des gardiens, et de Galaas – si tant est que les certitudes de Galaas soient fiables. Il y a au moins deux sortes de gens, dehors : les maîtres, avec leur pouvoir cruel, et les autres, ceux qui mangent les tablettes orange et ne savent rien. Et les têtes-de-pierre, s'oblige-t-il à ajouter. Mais les têtes-de-pierre, comme les maîtres, habitent l'École.

Tant qu'il se tient loin de l'École... La ville était immense, vue depuis la terrasse. Sûrement, et surtout si les maîtres le croient mort, il devrait pouvoir se cacher au milieu de tous ces gens ? Ils essayaient de lui faire peur, quand ils disaient que la vie était terrible hors de l'École, c'était pour l'empêcher de s'évader. Mais il l'a fait, il s'est évadé, il leur a échappé, il est *libre* !

Il s'arrête pour manger de nouveau. Il repère et déterre des tubercules de rattèles entre les racines des miralilas – il n'a rien pour en peler la peau noire et annelée, mais il les gratte contre un rocher ; et puis, un peu de peau de rattèle n'a jamais tué personne même si la texture cassante en est désagréable, un peu comme si on croquait du verre ; sur le tronc d'un racalou, il y a quelques poignées de champignuttis encore comestibles ; et les sodatris sont toujours là pour la soif. Une fois rassasié et désaltéré, Mathieu se remet en route. Quoi qu'il arrive à Morgorod, il pourra toujours au moins trouver à manger, pour peu qu'il ait accès à des jardins ou à des parcs ! Et pour autant qu'il se rappelle ce qu'il a vu de la ville en contrebas de l'École, il y en avait beaucoup, de la verdure...

Tout en marchant, il essaie d'imaginer ce qui pourrait arriver à Morgorod, mais se rend vite compte que c'est une erreur : toutes ses ignorances lui reviennent en pleine face et au bout d'un moment, partagé entre une rage et un accablement également impuissants, il s'oblige à compter des hippopotames pour ne plus penser à tout ce qu'il ne sait pas ou croit savoir, aux omissions et aux mensonges des maîtres, à leurs motivations également insondables. Puis, sans vraiment en avoir conscience, il passe à l'un des mantras qui lui faisaient traverser la durée de l'initiation, autrefois, et, comme autrefois, il finit par plonger dans une transe légère.

Un choc, un cri. Il se retrouve assis par terre face à une vieille femme aux courts cheveux blancs coupés en brosse, vêtue d'habits sales, aux couleurs passées, qui s'est accrochée d'une main à un tronc d'arbre pour ne pas tomber et qui de l'autre serre contre sa maigre poitrine une bouteille en plastique blanchâtre.

« Eh, d'où tu sors, toi ? » s'écrie-t-elle d'une voix éraillée.

« Je ne vous avais pas vue », balbutie Mathieu, paniqué.

« Pour un peu, je renversais ma bouteille », marmonne la vieille alors qu'il se relève en s'époussetant, et il prend son haleine en pleine face, un souffle alcoolisé qui le fait presque larmoyer. Il la regarde mieux, voit comme elle vacille même en s'accrochant à la branche. Cette vieille femme est ivre ! En pleine forêt ?

Une humaine en tout cas, et qui parle un virginien à peu près reconnaissable. Mais sûrement pas dangereuse.

La vieille le dévisage avec une stupeur croissante : « Eh ben, c'est sûr que je t'ai pas vu non plus. T'es drôlement loin d'chez toi, mon gars. » Elle prend une gorgée, s'essuie la bouche tout en le détaillant d'un œil injecté de sang, mais au regard acéré malgré l'alcool. « Et tu f'rais mieux d'y r'tourner. Pas très bon d'être pris dehors, en ce moment, pour les têtes-de-pierre comme toi. »

Plus que la stupeur ou la crainte, c'est la rage qui fait tressaillir Mathieu, mais l'habitude l'aide à se retenir, à dissimuler. Et il se rend compte ensuite que la vieille a parlé sans animosité. Elle l'observe maintenant avec une certaine curiosité presque compatissante, ma foi.

« Qu'est-ce qui t'est arrivé, dis donc ? D'où tu sors comme ça ? Tu t'es sauvé la dernière fois qu'y sont allés danser à hors le mur ? »

Il ne comprend pas, mais la mention du mur l'inquiète. Il demande : « Où ça ?

— À hors le mur », répète la vieille visiblement déconcertée.

« Quel mur ? »

Cette fois elle reste muette un moment, puis émet un rire caquetant et reprend une gorgée d'alcool. « Eh, elle est bonne ! Mais t'as raison, y en avait un dans l'temps, y a longtemps, au début d'la colonisation. Plus d'mur, maint'nant. Mais ça r'vient au même. Dedans, dehors. » Elle examine les habits déchirés de Mathieu, ses cheveux et sa barbe hirsutes. « Et toi, comment ça s'fait que t'es sorti d'hors le mur ? »

Et tout d'un coup Mathieu comprend qu'elle a dit *Orlemur*, c'est un seul mot, sûrement un nom de lieu. Pour en avoir le cœur net, il demande : « C'est où, Orlemur ? »

La vieille fronce les sourcils : « Dis donc, tu t'fous de moi ? Y t'ont trop tapé sur la tête ? »

Mathieu va protester puis, en un éclair, il imagine les possibilités, baisse la tête et murmure : « Je ne sais pas. Je ne me rappelle rien. »

Du coin de l'œil il surveille l'expression de la vieille femme, voit qu'il a frappé juste : elle se détend un peu.

« Orlemur ? À Morgorod ? Dans la basse ville, le quartier des têtes-de-pierre ? »

Mathieu secoue la tête d'un air accablé, et ce n'est pas vraiment de la comédie. Il y a un quartier réservé aux têtes-de-pierre ailleurs que dans l'École ? Un endroit d'où ils ne doivent pas sortir ?

La vieille l'examine avec une commisération avinée. « Rien du tout ? Tu t'rappelles rien du tout ? Ton nom ? »

Il secoue encore la tête.

« Ah ben, mon pauv'gars. » Après une hésitation, elle lui tend la bouteille de plastique : « Prends-en une, va. »

Il n'ose pas refuser, fait mine de boire une gorgée et de s'essuyer la bouche avec une humble satisfaction : « Merci », murmure-t-il.

La vieille le considère un moment, renifle, lâche la branche qu'elle tenait toujours pour prendre en vacillant un peu le bras de Mathieu : « Viens-t'en, on va aller chez moi. C'est pas loin. »

En route, elle continue à l'interroger : sûrement, il se rappelle quelque chose ? Mathieu n'a presque pas à inventer. Il dit seulement : « Je me suis réveillé dans le lac, j'ai nagé », et la vieille fait le reste, du moins dans sa propre tête, car elle prend un air entendu et lui tapote le bras en répétant : « Mon pauv' gars ! »

"Chez elle", c'est une minuscule clairière où se dresse un abri rudimentaire, moitié tente, moitié cabane, installé entre les troncs multiples d'un morellier qui a été débarrassé de ses branches basses ; dans l'espace rond délimité par les troncs, les champignons associés à l'arbre ont évidemment disparu sous les couches de branches mortes, de sable et de vieilles couvertures qui constituent le plancher. L'abri lui-même est assez bien conçu : on a ingénieusement tiré parti des matériaux disponibles, bois, ficelles, feuilles de plastique ; des habits pendent sur une corde à l'intérieur, et dans un coin il y a des boîtes de conserve bien rangées. Mais surtout des bouteilles de toutes tailles et quelques cuves, en plastique, en ferraille, et un alambic de fortune sur un petit poêle déglingué.

« Voilà », dit la vieille en lâchant le bras de Mathieu pour un ample geste de présentation – un peu trop ample, elle se rattrape tant bien que mal. « Bienvenue chez Mama Caroline ! »

Mathieu exprime l'admiration attendue, prend le siège qu'on lui désigne – un bout de tronc mort – et décline l'offre de nourriture. La vieille hausse les sourcils : « Quoi, t'as pas faim ?

— J'ai déjà mangé, merci. »

Elle se met à rire : « Ah oui ? C'est où, ton restaurant ? »

Mathieu sourit, un peu incertain : « Dans la forêt. Il y a plein à manger, dans la forêt. »

La vieille femme semble partagée entre l'amusement et la pitié : « Tu mangeais quoi, des feuilles ? »

Mathieu hésite à nouveau. « Non, je n'ai pas vraiment cherché d'espèces à feuilles comestibles. Il y avait mieux, des chapattes, des rattèles. Des champignons, aussi. »

La vieille regarde autour d'elle d'un air déconcerté. « Dans la forêt ? C'est quoi, des rattèles ? »

Cette fois Mathieu ne répond pas tout de suite. Elle vit dans la forêt, et elle ignore tout cela ? Comme elle le regarde d'un air vaguement méfiant, il cherche autour de lui, aperçoit un miralilas avec, entre ses racines à découvert, les caractéristiques touffes d'ombelles. Il va gratter sous la mousse, déterre deux tubercules et les montre à la vieille qui l'a suivi en titubant un peu.

« Vous avez un couteau ? »

Elle tire un petit couteau de sa poche, et il entreprend de dépiauter le rattèle, qu'il lui tend ensuite : « Ça se mange cru. Cuit, c'est moins nourrissant. »

Comme elle hésite, il en casse un morceau, le mâche allègrement. La vieille consent à mâchouiller le morceau qui reste – elle n'a plus toutes ses dents –, hausse des sourcils étonnés : « Eh, ça goûte la carotte ! »

Mathieu s'abstient de commenter. Il n'a jamais mangé de carottes.

La vieille femme l'interroge pendant plusieurs minutes sur les plantes comestibles de la forêt, et il ne peut faire autrement que de lui répondre, mais il est inquiet : visiblement, elle n'avait pas été au courant. Et lui, aurait-il dû l'être ? Heureusement, Mama Caroline est trop ivre pour vraiment s'étonner. Elle lui donne plutôt une grande tape dans le dos: « Eh ben, tu vois que tu t'rappelles des trucs ! »

Il marmonne, « La mémoire est une chose bizarre », mais la vieille femme n'écoute pas : elle finit de gribouiller les informations dans un petit carnet dépenaillé, puis elle regarde autour d'elle d'un air vastement satisfait : « Cinq saisons que j'viens ici, et j'savais même pas que j'vivais dans un garde-manger ! J'vais pouvoir rester ben plus longtemps sans aller me fournir en ville. Chui drôlement contente de t'avoir rencontré, mon gars ! »

Elle se penche vers lui d'un air compatissant : « Enfin, j'veux dire, y aurait p'têt' mieux valu pas pour toi... Mais t'es vivant, hein ? » Puis, après un petit silence occupé par quelques solides gorgées, elle reprend : « Alors, qu'est-ce que tu vas faire, maintenant ? »

Bonne question. Mathieu ne sait vraiment pas quoi répondre.

« Le mieux, tu sais, quand même, ça s'rait de r'tourner à Orlemur. Y s'occuperont de toi. Y pourront pas t'laisser comme ça. » Mama Caroline continue à ponctuer sa réflexion de petites gorgées. « T'as pas d'papiers, hein ? »

Il la regarde sans comprendre ; elle soupire, fouille dans une de ses nombreuses poches pour en sortir une petite carte rectangulaire en plastique dur avec un rond doré d'un côté, étonnamment peu usé. De l'autre côté, il y a une image de son visage – mais elle a l'air bien plus jeune – son nom " Caroline Dassimo ", une adresse, des chiffres... Elle rempoche la carte en hochant la tête : « Ouais, bon. Remarque, c'est l'lendemain du jour de l'an, férié, les gris doivent pas vraiment grouiller dans les rues, même autour d'Orlemur...

— Les gris ? » demande Mathieu, soudain étreint d'angoisse. « Les maîtres ? »

Après un temps d'arrêt perplexe, la vieille hausse les épaules : « Ben non, la police, quoi ! » Elle le dévisage avec une curiosité larmoyante : « Mon pauv' gars, qu'est-ce qu'y t'ont fait ? Tu t'rappelles même pas des gris, ni d'ton nom, juste de c'qu'on peut bouffer dans la forêt ? Pas à dire, t'es un drôle de tête-de-pierre ! »

Un éclair de colère traverse à nouveau Mathieu, qui ne peut s'empêcher de demander: «Et vous?»

La vieille le regarde, interloquée, puis se plie en deux en hoquetant de rire, manquant de laisser échapper sa bouteille. « Ah ben non, vraiment pas, mon gars ! Moi, chui juste une irrék... irrécupérable. J'fais c'que j'veux, j'vais où ça m'chante, et je bois quand ça m'plaît. Y peuvent toujours bien essayer d'm'empêcher, j'm'en fiche, de toutes leurs régulations. Et si j'veux voyager, j'voyage, sans blague. Un esprit libre, voilà c'que j'suis. Un esprit lik... libre.»

Elle lève sa bouteille pour un toast aux invisibles régulateurs, se rend compte que la bouteille est vide, va en chercher une autre pour venir se rasseoir d'un pas chancelant. Après avoir offert la bouteille à Mathieu qui refuse, elle prend une grande rasade qui la fait tousser à fendre l'âme. Mathieu se penche vers elle, inquiet, mais elle se redresse, des larmes sur les joues, hilare: «Ça c'est du bon ! Maint'nant, pour tes papiers, petit, écoute bien – elle lui secoue un index crasseux sous le nez – ... faut aller à la Maison Méridienne, à Orlemur. Y t'diront quoi faire. Y zauront qu'à te voir, y comprendront. Tout en guenilles...»

Elle lui prend la main droite, en examine les cicatrices, puis celles plus récentes de son poignet et de son avant-bras avec une attention avinée : « ... tout marqué, pauv' petit... Jeté dans le lac, c'est-y possible ! Quand même pas vot' faute si vous êtes comme ça...»

Elle continue à marmonner des paroles inintelligibles dans sa bouteille, tout en buvant. Mathieu a le sentiment que, s'il veut encore en tirer quelque chose d'utile, il a intérêt à se dépêcher.

«Comment on fait pour aller à Orlemur?»

La vieille femme le dévisage un instant d'un œil glauque, puis une étincelle se ranime en elle et elle fait un grand geste vague en direction du nord-est : « Tout droit par là, mon gars. P'têt' dix kilomètres par la côte. Ça s'rait mieux pour toi, par là. Un peu plus long qu'la route, mais y aura personne. Le premier quartier d'maisons après la zone industrielle, ça s'ra Orlemur, c'est simple. Tu peux pas t'tromper. Après, va à la Maison

Méridienne. T'auras qu'à d'mander. Y sont pas mal comme toi, à Orlemur. Y t'aideront sûrement. Ouais, sûrement... »

16

Après avoir accepté de la vieille femme, pour se protéger du soleil, un léger poncho de coton tout usé et une casquette délavée portant l'inscription DYNAMO – « la meilleure équipe de foot de tous les temps à Morgorod », a déclaré la vieille d'un ton péremptoire, et il s'est prudemment abstenu de poser des questions sur le sujet – Mathieu se remet en route. Il redescend sur la première terrasse et en longe le bord : il peut ainsi voir ce qui se passe sur l'eau, tout en étant dissimulé dans le sous-bois. Il n'aime pas trop regarder du côté du lac : l'immensité gris-bleu occupe tout l'horizon, du nord au sud, on a peine à imaginer qu'il y a une autre rive loin à l'ouest, invisible. De toute façon, tout est tranquille de ce côté ; c'est à peine si, à mesure qu'il se rapproche sans doute de la ville, Mathieu aperçoit les points blancs de dizaines de voiliers de plaisance ; en plissant les yeux dans l'éclat réfléchi du soleil, il peut aussi distinguer plus loin de la côte des formes plus massives, comme des traits noirs posés sur l'eau, des cargos et des pétroliers. Ces sortes de bateaux-là servent au commerce, c'est tout ce qu'il en sait, avec leurs noms. Il préfère le sous-bois, dont il connaît toutes les espèces de plantes, toutes les essences d'arbres, leurs modes de reproduction et leurs propriétés nutritives ou médicinales.

À mesure qu'il avance, la terrasse descend en pente douce, tout comme les terrasses supérieures avec lesquelles elle se confond peu à peu ; ce n'est bientôt plus qu'un unique plateau peu élevé au-dessus de la plage de sable rose, et le sous-bois devient plus clairsemé. Mathieu peut bientôt distinguer dans le lointain la “ zone industrielle ” dont a parlé la vieille femme. Il est heureux d'avoir au moins ce nom à donner à ce qu'il voit, parce qu'il ne sait pas ce qu'il voit – ce qu'il va traverser bientôt, car cette zone s'étend jusqu'au bord du lac. Il n'a jamais rien vu de tel. Pratiquement pas un arbre, à peine quelques bandes d'herbe bleuâtre ici et là, maladive, le long de vastes cours carrées ou rectangulaires recouvertes d'un matériau noir, malodorant, avec des lignes blanches peintes dessus en rangées parallèles. Tout un réseau de routes recouvertes du même matériau noir, entre de vastes bâtiments aux formes géométriques, comme des boîtes entassées les unes sur les autres, ou collées les unes contre les autres, parfois peintes de couleurs vives, parfois simplement gris sale, certaines couvertes de tuyauteries, aux toits hérissés de hauts tubes verticaux qui doivent être des cheminées, car certains fument – mais d'autres pas. Des boules métalliques brillantes de plusieurs étages de haut, bardées elles aussi de tuyaux et d'échelles métalliques ; d'autres énormes bâtiments ronds et plats, disposés en rangées, totalement dépourvus de portes et de fenêtres. Parfois, en travers d'une des routes noires, ou entre la route et les édifices, passent deux rails métalliques posés en parallèle sur des morceaux de bois ; parfois, il y en a plusieurs ; ce doivent être d'autres sortes de route, car de longs véhicules pourvus de roues métalliques y sont à l'arrêt, attachés les uns aux autres à la queue leu leu. À un moment donné, Mathieu longe une sorte de champ, mais sans herbe, où de grands bras de massive ferraille se balancent d'avant en arrière, un peu comme des oiseaux qui feraient mine de picorer sans jamais vraiment toucher le sol. Mais ce n'est qu'une étrangeté de plus dans l'étrangeté totale du paysage.

C'est aussi un paysage très encombré, le regard n'a guère l'occasion de s'y perdre au loin bien longtemps, et Mathieu ne s'y sentirait pas trop mal à l'aise, d'autant qu'il prend soin de raser les murs, prêt à se cacher s'il aperçoit quelqu'un. Il y a bien quelques voitures qui roulent sur les routes noires, et au début il a eu peur, mais de toute évidence on ne fait pas attention à lui ; dans l'ensemble tout est extrêmement calme. Mais ce sont les odeurs qui le perturbent, âcres, tenaces, impossibles à définir ; sa gorge pique, ses yeux larmoient comme s'il y avait dans l'air des vapeurs nocives ; et puis l'absence presque totale de végétation, l'impression de saleté, de lourdeur qui émane de ces édifices, de leurs formes, de leurs matériaux inhabituels. Pas une ombre de paragathe rouge, pas une miette de pierre dorée. Quand il y a de la pierre, ce n'en est pas, pas comme dans le souterrain en tout cas, plutôt une sorte de ciment massif. Du verre sale, de la céramique, de drôles de petites pierres rectangulaires rougeâtres qui ne sont pas de la paragathe du tout... Sur les murs parfois des affiches, ou des noms écrits très gros – Bayer-Niko Gmbh, Segushi, Leontiev-Delatour...

Heureusement, ça ne dure pas trop longtemps, une demi-heure tout au plus. Une chance que la vieille femme lui ait dit de suivre la côte : c'est l'endroit où la zone industrielle est la moins large ; il peut voir comme elle monte à l'assaut des plateaux successifs à sa droite et s'y étale au contraire à perte de vue vers l'est et le sud. Le quartier qu'il va trouver ensuite, toujours selon la vieille femme, ce doit être Orlemur. Le quartier des têtes-de-pierre.

La transition n'est pas très brutale ; en fait, c'est surtout un resserrement et une uniformisation du paysage, ce qui convient assez bien à Mathieu. Maintenant, il est entouré d'édifices presque tous semblables, des boîtes de cinq ou six étages, grises, beiges et crème, rectangulaires ou carrées, souvent jointives, trouées de rangées de fenêtres également rectangulaires ou carrées. Heureusement, des petites voitures sont arrêtées ici et là le long des trottoirs déserts, de modèles très semblables mais peintes de couleurs différentes, et parfois de plusieurs – des teintes primaires, vives, presque incongrues mais plaisantes dans toute cette grisaille. Toujours les mêmes rues gris-noir, mais bordées de trottoirs, avec de petits arbres au mince tronc droit et rugueux, régulièrement espacés, prisonniers de carrés de terre à l'herbe chétive ; leurs branchages s'arrondissent en boules très vertes de minces feuilles vernies. Il ne connaît pas cette espèce ; il cueille une feuille, la froisse sous son nez – juste une vague odeur de verdure – en mâchonne un bout, le recrache aussitôt : absolument pas comestible. L'odeur âcre de la zone industrielle est toujours là, portée par le vent, mais elle s'estompe peu à peu à mesure que Mathieu avance. Quand il lève les yeux pour regarder au loin, pas trop souvent quand même, il peut voir que la ville se déploie et s'élève vers le nord et l'est, en pente d'abord douce puis plus abrupte, formant des plateaux dont le plus haut prend de l'altitude vers l'est, devenant une véritable montagne couverte d'édifices et de verdure. De l'autre côté, au nord-ouest, l'immensité gris-bleu du lac s'étend à perte de vue, Mathieu peut la voir briller d'une lueur un peu opaque sous le ciel maintenant couvert, chaque fois qu'il croise une des rues descendant vers le rivage.

Et puis il arrive à un pont sur un large canal incurvé, toujours sans avoir rencontré âme qui vive, et tout change. Du moins le décor change-t-il : l'architecture est ici très différente, évoquant celle de l'École, mais ces éléments familiers lui sont presque un soulagement. De la paragathe rouge – les dalles de la rue, du trottoir, les murs à fresques des maisons individuelles à un ou deux étages, aux fenêtres rondes ou en losanges... En fait, la plupart des maisons n'ont plus de terrasse couronnée de verdure : on a souvent rebâti deux ou trois étages dessus – le contraste est curieux entre la paragathe et les matériaux gris ou beige dont on s'est servi pour ces additions, et puis, les proportions ne sont pas bonnes ; mais dans certaines, on a laissé un ou deux arbres sur la terrasse et construit les étages à côté ; et puis, de la verdure, comparativement aux quartiers que vient de traverser Mathieu, il y en a quand même partout, entre les maisons dans les petites allées qui les séparent, des arbres-à-eau le long du canal, le long de la rue...

Puis il remarque les branches cassées, les dalles parfois défoncées, l'herbe piétinée, les graffitis gravés dans l'écorce des arbres-à-eau, écrits sur les murs en travers des fresques, la saleté accumulée dans les coins, feuilles mortes, papiers, détritus divers ; des poubelles en plastique noir débordent dans les allées, sous le linge suspendu aux cordes tendues d'une maison à l'autre ; le long des maisons courent encore des tuyaux, certains attachés avec du fil de fer ; il y a très peu de petites voitures, mais partout sur les trottoirs des espèces de grilles à tubulures coudées verticales et parallèles, où sont rangés des engins à deux roues, surtout des bicyclettes, attachés par des filins ou des chaînes. Et quand il passe, souvent, il déclenche les cris furieux d'animaux attachés dans les allées. Ça ressemble un peu aux banki des Anciens, sauf que c'est plus gros, plus long, avec des oreilles bien plus petites, le museau plus long – et la queue n'est visiblement pas préhensile.

Le cœur serré, Mathieu regarde autour de lui. Pourquoi n'y a-t-il personne ? Comment va-t-il trouver la Maison Méridienne ? La deuxième question lui donne la réponse à la première : la méridienne doit être commencée, imbécile, tout le monde est chez soi en train de s'apprêter à dormir ! Faudra-t-il donc frapper à une porte, déranger des gens ? Il continue à marcher machinalement, incertain, réticent à franchir ce pas. Voit avec un indicible soulagement une silhouette féminine qui se hâte devant lui, fait "eh !" et court pour la rattraper.

La femme – trapue, âge moyen, taille moyenne, robe sans manches aux couleurs passées, une lourde sacoche jetée sur l'épaule – s'est retournée et le regarde approcher. Il voit clairement son expression changer quand il arrive à environ cinq mètres d'elle. De vaguement agacée mais résignée, la femme devient surprise, puis stupéfaite ; elle se raidit, esquisse même un geste de recul en fronçant le nez. Mathieu mortifié s'arrête ; il doit sentir mauvais et avoir l'air vraiment patibulaire avec ses guenilles, sa barbe et ses cheveux hirsutes. « Excusez-moi, Gospoza, dit-il de son ton le plus humble, je cherche la Maison Méridienne. Pourriez-vous me dire comment y aller ? »

La femme semble s'être un peu reprise, mais il peut voir comme elle se retient de reculer quand il fait un pas de plus, et il n'insiste pas. Les yeux de la femme se détournent de Mathieu, reviennent furtivement, se dérobent à nouveau, avec la même expression d'incrédulité vaguement dégoûtée. « Tout droit sur cette rue-ci, après le troisième canal, dit-elle d'une voix brève, deuxième rue à gauche, jusqu'à la place Dobrov. C'est sur la place. »

Puis la femme tourne les talons et s'éloigne à pas pressés dans la direction qu'elle vient d'indiquer à Mathieu. Avec un soupir, il attend qu'elle se soit assez éloignée puis se met en route à son tour ; au bout d'un moment, la femme se retourne, le voit à quelques dizaines de mètres derrière elle, presse davantage le pas. Mathieu ralentit. La femme bifurque enfin dans une allée, et il reprend son allure normale.

Ça commence bien.

Un, deux, trois canaux – à l'eau sale, lourde et huileuse. Première, deuxième rue à gauche. Également désertes. Sauf, parfois, les animaux attachés qui hurlent en le voyant passer, sûrement des bêtes de garde. Les murs donnant sur la rue ont été défoncés et remplacés par les vitrines grillagées de petits commerces. Enfin la place Dobrov, même si ce n'est indiqué nulle part, une petite place hexagonale à l'herbe pelée, autour d'un bassin à sec où se dresse la carcasse d'un arbre-à-eau mort. Mathieu fait le tour de la place en observant les façades des maisons ; malgré leur état parfois délabré et les additions sur les terrasses, les édifices sont tous subtilement différents dans leur architecture ancienne – mais tous semblables dans leur anonymat. Enfin, au-dessus de la porte d'entrée d'un des bâtiments, une inscription ternie, MAISON MER D   E. Mathieu se rend compte que quelqu'un a délibérément effacé des lettres dans le deuxième mot, ne comprend pas tout de suite pourquoi, puis, plus inquiet qu'amusé, il enlève sa casquette et pousse la porte.

Dans la pièce minuscule qui doit servir de bureau, l'horloge à balancier indique 16:15, la méridienne est bien entamée. Sur un comptoir haut trône une grande coupe de verre poussiéreuse remplie de tablettes enveloppées dans du papier orange et vert. Saisi d'un soupçon, Mathieu en prend une, la sort de son enveloppe, la renifle. La froisse avec le papier et la jette dans la poubelle, le cœur battant soudain de rage. Il respire profondément, remarque le petit panneau : SONNER JUSQU'À 16:30, à côté d'une espèce d'hémisphère métallique brillant, à l'autre bout du comptoir. Il comprend vite le mécanisme, frappe le timbre qui résonne. Un moment de silence, puis des pas traînants se font entendre dans le couloir, et un grand échalas presque chauve entre dans la pièce en bâillant ; son bâillement se fige, comme l'enjambée qui allait franchir le seuil de la porte, et l'homme dévisage Mathieu d'un air étonné.

À la fois agacé et inquiet, Mathieu se racle la gorge : « On m'a dit de venir ici. Que vous m'aideriez. »

L'homme continue à le contempler. Puis il se reprend avec un petit sursaut, vient s'installer derrière le comptoir, sort un registre, tend une main : « Papiers ?

— Je n'en ai pas. Je les ai perdus. »

L'autre laisse lentement retomber sa main, répète : « Perdus. »

Il ne demande ni où, ni quand, ni comment. Son regard s'attarde sur les bras nus que Mathieu a découverts en rejetant son poncho sur ses épaules. Mathieu se rappelle la réaction de la vieille dans la forêt et s'accoude au comptoir, cicatrices bien en évidence.

« J'ai eu un accident. Sur le lac. Je ne me rappelle pas grand-chose. On m'a dit que vous pouviez m'aider. »

Le regard de l'autre danse sur le visage de Mathieu, en évitant toujours ses yeux.

« Pour les papiers, c'est pas moi », dit enfin l'homme, comme s'il avait pris une décision. « Il faudra aller voir le Conseiller Pélisson. Ici, c'est juste un hôtel. Vous voulez... faire la méridienne ?

— Me laver, me raser, et faire la méridienne, oui », acquiesce Mathieu, sans montrer qu'il est déconcerté. Cet homme semble avoir compris quelque chose, comme la vieille plus tôt, mais quoi, exactement ? Elle n'avait pourtant pas l'air d'être au courant, pour les maîtres... En tout cas, ce type est mal à l'aise. Mais pas comme s'il avait peur. Plutôt... une sorte de tristesse honteuse.

« Vous n'avez pas d'argent », reprend l'autre au bout d'un instant, sans inflexion interrogative, en hochant la tête avec résignation presque avant que Mathieu ne réponde : « Non. » Avec un soupir, il se retourne vers le petit panneau de clés accroché au mur du fond, en tend une.

« Premier étage, escalier du fond, et allez-y mollo avec l'eau chaude. » Puis, après une petite pause : « J'irai vous porter des habits propres. »

Mathieu prend la clé. L'autre dit dans son dos : « J'aurai quand même besoin d'un nom, pour le registre. »

Mathieu y a pensé pendant qu'il marchait vers la ville. « Nat, dit-il sans se retourner, Nat Galas. »

17

C'est le jour de l'an, jour férié, mais le préposé à la Maison est très clair sur le sujet quand Mathieu vient le consulter après la méridienne : mieux vaut se procurer des papiers le plus vite possible. L'homme lui dessine un petit plan indiquant comment se rendre chez le Conseiller Pélisson, et lui fait répéter l'itinéraire en le suivant du doigt sur le papier. Alors que Mathieu va sortir, il le rappelle : « Attends, bon sang ! » Mathieu obtempère, tandis que l'autre fouille dans un tiroir ; apparemment, maintenant qu'il s'est rasé et s'est tant bien que mal taillé les cheveux, il a droit au tutoiement... L'homme décolle une pellicule de papier de l'objet qu'il tient à la main – un gros triangle de tissu rouge – et il colle le triangle sur le revers de la veste légère qu'il a fournie à Mathieu. « Essaie d'éviter les patrouilles de gris si tu en vois, OK ? Des hommes en uniformes gris », ajoute-t-il après coup, en lissant bien le triangle, comme s'il parlait... à un enfant ? Mathieu interloqué ne réagit pas. « Et si jamais ils t'arrêtent, dis que tu n'arrives pas à dormir et que tu as oublié tes papiers. Joue les imbéciles. OK ? »

À la fois touché et déconcerté par le souci que l'homme semble manifester à son égard, Mathieu répète l'itinéraire, et les instructions. L'autre le contemple d'un air perplexe, pousse un grand soupir et tourne les talons.

Dès que Mathieu se trouve sur la place, il prend conscience d'un bourdonnement sourd, à la limite du perceptible. La méridienne est terminée, la ville se réveille, même si c'est un jour férié. La place et la rue qui y mène ne sont plus désertes : plusieurs bicyclettes, quelques passants – des riverains qui se connaissent, car ils se hèlent en se souhaitant la bonne année ; quelques-uns promènent leurs animaux en laisse... Mathieu prend une grande inspiration, carre les épaules, et se met en route ; il a gardé la casquette qu'il a enfoncée sur ses yeux, moins pour qu'on ne le voie pas que pour ne pas trop voir lui-même. Il marche à pas rapides, tête basse, sans regarder personne. Et ma foi, personne ne semble trop faire attention à lui parmi les petits groupes qu'il croise ou dépasse. Il ne veut pas savoir si on se retourne sur lui. Les animaux, au moins, ne disent rien.

Des hommes en uniforme gris, il en aperçoit seulement deux fois, à une intersection ; heureusement, il est sur le bon trottoir, il n'a pas à traverser. Il continue à marcher, tous les muscles noués, mais rien ne se passe. Il poursuit son chemin parmi les citadins plus nombreux, yeux baissés, cœur battant. Personne ne lui parle, personne ne s'arrête. Peut-être que la vieille femme avait raison, malgré tout : c'est encore là qu'il sera le mieux, à Orlemur, parmi des gens comme lui, perdu dans la foule.

En ce jour en fait doublement férié, lundi et jour de l'an, le Conseiller Pélisson fête avec sa famille et ses amis dans sa jolie maison en haut d'Orlemur – du bon côté du quartier, Mathieu l'a vite compris à la transformation progressive du décor. C'est plus propre, par ici, presque pas de maisons à plus de deux étages, beaucoup de terrasses en jardin, herbe et arbres bien soignés, presque pas de graffitis ; il y a plus de petites voitures que de bicyclettes dans la rue et le long des trottoirs – mais toujours autant d'animaux de garde dans les allées. "Dedans, dehors" a dit la vieille en parlant d'Orlemur dans Morgorod. Apparemment, il y a un dedans et un dehors à Orlemur même. Mais Mathieu s'en moque : tout ce qu'il veut, ce sont des papiers, puisqu'il ne pourra pas vivre sans papiers à Orlemur, et encore moins s'il veut quitter Orlemur, sans doute.

Un petit garçon d'à peine cinq saisons vient lui ouvrir la porte, le regarde avec la stupeur qui commence à devenir habituelle, mais qui se colore ici de terreur, et s'enfuit en hurlant : « Papaaaaa ! »

C'est pourtant une femme qui arrive, peut-être Maman, mais Mathieu ne lui laisse pas le temps de passer à autre chose que la surprise : « Excusez-moi de vous déranger, Gospoza, mais je voudrais voir le Conseiller Pélisson. J'ai besoin de papiers d'identité. »

La femme, brune, assez jeune et jolie, qui porte un petit tablier de dentelle blanche, le dévisage un moment d'un air consterné, hésite, puis s'efface en lui faisant signe d'entrer. Elle referme la porte en hâte derrière lui.

« Qu'est-ce que c'est ? » dit une voix masculine agacée, dans une pièce au fond du couloir, où bourdonnent des conversations discrètes.

« Je crois que vous devriez venir, Gospodi », répond la jeune femme adossée à la porte.

Les conversations s'interrompent, reprennent un ton plus bas. Un bruit de pas, et le Conseiller Pélisson apparaît dans le couloir. La quarantaine confortable, vêtu d'une belle combinaison d'intérieur molletonnée, les sourcils froncés. Il tient le petit garçon dans ses bras. Il s'avance d'un pas d'abord vif, qui ralentit et finalement s'arrête à environ deux mètres de Mathieu, tandis que les lignes de son visage subissent les transformations maintenant prévisibles, de l'agacement à la stupeur puis – une variante bienvenue, quoique inquiétante – à la colère. Il pose à terre l'enfant qui reste paralysé, un doigt dans la bouche, les yeux fixés sur Mathieu ; il lui donne une petite tape sur les fesses : « Va, Pauli ! ». L'enfant se sauve.

« Suivez-moi », dit le Conseiller Pélisson entre ses dents serrées et, sans attendre, il tourne les talons ; Mathieu obéit. L'un derrière l'autre ils traversent la cour intérieure – bassin ombragé d'un grand arbre-à-eau en pleine santé, mosaïques multicolores –, gravissent l'escalier menant à la terrasse, traversent celle-ci en diagonale – deux splendides racalous, un arbre-roi, divers arbustes fleuris, herbe bien entretenue, et ce qui ressemble de façon incongrue à un jardin potager pour l'autre moitié –, entrent dans une petite pièce qui donne sur la terrasse, apparemment un bureau. Le Conseiller Pélisson ferme la porte avec soin, se retourne vers Mathieu : « Vous ne manquez pas de culot, venir chez moi le jour de l'an ! Je ne sais pas ce qui me retient d'appeler la police ! »

La première réaction de Mathieu, c'est la rage. Ensuite, la terreur. Du coup, il reste muet. Heureusement, car l'autre poursuit: «Pourquoi vous faut-il des papiers?»

Mathieu doit s'y prendre à deux fois pour dire, d'une voix altérée: «Je les ai perdus. J'ai eu un accident.»

L'effet va-t-il être le même? Pas tout à fait. «Quand?» demande Pélisson d'un ton sec. «Où?»

Mathieu hésite. Doit-il parler de l'île? Non. «Je ne me rappelle pas. Je me suis réveillé dans le lac. J'ai nagé. Ensuite, j'ai marché. Je ne me rappelle rien.»

Pélisson se laisse tomber dans une chaise derrière le bureau. Maintenant, son visage a une expression plus habituelle : un mélange de consternation, de pitié... de vague dégoût quand même.

«Tu ne te rappelles rien.»

Mathieu se raidit malgré lui: qu'est-ce qui lui vaut ce soudain tutoiement? Mais l'autre poursuit: «Qui t'a dit de venir me voir?

— L'employé de la Maison Méridienne», dit Mathieu de son ton le plus innocent; après tout, c'est vrai aussi.

Pélisson émet un soupir exaspéré et reste un moment sans bouger. Puis, avec une sorte de résignation, il ouvre un tiroir, en sort des formulaires.

«Je vais te faire un passe provisoire. Valable seulement dans Orlemur. Les papiers définitifs seront déposés d'ici une demi-semaine à la Maison Méridienne, Kowalski les gardera pour toi. En aucun cas... – il relève les yeux et martèle : – *en aucun cas* tu ne remettras les pieds ici, c'est clair?»

Mathieu hoche la tête. L'autre passe une des feuilles dans le rouleau de sa machine à écrire, commence à taper. «Tu ne te rappelles pas ton nom, je suppose...

— Nat Galas»

Bref coup d'œil surpris, cliquetis de touches. « Âge, date de naissance?

— Ça, non.»

L'autre l'évalue rapidement du regard : « On dira vingt-cinq de toute façon, c'est l'âge minimum maintenant pour sortir d'Orlemur. Domicile... 256, Kalvasz Nord, on complétera le numéro d'appartement plus tard. Tu iras là, ils ont toujours des chambres libres.

— Je n'ai pas d'argent », remarque Mathieu, un peu interloqué.

L'autre hausse les épaules : « Kowalski s'en occupera. Et tu vas chercher du travail, oui ? »

L'intonation est presque menaçante, et Mathieu dit « Oui » – il n'y avait pas encore vraiment pensé, mais ça paraît logique.

« Dès que tu auras un emploi, retourne voir Kowalski et il complétera les papiers. Il te fera aussi signer ta carte. »

Pélisson tire la feuille de la machine à écrire, la relit rapidement, la tend à Mathieu : « Signe en bas. » Pendant qu'il signe, l'autre sort une petite boîte rectangulaire plate, qu'il ouvre sur une sorte de petit coussin noir. « Pose le bout de ton index et de ton pouce là-dessus et appuie, en roulant. Ensuite, pose-les très soigneusement l'un après l'autre dans les carrés, au milieu de la feuille. »

Mathieu reste un moment déconcerté ; l'autre fait "tsk", pose un doigt sur la surface molle à l'intérieur de la boîte, le montre tout noirci à Mathieu puis l'appuie sur un bout de papier qui traîne ; l'empreinte de son doigt s'y inscrit. Mathieu hoche la tête, et l'imite, un peu inquiet. A-t-on jamais pris ses empreintes à l'École ? Il ne se rappelle pas... Pourrait-on le retrouver ainsi ?

L'autre extirpe d'un autre tiroir – fermé à clé – un assez gros appareil inconnu de Mathieu, qui se fige. Pélisson hausse un peu les épaules en marmonnant " C'est pour les photos ", approche l'appareil de son œil, dit : « Ne bouge plus. » Un déclic, un éclair de lumière, Mathieu sursaute, mais l'autre dit encore : « Mets-toi de profil », et il obéit machinalement. Nouveau déclic, nouvel éclair. Puis, après plusieurs minutes, il y a un autre déclic, Pélisson tourne une petite manivelle, et une étroite feuille rectangulaire sort d'une fente à la base de l'appareil. Pélisson l'examine, marmonne « Ça ira ». Après avoir rempli à la machine une mince carte de carton, il la plie en deux, y appose trois timbres – également sortis d'un tiroir fermé à clé – colle la feuille rectangulaire, tend le tout à Mathieu en répétant : « Signe en bas. »

Mathieu, fasciné, regarde sa double image en couleur. Il a eu le temps de se regarder dans le miroir de la salle de bain, à la Maison Méridienne, ce n'est plus le même choc, mais c'est tout de même étrange de se dire que c'est lui, ce mince visage maigre et pâle écrasé de boucles noires en désordre, ces yeux cernés au regard trop clair, cet air perdu. Mais c'est l'image qui fait ça, il a été surpris. Dans le miroir, il avait plutôt l'air féroce...

Il signe de nouveau, son faux nom, son vrai nom, après tout, qui peut en décider ? Empoche la carte. Pélisson a écrit sur un morceau de papier l'adresse de la rue Kalvasz, la lui tend. Il la prend.

« C'est tout ? » remarque-t-il, un peu surpris.

« Bien sûr que non », dit l'autre toujours avec la même irritation à fleur de peau. « Je m'occupe de tout le reste. Mais rappelle-toi, en aucun cas tu ne reviens ici ! »

Mathieu agacé ne peut se retenir de dire sèchement : « J'avais compris la première fois. »

L'autre a l'air décontenancé. Il semble chercher quoi dire, ne trouve rien ; son regard recommence à errer sur Mathieu, se pose sur ses poignets appuyés sur le bureau, surtout le poignet droit, où les cicatrices sont plus fraîches. Il semble s'affaisser un peu sur lui-même. « As-tu vu... un docteur ? » dit-il enfin.

Pris au dépourvu, Mathieu hausse les épaules : « Non. »

Pélisson lui reprend le morceau de papier, griffonne une autre adresse. « Va le voir. De ma part. Il est... discret. »

Mathieu reprend la feuille, hésite. Devrait-il essayer de prendre avantage du soudain fléchissement de l'autre ? Mais comment ? Quelles questions poser ? Son ignorance est un bâillon... Découragé, soudain un peu honteux aussi – après tout, cet homme qui ne le connaît absolument pas est en train de l'aider – il lui tend la main, enregistre son haut-le-corps, se raidit de nouveau.

Le Conseiller Pélisson remue des papiers sur son bureau sans relever la tête, et marmonne tout bas : « Je suis désolé. »

Mathieu, bien sûr, ne va pas lui demander pourquoi.

En sortant, reconduit par la jeune femme muette, il aperçoit un grand bol de faïence plein de tablettes orange que la porte lui avait caché à son arrivée. Il a ralenti malgré lui, elle s'en est rendu compte et a dû suivre la direction de son regard car elle prend le bol et le lui tend avec une esquisse de sourire timide : « Un peu de râcle ? » Il secoue la tête en murmurant « Non, merci », et quitte pour toujours la demeure du Conseiller Pélisson.

18

Un peu plus tard dans l'après-midi, Mathieu va louer une chambre dans la pension de la rue Kalvasz, une vaste maison ancienne à quatre étages entassés de bric et de broc sur la terrasse disparue. Kowalski, le grand échalas préposé au bureau de la Maison Méridienne, lui a donné de quoi se loger et manger jusqu'à l'arrivée de ses papiers : « En cinq jours tu devrais bien être capable de te trouver un emploi ! » Sa réserve de bonne volonté à l'égard de Mathieu semble épuisée, car lorsque Mathieu se hasarde à demander où aller trouver de l'emploi à Orlemur – puisqu'il ne peut encore en sortir, sans les papiers appropriés – l'autre lève les bras au ciel : « Lis les petites annonces, regarde dans les vitrines ! Je ne suis pas une agence d'emploi ! » Il lance une brassée de journaux écornés sur le comptoir en marmonnant « Il en a de bonnes, Pélisson ! » et quitte le petit bureau d'un air exaspéré.

Mathieu étale les journaux sur le lit, le seul endroit assez large. Il veut regarder les offres d'emploi, mais en les cherchant il se perd malgré lui dans les nouvelles. C'est une expérience très étrange : il connaît bien la langue, il peut lire toutes les phrases, mais elles sont hérissées de mots dont il ignore le sens, ou même de termes dont, de toute évidence d'après le contexte, le sens n'est pas celui auquel il est habitué. A-t-il perdu la mémoire à ce point ? Il ne se rappelle rien de ce qui lui est arrivé dans le souterrain avant qu'on ne cesse de lui donner les tablettes orange, mais il avait appris à lire bien avant. Il y a des mots dans ces journaux qu'il est certain de n'avoir jamais vus. Il a passé combien de temps en bas ? Un minimum de cinq saisons, un maximum de dix, pas plus, sûrement. Le vocabulaire n'a pas pu changer à ce point. Non, les livres qu'on lui a laissé lire en virginien, à la petite École ou à celle de Morgorod, ne contenaient tout simplement pas ces mots. Il y a dans cette demi-douzaine d'exemplaires des journaux d'Orlemur – deux petits journaux de quartier d'à peine une dizaine de feuillets chacun – des centaines de choses dont il n'a jamais entendu parler, quotidiennes, banales, dépourvues d'importance – et chacune d'entre elles est un piège où son ignorance peut l'envoyer trébucher. La première chose à faire, quand il aura de l'argent et du temps, c'est chercher une bibliothèque et acheter un dictionnaire. En attendant, se taire le plus possible, ne pas poser de questions, observer.

Et trouver un emploi. Il secoue son accablement, essaie de museler sa rage. Il ne va pas laisser les maîtres continuer à régir sa vie en le ligotant de questions inutiles. Il est là, dehors, il leur a échappé, et il survivra, malgré eux, malgré tout.

Le seul emploi pour lequel il est sans doute qualifié, c'est celui de botaniste ou de jardinier, mais on ne peut dire qu'ils pullulent à Orlemur. En fait, les offres d'emploi tout court ne pullulent pas à Orlemur même, les colonnes de demandes d'emploi sont bien plus longues, bien qu'on mentionne beaucoup d'emplois temporaires dans le port de Morgorod – hors-limite pour Mathieu, sans papiers définitifs. Après de longues délibérations, il encercle deux offres qu'il croit comprendre et qui lui semblent raisonnablement dans ses cordes – livreur dans une usine de meubles, préposé à l'entretien dans un magasin d'alimentation : dans les deux cas, on ne demande pas d'expérience antérieure. Il note avec soin les adresses... et se rend compte avec consternation qu'il n'a pas la moindre idée de la topographie de la ville.

Il hésite longuement, mais en fin de compte il va frapper à la porte de la chambre voisine de la sienne. Plus tôt ou plus tard, il va bien devoir se débrouiller avec les autres habitants d'Orlemur, n'est-ce pas ?

On vient vers la porte, il l'entend, mais on n'ouvre pas. Agacé, il frappe de nouveau.

Après un autre moment d'immobilité silencieuse, la porte s'entrebâille sur un gros homme chauve au teint bistre, aux paupières bridées et à la face plate, en gilet blanc sans manches retroussé sur une ample bedaine, et qui dévisage Mathieu avec l'étonnement désormais familier. Vite mâtiné de méfiance inquiète, ici.

« Bonjour, Gospodi Samuels, dit Mathieu de son air le plus avenant (il a lu le nom sur la porte). Je suis votre voisin de gauche. Est-ce que vous auriez un plan de la ville à me prêter pour quelques minutes ? »

Il a du mal à interpréter les émotions qui se pourchassent sur le visage luisant du gros homme, mais la tonalité générale est plutôt négative, ça, il peut le voir. Un moment il croit que l'autre va lui claquer la porte à la figure, mais l'homme marmonne quelque chose qui pourrait être "Attendez", s'éloigne, farfouille avec bruit dans des tiroirs, puis revient tendre à Mathieu une liasse rectangulaire plastifiée qui s'ouvre en accordéon dans sa main. À peine Mathieu l'a-t-il prise que la porte claque.

« Je viendrai vous le rendre dans un quart d'heure ! » lance-t-il à l'homme invisible.

L'autre grogne trois syllabes qui ressemblent à « Garde-le ! » sur un ton qui dénote cependant plus la répugnance que la générosité. Mathieu n'insiste pas et retourne chez lui : il a trop hâte de voir à quoi ressemble vraiment la ville.

Il lui faut un moment pour comprendre à quoi correspondent symboles et abréviations. Il semble y avoir deux villes distinctes. La ville principale, à la disposition très claire, est un grand demi-cercle d'environ onze kilomètres de diamètre tourné vers le lac, avec des grandes artères et de larges canaux incurvés autour du port – trois kilomètres de long, le port. D'autres rues et canaux plus petits sillonnent transversalement les anneaux concentriques ainsi délimités, des zones d'habitation, et des zones vertes aussi, quelques parcs mais surtout des "jardins communaux". S'arrêtant au dernier grand canal qui ceinture la ville principale, le Canal Tianmin, quatre grandes artères rectilignes découpent le demi-cercle en tranches égales, triangulaires, aboutissant toutes au même endroit sur le port ; deux autres avenues longent la côte de part et d'autre du port. Le reste de la ville, bien moins étendu, se distingue par une disposition complètement différente des quartiers, en quadrilatères et sans canaux, le long de la côte au nord-est et au bord de la zone industrielle au sud-ouest, ainsi que tout autour du demi-cercle de la ville principale, mais de façon en quelque sorte aléatoire : la ville principale – initiale, pense soudain Mathieu – a été conçue d'une certaine façon, et ensuite on a complètement changé de style...

En tout cas, il y a aussi la basse ville et la haute ville. Le quartier d'Orlemur se trouve tout entier dans la basse ville, une zone à peu près rectangulaire de quatre kilomètres de long sur deux kilomètres de large qui ne se rend pas jusqu'au port, coincée entre le lac au nord et le premier plateau au sud, et délimitée à l'est et à l'ouest par une portion de canal – le Grand Canal Danilov vers le port, le Grand Canal Tianmin de l'autre côté. La haute ville, curieusement, ne commence qu'au tout dernier haut plateau, sur la montagne, et c'est là que se trouvent tous les édifices importants, municipaux et autres, l'université, plusieurs collèges et musées, le parlement provincial – un énorme bâtiment rectangulaire au bord du haut plateau, plus d'un demi-kilomètre de long, qui abrite aussi la mairie, la bibliothèque municipale et l'Institut Polytechnique.

De l'École, pas de trace. Pourtant, par recoupement, ce ne peut être que ce bâtiment-là... Mais ce n'est pas comme s'il voulait y aller ! Mathieu détourne résolument son esprit de la question, cherche plutôt une bibliothèque locale dans Orlemur, en vain ; il n'en trouve d'ailleurs pas non plus dans les quartiers voisins. Faudra-t-il se rendre dans ce qui est presque certainement l'École ? Cette idée le remplit d'une terreur qui lui fait honte, mais qu'il n'arrive pas à maîtriser. Non, il y a sûrement moyen de procéder autrement !

Pour se calmer, il repère les adresses où il ira se présenter le lendemain, replie la carte avec soin et se plonge dans la lecture des journaux pour le reste de la journée et une partie de la soirée, crayon en main. Les connaissances acquises à l'École sont peut-être une dentelle pleine de trous, mais il est encore capable d'apprendre. Aller chercher les sens cachés dans ces textes à l'insu même de leurs rédacteurs, en les mettant en rapport les uns avec les autres, ne doit pas être bien plus difficile que de saisir les cinq ou six sens différents d'une phrase en setlaod selon l'accentuation des mots qui la composent.

Quand il éteint enfin la lumière, il croit au moins savoir pourquoi c'est une lampe à gaz comme à la petite École – où qu'elle se soit trouvée –, et non une lampe électrique comme à l'École de Morgorod : il n'y a pas d'électricité dans la basse ville "en présence de la Mer". La basse ville est sous "l'influence de la Mer", contrairement à la haute ville. Il ne sait pas ce qu'est "la Mer", qui de toute évidence n'a rien à voir avec ce que ce mot signifie normalement pour lui, mais il a reconstitué par recoupements une partie de ce qu'elle fait: elle est "revenue" la veille, pendant l'éclipse (elle "repartira" donc à un moment donné, il suppose), et en dessous d'une certaine altitude, elle empêche l'usage de l'électricité.

Après avoir lu et relu les textes, informations, articles, publicités, petites annonces, lettres de lecteurs, où l'on semble toujours éviter avec soin de parler du reste de Morgorod, à plus forte raison du reste de la région, il sait aussi, le cœur étreint d'angoisse, qu'Orlemur est une prison. Étrangement dépourvue de gardiens, de portes et de barreaux, mais une prison malgré tout et, s'il y est entré facilement, il aura peut-être beaucoup de mal à en sortir.

19

Cinq jours plus tard, il se demande comment il réussira même à y survivre.

Il a obtenu, non sans surprise, le premier emploi auquel il a postulé – préposé à l'entretien, une façon prétentieuse de dire qu'il nettoie les planchers derrière clients et personnel du grand magasin d'alimentation Krogel, en plein milieu d'Orlemur – mais dès la fin de la première journée le superviseur le prend à part, l'air vaguement embarrassé, pour lui demander de rester désormais dans l'arrière-magasin, avec les commis à l'entreposage ; il nettoiera après la fermeture. Gospodi Clayton avait déjà l'air un peu bizarre en l'engageant, un peu trop jovial, la voix trop forte, comme s'il avait eu affaire à un sourd, – ou à un idiot, a fini par comprendre Mathieu en constatant que les autres employés ont tendance à en faire autant. Travailler à l'entrepôt, ce n'était pas la description de l'emploi, mais il ne se hasarde pas à poser des questions, va où on lui dit d'aller. Les commis acceptent son aide avec une évidente réticence, le surveillent tout le temps comme s'ils craignaient de le voir commettre des bêtises. Pendant les jours suivants, il apprend à ne pas arriver dans le dos de quelqu'un sans faire de bruit, à ne pas engager de conversation si on ne lui parle pas d'abord, et à ne jamais toucher personne par inadvertance – et à feindre de manger de la râcle orange, apparemment gratuite, et que tout le monde mâchouille presque tout le temps. Il serre les dents, se récite des mantras et travaille. Le reste du temps, il le passe dans sa chambre à la pension, à décrypter les journaux, à dresser des plans pour quand il aura ses papiers et assez d'argent. Ou à dormir. Surtout, ne pas trop penser.

Lorsqu'il revient le quatrième jour – il doit travailler cinq heures tôt le matin et les cinq dernières heures de l'après-midi, plus une heure en soirée – le superviseur l'intercepte à l'entrée, lui tend un petit rectangle de papier : « Je suis désolé, mais vous ne convenez pas à l'emploi. L'atmosphère de travail... Nous devons vous laisser partir. »

Mathieu le regarde fixement, abasourdi, lutte pour garder son calme : « J'ai fait tout ce qu'on m'a dit ! »

L'autre se tortille, l'air gêné ; quelques employés passent, en prenant bien soin de ne pas les remarquer.

« Dites-moi ce que vous voulez que je fasse, je le ferai », insiste Mathieu.

Le superviseur semble prendre une décision ; il bourre la petite feuille dans la poche de poitrine de Mathieu – du bout des doigts, comme s'il avait peur de se salir – et dit d'un ton sec: « Vous ne convenez pas à l'emploi, c'est tout, passez aux finances et faites-vous payer.

— Mais pourquoi... », commence Mathieu. L'autre tourne les talons, et Mathieu se retrouve devant trois des commis les plus baraqués, qui regardent leurs ongles, sifflotent les yeux au plafond, se balancent d'avant en arrière, les bras croisés, lui barrant le passage.

Dans un vertige de rage et d'incompréhension, Mathieu obtempère. L'employée qui lui compte son maigre salaire glisse un regard autour d'eux puis murmure, sans se pencher vers lui : « Va du côté du port, ça paie mal mais ils sont moins regardants, surtout en ce moment.

— J'ai seulement un passe provisoire, pour l'instant », dit Mathieu, complètement désemparé.

La femme lève les sourcils et soupire : « Clayton est vraiment un salaud... »

Mathieu va essayer de lui demander pourquoi on le congédie, mais une autre employée arrive, la femme se détourne d'un air indifférent, et il n'a plus qu'à se diriger vers la sortie.

Il essaie l'autre emploi qu'il avait repéré dans les annonces, à l'usine de meubles, mais bien entendu le poste est pourvu depuis longtemps. D'ailleurs, à la tête que faisait la préposée au personnel pendant leur très bref entretien, il n'aurait sans doute pas eu grand chance. Il se retrouve dans la rue, accablé, marche au hasard en regardant les vitrines au cas où il y aurait des offres. Il n'y en a pas.

Il passe le reste de la matinée à courir tous les emplois offerts dans les petites annonces, même ceux pour lesquels il n'a aucune chance. L'après-midi, après la méridienne, il frappe aux portes des jolies maisons d'Orlemur-en-haut, offrant ses services comme jardinier. Vers le milieu de l'après-midi, son petit discours est parfaitement au point, les arbres et les plantes des terrasses, comme il les connaît bien, comme il peut faire bénéficier les propriétaires de ses connaissances... Au mieux on l'écoute cinq minutes avec une certaine curiosité incrédule – surtout au début quand il cite le nom setlaod de certaines plantes et décrit l'usage qu'en faisaient les Anciens : personne ne comprend de quoi il parle, et à une occasion la maîtresse de maison revient assez de sa surprise gênée pour se mettre à rire et lui donner un billet de deux béris, " pour l'histoire, c'est bien inventé ". Ce qui ne l'empêche pas de lui refermer la porte au nez. Ensuite, Mathieu évite de mentionner les Anciens et se limite aux noms virginiens des plantes. Sans plus de succès.

Ce soir-là, les pieds douloureux, il retourne à la pension Kalvasz tout en grignotant le sandwich acheté à un marchant ambulant avec les deux béris – c'est toujours ça de pris. La fatigue lui fait la tête légère – il n'a pas mangé assez dans la journée, non plus, seulement trois fois, pour économiser l'argent. Il se laisse tomber sur son lit. Et demain, quoi ? Faire le tour d'Orlemur-en-bas, le même numéro ? On a sûrement besoin de jardiniers à Orlemur-en-bas, où il n'y a pratiquement plus une terrasse intacte !

En désespoir de cause, le lendemain matin, il retourne à la Maison Méridienne.

Kowalski est en train de lire le journal derrière son comptoir, en mastiquant, et ne l'a pas entendu entrer. Mathieu toussote. L'autre sursaute, jette son journal, dévisage Mathieu avec un mélange de colère et de stupeur. Puis il semble se calmer et ramasse son journal. « Tes papiers ne sont pas encore arrivés », dit-il d'un ton bougon.

« Je sais. Ce n'est pas pour ça.

— Quoi, alors ? »

Le ton n'invite pas à la confidence, mais Mathieu s'obstine : « J'ai trouvé un emploi, mais hier matin on m'a mis à la porte.

— Qu'est-ce que tu as fait ?

— Rien ! Tout ce qu'ils m'ont dit ! »

L'autre pousse un autre soupir excédé, tapote son journal, se renverse dans son fauteuil en croisant les bras : « Et qu'est-ce que tu veux que j'y fasse ?

— Au moins me dire pourquoi on m'a congédié ! » s'exclame Mathieu dont le sang commence à bouillir. « Pourquoi les gens me traitent comme un imbécile ou un pestiféré. On est tous des têtes-de-pierre, ici, non ?!

— Dis donc, on ne vient pas chez les gens pour les insulter ! » postillonne Kowalski en se levant, tout rouge.

Mathieu se mord les lèvres, mortifié de sa bêtise – il a enfreint le tabou : « C'est juste que je veux comprendre », dit-il enfin d'une voix enrouée.

L'autre se rassied, passe la main dans ses rares cheveux, change son journal de place. « On n'est pas tous... comme toi. Y en a... qui le sont plus que d'autres. C'est... eh bien, c'est désagréable. Tu ne te rends pas compte, c'est pas de ta faute, je sais bien, mais on ne peut pas obliger les gens à t'employer, ou à travailler avec toi. Tu as tellement l'air... d'un térien ! Et puis, on ne te voit jamais vraiment venir. Je sais pas comment te dire. Y a comme un malaise, quoi. C'est pas de leur faute non plus, aux gens. Y en a vraiment pas souvent, des comme toi. En fait... – il dévisage Mathieu avec une certaine curiosité – ... les derniers, c'était il y a une dizaine de saisons, deux, un gars et ensuite une fille, et ils étaient plus jeunes que toi. »

Mathieu assimile en silence. « Qu'est-ce qu'ils sont devenus ? » demande-t-il enfin.

L'autre détourne les yeux, se balance dans son fauteuil : « Je ne sais pas trop. Le gars travaillait sur le port, à un moment donné, je me rappelle. Mais je ne les ai pas revus. Ils avaient des papiers, eux, en tout cas. »

Est-ce une menace ? Mathieu met ses mains dans ses poches pour dissimuler ses poings serrés. Quand il est sûr que sa voix ne le trahira pas, il demande d'un ton humble : « Qu'est-ce je vais faire maintenant ? Je ne peux pas aller dans le port sans mes papiers. »

L'autre fait un petit bruit agacé, et plonge la main dans le bol de râcle pour prendre une autre tablette. « Continue à chercher en attendant, qu'est-ce que tu veux que je te dise ! Tu as encore une journée. Pélisson ne me rembourserait pas, après. On ne se laisse pas tomber les uns les autres, mais faut pas pousser. »

Et vous allez vous faire rembourser combien ? a envie de demander Mathieu. Mais il se tait, bien sûr. Il remercie Kowalski, lui assure qu'il va se trouver du travail, et retourne à la pension Kalvasz éplucher les petites annonces du journal, que Kowalski lui a généreusement laissées. Il sait qu'il ne trouvera rien. Il ne pense pas vraiment à ce qu'il fait. Il y a seulement ce poids brûlant dans sa poitrine, cette pensée qui tourne en rond comme un animal enragé dans sa tête : *Tête-de-pierre, trop tête-de-pierre !*

La journée suivante, c'est jeudi, jour de relâche. Il fait semblant d'agir : il sort, il marche dans les rues, il sillonne Orlemur, en haut, en bas, partout. À un moment, alors qu'il traverse des jardins communaux, il se dit qu'il pourra toujours trouver à manger là. Ensuite, il remarque les guérites, les grillages et les chiens. Qu'à cela ne tienne ! Il grimpera sur les terrasses des jolies maisons, à Orlemur-en-haut, et il les pillera. Ce n'est pas comme si les propriétaires se rendraient compte qu'il manque des baies et des tubercules dans leurs jardins. Et il ira chez Pélisson, pour commencer !

Le jour suivant, octadi, est aussi une journée de relâche, il le comprend quand il sort, tard, pour se rendre à la Maison Méridienne : le bourdonnement du quartier est presque imperceptible, les magasins sont fermés, des enfants jouent sur les trottoirs. Le premier groupe rencontré, une demi-douzaine de garçons et de filles d'environ dix saisons, le laisse passer sans réagir – à moins que le soudain silence, derrière lui, ne soit une réaction. Il accélère le pas, tête basse sous sa casquette enfoncée jusqu'aux sourcils. Puis il entend le bruit de course, voit quelques garçons le dépasser, se poster sur son chemin. Ne pas hésiter, passer tout droit. Il les entend chuchoter derrière lui, puis plus rien. Pas question de se retourner. Il arrive à un croisement, s'apprête à traverser et sent qu'on tire sur sa veste. Il se retourne, voit un garçon et une fille qui détalent à toutes jambes en s'esclaffant.

Il traverse. Maintenant qu'il est alerté, il fait mine de regarder de temps à autre dans les vitrines. Ses poursuivants restent à distance, mais à deux reprises il en trouve un tout près. Le jeu, apparemment, consiste à arriver dans son dos sans se faire remarquer. Inoffensif. Il ne va quand même pas s'abaisser à sévir contre des gamins.

Il se rend sans incident à la Maison Méridienne, où Kowalski lui tend ses papiers avec une esquisse de sourire : « Alors, tu as trouvé du travail ?

— Non. J'en chercherai demain. Je signe où ?

— Là, dans la petite bande blanche. Les autres papiers, tu peux les garder chez toi. Ne les perds pas. Et garde toujours sur toi la carte avec les photos, c'est plus sûr. À un moment, on te convoquera pour les tests sanguins. Pour le travail, faut pas te décourager. Ils ont besoin de bras, sur le port. Et puis, tu peux trouver du travail partout, maintenant. »

Il veut dire "à Morgorod", mais sa jovialité sonne faux et il doit bien se douter que Mathieu ne le croit pas, car son regard évite le sien. Si les têtes-de-pierre d'Orlemur sont trop délicats pour l'engager, les citoyens de Morgorod ne le feront sûrement pas !

Malgré les machines qui accomplissent une grande partie du travail, on a besoin en effet de bras sur le port, où semble régner une activité frénétique. De bras et de dos, mais plus solides que les siens. Il titube sous le poids de la caisse qu'on lui a posée sur les épaules pour le tester, et il a l'impression d'être minuscule au milieu des grands gaillards de dockers qui le regardent en riant, la plupart sans vraie méchanceté, au reste, plutôt avec une pitié un peu brutale. Il trouve ensuite des petits travaux à exécuter ici et là, quelques heures à aller chercher à manger et à boire pour les dockers, à transporter des messages, un après-midi à faire du rinçage de bouteilles chez un marchand de vin, deux jours dans une taverne – l'alcool rend les gens plus tolérants, semble-t-il, comme la vieille Caroline dans la forêt.

Ensuite, rien. Et nulle part où aller, parce qu'il n'a plus de quoi payer la chambre de la pension Kalvasz. Pas question de retourner demander de l'aide à Kowalski ! Ce serait une humiliation inutile, il en est persuadé. La température est assez douce, malgré le vent qui souffle toujours, n'a pas cessé de souffler, toujours vers le nord, depuis que Mathieu a quitté l'île Voïstra. Il se trouve un coin où dormir sur le port – après avoir été chassé de plusieurs endroits attirants par d'autres vagabonds qui les ont occupés bien avant lui. Il a encore de quoi s'acheter un peu à manger, mais il fait durer : il cherche sur les docks là où se tient le marché aux fruits et aux légumes, puis dans les poubelles derrière les tavernes ; ensuite, dans celles des restaurants plus huppés au nord du port – mais là encore il se fait vite chasser par les clochards occupants légitimes des lieux.

Quelque chose le retient encore d'aller explorer les jardins des terrasses, comme il se l'était dit à moitié sérieusement. Il pourrait se faire prendre, et alors, que lui arriverait-il, malgré ses papiers en règle ? Au moins, le port ne semble pas avoir de loi anti-vagabonds. Mathieu reste là parce qu'il espère encore, obstinément, y trouver du travail – et parce qu'il n'oserait pas se montrer dans Orlemur, même Orlemur-en-bas, dans l'état où il est désormais. Barbu, les cheveux hirsutes, les habits de plus en plus sales... Vers la fin de la semaine, sa première semaine de liberté à Morgorod, ou presque, il n'essaie même plus de se laver. Au moins, si l'on se détourne de lui, que ce soit parce qu'il sent mauvais !

C'est maintenant antédi, le premier jour de la fin de semaine, le jour où sont payés les gens qui ont un véritable emploi. Le soir où les gens qui ont un véritable emploi peuvent se détendre et s'amuser. La nuit où certains décident de s'en aller danser à Orlemur.

Ils arrivent par le port, Mathieu est aux premières loges. Il se réveille en sursaut dans le vacarme et les cris, il pense "incendie", puis "émeute", puis il n'a plus le luxe de penser, il entend les coups qui s'abattent sur la pile de carton voisine, les hurlements du clochard. Il jaillit de son abri et se met à courir. À sa gauche, à sa droite, des silhouettes courent aussi, certaines sont des fuyards comme lui, d'autres agitent de courts bâtons à gros bout rond, d'autres encore font claquer des fouets – il voit juste trop tard, la mèche vient lui brûler l'épaule, il redouble de vitesse. C'est Orlemur, maintenant, la zone commerciale. Il y a des explosions de verre brisé, fenêtres, vitrines, bouteilles, de grands rires, des sifflements perçants, des hululements joyeux, des grincements ou des cliquetis de ferraille qu'on laisse traîner sur des grilles ou des grillages en passant à la course, des écroulements de cageots et de caisses, des tonneaux et des conteneurs vides qui roulent en tonnerre et vont s'écraser contre les murs.

Mathieu court, saute par-dessus des obstacles, parfois des corps étendus. Il y a des flammes à présent, des petites voitures cabossées renversées le ventre à l'air, des bicyclettes arrachées à leurs amarres et tordues autour des réverbères. Et des cris plus aigus, des femmes, des enfants, des hurlements de chiens, des voix d'hommes furieuses, affolées, implorantes, des visages terrifiés ou grimaçants, un surtout qui jaillit soudain en gros plan, une grosse face ronde, huileuse, grêlée comme la lune, hilare, occultée aussitôt par un bras muni d'un tuyau de fer. Mathieu se dérobe, sent le tuyau atterrir sur son bras gauche mais glisser ensuite, il trébuche, se reprend, repart, le bras vibrant de douleur.

Il court, les jambes en feu, le cœur prêt à éclater. Autour de lui, Orlemur danse.

20

Le silence le fait revenir à lui, ou bien le message de ses yeux enfin décrypté par son cerveau. Il ralentit et doit aussitôt s'arrêter pour ne pas tomber. Ses jambes se dérobent sous lui, il titube jusqu'au mur le plus proche, s'y adosse, se laisse glisser par terre. Sa respiration fait un vacarme effrayant dans le silence. Le silence de Morgorod, d'une rue résidentielle déserte et endormie de Morgorod. Il n'est plus dans Orlemur.

Quand le tonnerre de son cœur, la forge de son souffle se sont apaisés, il peut écouter. Rien. Il y a bien une rumeur lointaine, derrière lui, une lueur plus rouge dans la nuit, mais c'est tout. Quelle heure est-il ? Il lève les yeux vers le ciel, la Lune est encore haute mais ses petites lunes ont disparu. Deux, trois heures du matin. Il s'oriente machinalement, tandis que son regard, en s'abaissant, balaye la montagne puis les plateaux successifs. Il est parti plein est, il doit se trouver quelque part entre l'avenue Bœrlin et l'avenue Hokasz, le quartier... il ne se rappelle pas le nom du quartier, tressaille soudain, horrifié : la carte, ses affaires ! Et prend conscience en même temps de la présence de son sac en travers de sa poitrine, de la courroie dans son dos. Il s'affaisse sur lui-même, il pleurerait presque de soulagement. Tout ce qu'il possède au monde est dans ce sac.

Moins les couvertures, abandonnées sur le port. Tant pis. Ça pourrait être pire.

Une *descente*. Il comprend, maintenant. C'est de ça qu'ils parlaient à mots couverts, depuis quelques jours, les gens dont il a surpris les conversations ici et là dans le port. S'étonnaient de ne pas en avoir eu pour le jour de l'an. Les deux clochards, l'autre jour : « Ils veulent juste leur faire accroire, les endormir, mais ça devrait plus tarder, maintenant. Solvey-Miei a viré près de deux cents ouvriers juste avant le premier janvier. On va sûrement avoir droit à une descente. » Et l'autre : « Mais non, ils les laisseront pas faire après l'incendie de la dernière fois.

— Le vent souffle pas encore vers Morgorod », a remarqué le premier – le plus vieux, celui qui avait fini par laisser Mathieu dormir dans le même coin qu'eux – et il a ramassé ses pénates pour aller s'installer ailleurs, sans doute, car il a disparu du coin.

Au bout d'un moment incolore où il a l'impression de s'endormir, Mathieu revient à lui de nouveau avec un grand frisson, au son d'une sirène de pompiers qui passe dans le lointain. Ne pas rester là. Il se relève, fait glisser son sac dans son dos, se met en marche. Droit devant. Il ne sait pas où il va, ça lui est égal. Il veut juste s'éloigner d'Orlemur.

Il marche. Les rues sont désertes. Les canaux sont déserts, désertes les avenues. Au bout d'un moment, à l'effort plus intense qu'il doit fournir, il comprend vaguement qu'il monte. Il lève les yeux et il voit les lumières, tout en haut, l'éclat de la haute ville, dans la montagne. Autour de lui, il fait très sombre entre deux taches de réverbères jaunâtres, même si certaines demeures, ici où là, sont vaguement phosphorescentes par endroits, un peu comme ces taches qui dansent devant les yeux quand on s'est trop frotté les paupières. Là-haut scintillent des constellations de lumières en cascade, en vagues, en feux d'artifice sans cesse recommencés, multicolores, irréelles, fascinantes. C'est comme un aimant, et Mathieu continue à monter, un peu penché en avant quand il rencontre les marches menant aux canaux, les yeux fixés sur la montagne lumineuse.

Mais finalement, au pied d'un escalier trop long, il s'arrête, l'esprit vide, déconcerté, comme s'il ne savait plus comment gravir des marches. Il y a des petits arbustes dans le talus qui flanque le canal. Il va se glisser sous l'un d'eux, froissant au passage des feuilles qui émettent un parfum inconnu, un peu musqué, il se roule en boule les bras pliés sur son sac, et il ferme les yeux.

Sur la rue grise, à perte de vue, la douleur lancinante dans les genoux pendant qu'il se traîne le long de cette menteuse horizontalité, les doigts qui dérapent sur les poignées de portes invisibles, les aspérités de murs qu'il ne voit pas non plus. La rue est pleine de monde, une foule transparente et houleuse. Si on voit comme il a du mal à marcher, il est perdu.

Et puis l'esplanade ronde dont les confins se noient dans la brume, où le pas rebondit et vacille, où le lourd liquide roule sans fin sous la membrane élastique. Des ailes noires claquent quelque part, un vaste ricanement résonne. À genoux, brûlant de rage et de désespoir, frapper des deux mains. L'éclair rouge, la vague énorme, la terreur. Englouti par la substance visqueuse, il ne sera bientôt plus qu'un sac de peau vide ballotté dans l'infini. NON !

Dans un effort surhumain, il se réveille, recroquevillé sous des feuilles, le corps noué d'une énorme crampe. Une rumeur l'environne, comme un vaste grondement sur lequel se détachent des timbres argentins, des sifflets... Il y a des mouvements non loin de lui, à sa droite, il les identifie par à-coups à travers les feuilles – des gens, des voitures, des bicyclettes. Une sirène de bateau au-dessus de lui, un instant de désorientation ; puis il se rappelle : terrasse, canal, ferries à vapeur. Puis, un choc, le souvenir qui déboule : la nuit, la descente, la course. Il n'est plus à Orlemur !

Il se redresse avec prudence, écarte le buisson. Il se trouve à une demi-douzaine de mètres d'une rue assez passante, au pied du talus d'un canal. À moitié dissimulé par les buissons, un étroit sentier dallé de paragathe suit le pied du talus, au ras des édifices qui le bordent à gauche.

Tout est dans l'ombre, malgré la lumière du jour. L'ombre de la montagne : le soleil n'est pas encore très haut.

Mathieu se glisse avec prudence dans le petit chemin. Personne ne semble le remarquer parmi les piétons matinaux qui se hâtent de l'autre côté sur le trottoir. Tandis que l'ombre se retire vers la montagne, il suit longuement le talus en direction du nord-est, sous le couvert bienveillant de petits racalous, de milierres et de prunelliers roses. Pas de graines ni de baies, c'est bien trop tard dans leur saison. Il a faim. Davantage d'anneaux de verdure entre rues et canaux, dans la haute ville, s'il en trouve un il pourra manger. Mais ça n'a pas l'air d'être le cas ici, les édifices se suivent sans arrêt, séparés par de simples allées aux détours capricieux, l'habituel chemin dallé bordé de deux bandes d'herbe bleue. Bien entretenues, les allées, un minimum de bric-à-brac bien rangé le long des maisons, poubelles, tricycles d'enfants, bois en cordes, caisses et balançoires. Pas de chiens. Une rue vient buter contre le canal. Petite rue, des commerces, des vitrines. Une odeur de pain en train de cuire.

Mathieu s'arrête sur le trottoir de la rue, où passent au loin quelques enfants lancés à la course dans une rue transversale, sans doute vers une école. Aller où, maintenant ? Il pivote sur ses talons pour regarder l'autre côté de la rue, au-delà du canal. Et se fige. L'ombre a glissé le long du dernier plateau de la basse ville, et le soleil commence à dévoiler la haute ville. Un des édifices de la haute ville, le plus vaste, qui trône avec son parc dans l'axe de l'avenue Kulhevich – divisée en deux pour en faire le tour et continuer ensuite à escalader la montagne.

Un éblouissement douloureux, comme si l'espace faisait un saut périlleux ou se retournait comme un gant. Mathieu désorienté, au bord de la nausée, voit le parc et l'avenue sous lui, en contrebas, l'éventail de la ville, ses avenues et ses canaux concentriques, au loin l'étendue miroitante du lac. Une voix ironique murmure près de lui : « Un jour, tout cela t'appartiendra, mon fils », et une main vient se poser près de la sienne plus petite, sur la paragathe lisse du rebord de la terrasse. Une main au poignet enserré d'un lourd bracelet d'argent gravé de tigres, dressés autour de l'œil noir d'une pierre polie.

Une main qui disparaît de son champ de vision pour venir se poser sur son épaule, et il lève la tête en souriant vers... vers quelqu'un, il ne sait plus qui, il ne veut pas savoir qui, il n'arrive même pas à voir un visage, il est de nouveau dans la rue, les yeux plissés à cause du soleil, pétrifié par le souvenir.

« Qu'est-ce que tu fais là, toi ? »

Le choc de cette voix inconnue le traverse comme une décharge électrique. Il se retourne. À quelques mètres, deux hommes en uniformes gris acier le regardent, bouches rectilignes, yeux invisibles dans l'ombre de leur casquette à visière verte. L'un d'eux infléchit son bâton souple à deux mains devant sa poitrine.

Mathieu reste un instant tétanisé, puis il balbutie : « Je suis parti. Hier, à Orlemur, la descente. J'ai couru droit devant moi. Je ne savais pas... »

L'un des policiers l'interrompt : « Papiers. »

Mathieu fouille dans son sac, sort la précieuse carte, et la carte provisoire. Le premier policier examine la carte provisoire, tandis que le second retourne l'autre carte entre ses doigts ; le premier émet un petit grognement et rend la carte provisoire à Mathieu. « Il est enregistré », dit-il à son partenaire, qui tend la carte à Mathieu tout en l'examinant des pieds à la tête avec une lenteur délibérée.

« Tu n'as pas d'emploi dans la haute ville, je suppose », dit-il enfin avec un lent sourire narquois.

Mathieu secoue la tête. Ne pas les regarder en face. Jouer les imbéciles.

Le policier toujours souriant le pousse du bout de son bâton, un petit coup sec juste sur son triangle rouge tout sale et à moitié décousu : « Alors tu ferais mieux de retourner à Orlemur vite fait, mon gars.

— Et qu'on ne te revoie pas dans le coin », ajoute l'autre, plus sincère dans sa dureté non déguisée.

Mathieu obtempère en rangeant ses papiers d'une main qu'il voit avec rage trembler. Il commence à descendre la rue, où passants et véhicules se font plus nombreux. Au bout d'une centaine de mètres, il ne peut plus résister, il se retourne. Les Gris ont disparu.

Il s'immobilise. Il tremble, mais c'est la rage qui a pris le dessus, une rage aveuglante. Il jette autour de lui un regard égaré. Des vitrines brillant au soleil – et il doit se retenir pour ne pas y envoyer son poing à la volée. Des gens, sourcils froncés, surprise, répugnance, dont le regard se dérobe aussitôt, qui passent bien au large, qui voudraient pouvoir changer de trottoir.

Son estomac se rappelle soudain à lui, un gargouillement violent, presque douloureux.

Il enfonce la main dans la poche gauche de son pantalon. Oui, la pièce est toujours là, sa dernière pièce de dix béris, une neuve toute brillante qu'il gardait un peu comme un talisman – s'il ne l'utilisait pas, il finirait par trouver du travail, de meilleurs restes dans les poubelles ou au marché, un meilleur coin pour dormir...

Il suit l'odeur du pain en train de cuire, encore une centaine de mètres, arrive sur une petite place qu'un panneau bien propre indique être la place Greshe, une esplanade en demi-cercle où des étals sont installés devant les boutiques. Il va droit à celui de la boulangerie, où sont alignés à l'ombre de l'auvent des gâteaux à étages multicolores, des tartes, quelques bocaux de petits fours dorés. Quand il passe, la femme qui se tient là le contemple, les yeux écarquillés, puis recule à l'autre bout de l'étal. Mathieu pousse la porte de la boulangerie.

Qui s'ouvre en tintant sur le paradis, des rangées de baguettes, de miches, de gros pains dodus. Un comptoir bien brillant, avec l'inévitable grand bol de râcle. Et un homme trapu en tablier blanc et aux bras enfarinés dont le sourire aimable s'efface lorsqu'il voit Mathieu.

Mathieu le devance, la main tendue avec la pièce qui brille dans sa paume : « Je voudrais un gros pain, s'il vous plaît. »

L'autre grogne : « Il n'y en a plus. »

Mathieu flotte dans une rage si intense qu'elle en est devenue presque voluptueuse. Il sourit : « Mais oui, il y en a. » Il s'approche du comptoir, satisfait de voir l'autre esquisser un mouvement de recul. « Et moi j'ai de quoi acheter un de vos gros pains, là, six béris et cinquante. »

Le boulanger ouvre et ferme la bouche comme un poisson qui se noie. Il devient tout rouge.

« Si je te dis qu'il n'y en a plus, c'est qu'il n'y en a plus ! File, ou j'appelle les Gris ! »

Le boulanger a élevé la voix ; dans le miroir qui couvre partiellement le mur, derrière les petites baguettes filiformes à un béri, Mathieu peut voir les passants commencer à s'attrouper autour de l'étal. Il contemple une dernière fois les pains dorés dans les paniers et sur les étagères, remet avec une lenteur délibérée la pièce de monnaie dans sa poche, et tourne les talons.

Mais dehors, les badauds ne s'écartent pas pour le laisser partir ; on le dévisage avec hostilité, des phrases bourdonnent, sans aménité : « Encore un de ces sales tériens... Quel culot... n'ont qu'à travailler comme tout le monde... »

Il oublie toute prudence, la rage de nouveau chauffée à blanc dans les veines ; il bégaie : « Je ne demande pas mieux que de travailler ! Mais il n'y a pas de travail, ou alors des tâches si répugnantes qu'il faut crever de faim pour les accepter !

— Eh, si tu ne crèves pas encore de faim, de quoi tu te plains ? »

Un rire à la tonalité soudain plus tranchante parcourt l'attroupement. L'homme qui vient de parler a une face de lune sous des cheveux pâles coupés en brosse, si ras qu'on distingue au travers toutes les bosses de son crâne. Mathieu a déjà vu ce visage. La nuit dernière, à la lueur des flammes, derrière un tuyau de fer.

Il se mord les lèvres, parcourt des yeux le cercle qui refuse de se défaire autour de lui, à la recherche d'un regard qui ne se détournera pas. Il n'y a plus une seule ménagère dans le lot, tout à coup, ce sont seulement des hommes, plutôt jeunes, plutôt costauds. Un peu plus loin il y a les autres, ceux qui regarderont sans intervenir. Il sait ce qui s'en vient, la rage répond à l'appel, toute prête, vibrant dans ses muscles. Et en même temps, il continue à se sentir curieusement détaché. Il s'attendait à quelque chose de ce genre depuis le début. Presque comique que ça arrive si tard, autour d'un pain qu'on ne veut pas lui laisser payer, à cause d'une phrase plutôt moins imprudente que toutes celles qu'il a retenues depuis une semaine...

Le cercle hostile se resserre. Le premier crachat arrive, bien visé, en plein milieu du triangle rouge sur sa veste, et Mathieu accueille avec une sorte de gratitude le ressac de fureur qui va lui faire prendre les devants, le jeter contre ses assaillants avant qu'ils ne se jettent sur lui.

« Qu'est-ce qui se passe, ici ? »

Un flottement perceptible, un relâchement, une réorientation de la tension. Une allée s'ouvre de l'extérieur pour laisser approcher une haute silhouette massive. Belle veste sans manches en coton brodé, chemise légère blanche, impeccable, teint fleuri rasé de frais, un grand cabas au bras. Mais il n'y a pas à se tromper : un notable. Mathieu ne laisse pas ses poings se desserrer.

« Que se passe-t-il ? répète la voix aux inflexions bonasses. Ah, un térien... »

La voix de l'homme trahit un certain ennui résigné, et Mathieu relève le menton, les dents serrées. Mais la seule présence du nouveau venu semble avoir changé l'atmosphère. Dans le cercle, les yeux ne sont plus aussi fixes, les épaules s'arrondissent, les mains rentrent dans les poches ; on se balance d'un pied sur l'autre en redevenant soudain un employé, un étudiant, un père de famille, on se demande comment filer sans trop se faire remarquer... Seul Face-de-Lune continue à dévisager Mathieu avec une expression butée.

« Alors, qu'est-ce qu'il y a ? » demande le notable à la cantonade, mais en regardant le boulanger.

L'homme fait un pas en avant comme à regret, en s'essuyant les mains sur son tablier blanc : « Tous mes pains sont réservés, Gospodi Merril, et ce...

— Tous vos pains, à cette heure-ci ?

— Presque tous... Et les autres, c'est pour les gens du quartier ! » dit le boulanger avec une note de défi.

Le dénommé Merril le dévisage d'un air plus las que désapprobateur, mais le boulanger détourne les yeux en reniflant.

« Votre métier, c'est de vendre du pain, eh ? dit la voix tranquille du bonhomme. Alors, s'il a de quoi payer, pourquoi ne pas lui en vendre à lui ? »

Quelqu'un murmure quelque chose dans le dos de Merril ; il se gratte la tête en se retournant sans hâte ; le murmure s'efface. Merril pousse un petit soupir et regarde de nouveau Mathieu, toujours avec la même expression un peu ennuyée. Mathieu soutient l'examen sans essayer d'avoir l'air inoffensif. Une brève surprise passe dans les yeux du bonhomme.

«Tu as un nom, maltchik?

— Je ne suis pas votre garçon. Nat.»

Les gens encore attroupés manifestent leur désapprobation, un grognement inarticulé mais unanime. L'artisan ne semble pas l'entendre: «Nat qui?

Mathieu hausse les épaules: «Nat Galas.» Comme si un nom comptait, pour un tête-de-pierre hors d'Orlemur. Ce qui compte, c'est le triangle rouge.

«Pourquoi ne pas rester à Orlemur? Tu y trouverais plus facilement du travail.»

Mathieu hausse encore les épaules avec un sourire délibérément insultant. Il ne va pas se laisser amadouer par le ton assez bienveillant de ce gros type. Et surtout, il ne va pas commenter!

Merril fait une petite moue. Il insiste – et Mathieu est quand même un peu étonné: «Que fais-tu pour vivre?

— Je ne vole pas, si c'est ce que vous voulez dire! Il y a assez de poubelles dans cette ville.»

De nouveau le friselis mécontent dans l'assistance; il s'y mêle de la surprise, à présent. Quoi, ils n'ont jamais vu un tête-de-pierre insolent, un tête-de-pierre combatif?

«Et tu vis, avec ça?» reprend l'artisan.

Mathieu dissimule son propre étonnement. L'autre insiste encore? Où veut-il en venir? Il a décidé de faire un exemple? Mathieu le dévisage avec une insolence étudiée, mesurant la grande carcasse bien nourrie qui le domine de la tête et des épaules: «Ai-je l'air florissant?»

Une pause. Les réactions de l'assistance ont le temps de prendre une forme plus précise, qui n'annonce de nouveau rien de bon. Face-de-Lune essaie d'en profiter, comme brusquement réveillé: «Il cause trop, ce térien, on va lui faire un bout de conduite jusque chez lui, qu'est-ce que vous en dites, les gars?

— Viens», dit Merril à Mathieu, presque en même temps – un seul mot, mais sa voix résonnante semble noyer celle de Face-de-Lune. «Si tu n'es pas un paresseux, ce n'est pas le travail qui manque chez moi.»

Face-de-Lune en reste sec, comme les deux ou trois hommes en qui les velléités de lynchage étaient en train de se réveiller. Merril se retourne vers eux et le cercle élargi des badauds, un mouvement ample et presque majestueux de sa masse imposante, accompagné d'un petit haussement de sourcil étonné, tiens-vous-êtes-encore-là ? Tout le monde semble se rappeler presque en même temps une course urgente à faire ailleurs. Il ne reste bientôt plus que Merril, Face-de-Lune, le boulanger et Mathieu. Merril adresse un regard indéchiffrable à l'agitateur, puis lui tourne le dos pour s'éloigner vers l'autre côté de la place.

« Attendez », dit Mathieu. Le grand homme se retourne. Mathieu ouvre sa main droite sous le nez du boulanger, y fait sauter le béri d'argent: « Mon pain ? »

Le boulanger souffle violemment par le nez, rentre dans sa boutique, et Mathieu pense qu'il va lui claquer la porte à la figure, mais l'homme prend un gros pain et le lui tend d'un geste brusque en regardant ailleurs.

« La monnaie, s'il vous plaît ? » insiste Mathieu avec une politesse suave, en sachant que c'est trop, en se délectant de savoir que c'est trop. Le boulanger compte rageusement la monnaie, jette la poignée de pièces aux pieds de Mathieu et rentre dans son magasin en fermant la porte avec une force qui fait vibrer la vitrine. La femme se trouve là, l'air apeuré. Le boulanger lui montre l'étal en grognant quelque chose d'inaudible, et disparaît dans le fournil. La femme jette un regard craintif vers l'extérieur, s'approche de la porte, reste une main sur la poignée.

Mathieu regarde les pièces par terre. Il hésite, mais se force à ne pas les ramasser. L'expression de Merril vaut bien ça. Qu'est-ce qu'il croit ? Que Mathieu va se mettre à plat ventre parce qu'il lui a proposé du travail ? Il ne va sûrement pas le lui payer bien cher, son travail !

Mathieu va se planter à moins d'un mètre du grand bonhomme – qui ne recule pas. « Alors, comme ça, vous voulez m'employer ? » lance-t-il, rempli d'une curiosité perverse: jusqu'où faut-il le pousser, ce citoyen modèle, pour qu'il se trahisse à son tour ?

Merril hoche la tête: « Si tu as des papiers en règle. »

Mathieu ricane: « Personne de plus en règle que moi ! »

Merril le dévisage un moment : « Quel âge as-tu ? » Ni agacé ni protecteur. Plutôt vraiment curieux.

« Vingt-cinq », dit Mathieu en découvrant ses dents.

Et alors, de façon complètement inattendue, Merril sourit, pour de vrai, lui : « Si tu as vingt-cinq saisons, tu as duré bien longtemps avec un caractère pareil, mon garçon. Il faudra mettre une sourdine si tu veux vivre à l'extérieur d'Orlemur. »

Mais l'intonation n'est pas ce à quoi Mathieu s'attendait : pas de menace, ni la note déjà tyrannique du propriétaire. Non, une constatation un peu triste, un peu amusée, un peu étonnée. Un conseil donné de bonne foi. Sans doute Merril lui-même croit-il en son personnage d'homme vertueux. Chacun doit être traité selon son mérite. Les têtes-de-pierre sont des êtres humains, après tout. Ce n'est pas leur faute s'ils puent.

Mathieu hausse les épaules. Peu importe. Il va manger, et il ne dormira pas dehors cette nuit.

21

Merril se dirige vers une boutique – la sienne, c'est marqué en lettres dorées dans la grande vitrine : « Coopérative Merril ». Elle est ouverte, apparemment, comme la boulangerie, bien que ce soit dimanche, jour de relâche. Au-dessus de la boutique, il y a une petite terrasse, avec des arbustes, et autour, derrière, Mathieu s'en rend compte, une grande maison à deux étages, un de chaque côté de la terrasse, mais d'origine, en paragathe, surmonté de la vraie terrasse, avec même une tourelle à oiseaux ; les deux boutiques adjacentes se trouvent au rez-de-chaussée du même édifice. Les vitrines sont plus petites, l'éclat du soleil s'y reflète, empêchant de voir ce qu'il y a derrière ; elles ne portent aucun nom, en tout cas.

Merril pousse la porte de sa boutique, qui s'ouvre en déclenchant un carillon mélodieux et prolongé. Sur les comptoirs et les étagères à claire-voie se présentent des pieds de lampes de toute taille, des miroirs encadrés, des bibelots, coupes, chandeliers, boîtes, le tout en métal ouvragé. À gauche et à droite une arche voûtée donne sur chacune des autres boutiques : dans l'une des meubles et des objets en bois, dans l'autre de la verrerie et de la céramique. Haut de gamme – Mathieu n'a pas besoin de regarder les prix sur les étiquettes.

Une silhouette se dessine au fond du magasin, s'approche. Un homme sec et noueux, cheveux gris coupés en brosse, gros sourcils noirs, la cinquantaine, portant une combinaison de travail d'un bleu passé et, autour de la taille, une large ceinture de cuir à compartiments où sont passés quelques outils, marteaux, pinces et tournevis.

Et il n'a pas l'air étonné en voyant Mathieu, cet homme. Ou du moins sûrement pas autant qu'il le devrait. Et il s'approche à moins de deux mètres. Et il se passe la main dans les cheveux en disant, avec même une sorte de sourire en biais : « Eh bien, qu'est-ce que tu nous amènes-là », mais sans inflexion interrogative.

« Nat Galas », dit Merril tandis que Mathieu s'efforce de cacher sa propre stupéfaction. « Il a décidé de changer de quartier. » Et, désignant l'autre de sa main en battoir : « Étienne Leverrier. »

Et Étienne Leverrier tend la main à Mathieu en disant : « Mais je suis menuisier », avec un petit rire devant sa propre plaisanterie.

Pétrifié, Mathieu regarde cette main tendue. Puis, avec un sursaut, il la prend. Pas de recul chez l'autre, une étreinte raisonnablement ferme et pas trop brève, après laquelle Leverrier hoche la tête : « Viens, Nat, on va te trouver une place, et des habits. Qu'est-ce que tu sais faire ? »

Il conduit Mathieu vers l'arrière-boutique, et ils la traversent l'un derrière l'autre – aucun des trois employés ne sursaute en les voyant passer, les regards sont curieux et ne se détournent pas tout de suite ; Mathieu cherche comment répondre. Il a fait des travaux manuels, à la petite École, mais une fois à Morgorod, ils ont complètement cessé. Il y a bien eu le modelage, dans le souterrain... Autant se couvrir : « J'ai un peu travaillé le bois, dans le temps. Et la terre glaise. Mais c'est surtout le jardinage. Je suis bon avec les plantes.

— Eh bien, dans ce cas, il va falloir aller voir Sonya – Gospoza Merril. Le jardin, c'est son domaine. Mais on va d'abord te loger. »

Ils entrent dans la cour intérieure – l'agencement de la maison ancienne est intact : grand bassin rond à nénuphars, avec un arbre-à-eau de belle taille au milieu et un autre, plus petit, dans le parterre herbu bordant la gauche du bassin ; le premier étage en fer à cheval donnant sur la cour est bordé d'une colonnade, sauf vers l'avant de la maison où se trouve la mini-terrasse. Les branchages et les lianes de la vraie terrasse, tout en haut, retombent autour des grandes fenêtres alternativement rondes et en losanges du deuxième étage, ouvertes, et voilées de mousseline agitée par la brise. Leverrier s'engage dans le solide escalier de bois qui s'enroule avec grâce d'un étage à l'autre, au fond de la cour.

« On va te mettre dans l'ancienne chambre de Carole, sur la terrasse. Elle est mariée, maintenant, elle habite à Cristobal », ajoute Leverrier avec fierté.

Et il veut bavarder, en plus ? Interloqué, Mathieu demande, avec un temps de retard : « C'est votre fille ?

— Non ! L'aînée des Merril. La petite est ici au collège Evans, mais elle rentre tous les soirs. Lissa, elle s'appelle. Mes deux fils travaillent à la verrerie, tu les rencontreras plus tard. »

Ils arrivent sur la terrasse en U : moitié petit parc sur le côté du fond, moitié jardin potager à gauche et à droite. Leverrier se dirige vers le fond, tout en désignant les jardins : « Si tu es bon avec les plantes, c'est là que ça se passe. »

Il y a un petit édifice au fond de la terrasse, surmonté d'une mince et gracieuse tourelle à oiseaux en forme de fleur : on n'a vraiment rien changé ici à l'architecture des Anciens. Pas un seul chien en vue. Les oiseaux, clochemerles et sigrues, s'enlèvent brièvement avec des sifflements et des caquètements lorsqu'ils arrivent. Un escalier séparé permet d'accéder à la chambre depuis l'allée, en arrière, Leverrier le signale à Mathieu surpris. Spacieuse, la chambre, fraîche bien qu'un peu austère – juste un lit de bois peint en blanc, à une place, couvert d'un grand morceau de soie bariolée, une commode massive, une table, une chaise, quatre étagères vides accrochées à un mur ; mais le tout est sculpté à la main et ne manque pas d'élégance dans sa simplicité. Production familiale, sans doute. « C'est ici qu'on loge les visiteurs », précise encore Leverrier, en ouvrant un tiroir de la commode pour montrer les serviettes et des affaires de toilettes. « La salle de bain est à côté. Juste une douche, mais...

— Ça fera », marmonne Mathieu ébahi, un peu agacé, même. Vont-ils tous mettre un point d'honneur à ne pas se montrer racistes, dans cette maison ?

« Je vais voir ce que je peux te trouver comme habits », conclut Leverrier en évaluant sa taille du regard. « À peu près comme Michel, ça ira... – Il cligne de l'œil – C'est mon cadet. Je les mettrai sur le lit. Tu reviendras au magasin, après, du côté céramique, d'accord ? Sonya sera prévenue. »

Et il s'en va en sifflotant.

Au bout d'un moment, Mathieu se laisse tomber sur le lit, essaie machinalement le matelas – un peu mou, après le ciment et les cartons, mais il s'y habituera sûrement. Il regarde autour de lui, la tête lui tourne un peu. La faim, bien sûr. Il va pour mordre dans le pain qu'il n'a pas lâché, se ravise, sort son petit couteau de poche et se coupe une tranche avec une lenteur délibérée. Puis, tout en mastiquant, il regarde autour de lui. Il a la vague impression de rêver. Il bouge, pour se rassurer : il ouvre son baluchon après l'avoir posé sur le lit, place le petit réveil acheté avec sa première paie sur la table de chevet, range les feuillets froissés de son bref journal dans un des tiroirs, le rouleau de filin par-dessus. Le vieux verre en plastique et la gamelle cabossée rescapés dans une poubelle... Il les range aussi. Un rappel. Pas comme s'il allait se laisser croire qu'il n'en aura plus jamais besoin.

Ensuite, il s'arrache à ses vêtements raidis de crasse, il les jette en tas dans un coin, et il passe avec un délice encore incrédule dans la petite salle de bain proprette, au carrelage rose : lavabo et miroir – il ne se regarde pas passer –, toilette, douche, ah, la douche, il ouvre les robinets en grand, de l'eau chaude ! Il reste en extase, la tête renversée en arrière, bouche ouverte, la face picotée par la pluie bienveillante. Au bout d'un moment, il prend le savon et se frotte avec rage puis ses gestes ralentissent, et il cède, il se laisse glisser accroupi le long du mur, les bras autour des genoux, secoué de sanglots silencieux.

Quand il ressort de la salle de bain, récuré presque à vif – il ne sait pas combien de temps après – une salopette de travail bleu marine est étalée sur le lit, avec un t-shirt blanc et un petit tas de sous-vêtements. Il s'habille en essayant de réfléchir posément pour calmer sa terreur. Ils le croient mort. Galaas a dit qu'ils le croient mort. Il a passé une semaine à Orlemur, et ils ne sont pas venus. Pendant la descente, il est parti au hasard devant lui, ils ne pouvaient pas savoir où il allait. Il n'a plus le bracelet, le bracelet où se trouvait sûrement ce qui leur permettait de le trouver toujours avec tant d'aisance, à l'École. Pas d'électricité dans la basse ville, de toute façon, ça ne pourrait pas fonctionner. “ C'est par la crainte qu'ils t'emprisonnent ”, Galaas l'a bien dit aussi. Dans l'École, peut-être, leurs mises en scène, mais dans une ville tout entière ? Il ne peut quand même pas soupçonner tout le monde tout le temps ? Des milliers... des millions de gens ? Si Merril veut l'aider, c'est peut-être vrai. Peut-être y a-t-il vraiment des gens capables de supporter les têtes-de-pierre par principe, par charité.

Mathieu ricane tout haut. Merril doit plutôt avoir des raisons bien concrètes. Besoin de main-d'œuvre à vil prix ? Non, sûrement pas à ce point ! Un quota de têtes-de-pierre à respecter, peut-être ? Les journaux d'Orlemur n'en parlaient pas, mais ils ne disaient rien de Morgorod de toute façon. Et puis quand même, le mettre dans cette chambre ?

Sur la terrasse. Bien loin de tout. “ La chambre de l'aînée ”, mais il n'est pas obligé de le croire.

Bref. Inutile de spéculer à perte de vue. Merril doit avoir un intérêt, qu'il finira bien par dévoiler. Il n'est pas nécessairement de mèche avec les maîtres, ce n'est pas forcément une autre de leurs expériences tordues. Mais on restera sur ses gardes.

Il fourre ses cartes d'identité dans les poches de sa salopette ample – le nommé Michel est plus large que lui, s'il est de la même grandeur – et remarque alors l'absence du triangle rouge. Il reste un moment déconcerté – l'autre triangle, sur sa vieille veste, est cousu, et il n'a rien pour le transférer sur son nouvel habit. Avec un haussement d'épaules, il quitte la chambre, traverse la terrasse dont les parfums montent avec le soleil et se rend au magasin de céramique, comme indiqué.

Il n'a pas besoin de chercher Gospoza Merril – Sonya –, elle le voit arriver et vient à sa rencontre en lui souriant. Sans doute le sourire standard avec lequel elle accueille ses clients, mais un sourire, même si elle le détaille aussi d'un œil critique (s'il s'est passé de la pommade dépilatoire, il n'a pas essayé de se couper les cheveux). C'est une grande femme blonde et mince à l'air distingué, et Mathieu a du mal à l'imaginer à genoux entre les rangées de légumes. « Nat », dit-elle – et elle lui tend la main ; il la serre brièvement. « Étienne me dit que tu es jardinier ?

— Je connais les plantes. Pas toutes les plantes. Mais je me débrouille bien. »

Elle hoche la tête. « Bon. Tu nous aideras. Et puis, on a toujours besoin de quelqu'un pour faire des petites choses ici et là dans la maison et les ateliers, à l'entrepôt ou aux magasins. Aider à la cuisine, aussi, ranger, nettoyer... Tu peux faire ça ? »

Mathieu dit « Oui », en essayant de ne pas laisser percer l'intonation narquoise.

« Egan me disait que tu as un peu travaillé le bois, et la terre glaise. Peut-être qu'on pourrait te prendre comme apprenti, après un temps, si ça te tente et si tu es capable, qu'en dis-tu ? »

Il lutte pour masquer sa surprise : « Ce serait bien. »

Nouveau hochement de la tête blonde : « Bon. Tu as mangé ?

— Oui. »

Une moue sceptique : « Mmm. Il va falloir te remplumer. » Un rapide sourire : « On s'en occupera. Va donc à l'entrepôt, pour commencer. On vient de recevoir un arrivage de planches, il faut les ranger et les mettre au dépôt. Demande Meg. »

Et elle s'apprête à tourner les talons.

« Gospoza Merril...

— Sonya.

— Sonya», dit Mathieu après un temps d'arrêt. Il passe les pouces dans les bretelles de sa salopette, il se sent soudain comme honteux, c'est ridicule ! « Mon triangle rouge», se force-t-il à dire tout à trac.

Sonya Merril bat des paupières. Puis, en se passant une main dans les cheveux – tirés en catogan bien lisse, ils n'en ont pas besoin – elle soupire: «On s'en occupera. Tant que tu ne sors pas d'ici, ça ira.»

Mathieu s'éloigne dans la direction de l'entrepôt, partagé entre la rage et une ombre de déception qui l'exaspère plus encore. Une bonne façon de s'assurer de sa docilité ! Étonnant qu'ils ne lui aient pas demandé de leur donner ses papiers ! Mais ce sera sans doute l'étape suivante, histoire de " les mettre en sécurité ". S'ils s'imaginent qu'il va se laisser faire !

Il bout littéralement quand il arrive à l'entrepôt, sous le masque placide qu'il s'oblige à présenter pendant que la dénommée Meg lui présente rapidement les employés en service ce matin-là – Anton Kracow, la cinquantaine sportive, Mikaëlla " On dit Mika" Tagopian, la trentaine rondelette et joviale, et Amed Ousraoui, un jeune gars baraqué aux cheveux coiffés en petites nattes noires, et aux yeux étincelants. "Meg" est Meg Thompson, une brune carrée, un peu chevaline – et grande, mais ils sont tous plus grands que Mathieu, même Mika qui est la plus petite. On le salue avec des sourires qui ne semblent pas forcés, si on ne lui tend pas la main – mais il a mis ses mains dans son dos. Clairement, sans condescendance, on lui explique quoi faire, sortir les planches, les présenter pour inventaire, les ranger une fois qu'elles ont été étiquetées – et il le fait. Avec trop d'énergie au début, encore transporté de rage, mais bientôt il doit ralentir : il a un peu le vertige. « Vas-y mollo, lui dit Mika en riant, on a toute la matinée.»

Ensuite, il se laisse séduire peu à peu par le rythme régulier du travail, et surtout les couleurs et les parfums du bois. Ce sont des essences semi-précieuses – on fait de l'ébénisterie et de la marqueterie aussi bien que de la menuiserie à la Coopérative – et il reconnaît au passage la blondeur lisse et poivrée du tondelier, le noir moiré de l'arcanda à odeur de réglisse, le violet profond, presque pourpre du faux platane, qu'il faut réchauffer entre ses mains pour en exciter la senteur fine, presque sucrée, le brun-roux, riche et fauve de l'arbre-roi, au parfum anisé. Il y a aussi des rondelles d'arbre-à-eau, où alternent les minces cercles sombres et comme vitreux des couches imperméables, qui émettent un vague parfum résineux, et les alvéoles roses des larges couches poreuses, à la trompeuse fragilité, qui ne sentent pas grand-chose.

Il est calmé, bien que toujours sur ses gardes, vers onze heures, quand tout le monde se rassemble dans la cour intérieure pour la collation de la matinée, offerte sur trois tables installées autour du bassin, avec quelques chaises, mais la plupart des gens s'assoient sur le rebord du bassin ou dans la pelouse du parterre. En pénétrant dans la cour, Mathieu n'a pu retenir un mouvement de recul : il y a beaucoup de monde chez les Merril, plus de monde qu'il ne l'aurait cru, une bonne vingtaine de personnes. Les patrons, les ouvriers, les employés de bureau et, apparemment, leur famille, enfants en bas âge compris – les autres doivent être à l'école.

« Ne t'en fais pas, dit Amed en riant dans son dos, on ne va pas te présenter tout le monde. Petit à petit l'oiseau fait son nid. »

Par contre, on le présente *à* tout le monde, Merril, de sa voix résonnante, qui fait tinter son verre de sa fourchette : « Nous souhaitons la bienvenue à un nouvel employé, aujourd'hui, Nat Galas », et il le désigne du doigt.

Mathieu a envie de s'enfuir, il carre les épaules, les mains férocement enfoncées dans ses poches. Un chœur de voix aimables s'élève, « Salut, Nat », ceux qui ont la bouche déjà pleine lui font un petit signe de la main, puis on recommence à manger. Pas de surprise, pas de dégoût, à peine de la curiosité. Et encore, ce sont les enfants, cinq marmots entre quatre et six saisons, qui continuent à le regarder – plus perplexes que curieux, d'ailleurs – tandis que, tout raide, il suit Amed qui s'est improvisé son guide depuis le début de la matinée.

Après avoir mangé, il se fait prendre à part par Sonya Merril, qui lui remet discrètement un petit sachet de plastique opaque. Il l'ouvre : une demi-douzaine de triangles autocollants rouges.

« Tu n'as pas vraiment besoin d'en mettre ici. Seulement quand il vient des Gris, et on te préviendra. Mais quand tu sortiras, il ne faut jamais, jamais l'oublier. C'est comme tes idicartes – tes papiers. Aie-les sur toi en tout temps aussi, les deux, même à l'intérieur de la coopérative. Tu sais cela, n'est-ce pas ? »

Il la dévisage, finit par hocher la tête, incapable de parler. Elle a l'air un peu embarrassé. « Il vaudrait mieux... que tu ne sortes pas trop souvent tout seul, au moins au début. Demande à quelqu'un de t'accompagner, si tu veux sortir. Le brouillard va bientôt être là, cinq ou six jours tout au plus. Ce sera plus facile, alors. D'accord ? »

Il n'est pas sûr de savoir de quoi elle parle, et de toute façon il est complètement désemparé, mais il hoche de nouveau la tête.

« On est fermés, cet après-midi. Après la méridienne, on ira dans le jardin tous les deux. En attendant, quand vous aurez fini avec les planches, à l'entrepôt, reviens me voir, je te ferai visiter la maison, que tu saches un peu où est quoi. Et si tu es fatigué, n'hésite pas à aller te reposer. » Elle sourit : « Tu n'es pas encore bien gros, pas question de t'exploiter honteusement avant plusieurs semaines. »

Il ne comprend pas tout de suite que c'était une plaisanterie, elle s'en rend compte et son visage prend une expression navrée. Elle ne sait pas quoi dire, lui tapote le bras et s'éloigne à pas pressés, un peu comme on s'enfuit.

Mathieu passe le reste de la matinée dans une sorte de brouillard d'incrédulité. Quand il visite la maison avec Sonya Merril, les gens qu'il y rencontre ne l'accueillent pas avec un enthousiasme délirant, mais au mieux on est aimable, au pire, on est poli, et sans affectation. Il garde les mains dans ses poches, cependant – sur le petit sachet de plastique aux autocollants rouges, histoire de se rappeler, de ne pas se laisser endormir par toute cette anormale normalité.

C'est une coopérative d'artisans, lui explique-t-on, les divers ateliers sont possédés et gérés en commun par Merril et les autres, et tout ce monde vit ensemble depuis des Années, une demi-douzaine de familles – voilà qui explique l'atmosphère détendue, pendant la collation. Pour les clients, Merril est cependant « le patron » ; cela constitue apparemment un sujet de plaisanterie entre les gens de la maisonnée, y compris sa femme, et qu'eux seuls comprennent.

Sonya Merril lui montre en dernier leur propre appartement, la vaste cuisine fort bien équipée, le grand congélateur mural à gaz dont elle semble très fière, la chambre froide, la salle à manger d'apparat avec son immense table en fer à cheval – c'est seulement pour les fêtes pendant la saison des pluies, sinon on mange dans la cour, les uns chez les autres ou chez soi, comme lors de la méridienne, pour le petit-déjeuner ou le soir. « Ça ne te dérangera pas, de souper avec nous ? »

Il est trop pris au dépourvu pour rétorquer " Pas vous ? ", se contente de secouer la tête. Au moins pour ce soir. Si ça se passe trop mal, il pourra sans doute s'arranger autrement.

Il a beaucoup de difficulté à trouver le sommeil pour la méridienne, après la légère collation de nouveau offerte dans la cour intérieure : il n'arrive pas à s'arrêter de retourner en esprit les événements de la matinée, l'attitude des uns et des autres, leurs motivations, ce qu'il pourrait en déduire. Finalement, il s'endort. Il ne rêve pas, mais quand il se réveille dans cette chambre inconnue, il est complètement désorienté et reste un moment paralysé de terreur. Ensuite il se rappelle – Sonya Merril, le jardin – et se rend en hâte à leur rendez-vous.

Elle se trouve déjà sur la terrasse, en vieux pantalon crotté, un grand chapeau de paille enfoncé jusqu'aux yeux. Elle en tend un autre à Mathieu, le dévisage un moment puis remarque : « Tu es réfractaire aux injections, hein ? »

Pour une fois, il sait de quoi elle veut parler, c'est presque un soulagement : « Oui. Il faut que je m'habille ou que je me mette de l'huile, sinon je brûle. »

Elle lui tend une fiole de plastique anonyme, un aérosol : « C'est bien ce que je pensais. »

Il actionne la pompe, a la surprise de reconnaître le léger parfum de l'aménia : les huiles solaires, à Orlemur, sont toutes des produits synthétiques. Il se oint abondamment les bras et les pieds, un peu la figure. Puis il suit Sonya Merril dans les allées bien tirées de son potager, en se demandant s'il doit étaler ses connaissances. Malheureusement, il y a là de nombreuses plantes dont il ne sait justement rien – dont les fameuses carottes évoquées par la vieille femme de la forêt. Sonya Merril semble un peu mécontente : « Tu m'avais dit que tu t'y connaissais en jardinage ? »

Le voilà le dos au mur. Il faut décider. Il baisse la tête : « Ce sont plutôt les autres plantes. Celles du reste de la terrasse. Saviez-vous que... »

Et il part dans une version écourtée du discours botanique qu'il a essayé de servir à Orlemur avec si peu de succès.

Sonya Merril l'écoute, muette sous son chapeau de paille. Quand il a terminé, elle reste encore un moment silencieuse, comme pensive, puis semble se reprendre : « Eh bien, c'est très intéressant, mais nous ne consommons pas beaucoup de plantes indigènes, ici, Nat. Au moins, tu sais comment les soigner, c'est très bien, tu t'en occuperas. Et tu peux apprendre, pour les autres plantes, n'est-ce pas ? »

Il hoche la tête, il a à peine entendu, bloqué sur le mot " indigènes ". Les autres plantes ne sont pas " indigènes " ? Pas originaires de Virginia ?

Une question qu'il ne pourra jamais poser, ça, c'est certain.

Encore une petite demi-heure dans le jardin, à ramasser des haricots verts, des courgettes et des tomates tout en apprenant ce qu'ils sont, leur valeur nutritive, quand on les plante et comment on les soigne, puis ils redescendent avec leurs paniers à la cuisine, où Sonya Merril lui montre comment on les prépare, car c'est elle qui est " de cuisine " encore aujourd'hui – Mathieu en déduit que le majestueux Egan Merril doit faire la cuisine aussi. Une fois les marmites remplies et la cuisine rangée – les pelures iront dans le compost – la jeune femme s'essuie le front en souriant : « Tu es libre, Nat, je n'ai plus besoin de toi. Tu as sûrement envie de te reposer ? »

Il se hérisse. Qu'est-ce qu'elle croit, qu'il est malade ou diminué parce qu'il vient d'Orlemur ? Puis il se rappelle la face hâve qu'il a vue dans le miroir le matin en se rasant, la maigre poitrine, et l'énorme bleu qui vire au pourpre sur son bras gauche. Il se détend, un peu honteux. Il n'a pas du tout envie de se reposer, son esprit galope depuis tout à l'heure autour du mot "indigène". « J'aime bien... lire. Est-ce que vous avez des livres ? »

Elle hausse les sourcils, mais le conduit sans commentaires dans une petite pièce qui doit servir de bureau, et dont tout un mur est occupé par des étagères de bois sombre bien ciré, en plaisant contraste avec la pierre dorée. « Voilà », dit-elle en faisant un grand geste de bras. « C'est le bureau d'Egan. »

Mathieu attend qu'elle soit partie puis il se précipite vers les étagères. Il est déçu : après avoir systématiquement feuilleté les volumes de la première étagère à sa hauteur, il se rend compte que c'est de la fiction – des dialogues, beaucoup d'action, des descriptions de Morgorod... Il y a sûrement à apprendre là-dedans, mais il préférerait une information plus immédiatement accessible. Il en emporte cependant plusieurs, au cas où Sonya Merril vérifierait.

Il se force à en lire un en entier, mais il est frustré tout du long : il voit bien qu'il s'agit d'une histoire de meurtre et de vengeance à ressorts à la fois passionnel et politique, mais trop d'informations lui manquent pour bien comprendre, à plus forte raison apprécier, les réactions et les motivations des personnages – toutes ces données qui vont de soi et que les auteurs partagent trop bien avec leurs lecteurs pour en faire mention. Au moins, il a une idée du fonctionnement de la police locale dans des affaires criminelles, des rapports incestueux entre le gouvernement provincial et le gouvernement municipal de Morgorod (ou bien est-ce une fiction aussi ?) et des machines étonnantes dont disposent les gens de la haute ville, où se déroule la majeure partie du roman – il aimerait bien avoir accès à l'un des gros ordinateurs d'un cybcentre, par exemple, une machine quasiment magique qui lui donnerait sûrement tous les renseignements dont il a besoin !

On ne parle pas une seule fois d'Orlemur dans le livre, ni à plus forte raison de têtes-de-pierre ou de tériens.

Quand Mathieu a fini, il se rend compte qu'il a manqué la collation de l'après-midi et que l'heure du souper est proche. Il n'est pas tellement pressé de se retrouver avec les Merril, mais ils viendront sûrement le chercher s'il n'y va pas. Et puis, il a faim – et la "ratatouille" que préparait Sonya Merril semblait diablement appétissante.

Une fois au rez-de-chaussée, les voix l'attirent du côté de la cuisine, et il observe un moment depuis le couloir sans se faire remarquer. Egan et Sonya Merril. Mais aussi Étienne Leverrier et ses deux fils. Et Amed. Et une adolescente trapue et musclée, aux courts cheveux châtains blondis par le soleil, qui est en train de raconter sa journée apparemment toute passée à pratiquer une demi-douzaine de sports différents. Mathieu devine et Egan Merril confirme : « Ah, le voilà. Lissa, c'est Nat Galas, dont nous t'avons parlé. »

L'unique chaise libre se trouve près de la jeune fille qui le regarde avec une franche curiosité s'avancer et s'asseoir – plutôt rafraîchissant. Elle semble hésiter, tend la main. Il la serre. Elle fait une drôle de moue, à la fois surprise et incrédule.

« Lissa », dit Egan Merril, un avertissement.

Elle plonge le nez dans son assiette. Puis, après quelques bouchées, elle recommence à raconter sa partie de basket, et la conversation se poursuit.

Mathieu mange en répondant par monosyllabes aux quelques efforts polis qu'on fait pour l'attirer dans la conversation, et au bout d'un moment on le laisse tranquille. Il écoute, tout ouïe, au cas où les uns ou les autres laisseraient échapper une information vraiment intéressante, mais ce n'est pas le cas. Lissa se trouve dans un programme spécial sports et études, c'est une élève douée, elle a un examen de chimie le surlendemain, elle est amoureuse de son professeur de maths, pas très sérieusement semble-t-il, puisqu'elle en plaisante volontiers avec les autres membres de la famille. Les Merril parlent de leur journée aussi – sans évoquer l'incident de la boulangerie. Lissa plaisante son père sur sa manie des mots croisés. Rien que de très normal – si tant est que Mathieu soit capable d'apprécier la normalité d'une famille morgorodienne aisée de la basse ville.

Quand il va se coucher, il a pourtant une impression bizarre, qu'il n'arrive pas à cerner. Il se rejoue le repas, les conversations... Alors seulement il se rend compte : tout en discutant, on se passait plats et ustensiles sans que personne ait jamais rien demandé ; il était le seul, en fait, qui demandait – le sel, du pain, la carafe d'eau, une deuxième portion. Mais il ne sait trop que faire de cette constatation, et elle va rejoindre les autres données pour l'instant inutilisables.

Il est épuisé, et ce n'est pas de la fatigue physique. Il ferme les yeux, essaie de se laisser glisser vers le sommeil. C'est difficile : son esprit refuse de déclarer forfait, continue à lui présenter des détails de cette stupéfiante journée. Au moment où enfin il sent ses muscles se détendre, où la vibration nerveuse se diffuse et va disparaître, une dernière pensée paresseuse flotte un instant avant de couler avec lui : il n'a vu qu'une seule coupe remplie de tablettes de râcle dans toute la maison – près du comptoir-caisse principal, quand il est entré dans la boutique. Et, de toute la journée, il ne croit pas avoir vu grand monde en mâcher.

22

On a informé Mathieu des rythmes de la maison : inutile de se lever avant sept heures du matin, puisqu'on déjeune entre sept et huit et que le travail ne commence pas avant neuf heures. S'il n'avait pas réglé son réveil pour sept heures tapantes le lendemain, il aurait dormi encore – un sommeil profond et sans rêves, pour une fois.

Il descend en bâillant. Après avoir passé sa salopette, il a eu une velléité d'y coller un triangle rouge, histoire de voir les réactions, mais il y a renoncé : autant ne pas faire de vagues inutiles, ne pas défier l'apparente bonne volonté de ses hôtes. Il traverse la terrasse encore plongée dans l'ombre, descend l'escalier. Rien ne bouge au deuxième étage, personne dans le passage bordé de colonnettes donnant sur la cour. Et pas grand monde non plus dans la cuisine, à en juger par les maigres bruits qui s'en élèvent: cliquetis occasionnel de couverts, chocs de porcelaine, pas traînant – et un bâillement sonore, ponctué par un “ Ah la la ! ”, qui lui permet d'identifier la personne qui se trouve là avant d'arriver dans l'embrasure de la porte et de la voir : Lissa Merril. En train de mettre la table, déjà habillée – survêtement léger vert amande, brodé d'écussons sportifs – mais encore en pantoufles. Elle lui tourne le dos et coupe des tranches de pain. Elle ne l'a pas entendu ni vu arriver.

Une impulsion fait avancer Mathieu sur la pointe des pieds jusqu'à être à moins d'un mètre de l'adolescente. Alors, il toussote.

Elle fait littéralement un bond de côté, en lâchant le couteau à pain qui tombe sur le carrelage. Mathieu se penche pour le ramasser, à la fois satisfait et atterré : un petit coin du puzzle vient de se remplir.

« Ah bien dis donc ! » s'exclame la gamine, une main sur la poitrine avec une expression à la fois stupéfaite et... amusée ? « Toi, alors, on peut dire que tu es un vrai tête-de-pierre ! »

C'est énoncé avec une simplicité désarmante, ni une insulte ni un reproche, une simple constatation de fait, et le réflexe de rage ne se déclenche pas en Mathieu qui remet le couteau sur la table en murmurant: « Excuse-moi... »

Lissa se remet à couper du pain, apparemment pas plus perturbée que ça: « Ne le fais pas dans les ateliers, ça peut être dangereux. »

Et maintenant, il est en mesure d'écarter tout de suite l'interprétation “ dangereux pour toi ” : ce serait surtout dangereux pour les ouvriers, qui risqueraient de se blesser s'il les surprend ainsi. Comme l'a dit Kowalski : on ne le voit pas venir. Surtout quand on ne le voit pas.

Et lui non plus ne voit venir personne quand il ne voit pas et n'entend pas – les gamins dans la rue s'en sont bien rendu compte. Les gamins dans la rue *d'Orlemur*, où vivent les têtes-de-pierre. Mais lui, c'est normal, n'est-ce pas ? Il est *vraiment* spécial. Un vrai tête-de-pierre, comme l'a dit innocemment l'adolescente. Oui, trop tête-de-pierre pour les têtes-de-pierre d'Orlemur.

Et qu'en est-il des Merril et de leur maisonnée, alors, qui n'en sont pas du tout? Mathieu lutte pied à pied contre la panique, mais les questions, elles, sont trop pressantes. Il a voulu croire que les maîtres ne vivaient que dans l'École – et les maîtres ne sont pas simplement " les maîtres", ce sont surtout des gens capables de communiquer sans se parler à haute voix, des *danvérani*, comme a dit Galaas. Or c'est apparemment ce que faisaient les Merril, hier, à la table du souper.

Y a-t-il des maîtres ailleurs que dans les Écoles?

« Ça doit être drôlement dur pour vous », murmure tout à coup Lissa, songeuse.

Elle veut parler? Elle en parlerait? L'occasion est trop inespérée. Mathieu s'oblige à se calmer, range les tranches de pain en piles en amorçant : « Comment c'est, pour toi? »

Il a dû donner à sa voix exactement la bonne intonation de curiosité neutre, car elle répond tout de suite: «Tu es juste... pas là.»

Et là elle semble un peu embarrassée : « Tu sais, je n'avais jamais rencontré... de gens d'Orlemur. Sans comparaison, tu vois, on ne se rend pas compte. C'est très... bizarre.»

Il hoche la tête, continue d'appâter: «Alors qu'avec tes parents, et les gens de la maison, tu sais toujours quand ils sont là...

Elle a l'air de réfléchir: «Pas forcément tout le monde et pas tout le monde pareil, mais oui, souvent.

— Et tu sais ce qu'ils pensent.»

Elle semble surprise, se met à rire: «Oh non! Mais... Quand les gens sont tristes ou joyeux, on s'en rend compte? Tu t'en rends compte aussi, sûrement?»

L'esprit de Mathieu galope, tandis qu'il redouble d'efforts pour maintenir sa façade de calme: on perçoit des signaux non verbaux, oui, postures, mimiques ou intonations, c'est courant. «Pas quand j'ai le dos tourné et qu'on ne me dit rien...

— Nous non plus! Mais entre gens qui se connaissent bien...

— Tu aurais sauté comme tu l'as fait si ta mère était arrivée dans ton dos ? »

Lissa hausse les épaules : « Ben non, je sais toujours quand il y a quelqu'un dans mon dos à la distance où tu étais !

— Comment ? » demande aussitôt Mathieu, trop vite, d'une voix sans doute trop tendue, car l'adolescente le considère un moment en fronçant le nez ; mais son visage s'éclaire soudain. Elle tend une main vers la joue de Mathieu, qui recule automatiquement.

« Non, attends ! Si tu fermes les yeux et que je rapproche ma main, tu vas la sentir avant qu'elle te touche, non ? Eh bien, c'est un peu comme ça. » Elle se met à rire de nouveau, amusée : « Peut-être que les gens changent la pression dans la pièce quand ils entrent ! »

Mathieu se force à sourire ; mais il y a une précision utile, là : « Tu veux dire que tu sais qu'il y a quelqu'un derrière toi, mais que tu ne sais pas qui ?

— Voilà ! »

Ça n'explique pas vraiment la façon dont s'est déroulé le souper, la veille. À moins que... Entre gens qui se connaissent très bien, la perception des signaux non verbaux est peut-être beaucoup plus poussée, comme l'a suggéré l'adolescente. Mathieu retient un sourire amer : ce n'est pas comme s'il avait une expérience particulièrement approfondie des rapports humains normaux, de toute façon.

Lissa a recommencé à arranger la table du déjeuner, et il se demande s'il va essayer de l'aiguillonner encore un peu pour en savoir davantage, quand un bruit de pas dans le couloir règle la question pour lui : Egan Merril entre dans la cuisine.

Ensuite, tout le monde arrive – il semble que les Leverrier et Amed soient des réguliers à la table des Merril. Sonya Merril entre en dernier, avec un petit bol de verre rempli de tablettes enveloppées de papier orange et vert, qu'elle pose dans un coin de la cuisine : « Tu n'auras pas besoin d'aller en prendre dans la boutique, comme ça, Nat. »

Il hésite, décide de lancer un dernier coup de sonde et remarque : « Ça me rend malade, je n'en mange pas. »

Il y a comme un flottement, et il peut voir le bref coup d'œil surpris que lui jette Merril assis en face de lui. Puis Sonya hausse les épaules : « Trop de sucre raffiné, c'est mauvais pour les dents, de toute façon. Il est censé y avoir des suppléments diététiques, là-dedans, mais franchement, nous, avec tous les légumes qu'on mange, on est parés. Tiens, toi qui connais bien les plantes indigènes, tu pourrais nous le dire : c'est fait avec du sirop de racalou, est-ce qu'il y a vraiment beaucoup de vitamines là-dedans ? »

Il dit que oui, imprudemment, et du coup la conversation se concentre sur ses connaissances en botanique. Pour les expliquer, il est obligé de s'inventer en catastrophe une grand-mère excentrique et passionnée de plantes (qu'il modèle sur la vieille femme de la forêt, il s'en rend compte après coup et lui donne alors délibérément le même prénom, Caroline) : elle a étudié " les plantes indigènes " en amateure. Il surveille à la dérobée les expressions de ses auditeurs, mais l'histoire semble être assez plausible pour eux ; après tout, ce n'est pas parce que lui était un clochard que sa famille a toujours dû être dans la misère, même à Orlemur. Il y a bien des conseillers Pélisson, à Orlemur. Mathieu s'enhardit même au point de lancer un autre ballon : « C'est dommage qu'on ne les utilise pas davantage, ces plantes. Les Anciens le faisaient bien » – et en disant cela, il a comme un éblouissement : les Anciens *indigènes*. Qui ne sont pas et n'ont jamais été comme les Virginiens. Les Virginiens viennent d'ailleurs.

Il plonge la tête dans son bol de lait pour dissimuler son saisissement, attend la réaction des autres, le cœur battant.

« Eh bien, finit par dire Sonya Merril d'un ton un peu distrait, ça s'est perdu pas mal dans les villes, je suppose. Trop besoin de place pour ces cultures-là, et puis, nous préférons les nourritures que nous connaissons. C'est sans doute plus répandu dans les campagnes. D'ailleurs, malgré ce que tu dis, beaucoup de ces plantes doivent être déficientes en certains des acides aminés et éléments rares qui nous sont indispensables. Même nos plantes à nous en manquent parfois, ici ! »

Et il ne vient à Mathieu, sur le coup, aucune façon astucieuse de faire dériver la conversation sur " ailleurs " d'une façon qui ne soulèverait pas de curiosités intempestives chez ses hôtes. Il se contente de hocher la tête et de continuer à déjeuner sans plus rien dire.

Pendant les jours qui suivent, il observe la même politique prudente. Il y a trop de pièges dans la vie banalement quotidienne pour essayer de résoudre à toute force les grandes énigmes. Il a acquis pendant son bref séjour à Orlemur des réflexes utiles ; le premier est de ne pas répondre immédiatement quand on lui adresse la parole, pour se donner le temps d'évaluer question et réponse ; le second de ne pas répondre du tout, chaque fois que c'est possible, quand on lui pose des questions personnelles – un problème qu'il n'a jamais vraiment eu à Orlemur, mais qui se présente ici ; heureusement, ici comme là, on semble admettre qu'il soit laconique ou taciturne. Le troisième réflexe, c'est écouter, observer, être attentif à tout ce qui peut lui nuire ou lui servir, saisir et emmagasiner toutes les informations qui passent, même s'il ne peut rien en faire sur le moment.

Et d'ailleurs, l'innocence et la bonne volonté de Lissa Merril lui permettent de trouver très vite une réponse aux questions qu'il n'a pas posées lors de ce petit-déjeuner. Lissa fait des études, elle a des livres, il s'arrange pour qu'elle lui propose de lui en prêter. C'est étonnamment facile – elle ne se rend même pas compte qu'il la manipule. Un des avantages d'être un tête-de-pierre, se dit Mathieu avec une ironie amère ; à en juger par ce qui se passe autour de la table des repas chez les Merril, Lissa a le plus grand mal à manipuler ses parents, ou qui que ce soit d'ailleurs : ils la *voient venir* presque à tout coup. La réciproque est un peu moins vraie – ce qui confirmerait l'hypothèse de la familiarité alliée à la plus grande expérience des adultes.

Parmi ces livres, il y a un manuel d'histoire. Pas très épais, mais c'est celui qu'il lit en premier, parce qu'il n'en a jamais eu à la petite École, ni après avoir été transféré à Morgorod. Des livres d'histoires, oui, et même un en setlaod : des fictions. Mais l'histoire vraie de la société virginienne, de la planète Virginia dont les Virginiens ne sont pas les indigènes, non, on ne la lui a jamais apprise, et non, ce n'est pas le moment de se demander encore pourquoi. Des faits, rien que des faits.

Virginia est une colonie. Une colonie de la Terre (un éclair foudroie Mathieu : *térien, terrien!* Mais il s'empêche férocement de spéculer davantage et poursuit sa lecture). Les Terriens, les humains, sont arrivés il y a quatre-vingt-dix-neuf Années – le livre a été publié en 99. Mathieu sait qu'on est en 102, maintenant. Les Années de Virginia ne sont pas les années de la Terre, précise une note : elles équivalent à environ quatre ans et huit mois terrestres, tout comme la journée de Virginia est plus longue de onze heures. Le soleil de Virginia est une étoile nommée Altaïr, à quatorze " années-lumière " du système solaire de la Terre – le contexte indique que c'est très loin.

Un chapitre décrit la colonisation de Virginia et ce qui s'y est passé jusqu'à l'Indépendance, en 62 – un seul chapitre pour près de deux cent quarante-cinq saisons. Sur ce chapitre, quelques paragraphes sont consacrés à la colonisation elle-même : la découverte d'une planète habitable, ses indigènes totalement disparus environ trois cents années terrestres avant l'arrivée de l'*Ulysse*, le vaisseau de la première expédition ; et le sort funeste de cette première expédition, décimée par " le retour de la Mer ".

Mathieu s'appuie sur ses avant-bras et poursuit sa lecture avec une satisfaction vaguement mêlée d'appréhension : il a bien choisi, les énigmes vont être résolues.

Mais la Mer est un phénomène apparemment tellement connu que les auteurs du manuel ne jugent pas nécessaire de s'étendre sur le sujet, et il doit encore une fois déduire par recoupements une partie des informations : la Mer est bien un phénomène cyclique, " connu des Anciens ", et lié aux éclipses bisannuelles – le feu vert à la colonisation officielle a été donné par les membres de la seconde expédition après un retour, en l'An 5. Elle revient au début janvier, repart au début juin et recouvre jusqu'à environ mille mètres d'altitude la surface des océans – " d'où son nom " –, les deux autres continents habitables et une partie des côtes du continent principal " là où il n'existe pas de digues " (la carte ne montre que le continent principal, avec des bandes blanches le long de la plupart des côtes). Le manuel dit " apparaît... disparaît " sans offrir d'explications – tout le monde doit savoir de quoi il s'agit, encore ! Les pages suivantes chantent longuement les louanges du réseau gazélec fournissant aux Virginiens gaz et électricité selon la saison (et l'endroit : il n'y a que le gaz à Orlemur, par exemple ; mais cela le livre ne le dit pas) ; on fait grand cas aussi des technologies de rechange inventées, ou réinventées, par les colons : air comprimé, vapeur, énergie hydraulique ou éolienne...

Mathieu ébauche un sourire, il avait déjà déduit cela par lui-même auparavant... Et soudain un autre éclair, il repose le livre, la tête sonnante. Galaas. Galaas transformé en statue. Il n'avait pas fait le rapport, pourquoi n'avait-il pas fait le rapport ? Mais il sait bien pourquoi : la seule créature qui a mérité sa confiance, le seul être qui a vraiment voulu l'aider, Galaas était une machine.

Il reste là, pétrifié. Puis les questions se pressent, poussée par un ouragan de panique. Si Galaas était une machine, qui l'a construit ? Les maîtres ? En sont-ils capables ? Il n'a rien vu de tel à Orlemur, aucune mention de ce genre de machines... mais ça ne veut rien dire. Et alors, Galaas lui a menti tout du long, le Gris dans la salle aux machines jouait la comédie aussi, les maîtres savent que Mathieu est vivant, il ne leur a jamais échappé, ils savent exactement où...

Il se mord la lèvre jusqu'au sang pour se calmer. Non. Il a laissé le bracelet dans le souterrain. Ils savent qu'il est vivant, alors, mais pas où il se trouve. Puis le cœur lui manque : ses papiers, ses empreintes... ses photos ! Pélisson a-t-il gardé des doubles ? Il ne se rappelle pas vraiment, mais la languette de papier était assez longue pour quatre photos...

Il ferme les yeux en respirant profondément, du calme, *du calme !* Il ne sait même pas comment se gouverne Orlemur, quels sont les rapports de son administration avec celle de Morgorod. Peut-être ne transmet-on que les données écrites...

Mais dans le roman policier, l'ordinateur de la police contenait quantité de données, photos, empreintes, réseau rétinien, ADN !

La police de la haute ville. Faisant enquête sur des citoyens de la haute ville (et les hommes de main, qui venaient tous de la basse ville mais non d'Orlemur).

Dans la basse ville, il n'y a pas d'ordinateurs comme celui du livre. Il y en a un dans le bureau de Sonya Merril, pour la comptabilité, mais ça n'a vraiment pas de rapport. C'est beaucoup plus gros, et ça fonctionne à l'air comprimé, pas à l'électricité. Et puis, on ne se donne peut-être pas autant de mal pour les habitants d'Orlemur.

Les policiers qui l'ont arrêté le matin après la descente n'ont pas réagi. Et ça fait presque sept jours. S'il est encore attaché sans le savoir à une laisse, elle est extraordinairement longue.

Si Galaas n'a pas été créé par les maîtres, tout redevient comme avant. Presque. Car par qui, si ce ne sont pas les maîtres ? Les Anciens ? Il ne sait pas grand-chose de leur technologie. Il a vu des bateaux à roues, dans certaines fresques mutilées d'Orlemur, mus de toute évidence par de la vapeur. Il n'a jamais trouvé le mot "électricité" dans le dictionnaire de setlaod qu'on lui avait consenti à l'École de Morgorod, mais ça ne veut rien dire non plus : on a toujours contrôlé tout ce qu'il apprenait, à l'École. En fait, ce qu'il sait des Anciens, c'est ce qu'il a plus ou moins reconstitué à partir des termes du dictionnaire, et l'histoire de Matal Ughataï – et l'un comme l'autre peuvent avoir été fabriqués de toutes pièces à son usage exclusif ! Surtout si Galaas et les autres sûrement machines du souterrain ont été construits par les maîtres...

Il se lève, arpente la chambre, furieux, mais il préfère la rage à la terreur. Que peut-il faire, hein ? Se rendre malade à essayer de discerner une vérité qu'on lui a si soigneusement rendue inaccessible ? Trembler à chaque seconde ? " C'est par la crainte qu'ils t'emprisonnent " : Galaas aurait-il parlé ainsi s'il était une créature des maîtres ?

Il s'arrête devant la table, contemple le livre resté ouvert à la deuxième page. Il peut apprendre. Voilà ce qu'il peut faire. Apprendre le plus possible avant d'être recapturé, s'il doit être recapturé. Il se rassied, les dents serrées, et recommence à lire.

Malgré toute la distance qui la sépare de la Terre, Virginia s'est donné beaucoup de mal pour se libérer de celle-ci. La période de l'Indépendance, conquise de haute lutte, mais qui dure seulement quatre Années, a droit à l'intégralité du chapitre 2, aboutissant à l'assassinat de la première Présidente de Virginia, Sandra Doven, lequel déclenche " une guerre civile fratricide ". Le président intérimaire, Stephen Krasznik, doit faire appel aux forces de la " Confédération Solaire " (il y a plusieurs planètes habitées dans le système solaire terrien, apparemment). La Terre en profite pour remettre la main sur sa colonie. En 66, on oblige Virginia à accueillir cinq cent mille colons envoyés en " animation suspendue " dans les soutes de l'*Ulysse*, le seul vaisseau " équipé de propulsion Greshe " (en note : l'autre vaisseau-greshe, le *Mercure*, capturé lors de la lutte pour l'Indépendance, a été détruit à la suite des querelles de pouvoir ultérieures entre indépendantistes). Et les auteurs du livre de commenter : " Les rats bien nantis quittaient le navire " ; malgré le contrôle sévère par l'occupant terrien des informations en provenance de la Confédération, on sait déjà alors que la situation sur Terre est très préoccupante, que de graves catastrophes écologiques s'y préparent.

La population virginienne accueille très mal cette immigration forcée : manifestations, répression de plus en plus brutale. En 67, la Terre envoie un nouveau contingent de cinq cent mille colons. Et en Janvier 68, on perd tout contact avec la Confédération, sans que rien soit jamais venu expliquer ce qui s'est passé. L'hypothèse des auteurs du manuel, c'est que, pour une raison ou une autre, après des incidents indéterminés mais plus ou moins limités, la situation générale sur Terre, aussi bien écologique que politique, a très rapidement atteint un " seuil de catastrophe " à partir duquel elle s'est dégradée de façon exponentielle. Le transmetteur WOGAL – aucune explication sur ce qui doit être un acronyme –, lequel permettait les communications instantanées dans toute la Confédération, et avec Virginia, a dû être saboté ou détruit, tout comme l'*Ulysse*. Par la suite, la Terre exsangue et ravagée n'a apparemment jamais été en mesure de retrouver le niveau technologique qui avait permis à l'humanité d'essaimer dans son système solaire puis dans les étoiles. Certains scientifiques (remarque une autre note) proposent très sérieusement l'hypothèse d'une Terre et des autres planètes de la Confédération solaire, qui en dépendaient encore étroitement, ayant régressé jusqu'à des âges barbares.

Mais on n'a reconstitué tout cela que par la suite. Sur le coup, la nouvelle du silence de la Terre se répand comme une traînée de poudre sur Virginia, et les vaillants combattants de la liberté se dressent de nouveau, victorieusement, contre l'oppresseur.

Si Mathieu lit bien entre les lignes ensuite, la libération s'est accompagnée de massacres de civils terriens. On parle pudiquement " d'affrontements urbains ", mais à voir la façon dont un livre scolaire destiné aux adolescents de quatorze saisons décrit les excès des Terriens pendant les six saisons de l'occupation, celle-ci a dû être horrible, et le retour de flamme inévitable...

Le chapitre 5 décrit l'œuvre de reconstruction entreprise par le parti du Renouveau démocratique virginien sous la direction du Président Krasznik, de 68 à 75. Et en 75, à la fin du chapitre, éclate la Peste.

Elle dure une saison, et tout le chapitre 6, et c'est l'ultime don de la Terre à sa colonie. Parmi le million d'immigrants imposé à Virginia, plusieurs étaient porteurs d'un virus relativement bénin sur Terre, mais qui se transforme sur Virginia en une variété aérienne à l'action foudroyante, avec un taux de mortalité de près de 70 %. Seules des mesures héroïques (on ne précise pas lesquelles) évitent à toute la population du continent d'être infectée. En une saison, quatre-vingts millions de victimes. Et à ce jour – concluent sombrement les auteurs – on n'a pas encore réussi à déterminer si le virus était naturel ou artificiel. Ils ne pointent pas de doigt, mais c'est inutile à ce stade du manuel.

Les conséquences de la Peste, comme on a fini par l'appeler (bien que le manuel évoque plutôt à son sujet l'influenza, une maladie qui ressemble au rhume pour autant que Mathieu puisse en juger), sont nombreuses et multiformes. Toute l'organisation sociale, économique et politique de la planète en a été modifiée : on a restreint les mouvements de population, systématiquement dévolu les pouvoirs aux provinces... et même la diffusion de la râcle est un héritage de cette époque, l'absence de certaines substances dans l'alimentation des Virginiens ayant été liée à la lenteur de la réponse immunitaire au virus.

Mais Mathieu cesse bientôt de lire, il n'arrive plus à se concentrer, il est trop horrifié. Pas étonnant qu'on ait fini par refouler les Terriens dans des quartiers réservés. Et qu'on les oblige à porter le triangle rouge. Pestiférés. Au moins potentiellement, puisque le manuel souligne bien que le virus n'a été ni éradiqué ni vaincu, qu'il a simplement muté pour revenir à sa forme bénigne mais que le danger est toujours présent, même s'il est statistiquement infinitésimal. Ce n'est pas parce qu'il est un tête-de-pierre qu'on ne veut pas le laisser approcher, qu'on répugne à le toucher, c'est parce qu'il est un Terrien, ou du moins un descendant des Terriens !

Au bout d'un moment, pourtant, son cerveau se remet à fonctionner, comme malgré lui. Il n'avait pas de triangle rouge quand il est tombé sur Mama Caroline dans la forêt, ou lorsqu'il a rencontré Kowalski pour la première fois. Ce n'est pas ce qu'ils ont vu en lui alors. Il veut bien penser que les Merril sont des gens moins superstitieux et plus informés que la majorité des habitants du ghetto au sujet des risques réels de contagion présentés par les descendants de Terriens, mais un détail important manque à propos de ceux-ci dans le tableau officiel présenté par le manuel de Lissa : l'expression « tête-de-pierre » n'y apparaît nulle part.

Une réalité évidente à tous ceux d'Orlemur, et à ceux qui vivent à l'extérieur d'Orlemur, une réalité bien tangible qui a suscité la réaction naturelle et spontanée de Lissa : « Toi, alors, on peut dire que tu es un vrai tête-de-pierre ! » – et le manuel n'en parle pas, même dans une brève note en bas de page.

On n'y parle pas non plus des curieuses capacités des citoyens "normaux" de Morgorod, ni surtout de facultés plus particulières encore d'une partie de la population qui vivrait dans les Écoles – on n'y parle pas du tout des Écoles.

Il revient sur sa première réaction, accablé quand même, mais pour une autre raison. Ce livre est un manuel scolaire, officiel : de la propagande. Tout doit y être a priori suspect, encore. Le problème devient de déterminer quelle part de vérité s'y trouve réellement, s'il s'en trouve une. Retour à la case précédente.

Il ne va sûrement pas se rendre dans la haute ville – à la bibliothèque du Parlement-Mairie-Institut-sûrement-École. Demander à quelqu'un – Lissa ? – de lui sortir des livres... Risqué. Il retourne examiner en détail la bibliothèque des Merril : fiction romanesque, oui, un peu de poésie, et des manuels techniques. En le voyant feuilleter les livres les uns après les autres et ne s'arrêter sur aucun, Merril remarque en riant : « Si tu veux d'autres livres que les nôtres, tu pourras en acheter. Il y a une librairie bien achalandée sur la Place. »

Cette librairie bien achalandée contient des centaines de romans, recueils de poésie, pièces de théâtre, livres de cuisine, manuels scientifiques, techniques et autres – toujours très étroitement spécialisés ; elle offre aussi des livres scolaires en abondance. Avec son premier salaire, Mathieu achète plusieurs manuels d'histoire et de géographie destinés à des classes d'études supérieures. Les cartes des manuels de géographie sont toujours très spécialisées aussi, souvent localisées ; guère de vue d'ensemble, et assez peu détaillées : fleuves et rivières, montagnes, canaux, grands axes routiers et ferroviaires, villes principales, le minimum. Dans les livres d'histoire, si les diverses périodes sont parfois fouillées, l'histoire de base reste la même, et il ne sait toujours pas comment en déterminer le degré de véracité. Sur les Anciens, sur la Mer, rien. Quant à des livres sur l'histoire de la Terre elle-même – le berceau de l'humanité, où elle est née et a évolué pendant des dizaines de milliers d'années – ils sont d'une rareté et d'une pauvreté stupéfiantes. Même les fictions originaires de la Terre doivent faire l'objet de commandes spéciales – et l'employée de la librairie le regarde avec une telle expression de dégoût méprisant quand il pose la question qu'il renonce à insister.

Il veut bien croire que les Virginiens ne désirent plus entendre parler de la Terre et même qu'une sorte de tabou l'efface de la vie quotidienne comme de la mémoire collective, mais à ce point ? Et personne ne s'en étonne ? Mais il s'étonne plutôt lui-même, avec amertume, de sa bêtise : il y a de la râcle en abondance dans Morgorod comme à Orlemur, aussi bien dans les édifices publics que dans les magasins ou chez les particuliers. Il range les livres inutiles dans sa petite étagère, atterré. La vaste ignorance, délibérée ou imposée, qu'il devine autour de lui à mesure qu'il la confronte à la sienne est une autre prison, une prison à l'échelle d'un monde et d'où cette fois il ne pourra pas sortir. Par quelle aberrante naïveté a-t-il bien pu croire avoir échappé aux maîtres ? Imbécile ! Il n'est jamais vraiment sorti du labyrinthe !

23

On est à la moitié de la deuxième semaine de Janvier à Morgorod. Le vent qui a soufflé sans discontinuer du sud au nord depuis que Mathieu a quitté l'île Voïstra est en train de tourner au nord-est, le ciel s'ennuage – Mathieu a moins souvent l'occasion de contempler le halo du soleil, sa croix et ses arcs-en-ciel depuis la terrasse. Et le temps s'est rafraîchi. Le vendredi matin, il se met à pleuvoir ; Sonya Merril soupire : « Eh oui, l'Automne de la Mer touche à sa fin... » Autour de la table du petit-déjeuner, on acquiesce d'un air de regret, surtout Lissa. Mathieu ne comprend pas, enregistre à des fins de références ultérieures, finit de déjeuner avec tout le monde et se rend avec Amed à l'atelier d'ébénisterie. Le terme ne vient pas du faux-ébénier avec lequel il est familier, mais d'un arbre de la Terre qui s'est mal acclimaté sur Virginia et dont le bois est noir aussi ; il se le rappelle délibérément, pour secouer la maussaderie où l'a plongé l'allusion incompréhensible de Sonya Merril, si parfaitement comprise par tous les autres.

La matinée se déroule tranquillement ; Amed lui a été assigné comme instructeur pour les machines servant à planer et couper le bois destiné à la marqueterie. L'heure de la collation arrive par surprise, et Mathieu s'en va sur la mini-terrasse : il préfère ne pas se mêler trop souvent à la foule bavarde des périodes de pause, dans la cour intérieure. Il est un peu irrité : six jours depuis que Merril l'a accueilli, et il est déjà tombé dans une routine dont il s'accommode trop bien. Oh, on l'a bien dressé à l'École et dans le souterrain ! Cinq repas par jour, un endroit où dormir, des tâches qui lui occupent les mains et l'esprit, et il se détendrait presque. Il lui arrive de dormir sans rêver du labyrinthe ou du corps pétrifié de Galaas – ou de la rue grise. Heureusement qu'il y a ces piqûres constantes pour le réveiller, ces innombrables évidences des Morgorodiens, qu'il ne partage pas.

Au début, il a bien pensé faire usage de son amnésie comme d'un levier, mais quand il l'a évoquée – dans l'intention de creuser ensuite le sujet des Anciens –, Sonya et Leverrier, qui se trouvaient encore à la table du petit-déjeuner, se sont mis à lui poser des questions bienveillantes : « Qu'est-ce que tu te rappelles ? » et « Es-tu allé consulter un médecin ? » Il s'est tiré à peu près bien de la première, sans avoir à forcer sur la sincérité : « Ça va et ça vient, mais il y a des gros trous. » Devant sa réponse négative à la seconde, Sonya Merril s'est offerte à l'accompagner chez leur médecin de famille. Il a dit « Non ! » sans réfléchir, se surprenant lui-même par la violence de sa réaction. Il a vu passer sur le visage de la jeune femme une expression hésitante : tristesse, compassion ? Leverrier, lui, est sorti sans rien dire après avoir haussé les épaules.

Ils ont compris quelque chose, mais quoi exactement ? À Orlemur, au début, chaque fois qu'il a fait allusion à son " accident " et à la soi-disant amnésie subséquente, on a semblé le plaindre, assez en tout cas pour l'aider un peu. Et à en croire Kowalski, il y en a eu d'autres à Orlemur, des têtes-de-pierre qui ont perdu une partie de leur mémoire à la suite d'un accident. Après plusieurs accrochages dont il a été acteur ou témoin dans le port, et surtout après la descente, il avait pensé qu'il s'agissait de quelque chose de ce genre : des têtes-de-pierre se font tabasser pour une raison ou une autre par des gens de Morgorod, et ceux d'Orlemur se sentent obligés de resserrer les rangs, du moins au début. Même lui, avec sa gueule de vrai Terrien et sa super-tête-de-pierre ! Mais il se demande si c'est la seule interprétation possible, maintenant. Il n'est peut-être pas le premier à être sorti des souterrains. Et comment interpréter le comportement des Merril, si c'est ce qu'ils comprennent ?

Assis dans l'ombre des petits arbres de la mini-terrasse, invisible à trois mètres au-dessus de la place et des passants, Mathieu s'étire, mal à l'aise comme chaque fois que ses pensées dérivent trop précisément dans cette direction. L'École, les maîtres, le souterrain, Galaas... À mesure que les jours passent, ces souvenirs lui semblent de plus en plus irréels. Et tout est si flou, quand il essaie de se rappeler le temps qui a immédiatement précédé le souterrain... Trop de discontinuités logiques séparent les différents épisodes de son passé – et comment les mettre en rapport avec la banalité de son existence chez les Merril ?

Des éclats de voix viennent à point nommé le distraire. Il se penche en écartant les feuilles : une bagarre vient d'éclater sur la place. Un homme est à terre, un autre le bourre de coups de pied – Mathieu, avec un soudain serrement de cœur, reconnaît la tête rasée de Face-de-Lune. Un garçonnet de quatre ou cinq saisons s'accroche en vain à lui pour l'empêcher de frapper l'homme à terre, sans rien dire ; un revers de bras, l'enfant va bouler à plusieurs mètres, se relève, revient à la charge en courant. « Sale petite vermine ! » gronde Face-de-Lune en le secouant de nouveau. Quelques passants se sont arrêtés ; ils regardent sans rien faire. Les autres ne veulent rien voir et pressent le pas. Mathieu, une jambe par-dessus le parapet de la terrasse, s'apprête à sauter sur la place.

La porte de la boutique s'ouvre en carillonnant sur Merril, Leverrier et son fils Michel. Ils maîtrisent Face-de-Lune, l'écartent du corps prostré de l'autre. La voix de Merril tonne, les badauds se dispersent, la tête basse. Mathieu finit d'enjamber le parapet et saute. L'homme tombé à terre, et l'enfant qui essayait de le relever en pleurant, auront un triangle rouge sur la poitrine.

Tandis que Merril parle d'une voix basse et cinglante à Face-de-Lune, Leverrier soutient l'autre pour l'emmener dans la boutique. « Ne reste pas planté là, dit-il à Mathieu, va chercher le kit de premiers soins, et de l'eau. »

L'homme saigne abondamment du front, le regard vague ; avec des sanglots étouffés, l'enfant essaye avec maladresse de l'épousseter. Mathieu les précède dans la boutique, une sensation bizarre au creux de l'estomac.

Pélisson avait plus fière allure quand il l'a vu pour la première fois. Mais c'était dans le ghetto, où les lépreux sont rois, où les têtes-de-pierre sont entre eux. Où Pélisson est le Conseiller Pélisson.

Comme d'un accord tacite, Merril et Leverrier laissent Mathieu s'occuper du blessé. Sans lever les yeux, Pélisson prend le verre qu'il lui tend, en murmurant « merci », d'une voix éteinte. Il tremble, une partie du liquide se renverse sur sa poitrine, une tache plus sombre en travers du triangle rouge cousu sur sa veste ; il tente de l'essuyer, ne fait que l'étaler davantage, reste les doigts crispés sur le tissu rêche, les yeux fermés, les traits convulsés. Sans excessive douceur, Mathieu en profite pour laver le sang qui a coulé de la coupure. Ce n'est pas trop profond, on pourra poser des agrafes ; il se sent glacé, envahi par une vague de nausée, et ce n'est pas la vue du sang. Il appuie un tampon de gaze sur la blessure. « Tenez ça », dit-il entre ses dents serrées, en prenant l'agrafeuse. Pélisson lève la main gauche pour obéir, fait une grimace en interrompant son mouvement, change de main.

« Quelque chose de cassé ? » demande Merril derrière Mathieu.

« Je crois... une côte... »

Une note humble et plaintive résonne dans la voix de Pélisson, et soudain Mathieu le déteste avec une violence qui le pétrifie sur place.

« Laisse, Nat », dit Merril, en s'approchant du blessé. D'un geste raide, Mathieu prend la cuvette d'eau rougie. L'enfant pleure toujours en essayant de ne pas faire de bruit, et Pélisson, le Conseiller Pélisson est là avec ses yeux éteints, son visage délavé de résignation, un moins que rien, une non-entité, un tête-de-pierre, un t'es rien ! La cuvette échappe aux mains tremblantes de Mathieu pour tomber avec fracas aux pieds de Pélisson.

L'homme esquisse un mouvement pour la rattraper, s'immobilise avec un petit grognement, à demi plié en deux. Mathieu se penche pour ramasser la cuvette et leurs visages se trouvent un instant à la même hauteur. Quelque chose passe dans les yeux de Pélisson, un souvenir. Le regard du Conseiller reste fixé sur le triangle rouge de la salopette de Mathieu quand Mathieu finit de se relever.

« Va chercher le docteur, Étienne », soupire Merril en commençant à défaire les boutons de la veste à moitié déchirée, tandis que Mathieu éponge les dégâts. Pélisson proteste faiblement ; il veut retourner dans le ghetto le plus vite possible. Merril l'interrompt avec douceur : « Le docteur est un ami, Conseiller. »

L'enfant s'est un peu écarté de la chaise où son père est assis et le contemple en se mordant un pouce, secoué d'un sanglot intermittent. En revenant du fond de la boutique, où il est allé vider la cuvette, Mathieu ne peut s'empêcher de lui effleurer l'épaule au passage, en marmonnant après coup : « Tout ira bien, va. »

Le petit sursaute violemment quand il le touche, s'écarte et le dévisage un instant, les narines frémissantes, les yeux agrandis, puis il se précipite vers la chaise de son père. Pélisson lui passe avec peine un bras autour de la taille : « Ce n'est rien, Pauli, n'aie pas peur...

— Mais c'est un tête-de-pierre ! » s'écrie l'enfant d'une voix claire, perçante.

Pélisson semble s'affaisser un peu sur lui-même ; son regard croise enfin celui de Mathieu. « Nous aussi, murmure-t-il d'une voix étouffée. Nous aussi. »

Mathieu tourne les talons, traverse boutique et arrière-boutique, n'entend pas les questions qu'on lui pose dans la cour intérieure où tout le monde finit la collation, grimpe quatre à quatre les marches menant à la terrasse. Tête-de-pierre, tête-de-pierre ! Il entre dans sa chambre, claque la porte avec violence, regarde autour de lui d'un œil égaré. Qu'a-t-il donc cru ? La demeure de Merril n'est qu'une autre sorte de ghetto, un lieu trop protégé d'où il suffit de sortir pour voir la réalité vous sauter à la figure. Il se retourne et donne à la volée un coup de poing dans la porte, accueillant la douleur avec une furieuse satisfaction. Pas de place pour lui, nulle part. Il aurait mieux fait de rester dans les souterrains. Il aurait mieux fait de mourir dans les souterrains !

24

« Comment va Pélisson ?

— Mieux », dit Leverrier.

Mathieu s'immobilise dans l'arrière-boutique et pose sur un comptoir, sans faire de bruit, le paquet de clés vierges qu'il apportait à la ferronnerie. C'est Arlen Michalak avec Leverrier, l'un des retraités qui vit dans une rue adjacente. Mathieu n'aime pas ce gros petit homme à la jovialité facile, la façon dont il humecte constamment ses lèvres quand il parle comme s'il se pourléchait de ce qu'il raconte. Mais c'est le bavard du quartier, il y a souvent quelque chose à apprendre quand il vient faire un tour.

« On n'a jamais retrouvé son agresseur ?

— Non. »

Après l'incident, personne n'a dénoncé Face-de-Lune – ni Merril ni Leverrier. À Mathieu qui n'a pu s'empêcher de protester, on a simplement expliqué que Face-de-Lune est un auxiliaire civil de la police. Et que Pélisson ne porterait pas plainte.

« On dirait qu'il y a une recrudescence de ces incidents, ces temps-ci. Avec l'émeute à Léonovgrad... »

Le *pogrome*, à Léonovgrad – quelque part à l'est de Morgorod. On est moins hypocrite chez les Merril : on dit *ghetto*, et on dit *pogrome*, un mot que Mathieu ne connaissait pas, mais qu'il n'a eu aucun mal à comprendre. À côté de ce qui s'est passé à Léonovgrad, la visite de Face-de-Lune et de ses comparses n'était qu'une virée d'ivrognes : seulement trois morts. Vingt-trois morts et cent cinquante blessés à Léonovgrad. Chez les têtes-de-pierre, bien entendu – officiellement " les Terriens ". En face, quelques blessés légers dont les journaux publiaient les photos avec des commentaires apitoyés.

« On dirait que ça va recommencer comme en 99... », poursuit la voix onctueuse de Michalak.

« Ce serait étonnant. Pas ici, en tout cas. Au contraire, ils vont être bien sages, maintenant qu'on leur a rappelé leur place. De toute façon, chaque fois qu'on parle de renégocier les accords fédéraux-provinciaux, le fédéral s'arrange pour ressortir les Terriens de leur boîte : attention, les vilains Terriens peuvent se réveiller et tout reprendre en main, alors réélisez votre bon gouvernement fédéral qui vous protège des vilains Terriens ! ».

Il y a de l'irritation dans la voix de Leverrier et Michalak se met à glousser : « Toujours radical, eh, Étienne ? Le fédéral vient pourtant de passer une loi protégeant les Terriens hors-ghetto. »

Oui, contre des types comme Face-de-Lune, par exemple !

« Moi, je trouve qu'on aurait mieux fait d'abroger la loi qui leur permet de sortir du ghetto, ajoute Michalak. C'est ça qui cause tous ces troubles. Mais dans un sens, je comprends le gouvernement. Après tout, on ne peut pas les tenir éternellement responsables de ce qu'ont fait leurs ancêtres, n'est-ce pas ? »

Et on a toujours besoin de main-d'œuvre quasi gratuite : à quoi servent les Terriens, s'ils restent dans leurs ghettos ?

« Mais s'ils savaient ce qui est bon pour eux, ils ne sortiraient pas des enclaves, poursuit le vieux. Ce n'est pas qu'ils sentent mauvais, comme certains le prétendent, mais enfin... On ne sait jamais ce qu'ils ont derrière la tête, eh ? Jamais francs du collier, froids comme des serpents. Ce petit que Merril a engagé... Bon, vous me connaissez, je n'ai pas de préjugés, mais je ne sais pas comment vous faites, à longueur de journée. Moi, je ne pourrais pas. Je ne savais pas qu'il y en avait encore. Des vrais têtes-de-pierre, je veux dire. »

Et qu'est-ce que Leverrier va répondre ?

« C'est vrai qu'avec tous ces métissages, pendant le Protectorat... » Leverrier a l'air pensif, et semble se parler à lui-même plutôt qu'il ne répond à Michalak.

« Remarquez, reprend l'autre d'un ton à la fois dégoûté et égrillard, je me suis toujours demandé comment c'est possible de faire ça avec des Terriens. Il y en a vraiment qui doivent avoir des goûts... bizarres, eh ? »

« Ne fais pas attention à Michalak, c'est un vieux con », souffle quelqu'un derrière Mathieu, qui sursaute en se retournant sur Amed ; l'autre a aussitôt l'air penaud : « Excuse-moi, je croyais... »

Que tu m'avais senti venir, complète intérieurement Mathieu en se composant une expression bienveillante : « Pas grave.

— Lissa est rentrée. Tu viens prendre ta leçon de brouillard ? »

Le sourire de Mathieu se fait plus sincère. Ce sera une bonne façon de se changer les idées.

Depuis son arrivée chez les Merril, avant de descendre prendre le petit-déjeuner, Mathieu s'en allait toujours regarder la ville depuis la terrasse : il aimait la voir plongée dans l'ombre tandis que le lac scintillait déjà sous le soleil encore invisible du plateau, immense, d'un bout à l'autre de l'horizon. Un matin – le surlendemain de l'incident Pélisson –, si le lac brillait encore au loin, la côte et une partie de la basse ville, au sud-ouest, étaient englouties dans un brouillard opaque et dense, un brouillard qui ne s'est pas levé de la journée. Qui ne se lèvera plus de toute la fin de l'Hiver, a-t-on appris à Mathieu. Après " l'Automne de la Mer ", les vents dominants ont repris leur course habituelle d'ouest en est : chauds et secs sur les grandes plaines du centre, ils se chargent d'humidité en traversant l'immensité du lac et, au contact des vents froids qui descendent de la Nouvelle Europe, au nord, cette humidité se condense en un épais brouillard sur toute la côte est du lac. Au nord-est s'élèvent par intermittence de grands panaches blancs, que le brouillard engloutira peu à peu, n'en laissant que la présence sonore à ceux qui vivent dans leur proximité : la marée hivernale sur le lac, combinée aux vents d'ouest, est allée alimenter les puits de geysers lents, que la fin de l'Hiver remettra à sec.

À Morgorod, le brouillard se dissipe seulement pendant une brève période, l'Hiver, lorsque le retour de la Mer transforme le système des vents dominants, une semaine avant, une semaine après – ensuite, en quelques jours, les systèmes atmosphériques se remettent en place. Voilà pourquoi le port était si animé ! Le reste du temps, l'activité est considérablement ralentie. On sort le moins possible, on ferme toutes les fenêtres, on prend soin de ne pas laisser de porte ouverte plus longtemps que nécessaire. Jusque-là, Mathieu s'était interrogé sur les ventilateurs à larges pales qui se trouvent au plafond de toutes les pièces de la maison, fonctionnant à l'air comprimé comme certaines machines des ateliers. Il en comprend à présent la nécessité : ils tournent trente-cinq heures sur trente-cinq dans toutes les maisons de la ville basse, pour dissiper un peu la chaleur humide, oppressante, du brouillard. Les déshumidificateurs à gaz font de leur mieux pour le reste.

La maison de Merril se trouve juste à la limite entre basse et haute villes. Depuis la terrasse, Mathieu domine la mer brumeuse qui s'appesantit sur le lac et le port, éclatante et d'aspect curieusement solide sous le soleil, avec des creux et des bosses qui lui confèrent presque l'aspect d'un paysage ; çà et là flottent quelques clochetons de tourelles, comme des mâts de bateaux à demi engloutis. C'est un spectacle dont Mathieu ne se lasse pas : pour une raison ou une autre, mais il s'en moque, on ne l'a jamais laissé monter sur la terrasse de l'École en Hiver.

Fasciné, il a contemplé la marée opaque qui gonflait jour après jour, avalant un nouveau pan de mur, une nouvelle fenêtre, une nouvelle tourelle. Un matin, toute la basse ville avait disparu jusqu'à l'avant-dernier plateau, celui où se trouvait la demeure des Merril. « Ça va continuer à monter ? » a-t-il demandé au petit-déjeuner ; on lui a dit que non, et il s'est senti presque déçu, sans bien comprendre pourquoi. Le haut de la basse ville et bien sûr, doublement, la haute ville sont des endroits privilégiés en Hiver. Les gens fortunés du reste de Morgorod vont se réfugier le plus souvent possible dans leurs belles résidences, sur le versant est de la montagne et le haut plateau qui s'étend en arrière. Les autres s'organisent.

Et Mathieu s'en va prendre une leçon de brouillard avec Lissa et Amed, puisque son " amnésie " l'a privé aussi de ce souvenir-là.

Il les retrouve à l'arrière de la maison et s'attache les bracelets de chevilles, avec leur petite clochette. La première fois, il a esquissé un geste de recul quand Lissa les lui a tendus, mais maintenant il sait à quoi ils servent. Au repérage, comme ceux qu'il portait dans le souterrain.

Mais ici, tout le monde en porte l'Hiver, ce n'est pas pareil. Des commentaires dans les journaux, ici et là, lui ont appris par recoupements qu'il s'agit en fait du système utilisé par les Anciens pour se déplacer dans le brouillard saisonnier de leur ville, et qu'on n'a rien trouvé de mieux pour le remplacer. On ne porte pas n'importe quelles clochettes ; elles ont des sons et des timbres différents selon le quartier et l'édifice où l'on habite. Ainsi, Merril et sa maisonnée portent des clochettes identiques, un *la* bémol majeur plein et sourd que Mathieu apprend vite à différencier de celles de la maison voisine, en *sol* mineur plus argentin.

On marche sur toute la largeur des rues maintenant que les voitures de livraison ont des horaires fixes pendant lesquels les piétons ne sont pas autorisés à circuler. On sort le moins possible, de toute façon : seules quelques grandes artères et grandes places de la basse ville sont pourvues de lampes au sodium, mais ailleurs, il n'y a pas d'éclairage public. Heureusement, Lissa est une excellente instructrice : les enfants de Morgorod apprennent l'usage des clochettes dès qu'ils savent marcher ; avec la topographie de la ville et la gamme distinctive des cloches de quartier, cela fait même partie de l'éducation primaire obligatoire.

La première fois, Mathieu a cru que l'incessante musique le rendrait fou. Les sons les plus proches comme les plus lointains vous parviennent de tous côtés sans qu'on puisse y percevoir d'abord autre chose qu'une infernale cacophonie. À intervalles réguliers, toutes ensemble, les cloches de quartier sonnent à chaque croisement de rue ; chacune a sa propre tonalité et elles constituent une ligne mélodique bien distincte qui confère à chaque section de la basse ville sa personnalité particulière. Au travers court le tintement discret des clochettes individuelles, une autre mélodie, changeante.

Lissa pousse la porte, ils descendent la rue Greshe et Mathieu pénètre dans le brouillard derrière l'adolescente, suivi d'Amed. Les deux jeunes gens sont encore bien visibles à côté de lui, mais il faut désapprendre à regarder, lui répète Lissa depuis deux semaines. Mathieu n'a pas grand-chose à oublier, visuellement : il n'a pas grandi dans les rues de ce quartier. « Prêt, Nat ? » Il ferme les yeux et tout de suite il entend mieux, comme si l'abandon de son effort-réflexe pour voir à travers le brouillard lui avait restitué une lucidité plus grande, dans un autre registre. La mélodie de la rue s'élève autour de lui, et, à mesure qu'il se concentre, la trame musicale s'arrondit, s'élargit de la musique des rues voisines. Ils se mettent en marche, Lissa ou Amed rappelant de temps à autre le nom de l'endroit où ils passent.

On s'éloigne en général peu de chez soi pendant le brouillard, il suffit de connaître très bien la musique de son quartier et des deux ou trois quartiers les plus proches. Mathieu se sent curieusement plus à l'aise dans ce monde fait pour l'oreille que sous le ciel trop ouvert des semaines précédentes. Il trouve un étrange plaisir à se promener dans la ville aveugle, au grand amusement perplexe de ses deux guides; pour les habitants de Morgorod, le brouillard, s'il est familier, constitue surtout un inconvénient et s'y déplacer, un acte devenu réflexe, ni plus plaisant ni plus ennuyeux qu'un autre. On sort quand il le faut vraiment, mais le faire pour le plaisir !

Mathieu, lui, se promènerait pendant des heures et il le fait de plus en plus souvent au cours des semaines suivantes, à mesure que ses instructeurs deviennent moins nécessaires – il a appris avec une vitesse et une aisance qui l'ont agréablement surpris. Il dispose de davantage de temps libre maintenant que la coopérative travaille au ralenti ; au début de Février, il se promène seul. Il aurait bien pris pour prétexte de promener des chiens, mais il n'y en a aucun chez les Merril : plusieurs personnes y sont allergiques.

Il ne s'est jamais senti si libre que dans le brouillard; les clochettes ne portent pas de triangle rouge et, si des gens sont encore capables de se rendre compte de ce qu'il est sans l'avoir vu, avec leur sixième sens – il entend quelques grommellements surpris ou hargneux, parfois, quand on lui rentre dedans – il ne les voit en général pas, ils ne le voient pas, et personne, dans le brouillard, ne se donne la peine de s'arrêter pour harceler un Terrien qui traîne dans la basse ville.

Il marche sans hâte, écoutant les structures sonores transformer subtilement l'espace à mesure qu'il passe d'un quartier à un autre. Il se trouve bientôt des itinéraires préférés, des emplacements favoris. Celui dont les harmonies le jettent dans un véritable ravissement se trouve entre le quartier Krisnaïa et le quartier Aversham, au nord du port. Il s'arrête sur le pont dans le souffle plus humide qui est le Grand Canal Tianmin ; sous lui, invisibles, péniches et ferries seuls autorisés glissent dans le battement sourd de leur moteur, en émettant un sifflet de vapeur régulier, le rythme de base. Il se plante là, exactement au milieu du pont, yeux inutiles grands ouverts sur l'espace aboli, bougeant à peine, attentif, jusqu'à trouver le point d'équilibre parfait, et il reste alors de longues minutes en extase avec dans chaque oreille, dessinée en perspectives sonores par le décalage des cloches dans l'espace comme dans la durée, l'exacte partition des rues, des carrefours, des places, la musique de la ville, la musique du brouillard.

25

Les autorités n'aiment pas le brouillard. Les Gris sont plus nombreux, patrouillant par groupes de quatre dans les rues de la basse ville. Et ils ne portent pas toujours des clochettes : souvent on ne les voit que lorsqu'on leur rentre dedans ou lorsqu'ils décident de vous arrêter pour un contrôle d'identité, a prévenu Lissa. Mathieu enregistre cette information avec un certain étonnement : on ne "voit pas venir" les Gris ? « Pas tous, dit Lissa en haussant les épaules. Et puis, dans le brouillard, il y a beaucoup de gens qui perdent complètement leur sixième sens. » – ils se sourient : elle a adopté la terminologie de Mathieu. Il n'insiste pas ; en tout cas, il comprend mieux pourquoi on ne lui fait pas d'ennuis dans le brouillard, quand on le heurte au passage : on n'est peut-être pas trop sûr qu'il ne s'agit pas d'un Gris en civil !

Mathieu a été arrêté deux fois, chaque fois avec le même sentiment de panique, mais s'il est cette rareté dans la basse ville – un Terrien travaillant et vivant hors du ghetto – le nom de Merril suffit apparemment pour qu'on ne prête pas à ses idicartes un intérêt trop poussé. À mesure que les semaines passent, il doit se forcer à rester sur ses gardes.

Il trouve quand même surprenante cette présence redoublée de la police : la basse ville et le port fonctionnent au ralenti, presque toute l'activité se concentre dans la ville haute épargnée, et qui dispose d'électricité, de surcroît. Et puis, un jour, lors de la cinquième semaine de Février, il entend un son qu'il reconnaît, qu'il n'oubliera jamais, une explosion sourde, comme une toux étouffée, un son qui le fige sur place tandis qu'un cri de douleur couvre un instant la musique du quartier.

Il se hasarde à en parler à Leverrier, prêt à mettre ce qu'il a entendu sur le compte d'une perception erronée si la réaction s'avère trop négative. Mais l'autre se contente de dire : « Des voleurs, sans doute, ils s'en donnent à cœur joie l'Hiver. » Puis, comme par acquit de conscience : « C'était où ?

— Entre la rue Dotchke et la rue Wladimir. »

L'autre hoche la tête et paraît perdre tout intérêt pour le sujet.

Le lendemain de cette brève conversation avec Leverrier, Mathieu a fini sa collation de la matinée avant tout le monde, selon son habitude, et se trouve dans une des réserves où il doit inventorier des feuilles de cuir, quand il entend un chuchotement de l'autre côté de la mince paroi séparant la réserve du petit atelier de serrurerie. Qui devrait être désert, puisque tout le monde se trouve encore dans la cour intérieure, pour la pause.

« Je te dis qu'ils se doutent de quelque chose », murmure une voix que Mathieu reconnaît avec surprise : Leverrier. « Ça fait deux fois qu'ils me vérifient sur le port. »

Si Mathieu avait eu le réflexe de s'en aller pour ne pas surprendre une conversation qui ne lui était pas destinée, il le neutraliserait à ce moment ; mais il n'a jamais eu ce réflexe : toute conversation qui ne lui est pas destinée peut recéler des données essentielles à sa survie. Pour une fois qu'être un tête-de-pierre lui sert à quelque chose ! Il se fait donc plus silencieux encore, en se demandant qui se trouve avec Leverrier.

« Tu sais bien qu'ils vérifient tout le monde, dans le port ! »

Delray, l'un des ouvriers de la cordonnerie, un petit vieux à l'air mollasson qui attend la retraite à son banc de couture. Delray et Leverrier, en train de chuchoter dans un coin sur les Gris ?

« Mais nous ne devons courir aucun risque, pas maintenant !

— Écoute, Étienne, s'ils t'arrêtent encore une fois, on te mettra en sommeil, voilà tout.

— Mais si la troisième c'est la bonne ?

— Tu te fais des idées. De toute façon, l'opération est pour dans quatre jours. Après la caserne, on te mettra en sommeil, c'est dit. »

Là-dessus, ils quittent l'atelier, laissant Mathieu excité et perplexe. « Un voleur », a dit Leverrier en parlant de l'homme blessé ou tué par les Gris dans le quartier Dotchke. Leverrier et Delray sont-ils donc des voleurs ? Mathieu les observe à la dérobée pendant les quatre jours suivants mais ils se conduisent exactement comme d'habitude, chacun de son côté. Le cinquième jour, il épluche les journaux, petites annonces incluses, sans y rien trouver de spécial quant à ce qui peut s'être passé la veille.

Dans l'après-midi du sixième jour, Arlen Michalak arrive en gloussant à la boutique ; même la présence de Mathieu ne le retient pas d'annoncer la nouvelle : « Ils ont fait sauter des bombes à couleurs à la caserne Mekkham, pendant la méridienne ! Les Gris en sont verts ! » Il répète, très content de sa blague : « Les Gris en sont verts ! » Puis il redevient plus sérieux : « Moi qui devais aller voir ma fille en fin de semaine à Tennyson, c'est malin. Tous les passes vont être révoqués. Ils n'en feront jamais d'autres, ces sacrés Rebbims ! »

À en juger par le ton général des commentaires, ce jour-là, les " Rebbims " sont un petit groupe de mécontents dont l'existence quasi-institutionnelle n'empêche guère les autorités de dormir. Ils se manifestent de temps à autre par une action du genre de celle de la caserne Mekkham: bombes à couleurs, graffitis, vol d'objets précieux qui sont restitués ensuite avec fanfare; quelquefois, pendant le brouillard, ils trafiquent les cloches des quartiers. Cela ressemble plus à des farces d'adolescents qu'à une opposition constituée.

Lorsque Mathieu laisse échapper cette remarque, l'un des plus jeunes ouvriers de Merril, un dénommé Tomlin, réplique que c'est la cinquième caserne attaquée depuis deux Mois, et que les Rebbims volent à chaque fois une quantité indéterminée d'armes.

« Une dizaine de fusils ! » fait Leverrier en haussant les épaules.

Mathieu est aussitôt alerté : étant donné l'échange surpris depuis la réserve, six jours plus tôt, la réaction de Leverrier n'est-elle pas une sorte de confirmation de son appartenance à ces " Rebbims " ? Ce ne peut être une coïncidence, même compte tenu du fait que l'attaque a eu lieu six jours après, et non quatre comme Delray l'avait indiqué.

«Même si c'est vraiment une dizaine de fusils, multiplie ça par le nombre de fois où ils ont attaqué des casernes ou des entrepôts depuis une saison!» rétorque Tomlin.

«Et alors quoi?» se risque à dire Mathieu.

Tomlin se tourne vers lui, semble hésiter, puis grommelle: «Un de ces jours, ils feront quelque chose de plus sérieux.»

Les Rebbims doivent être un phénomène local, limité à Morgorod. Autant profiter pour une fois d'une ignorance qu'on mettra encore sur le compte de son amnésie: «Mais que veulent-ils, en fait?»

S'est-il trompé ? L'expression de Tomlin indique-t-elle qu'il aurait quand même dû le savoir, depuis le temps ? Un peu inquiet, il cherche comment rendre sa question plus plausible, mais Tomlin finit par marmonner : « La liberté. » Puis, comme une partie de ses auditeurs se donnent des coups de coude en arborant des expressions plutôt moqueuses, il lève les mains et concède : « C'est ce qu'ils disent, en tout cas ! »

La liberté ? Mathieu interloqué décide de pousser le sujet un peu plus loin: «Pourquoi, on n'est pas libres ?»

dit-il d'un ton plaisant, pour se conformer à la réaction générale.

Tomlin semble abandonner toute prudence et se tourne vers lui avec vivacité : « Et vous, les Terriens, vous êtes libres ? Et les mangeurs de râcle... ? » Puis, comme s'il comprenait en avoir trop dit, il enfonce ses mains dans ses poches et s'éloigne à grands pas.

Leverrier donne une petite tape sur le bras de Mathieu : « Le frère de Hugo a été estropié par erreur pendant une rafle. Il est un peu monté contre le gouvernement, ces temps-ci, tu vois... »

Mathieu feint de ne pas prêter à l'incident plus d'attention que, de l'avis général, il ne semble en mériter. Mais la dernière phrase inachevée de Tomlin ne veut pas s'éteindre : « et les mangeurs de râcle... » La fin en est facile à reconstituer : " ils sont libres ? " L'effet nocif des tablettes est donc connu de certains ? Des Rebbims, en tout cas, et de leurs partisans ou sympathisants ? Mais si les Rebbims sont réellement dangereux pour les maîtres, jamais ils ne devraient pouvoir se livrer impunément à leurs petites plaisanteries... Et pourquoi ces plaisanteries, justement, et non des actes plus sérieux ? Soit, ils sont peut-être en train de se constituer un arsenal, mais... Et puis ce nom vaguement ridicule, " Rebbims " ! D'où cela vient-il ? Pourquoi pas " rebelles " ?

Autant de questions impossibles à poser, ou risquées. Merril ne jette pas ses revues, et une imposante collection de *Dolgomoriu* s'entasse dans une petite pièce attenante à son bureau. Mathieu se risque à demander la permission de les lire, sous prétexte que la revue publie de courtes fictions d'un auteur qu'il déclare apprécier. Merril ne pose pas de question, lui demande même s'il peut faire l'index de sa collection, pendant qu'il y est. Mathieu accepte avec alacrité. Mais tout ce qu'il peut apprendre ainsi sur les Rebbims – et encore, en lisant le plus souvent entre les lignes – c'est qu'ils s'opposent au gouvernement et qu'ils existent depuis longtemps, non seulement à Morgorod mais peut-être aussi ailleurs sur Virginia.

Ce dernier détail, cependant, ne cadre guère avec l'image assez bénigne qui se dégage des commentaires entendus à leur propos après l'incident de la caserne Mekkham. Si les Rebbims ne sont pas dangereux pour le gouvernement, pourquoi les patrouilles redoublées de la police dans la ville basse ? Et surtout comment ont-ils pu tenir les maîtres en échec depuis aussi longtemps ? La façon dont les quelques rares articles décrivent toujours plus ou moins les Rebbims comme "un petit groupe d'inadaptés" manifestant "leur incapacité à s'intégrer à la vie de la cité" par des "actions sporadiques et infantiles", peut sembler exacte – mais pas pendant des *Années* ! La collection de Merril remonte presque à trente saisons. Une durée de vie bien longue pour un petit groupe d'inadaptés infantiles ; leurs rangs, au moins, doivent se renouveler constamment ! Et les commentaires des articles correspondent si exactement à ce que Mathieu a entendu autour de lui qu'une propagande systématique des autorités est plus que probable.

Il faut donc partir de l'hypothèse que les Rebbims ne sont pas des plaisantins mais vraiment des rebelles. C'est peut-être en partie l'origine de leur nom, d'ailleurs. En relisant ses manuels d'histoire, Mathieu découvre une autre source possible : le mouvement qui a conduit à la première Indépendance s'était intitulé « Regroupement virginien pour l'indépendance », RVI. Ses adversaires, par dérision, en ont appelé les membres des "Rêvistes". Peut-être la durée écoulée a-t-elle fait dériver la prononciation jusqu'à " Rebbims " ? Une théorie tirée par les cheveux, se dit Mathieu en refermant le livre où il est allé pêcher ses informations sur le RVI. D'ailleurs, le nom des Rebbims importe peu, ce sont leurs actes qui comptent. Leurs actes hypothétiques. Il faudrait prendre contact avec eux, en tout cas. Mais comment ? S'adresser directement à Leverrier ou à Delray éveillerait sans doute plus leur méfiance que leur intérêt. Il faut d'abord faire ses preuves, les persuader qu'il serait une bonne recrue.

Avec prudence, au cours des semaines suivantes, il se met à tenir des propos un peu frondeurs. Aucune réaction. Il se fait plus précis, critiquant l'omniprésence des Gris, le contenu insignifiant des journaux, l'abrutissement du public. Il s'attire les regards surpris de la maisonnée habituée à plus de réserve de sa part. Mais ni Leverrier ni Delray ne réagissent à ces déclarations. Merril, par contre, lui conseille vivement de ne pas tenir ce genre de propos hors de la maison.

26

Un matin, au début de la cinquième semaine de Mars, Mathieu est appelé dans le bureau de Merril. Un inconnu s'y tient, habillé en civil, mais d'allure officielle dans son costume de coton gris foncé. « Tu es convoqué à la rue Smolvograd, dit Merril à Mathieu, l'air inquiet. Qu'est-ce que tu as fait ?

— Rien du tout ! » proteste Mathieu, les mains soudain glacées.

Le quartier général de la police pour la basse ville se trouve dans la rue Smolvograd.

Il s'efforce de maîtriser sa panique : les Terriens sont souvent en butte à des tracasseries administratives, c'est sûrement pour cela qu'on veut le voir. Si les maîtres avaient dû le recapturer, ils l'auraient sûrement fait depuis longtemps : il se trouve à Morgorod depuis près de trois Mois ! Ou alors il y a un informateur chez Merril, et c'est bel et bien pour ses propos un peu trop vifs qu'on le convoque. Mais dans les deux cas, viendrait-on le chercher ainsi, un seul homme en civil ?

De toute façon, il est coincé : il doit suivre l'officiel.

Ils s'enfoncent dans le brouillard. Au bout d'un moment, Mathieu est encore plus inquiet : d'après la musique, ils ne se dirigent pas du tout vers la rue Smolvograd, qui se trouve vers l'est. Alarmé, il s'immobilise : « Où allons-nous ?

— À l'annexe, dans Kadeth Ouest », dit la voix agacée de l'homme, comme si cela allait de soi ; il lui a saisi le bras, d'une poigne sans douceur. Résigné, Mathieu se remet en marche.

Ils prennent deux ferries avant d'arriver à destination : « l'annexe » – Mathieu n'en a jamais entendu parler – se trouve sur la côte au-delà du grand canal de ceinture, dans la zone moderne, plus loin qu'Orlemur. Mathieu n'est jamais allé de ce côté de la ville, il n'en connaît pas du tout la musique. Son accompagnateur le pousse enfin dans un immeuble dont il ne voit rien dans le brouillard, à travers des escaliers et des couloirs aux portes fermées derrière lesquelles bourdonnent des présences invisibles, puis, sans qu'ils aient rencontré personne, dans une petite pièce assez sommairement meublée au bureau de laquelle est assis un mince homme brun à la trentaine prétentieuse, l'air imbu de son importance. L'autre se retire en refermant la porte sans bruit. Mathieu regarde autour de lui, déconcerté. Cela ne correspond ni à ce qu'il a imaginé des Gris ni à ce qu'il a craint des maîtres. Ce qui n'est pas forcément rassurant pour autant, se rappelle-t-il en s'efforçant de ne pas se détendre trop tôt.

« Voulez-vous obtenir la citoyenneté virginienne, Nat Galas ? » demande de but en blanc l'homme au bureau.

Mathieu reste sans voix. Les Terriens ont le statut de « résident » à vie, et non de citoyen, avec tous les inconvénients qui s'y rattachent.

« Vous pouvez désormais obtenir la citoyenneté, poursuit l'homme au bureau d'un ton protecteur. C'est une décision récente du fédéral, qui est encore tenue secrète. Je vous avertis que rien ne doit transpirer au dehors de ce qui va être dit ici. Si vous en parlez à qui que ce soit, il vous en cuira. »

Ce ton-là convient mieux à un fonctionnaire des Gris. Mathieu prend un air à la fois effrayé et respectueux, en balbutiant : « Mais comment ?

— En entrant dans la Garde nationale », déclare l'homme avec un petit sourire fat.

Mathieu n'a aucun mal à manifester la stupéfaction hébétée que son interlocuteur attendait visiblement de lui, tandis que son esprit galope dans tous les sens. Dans la police ? Chez les Gris ? Des Terriens ? Comment est-ce possible ? Peut-il se risquer à demander des explications ? Et refuser, comment, sous quel prétexte ?

Joue les imbéciles, le seul bon conseil qu'on lui ait donné à Orlemur. Il fait un pas en arrière avec l'expression de la terreur la plus abjecte et s'écrie : « Je n'ai rien fait, je vous jure ! »

L'autre paraît déconcerté, fronce les sourcils: « Nous savons bien que vous n'avez rien fait! Nous vous offrons un poste dans la Garde, au contraire.»

C'est la bonne voie. « Ce n'est pas possible, ce n'est pas possible ! » reprend Mathieu de sa voix la plus lamentablement pleurnicharde. « Vous me tendez un piège, mais je n'ai rien fait, je vous le jure!»

L'autre paraît comprendre qu'il va avoir un problème. «Assieds-toi», dit-il d'un ton sec. Le soudain tutoiement condescendant semble de bon augure à Mathieu, qui se laisse tomber dans la chaise métallique désignée par l'improbable recruteur ; il enfouit son visage dans ses mains en tremblant comme si ses nerfs le lâchaient, tout en s'arrangeant pour observer son interlocuteur à travers ses doigts. Le type semble assez dégoûté; après avoir un moment considéré Mathieu sans rien dire, il se penche vers lui par-dessus son bureau et dit lentement, en articulant bien, comme s'il parlait à un demeuré : « Tu peux entrer dans la Garde. Tu gagneras beaucoup d'argent et tu seras très respecté. Ça ne t'intéresse pas ? C'est une bonne situation, pour un Terrien.

— Mais je ne suis pas qualifié! bégaie Mathieu.

— Mais si, tu l'es.

— Comment?» se hasarde à demander Mathieu d'une voix pitoyable.

L'autre se redresse: « Crois-le si on te le dit. Faut-il justifier les bontés du gouvernement à ton égard?»

Le ton est plus coupant, et Mathieu se ratatine en conséquence sur sa chaise en geignant: «Non, non, mais je ne comprends pas...»

L'autre semble prendre une décision : « Ça suffit. Tu sais ce qu'on attend de toi. Tu as une chance, prends-la. Rentre chez toi. Tu as cinq jours pour te décider. On reviendra te chercher hexadi.»

Il se lève, Mathieu aussi, en faisant exprès tomber sa chaise. Il la remet sur ses pieds en balbutiant des excuses, recule, trouve la porte ouverte dans son dos par l'homme en civil qui l'a amené et qui le regarde avec mépris. Au moment où il va sortir, le recruteur lui lance: « Et tiens ta langue, ou il t'en cuira!»

On reconduit Mathieu, sans un mot, au quai du ferry. Il est soulagé : il pourra retourner sans encombre chez

Merril. Après le ferry du canal Bœrlin, le second ferry l'amènera par des canaux transversaux jusque dans les environs du quartier Greshe. Il se retrouve à l'écart sur le pont, trop stupéfait pour être vraiment soulagé de s'en être tiré aussi aisément. Il écoute les lignes mélodiques inconnues qui se dessinent dans le brouillard, tandis que son esprit lui rejoue l'entrevue. Elle avait quelque chose d'irréel : l'énormité et la soudaineté de la proposition, l'absence d'explications... Le type ne s'est même pas présenté ! Chez les Gris. Des *Terriens* chez les Gris ?

Il se raidit soudain, pris de panique. Ne l'a-t-on pas suivi ? Va-t-on vraiment laisser ainsi rentrer chez lui quelqu'un qui est au courant de cette chose énorme, des Terriens chez les Gris ? Il change pourtant de ferry sans encombre – sinon encore quelques grognements anti-Terriens – se retrouve dans la musique du quartier Greshe, et bientôt devant la boutique de Merril, toujours stupéfait, toujours effrayé, mais bien vivant.

« Alors ? » demande l'artisan, qui l'attendait visiblement, inquiet.

« Contrôle d'identité », dit Mathieu en manifestant un soulagement à demi feint, et il retourne travailler.

Il se livre toute la journée à ses tâches habituelles, en automatique, retournant ce qu'on lui a laissé entendre. D'un côté, on écrase les Terriens, de l'autre on les engage dans la police ? Il y a pourtant là une certaine logique tordue – Mathieu a même une comparaison toute prête, grâce aux romans de Merril : les chiens les plus féroces ne sont-ils pas souvent ceux qu'on a le plus battus ? Des Terriens chez les Gris : des opprimés en mesure de devenir des oppresseurs. La revanche. Quelque chose en lui est presque d'accord, il en éprouve de la honte. C'est humain, sans doute. Mais devenir aussi les oppresseurs de leurs propres frères de race ? Car enfin, non seulement les Gris, Terriens ou pas, n'interviennent guère lorsqu'on attaque des Terriens, mais ils sont parfois au premier rang, comme Face-de-Lune ! "C'est humain." Seulement terrien, peut-être. Mathieu se sent submergé par une vague de dégoût.

Il se force pourtant à réfléchir de nouveau. On recrute des Terriens dans la Garde nationale, chez les Gris. Il faut partir de là. On veut le recruter, lui. Il est « qualifié ».

En quoi ? Sûrement pas pour sa force physique ni son intelligence – qu'en sait-on, de son intelligence ? Lissa comme Amed ont été testés pour leurs aptitudes quand ils étaient plus jeunes, mais il est fort douteux que les citoyens d'Orlemur bénéficient des mêmes services ; et lui, de toute manière... Quant à son courage, s'il a eu sa part de bagarres dans le port, où il n'a pas toujours eu le dessous, il s'est donné assez de mal pour ne pas paraître spécialement courageux au recruteur. D'ailleurs les Terriens ne sont pas renommés pour leur courage, au contraire.

Être des têtes-de-pierre, voilà le seul caractère distinctif des Terriens. Voilà pourquoi on ne voit pas venir certains Gris dans le brouillard, alors ? Et derrière les Gris, il y a les maîtres, ne jamais l'oublier, les *danvérani* de Galaas. En quoi des têtes-de-pierre qui le restent peuvent-ils bien être de quelque utilité que ce soit à des *danvérani* ? Et il faut que ce soient de vrais têtes-de-pierre comme lui, or il a cru comprendre qu'ils sont rarissimes, qu'en fait on les pense disparus : il y a eu assez de métissages pendant la période de l'occupation, apparemment, pour que ce qui rend les Terriens têtes-de-pierre ait commencé à se diluer – assez pour que même les Terriens du ghetto, isolés entre eux depuis des générations, aient réagi à sa présence presque autant que les autres habitants de Morgorod. Et les maîtres le savent sûrement. Si on recrute les vrais têtes-de-pierre, comment se fait-il qu'on ne l'ait pas repéré plus tôt ? Lenteurs administratives ? Les commentaires exaspérés ou moqueurs sur la bureaucratie de Morgorod sont assez fréquents chez les Merril et dans les journaux pour envisager cette hypothèse, peut-être.

En tout cas, s'ils ont besoin de vrais têtes-de-pierre parmi leurs chiens de garde, c'est peut-être qu'ils ont des ennemis contre lesquels il faut pouvoir utiliser parfois des instruments à la fois sourds et muets. Un affrontement entre *danvérani*, alors – auquel cas leurs opposants ne sont sans doute pas meilleurs qu'eux

Car enfin, il ne peut s'agir des Rebbims ? Qui existent depuis des Années, qui veulent " la liberté " pour les Terriens comme pour les mangeurs de râcle... mais qui peuvent aussi bien être des agents des maîtres voués à maintenir l'illusion d'un semblant d'opposition et de vie démocratiques – à la fois paratonnerres et abcès de fixation.

De toute façon, ce n'est pas là son vrai problème. Dans cinq jours, il devra présenter sa réponse à " l'annexe ". Et il ne donne pas cher de sa peau s'il refuse l'offre du recruteur. Plus il réfléchit, plus la seule solution possible lui semble être la fuite. Mais combien de temps sa fausse identité le protégera-t-elle encore, maintenant qu'il a été repéré ?

" C'est par la crainte qu'ils t'emprisonnent. " Avec un effort, Mathieu repousse ses vieilles terreurs, revient au problème présent. La fuite. Changer de ville, peut-être de province. Pas impossible, sans doute. Avec beaucoup de chance. Pas question de se faire attribuer un passe pour la région, à plus forte raison un permis de voyage pour quitter la province : les citoyens de Morgorod le peuvent assez aisément, mais non les " résidents " Terriens éventuels vecteurs de peste. La clandestinité, alors, au moins jusqu'à ce qu'il se soit rendu dans une autre grande ville pourvue d'un ghetto.

Ne pas partir trop vite. Après tout, il a jusqu'à hexadi pour donner sa réponse à l'annexe. Ne pas agir à chaud, dans un élan de panique ; prendre le temps d'examiner des cartes de la province, décider de sa destination, tout planifier. Il possède assez d'argent pour tenir un moment – Merril lui paie le même salaire qu'à tous ses apprentis ; et mieux qu'à son arrivée à Morgorod il sait à quoi il doit s'attendre. Peut-être le salut consistera-t-il à ne jamais rester longtemps au même endroit ?

Survivre en se cachant, dans une fuite perpétuelle, voilà tout ce qu'il peut espérer, le seul but qu'il peut se proposer ? Oui, inutile de se faire des illusions. Il serre les dents, fixe en refoulant ses larmes avec rage la pierre dorée vaguement lumineuse du plafond. Survivre. Il l'a déjà fait. Il le fera encore. Les maîtres ne l'auront pas aussi aisément. Survivre, le plus longtemps possible, malgré eux. C'est mieux que rien.

Plus tard, alors qu'il se sent enfin dériver dans le sommeil, il se dit que mieux que rien, ce n'est quand même pas grand-chose.

27

Le lendemain, il travaille comme d'habitude ; personne n'a conscience de son tumulte intérieur. C'est dans de tels cas qu'il est presque heureux d'être un tête-de-pierre : si facile, trop facile, de se cacher, d'être seul avec ses mensonges. À mesure que les heures passent, il se sent de plus en plus mal ; il regarde à la dérobée les gens, les lieux, les objets, stupéfait et furieux de sentir à quel point il lui coûtera de les quitter, comme sa vie passée, à l'École puis dans les souterrains, l'a conditionné à aimer une vie bien réglée, a fait de lui un être d'habitudes : l'idée de devoir sauter à nouveau dans l'inconnu le remplit d'une horreur terrifiée.

Vers le soir, après avoir vu Lissa rentrer de son collège et lui sourire en passant dans l'arrière-boutique – c'est son anniversaire dans trois jours, il lui prépare une surprise avec Amed et les Leverrier – il se rend compte qu'il ne pourra assister au repas sans se trahir, prétexte une légère indisposition et monte dans sa chambre. Il sort de sous son lit le petit sac de cuir et toile qu'il a demandé à concevoir et à coudre comme exercice d'apprenti à la cordonnerie, fin Janvier ; il y jette les affaires indispensables. C'est vite fait : une saison, mais son subconscient a dû lui dire qu'il ne resterait pas, il ne s'est pas vraiment installé, il n'a pas grand-chose à emporter. Il jette un dernier regard aux quelques objets qui ont fait sienne cette chambre et qu'il va devoir abandonner, la lampe à huile de paragathe ciselée aux flancs doucement arrondis dont la transparence rose l'a attiré, et que Sonya Merril lui a laissée pour presque rien parce que le socle de bois en est tout graffigné ; et surtout la grande gravure des licornes au galop, dans son beau cadre, qui lui a coûté une semaine de salaire chez Patriciat, la galerie d'art de l'autre côté de la place. Il se détourne, boucle le sac, en passe la courroie sur une épaule.

La porte se dérobe devant lui alors qu'il avance la main pour en saisir la poignée.

Un vieil homme se tient sur le seuil, costume blanc tout fripé, cheveux blancs en auréole embroussaillée ; seuls le visage et les mains brunes se détachent plus distinctement ; derrière lui, deux silhouettes, Sonya Merril et Leverrier. Ils semblent tous les trois essoufflés.

« De justesse », murmure Sonya Merril.

Le vieillard entre avec les deux autres, et Mathieu, abasourdi, se laisse repousser dans la chambre jusqu'à sentir contre ses jarrets le bord de son lit. Le vieux va s'asseoir au bureau tandis que Sonya Merril s'adosse à la porte refermée, les bras croisés, et que Leverrier un peu à l'écart se balance d'avant en arrière en se frottant les lèvres du pouce, l'air incertain. Mathieu enregistre la redistribution de l'autorité et concentre son attention sur le vieux. Assez vieux, au moins quatre-vingts saisons, mais le genre sec et nerveux qui dure bien. Une bouche dure. Et des yeux à la couleur indéfinissable derrière des verres teintés.

La seule stratégie possible, c'est encore de jouer les imbéciles en espérant que l'une ou l'autre des personnes présentes va se trahir. Mathieu prend son air le plus innocent : « Qu'est-ce qui se passe ? »

Le vieil homme le dévisage longuement. Il semble étonné, pourquoi ? Il se penche enfin en avant, s'accoude au bureau, le menton sur ses mains croisées à hauteur de visage : « Nat Galas », dit-il, une affirmation. Puis, après une petite pause : « Je m'appelle Abram, Abram Viateur. »

Mathieu décide de s'asseoir aussi ; il fait trop mine d'accusé, debout ; et il pourra cacher en partie son sac en le laissant discrètement glisser de son épaule derrière lui. « Enchanté », déclare-t-il avec ce qu'il espère être le bon mélange de politesse et de perplexité. « Qu'est-ce qui se passe ?

— On pourrait te poser la question, dit Sonya Merril sans bouger de la porte. Tu allais où ? »

Il n'y a pas la moindre trace de chaleur dans sa voix.

« Il ne voulait pas devenir un chien de garde des Gris, voilà tout, dit le vieux sans quitter Mathieu des yeux. N'est-ce pas, Nat ? »

Avec un effort considérable, Mathieu s'empêche de réagir, réalise trop tard qu'une absence de réaction serait aussi compromettante qu'une réponse, finit par incliner un peu la tête, la gorge trop serrée pour parler, tandis que s'échafaudent en lui par à-coups des explications qui sont autant de questions. Sonya Merril, alors, et Leverrier. Le vieil homme ? Tous des Rebbims ? Ils sont au courant de son recrutement. De la fuite projetée. Comment...

Le silence se prolonge, le vieil homme toussote en fronçant les sourcils et Sonya Merril tressaille puis déclare avec agacement : « S'ils voulaient nous le flanquer dans les pattes, ils ne s'y seraient pas pris autrement. Un espion, c'est le plus plausible. »

Leverrier se frotte toujours les lèvres, les sourcils froncés : « Nous ne serions pas là...

— Pas s'ils cherchent le gros coup de filet. »

Mathieu suit l'échange avec une sorte de fascination ; il se reprend brusquement, un retour bienvenu de colère auquel il s'accroche : ils parlent de lui comme s'il n'était pas là ! Croient-ils qu'il va les laisser décider de son sort sans réagir ? Il se renverse dans le lit jusqu'à être appuyé au mur, se croise les jambes avec une nonchalance ostentatoire : « Si j'étais un espion, je serais allé vous dénoncer après le coup de la caserne Mekkham, toi et Delray. »

La révélation n'a pas l'effet escompté ; Sonya Merril hausse les épaules et son expression reste toujours aussi fermée : « Pourquoi crois-tu que l'attaque a été retardée de deux jours ? Ça ne veut rien dire. Pour nous mettre en confiance... »

Mathieu serre les dents, furieux. Ils savaient qu'il les entendait ? Ils ont fait en sorte d'être entendus ! Un test. Ils l'ont manipulé, et il n'y a vu que du feu ! Egan Merril ne l'a pas secouru par bonté d'âme, bien sûr. Peut-être ont-ils pensé le recruter pour eux-mêmes. Il se croise les bras, le cœur brûlant. Un test. Rebbims ou maîtres, ils ne valent pas mieux les uns que les autres !

« Et d'abord, si c'est un évadé », reprend Sonya Merril comme si elle poursuivait une conversation dont le début aurait échappé à Mathieu, « pourquoi l'ont-ils laissé en liberté une fois repéré ?

— Ils ne l'ont pas repéré. Son nom est inscrit dans le registre du ghetto, son dossier est arrivé sur le dessus de la pile, Pélisson a dû le cocher A, et un fonctionnaire l'a convoqué.» Si la voix du vieil homme est calme, ses traits indiquent une impatience difficilement tenue en laisse. «La routine. Mais il ne faudra pas longtemps pour que l'information arrive à ceux qui seront en mesure de la comprendre.

— Ça, c'est votre théorie, réplique Sonya Merril d'un ton de défi. Il n'y a pas vraiment de preuves. Son espèce de journal, il peut l'avoir fabriqué de toutes pièces pour nous entuber.»

Leverrier s'est rapproché de Sonya Merril, consciemment ou non : « C'est quand même une drôle d'histoire, il faut le reconnaître », murmure-t-il.

Ils ne prêtent plus aucune attention à Mathieu qui les écoute, l'esprit aussi pétrifié de rage que le corps. Son journal ? Ils ont fouillé dans ses affaires ?

Le vieux réplique, avec un soupir d'agacement: «Pensez-vous donc qu'il soit impossible d'échapper aux Gris ?

— C'est vous qui le dites, qu'il s'est échappé », intervient Sonya Merril, en accentuant le " vous " avec agressivité.

Le vieux la dévisage un moment sans rien dire. Elle semble s'affaisser un peu sur elle-même : « Non, bien sûr, marmonne-t-elle bizarrement.

— Il doit quitter la ville.»

Sonya Merril se met à marcher de long en large : «C'est trop risqué !

— Où est le problème ? Nous nous proposons pour vous en débarrasser.» La voix du vieux est d'une douceur dangereuse. «Nous sommes prêts à prendre le risque.

— Et si c'est un piège, on donne dedans tête baissée !» s'exclame Sonya Merril en faisant claquer ses mains contre ses cuisses dans un geste d'exaspération.

Mathieu se lève d'un bond, et seul le dernier lambeau de contrôle qu'il exerce encore sur lui-même l'empêche de frapper du pied par terre : « Acceptez-moi ou tuez-moi, mais décidez-vous !» Sa voix est trop aiguë, mais il s'en moque.

Les trois autres se retournent vers lui, Leverrier embarrassé, Sonya Merril butée, le vieux Viateur avec une sorte de compassion qui l'exaspère encore davantage. Après un silence, Sonya Merril pousse un grand soupir :

« D'accord, emmenez-le, faites ce que vous voulez avec. S'il est ce que vous croyez, tant mieux. S'il est ce que je crains, c'est déjà trop tard.

— Notre aide vous est acquise de toute façon », dit le vieux en se levant ; il s'approche de Mathieu, pose sans hésitation perceptible une main sur son bras nu. À travers sa rage hébétée, Mathieu réalise que le vieil homme est plus petit que lui. « Tu es prêt à partir, maltchik ? »

Il se force à respirer profondément, plusieurs fois, décide de ne pas répliquer au tutoiement, à l'appellation familière. Il reprend le sac, le rouvre posément, va chercher l'une des grandes serviettes de la salle de bain, dans laquelle il emmitoufle la lampe de paragathe, puis il va décrocher la gravure aux licornes, la sort de son cadre, la roule avec soin et met le tout, en prenant bien son temps, dans le sac.

Avec un petit grognement inarticulé, Sonya Merril ouvre la porte et disparaît dans la pénombre. Mathieu croise le regard gêné de Leverrier. « Mon cadeau pour Lissa est dans le troisième tiroir. » Leverrier détourne les yeux. Mathieu assure la courroie du sac sur son épaule et indique du menton la porte au vieil homme : « Allons-y. »

Troisième partie

28

Après un périple d'environ une demi-heure dans la petite voiture d'Abram Viateur – une voiture de location, il la rend à l'agence, dont la préposée ne semble pas du tout s'offusquer de la présence de Mathieu – ils arrivent à la gare de Morgorod, dans la haute ville. Il n'y a guère de monde à la gare, en ce début de semaine. Viateur va sortir une valise et un sac de voyage d'une consigne automatique, puis consulte un panneau d'affichage et se dirige vers le quai indiqué. Mathieu le suit, déconcerté : personne ne semble le voir, ou du moins le voir pour ce qu'il est, un Terrien à la gare de Morgorod – même si Viateur a décollé le triangle rouge de sa veste. Il finit par déroger à la règle qu'il s'était fixée : « On va où ? »

Le vieux s'arrête, sort d'un soufflet de sa valise une pochette en plastique, la lui tend – « Dans l'Est. » – et reprend son chemin. Ils arrivent bientôt sur le quai, presque désert, où derrière la locomotive sont attachés quatre wagons de voyageurs, le wagon-restaurant puis des wagons de marchandises. Ils entrent dans leur wagon, à la queue du train, trouvent leur compartiment, l'avant-dernier à l'extrémité du wagon. Les autres jusque-là sont pleins, mais celui-là est vide. Et il le reste jusqu'au démarrage du train, une dizaine de minutes plus tard.

Mathieu regarde défiler la gare, puis, comme elle est située à la périphérie, l'envers de la haute ville illuminée que la voie de chemin de fer contourne pour descendre vers le sud-ouest: avenues donnant en enfilade sur le centre où se pressent de hauts édifices tendus comme des doigts vers le ciel, rangées sur rangées de fenêtres illuminées couronnées d'énormes enseignes multicolores, noms ou logos de compagnies. Ensuite, on passe le long de la zone résidentielle, où l'architecture ancienne a été moins bouleversée: encore des immeubles en tours ici et là mais, de plus en plus, des maisons à deux étages, terrasses moutonnant d'arbres, entre des miroitements de canaux.

Mathieu change de position. Si on va dans l'Est, pourquoi roule-t-on plein sud ? Car on traverse la zone industrielle – bien plus belle la nuit que le jour, avec toutes ces guirlandes de lumières – on descend dans sa partie qui longe la côte: les rampes électriques du wagon s'éteignent, automatiquement remplacées par les lampes à gaz. Mathieu se mord les lèvres pour ne rien dire, et s'en félicite bientôt car le train amorce un grand tournant qui le ramène plein est et même, brièvement, dans la zone des deux mille mètres, car les rampes électriques se rallument pendant environ une demi-heure. Mathieu se sert de la vitre à demi baissée seulement pour regarder à la dérobée son compagnon, qui lui-même a les yeux perdus dans la campagne de plus en plus souvent obscure, le long de la voie. Viateur a décidé de jouer les silencieux, alors ? Mathieu croise les bras. Très bien. Il peut attendre, lui aussi.

Un petit coup dans la vitre du compartiment: le contrôleur, une contrôleuse en l'occurrence, qui vérifie et vise laconiquement leurs billets et leurs permis de voyage. Sans un commentaire, même pas un haussement de sourcils, sur la présence de Mathieu.

Il a mis un point d'honneur à ne pas ouvrir la pochette de plastique quand le vieux la lui a donnée, et il la remet dans son sac sans y jeter un coup d'œil quand la contrôleuse la lui rend. Il est trop stupéfait pour penser, de toute façon. Ensuite, bien sûr, la mécanique se remet en marche : le vieux lui a fait faire des faux papiers – cela veut-il dire qu'il n'est pas allé le cueillir au dernier moment, qu'il avait préparé son coup depuis un certain temps ? Mais comment expliquer l'absence de réaction des gens à la gare, dans les autres compartiments, et surtout de la contrôleuse ?

On est en pleine campagne à présent et l'obscurité est complète, soulignée par quelques lumières, villages ou maisons isolées, de plus en plus espacés. Le ciel doit être couvert : pas une étoile. Mathieu voudrait réfléchir, mais le rythme syncopé des roues sur les rails mêlé au halètement lointain de la locomotive s'empare malgré lui de ses pensées, un mot ici ou là transformé en une comptine absurde à laquelle il doit s'arracher par un effort conscient. Il sait – c'était indiqué sur le wagon – que le train va jusqu'à Léonovgrad (« Lé-onov-grad, Lé-onov-grad », martèlent les roues sur les rails). Ensuite, l'inconnu. Un repaire des Rebbims, sans doute. Des explications, peut-être. D'autres tests, sûrement.

Si le bercement hypnotique du train le laisse aller jusqu'à ce stade de ses réflexions, la rage qui le saisit alors l'arrête aussi sûrement ; il regarde le reflet du vieux dans la vitre, il a envie de sauter sur Viateur, de le secouer, d'exiger des explications, tout, tout de suite ! Il doit fermer les yeux, se forcer à respirer à grands coups, détendre ses poings crispés. Pour changer d'idée, il essaie de visualiser la carte du sud-est et le trajet du train : la voie de chemin de fer descend du haut plateau de Morgorod, à l'est, contourne les contreforts des montagnes Rouges pour traverser ensuite la plaine interminable qui mène à Léonovgrad, en tout près de deux mille deux cents kilomètres à vol d'oiseau, avec des arrêts sur tout le parcours ; il y en a heureusement de moins en moins à mesure qu'on va vers l'est. La ligne s'arrête à Léonovgrad, la dernière ville avant les savanes herbeuses pratiquement désertes qui filent vers la côte. Les spéculations de Mathieu s'arrêtent aussi à Léonovgrad : de quoi donc les nourrir ? À Léonovgrad, il y aura les Rebbims, les explications, les tests... Et Mathieu préfère alors laisser les roues du train s'emparer de nouveau de son esprit, *Lé-onov-grad, Lé-onov-grad*.

Après deux heures de ce régime – sa montre lui dit deux heures ; il a l'impression d'avoir passé toute une nuit dans le compartiment – il en a brusquement assez. Il se lève. Le vieux, qui entre-temps a fermé les yeux, mains croisées sur l'estomac, ne bouge pas. Mathieu sort du compartiment sans essayer d'être discret. Pas de réaction.

Le vieux dort peut-être vraiment. Mathieu jette un coup d'œil à droite et à gauche dans le couloir. Personne. Il marche un peu de long en large, sans trop savoir ce qu'il a l'intention de faire. La porte des autres compartiments est ouverte sur des silhouettes immobiles, femmes, hommes ou enfants qui dorment ou somnolent dans la lueur bleuie de la veilleuse à gaz ; le passage de Mathieu tourne cependant vers lui quelques visages où la vague curiosité, comme l'indifférence, est alors remplacée par une expression stupéfaite. Tiens, ils le voient, maintenant ? Et alors, ils vont prévenir la contrôleuse ? Il n'arrive pas à vraiment avoir peur. Il a dépassé un seuil, sans s'en rendre compte. Ou bien c'est la fatigue nerveuse. Il arrive à l'extrémité du wagon, près du soufflet où le bruit ferraillant se fait plus fort. Une jeune fille rousse vêtue d'une légère robe vert pâle très décolletée est maintenant accoudée à la barre d'une des fenêtres ouvertes, le visage offert à la nuit, joli profil, élégants bras nus, jambes fines ; elle se redresse en l'entendant arriver, s'efface pour le laisser passer, non sans lui laisser voir au passage son froncement de nez, le soin qu'elle met à éviter tout contact entre eux.

Il marmonne une excuse, voit la porte des toilettes, la pousse avec brusquerie, la referme – il voudrait la faire claquer, mais le système de fermeture l'en empêche. Il reste un long moment debout dans la pénombre blafarde de la veilleuse, vacillant avec le wagon, l'odeur un peu piquante du désinfectant dans les narines ; un souffle plus frais monte de la lunette avec le ferraillement plus distinct des roues. Mathieu fait machinalement couler de l'eau sur ses mains, examine une plaque de plastique noir collée sur la porte, où des lettres gravées à la peinture effacée depuis longtemps répètent sans doute la même chose en plusieurs langues, une vénérable relique de la colonisation, avant que le virginien ne soit devenu le virginien – il y reconnaît vaguement quelques termes. Une autre plaque, plus neuve celle-ci, indique que l'eau n'est pas potable. Il relève enfin les yeux vers le petit miroir un peu terni qui lui renvoie l'image d'une face pâle. Un dégoût intolérable lui soulève le cœur. Il frissonne, appuie sur le bouton de la chasse d'eau sans penser à ce qu'il fait, ressort.

Il va falloir repasser devant la fille rousse. Curieusement, elle s'écarte cette fois sans manifester de répugnance, esquisse même un bref sourire. Mathieu s'en moque. Il s'éloigne dans le couloir bringuebalant. Les gens ne le regardent pas, ou avec indifférence. Pas de contrôleuse ni de Gris en vue. Il s'arrête devant les portes donnant sur la voie. Le train se met à ralentir, ses pensées dévient : et s'il descendait à la prochaine station ? *Danvéran* ou non, le vieux Viateur n'aura aucun moyen de le retrouver. Ou bien en a-t-il un ? Comment a-t-il su que Mathieu allait s'enfuir ? Peut-être seulement une déduction logique : c'était la seule façon d'échapper aux recruteurs. Mais comment le vieux a-t-il su qu'il aurait l'intention d'échapper aux recruteurs et non d'accepter leur offre ? Il doit y en avoir qui acceptent, non ? Le vieux l'a laissé sortir du compartiment, mais ça ne veut rien dire, le coup de la porte ouverte, on le lui a déjà fait. Sauf qu'il ne porte pas de traceur, ici, et de toute façon on est maintenant en dessous de l'influence de la Mer, et jusqu'à Léonovgrad.

Mathieu se rend compte qu'il est revenu devant la porte de leur compartiment ; de l'autre côté de la vitre, le vieux l'observe.

Il fait glisser la porte, entre, s'assied avec lassitude.

« As-tu faim ? » demande le vieux d'une voix tranquillement aimable. « J'ai des sandwichs. »

Une occupation comme une autre. Autant emmagasiner de l'énergie quand on le peut. Et finalement il a vraiment très faim : il a sauté le repas du soir, chez les Merril. Il dit « oui », regarde le vieil homme fourrager dans son sac, prend le sandwich tendu et commence à mastiquer en feignant de regarder par la fenêtre la petite gare obscure où le train s'arrête, examinant en réalité le reflet du vieux dans la vitre.

« Si tu te sauvais et si tu t'y prenais bien, dit soudain Viateur, nous n'aurions aucun moyen de te retrouver. Les Gris non plus. Tu es indétectable, sinon par la réaction des gens qui te rencontrent. As-tu envie de passer ta vie à te cacher ? »

Un uniforme gris longe le couloir, sans jeter même un coup d'œil dans leur compartiment, poursuit son chemin. Mathieu se rend compte qu'il regarde fixement le vieux, se force à refermer la bouche, l'esprit en déroute. Il balbutie: «Les gens?

— Je m'en occupe depuis que nous sommes ensemble.» Et, presque sur un ton d'excuse: «J'ai eu un moment de distraction, tout à l'heure, quand tu es sorti.»

Mathieu finit d'avaler son sandwich sans savoir ce qu'il goûte, en assimilant l'information – les informations: elles se génèrent les unes les autres dans toutes les directions. Puis il sort la pochette de son sac, il ouvre le billet, le permis. Tous deux au nom de Mathieu Viateur, habitant à Léonovgrad, 2367, avenue Locklear Sud, appartement B.

Quand il pense pouvoir parler – et il doit s'y reprendre à deux fois – il dit: «Ce n'est pas... ce n'est pas mon nom.

— Viateur, non», dit le vieux, qui a pelé une banane et la lui tend. Puis mord dedans en voyant que Mathieu, pétrifié, ne la prend pas.

«Je m'appelle Nat Galas», réussit à dire Mathieu au bout de plusieurs secondes, d'une voix à peine plus ferme.

Le vieux l'observe un moment par-dessus la banane qui diminue de hauteur; il a l'air las. «Pour le nom de famille, il faudra encore creuser un peu, mais tu t'appelles Mathieu, soupire-t-il enfin, presque avec ennui. Tu es un bloqué, tu es né et tu as été élevé parmi les Gris, à Bird-City, puis à Morgorod. À quinze saisons, tu as été enfermé dans le souterrain de l'île Voïstra et tu t'en es échappé au début de l'Année.»

Mathieu ouvre la bouche pour essayer de retrouver son souffle, un réflexe: il se sent suffoquer, comme s'il venait de recevoir un coup au plexus solaire. Il voit le vieux à travers une sorte de brouillard bourdonnant, secoue la tête, ferme les yeux, les rouvre. Viateur l'observe avec un mélange de compassion et d'inquiétude et Mathieu se force férocement à se reprendre. Pas le moment de faire une crise de nerfs, bon sang! Il avale sa salive, s'oblige à prendre de profondes et régulières inspirations.

«Mange une orange, dit l'autre, ça te fera du bien.»

Mathieu ne peut retenir un bref rire incrédule, bien qu'étranglé; il prend mécaniquement le fruit tendu, commence à le peler. Et de fait, le puissant parfum familier, les gestes banals, le goût frais et sucré... Il ne tremble plus, son cœur s'apaise. Il recommencerait presque à pouvoir penser.

« Qui d'autre le sait ? », dit-il enfin.

Viateur a l'air un peu surpris, pas longtemps. « Sonya Merril et Leverrier, mais ils ne le croient pas vraiment. Certains Gris, mais ils te croient mort.

— Comment l'avez-vous su ? »

Le vieil homme soupire de nouveau : « C'est un peu compliqué. Disons par recoupements. »

Silence. Il n'en dira pas plus. Mathieu serre les dents, puis rétorque : « Et personne d'autre ne les a faits, ces recoupements ?

— Personne d'autre n'a en main toutes les informations nécessaires.

— Mais vous, oui. »

Une expression de tristesse passe sur le visage ridé : « Un peu tard, mais plus que d'autres, oui. » Puis le vieil homme se penche un peu en avant : « Tu en sauras davantage plus tard, Mathieu, je te le promets, quand nous serons arrivés. Mais pour l'instant, je dois surveiller les alentours, il est tard, et tu dois être fatigué.

— Et quand nous serons arrivés là où nous allons, je vais faire quoi ? » finit par dire Mathieu, conscient de la faiblesse de la réplique.

« Trouver des amis, réplique le vieux. Peut-être te trouver toi-même. » Il se lève, éteint la lumière dans le compartiment. Sa voix tombe de la pénombre : « J'ai pris des places couchettes, profites-en. Essaie de te reposer. » Il ouvre la couchette de son côté et y grimpe pour s'y étendre.

Mathieu envisage plusieurs réparties cinglantes, les écarte toutes, se tourne vers la vitre, désemparé, furieux.

Il écoute longtemps le souffle régulier du vieux qui ne dort peut-être pas, tandis que le train reprend son rythme de croisière dans la nuit. Finalement, il ouvre sa propre couchette et s'y étend. Le vieux n'a pas à s'en faire, bien sûr, même s'il s'endort ; point n'est besoin d'être un *danvéran* pour savoir que Mathieu ne se sauvera pas.

29

Il se réveille en sursaut, affolé: une cloche sonne, il est dans le souterrain, il se cogne violemment le crâne en se redressant. Puis une voix qu'il ne reconnaît pas tout de suite lui dit d'un ton rassurant: « Petit-déjeuner, Mathieu. » Abram Viateur, la lumière de la rampe à gaz qui illumine le compartiment, les reflets dans la vitre obscure, le halètement de la locomotive, des gens qui passent dans le couloir en bâillant, sans les regarder.

« Bien dormi ? » demande le vieil homme ; il a déjà relevé sa couchette et un gros sac de papier blanc est posé près de lui. Mathieu descend en se frottant la tête, replie la couchette, regarde machinalement sa montre : six heures.

« Avance-la d'une heure. On a passé un fuseau horaire. »

Il obtempère, étonné; il a vraiment dormi comme une bûche, et sans souvenir de rêves particuliers – un soupçon, fulgurant mais bref: le sandwich était drogué ? Mais non, c'était seulement toutes ces émotions. Plutôt réserver sa méfiance pour ce qui en vaut la peine.

« Si ça ne te dérange pas », est en train de dire Viateur en fouillant dans le sac en papier, « on déjeunera dans le compartiment. » Il sort deux grands verres en plastique beige munis d'un couvercle et deux paquets enveloppés d'un épais papier métallisé: « Je t'ai pris des croissants aux œufs, ça ira ? On complétera avec ce qui me reste d'hier. Il y a un plateau dans l'accoudoir, tu as juste à le déplier. »

Mathieu examine le gros accoudoir en comprenant soudain pourquoi il est si volumineux, tire, rabat et bloque le plateau pliant. Viateur y dépose un verre et un paquet, plus une banane et une orange. De son sac de voyage, il a tiré un thermos : « Du lait. Pas de petit-déjeuner complet sans un grand verre de lait. »

Il a l'air d'assez bonne humeur. A-t-il dormi, lui ? S'il “ surveillait ” les environs... Mais une fois assez loin de Morgorod, s'il n'y avait pas d'autres contrôles et une fois tout le monde autour d'eux rassuré, il n'était peut-être plus nécessaire de maintenir la surveillance.

« On fera la méridienne à Léonovgrad, et on repartira ensuite. »

Léonovgrad n'est pas la fin du voyage ? Mathieu enregistre sans répliquer, les lèvres heureusement occupées à souffler sur le café trop chaud. Curieux, il se sent plus patient ce matin – la longue nuit de sommeil y est peut-être pour quelque chose. Attendre et voir venir. En se gardant ouverte l'option de la fuite, puisque le vieux lui a laissé entendre que c'est une option – il a bien l'intention d'en tester la véracité, mais plus tard.

Après avoir déjeuné et fait sa toilette, il attend avec impatience que le ciel s'éclaircisse, le bondissement du soleil, le jour, enfin. La voie ferrée se perche ici sur le dernier contrefort des montagnes Rouges, et il peut voir un peu en contrebas la vaste houle de la forêt équatoriale sous les écharpes de brume matinale, ici le vert bronze des arcandas, là les feuilles bleu-vert des faux plataniers, aux reflets argentés dans le vent, avec de loin en loin les taches vert amande des tondeliers ; des arbres-rois vraiment immenses percent les frondaisons, dressés comme des guetteurs au-dessus du reste, festonnés de mousses aériennes et de lianes, couronnés de vols d'oiseaux. Le ciel est couvert, d'un gris virant par endroits à un bleu indécis. La vitre a été relevée, et des traits de pluie la marquent encore.

« Combien de temps, jusqu'à Léonovgrad ? » demande enfin Mathieu.

« Un peu moins de six heures maintenant. Il y aura cinq arrêts avant. »

Six heures ! Mathieu n'a pas essayé de cacher sa réaction, et le vieux se met à rire. « J'ai des revues. Et quelques romans policiers. Et puis, on pourra toujours faire une partie d'échecs. Tu sais jouer aux échecs ? »

Mathieu acquiesce. Lissa lui a proposé une partie, chez les Merril, une fois, et il s'est rendu compte qu'il savait jouer, s'il ne se rappelait pas bien comment il avait appris – à l'École de Morgorod, en tout cas. Il joue très bien, même : il l'a battue à plate couture, trois parties de suite, et Lissa était censée être la championne d'échecs de la maison. Ensuite, elle lui a dit en riant à moitié :

« Tu sais quoi ? C'est un avantage, d'être comme toi, quand on veut jouer. Je suis sûre que tu fais un malheur au poker. » Il ne savait pas jouer au poker. Elle lui a appris. Et il a fait un malheur. Après quoi, Lissa et Amed ont renoncé à jouer avec lui à des jeux où l'on doit rester impassible.

« Eh bien, on jouera. »

Mathieu hoche de nouveau la tête. Il préférerait interroger le vieil homme, mais si l'autre n'a pas l'intention de se dévoiler avant qu'ils ne soient arrivés – où qu'ils aillent – quelque chose lui dit que tout questionnement poussé serait inutile.

Il se plonge donc dans un gros roman policier ; l'identité des coupables ne l'intéresse guère, comme d'habitude ; les véritables énigmes sont pour lui ailleurs, dans les réactions des personnages, leurs motivations, leurs comportements à l'égard d'autrui, ce qui est évident ou non pour eux, ce qui se dit, ce qui se tait. En près d'une saison, il a fini par passer au travers des romans des Merril : il s'en est fait prêter par d'autres membres de la maisonnée ; c'est un apprentissage, après tout, même s'il est tout théorique et si les relations de ces histoires avec la vraie vie sont difficiles à évaluer, enrobées qu'elles sont du sucre de la fiction. Il en a même mis quelques enseignements à l'épreuve, en vérifiant quand telle tournure de phrase, telle intonation, tel geste suscitaient chez les Merril, ou dans les ateliers, la réaction décrite dans des romans. Observer ceux qui l'entourent, il l'a toujours fait pour se protéger depuis qu'il a quitté l'île Voïstra ; il en était venu, pensait-il, à pouvoir se permettre une curiosité un peu plus désintéressée.

Il esquisse un sourire amer : tout ce qu'il a cru apprendre chez les Merril est à revoir, bien entendu, puisque ce sont très certainement des Rebbims. Quand il se rejoue certaines de leurs conversations, surtout au début, il voit comme on l'a manipulé, Merril, sa femme, Leverrier, et même Lissa et Amed. Il ne devrait pas en éprouver de chagrin, c'est stupide, d'une certaine façon il comprend même pourquoi ils ont agi ainsi s'ils pensaient qu'il pouvait être un agent des Gris, mais il se sent les yeux brûlants, et il lui faut un effort pour se replonger dans le roman.

Le livre lui permet de passer au moins trois heures. Après quoi, il va faire un tour dans le couloir pour se dégourdir les jambes jusqu'aux toilettes, et Viateur l'accompagne – parce qu'il en a besoin aussi plus que pour le surveiller, sans doute : il s'est levé avec une grimace, marche en épargnant sa jambe droite. Les gens qui se trouvent dans le couloir ne leur prêtent pas attention, et en revenant Mathieu n'y tient plus : « Comment vous faites ? murmure-t-il. Pour qu'ils ne me voient pas ? »

Le vieil homme hausse un peu les épaules : « Oh, ils te voient. Ils voient juste quelqu'un d'autre, quelqu'un comme eux. »

Mathieu assimile l'information, un peu estomaqué ; il n'ose poser de nouveau la question puisque le vieux l'a évitée une première fois, essaie une autre approche : « Mais pas physiquement. Je ressemble vraiment à un Terrien, non ? »

Viateur le jauge d'un œil critique derrière ses verres teintés : « À certaines variétés de Terriens, c'est vrai, avec ta petite taille, et cette peau blanche... Réfractaire aux injections, eh ? Mais tu sais, nous sommes tous des Terriens. Des humains, c'est-à-dire. Les différences ne sont pas si énormes. Certains sont venus plus tard, c'est tout. »

Mathieu a déjà entendu ce couplet-là chez les Merril, et il sait bien que c'est moins son apparence physique que la perception de sa tête-de-pierre – ou du triangle rouge, pour commencer ! – qui suscite des réactions chez autrui. Mais il essaie d'appâter le vieux, puisque Viateur semble en veine de confidences.

« Il n'y a pas de têtes-de-pierre chez les Virginiens...

— Oh si ! » s'exclame Viateur avec un curieux éclat de colère dans la voix. Puis, plus bas, avec une tristesse tout aussi étrange : « Oh que si... » Et, en boitant un peu, il rentre dans leur compartiment où il ouvre une de ses revues, mettant ainsi fin à la conversation.

Avec un soupir intérieur, Mathieu choisit dans le petit tas de livres de poche un deuxième roman policier.

Après les cinq arrêts annoncés, dans de petites bourgades qui sont surtout des centres d'exploitation forestière, plantées au milieu d'un cercle dévasté de terres non reboisées, ils arrivent enfin à Léonovgrad, aux alentours de 15 h. Toujours sans être inquiétés, ils présentent leurs papiers au comptoir d'accueil, puis prennent un taxi pour se rendre au centre-ville où se trouve la Maison Méridienne. L'agglomération est bien moins grande que Morgorod et, comme elle se trouve entièrement sous l'influence de la Mer quand la Mer est présente, on n'en a guère modifié ni le plan ni l'architecture. La disposition concentrique de la ville ancienne, canaux, zones résidentielles et zones vertes, a été en gros respectée; on a construit presque tous les bâtiments modernes à la périphérie, avec un certain nombre de quartiers-dortoirs. La gare se trouve entre les deux. Mathieu trouve plaisant le trajet en taxi, une fois qu'on arrive dans "la vieille ville": grandes avenues bordées d'arbres-à-eau et de miralilas, petites rues et allées capricieuses ombragées par les frondaisons retombant des terrasses, bassins, fontaines, parcs. La Maison Méridienne, comme à Orlemur, est un hôtel à prix modérés ; ils mangent rapidement un morceau dans la salle à manger déserte: pas beaucoup de voyageurs de passage, à Léonovgrad. Puis ils montent dans leur petite chambre.

Viateur décide de se raser le premier dans la minuscule salle de bain. Mathieu s'étend sur le lit en lisant à haute voix le petit dépliant touristique fort laconique qu'il a pris au comptoir d'accueil, car il voulait avoir un plan de la ville. Il n'y a pas d'Orlemur à Léonovgrad? Non, répond Viateur: comme la ville ancienne a été entièrement peuplée presque tout de suite, au début de la colonisation, les secteurs inhabités n'ont pas eu le temps de devenir des repaires de squatters, malfrats et autres asociaux, et on n'a jamais été obligé de construire des murs pour délimiter et contrôler les dégâts. Et les Terriens de Léonovgrad? Il n'y en a pas: ils ont tous été regroupés dans les grandes villes, à Bird et à Cristobal sur la côte ouest, à Morgorod, et à Nouvelle-Venise dans le nord.

« Pas très logique de les concentrer comme ça, si le virus peut remuter n'importe quand», remarque Mathieu, un peu surpris de voir Viateur jouer soudain les guides touristiques avec tant de bonne volonté.

Le sourire du vieil homme s'efface. D'une voix basse, enrouée, il dit «Quel virus?», avec une terrible intonation de sarcasme. Puis il recommence à transférer ses affaires de toilette dans la salle de bain.

Mathieu reste un moment stupéfait puis il insiste : « Le virus. La Peste. »

Viateur range ses affaires à droite du petit lavabo, d'un geste raide. Puis, alors que Mathieu frustré pense qu'il n'en dira pas plus : « Il n'y aura pas d'autre mutation. Il n'y a jamais eu de mutation. »

Le vieil homme fait couler de l'eau et commence à se raser. Mathieu balbutie enfin : « Pas de virus ? »

Viateur finit de se passer la pommade dépilatoire. « Si, dit-il sans se retourner. Pas destiné à Virginia. Mal conçu. Retombées imprévues. »

Sa voix est totalement dépourvue d'inflexions, à présent. Bouche bée, Mathieu contemple le reflet du vieillard dans le miroir, réussit à murmurer : « Les Gris ?

— Les Gris de l'époque. »

Mathieu prend une grande inspiration à bouche ouverte, il a l'impression d'étouffer.

« Ça a retardé l'explosion démographique, remarque », reprend Viateur après un petit silence ; si Mathieu interprète bien son intonation sarcastiquement allègre, il est furieux et accablé. « On devrait être plus d'un milliard maintenant, le continent exploserait. Comme c'est là, on est bons pour jusqu'en 120 environ. S'ils ne se décident pas pour une politique de dénatalité, c'est-à-dire. »

Il se retourne en se séchant la figure. « J'ai fini, tu peux y aller. Je mets le réveil à 19 h. On mangera en route. »

Il règle le réveil puis se couche, les mains jointes au niveau du plexus, dans une position qui fait tressaillir Mathieu : les dernières phalanges seulement sont croisées, les doigts légèrement pliés, les pouces bien détachés. Au bout d'un moment, le vieil homme doit se rendre compte de son immobilité, car il ouvre les yeux et demande, surpris : « Quoi ?

— Pourquoi vous mettez vos mains comme ça ? » réussit enfin à dire Mathieu, d'une voix malgré lui enrouée.

Le vieux se redresse un peu, regarde ses mains : « Mais... je ne sais pas, l'habitude ! » Puis il laisse retomber sa tête dans l'oreiller, les yeux fermés. « Oh », dit-il avec lenteur, et il répète, tristement : « Oh. Non, Mathieu, ça n'a pas vraiment de rapport avec l'œuf. Je vais dormir, c'est tout. » Puis, après une petite pause, plus bas, avec lassitude : « Je dors toujours ainsi. »

30

Après la méridienne, Viateur loue un petit tout-terrain, va acheter des provisions dans une épicerie voisine, et ils repartent, sans incident, en direction du sud-est. Ils ont bientôt quitté Léonovgrad, et le tissu de plus en plus effiloché de la zone industrielle qui pousse ses pseudopodes autour de la ville – essentiellement des scieries et des pulperies, s'il faut en croire les odeurs qui pénètrent par les vitres baissées. Au bout d'environ une heure et demie, Viateur arrête la voiture pour se dégourdir les jambes. « Tu ne sais pas conduire, hein ? » demande-t-il sans trop d'espoir à Mathieu, qui ne peut que secouer la tête. Lissa lui avait dit qu'elle lui apprendrait, après le brouillard...

De chaque côté de la route, la forêt, un mur vert, impénétrable. Après la première excitation, comme dans le train, Mathieu finit par se lasser. Ils roulent. Ils s'arrêtent, se dégourdissent les jambes, urinent. Mangent un morceau quand l'heure de la collation de l'après-midi arrive. Reprennent leur route. Vers la fin de l'après-midi, pourtant, il remarque un changement : la forêt s'éclaircit pour disparaître peu à peu, remplacée par une savane onduleuse où court le bleu verdâtre du printemps et dont le mouvement immobile fuit de tous côtés vers l'horizon. Bientôt, très vite, comme si le soleil roulait sur une pente de plus en plus raide, la lumière s'efface, la nuit tombe comme un couperet. Le paysage n'est plus le même dans le cône blanc des phares : à la fois plus resserré et plus mystérieux dans ce qu'on n'en voit plus. Il ne fait plus aussi chaud ; bientôt des rafales de pluie viennent gifler les vitres de la voiture. Il y a encore des arbres, de temps à autre, la silhouette majestueuse d'un racalou ou d'un arbre-roi. Les boules phosphorescentes plantées ici et là sont des arbres aussi, des plumetiers, précise Viateur lors d'une autre pause ; il semble surpris que Mathieu l'ignore, dit : « Gomphali ? »

Le mot fait doublement sursauter Mathieu. C'est le nom rani de ces plumetiers ? Le vieux parle le setlaod ?

« Je croyais que tu parlais le setlaod », dit Viateur, un écho bizarre à sa propre pensée.

« Il y a des tas de mots que je ne connais pas. Comme celui-là. » Puis, un peu remis, il ajoute : « Je croyais qu'on ne connaissait pas le setlaod, sur Virginia. À part chez les Gris. »

Le vieil homme émet un petit gloussement : « Nous le connaissons pas mal mieux que les Gris.

— Nous. »

Viateur refuse de mordre à l'hameçon et répète avec une certaine ironie : « Nous. Comment l'as-tu appris ? »

Ah tiens, il ne sait donc pas tout ? Mathieu se retient et dit plutôt : « Par moi-même. Il y avait des inscriptions sur les murs de ma chambre, à l'École. À Morgorod. On m'a donné un dictionnaire et une grammaire. Je me suis débrouillé.

— Et il n'y avait pas “ gomphali ” dedans.

— Tous les livres qu'on m'a donnés à l'École étaient... censurés. »

Le vieil homme hoche la tête comme s'il comprenait très bien. « Tu n'as jamais rien lu en setlaod, alors, à part le dictionnaire ?

— Un conte. L'histoire de Matal Ughataï. C'était un héros. » Il surveille Viateur du coin de l'œil, et il est à la fois satisfait et surpris de le voir tressaillir un peu.

« L'histoire de la Fleur de Palang ? » dit enfin le vieux, après une petite pause.

« Oui. Vous la connaissez ? »

Viateur fait “ Mmmm ”, et Mathieu se dit qu'il n'en tirera pas grand-chose d'autre ; il essaie quand même : « Vous savez comment ça finit ? Ça s'arrête après qu'Askorch a repris la Fleur à Matal.

— Non, dit le vieil homme après une pause brève. Je ne sais pas comment ça finit. »

Ensuite, silence. Ils continuent à rouler, en s'arrêtant moins longtemps pour les pauses : une petite pluie fine et opiniâtre s'est mise à tomber. La route s'infléchit plus franchement à l'est à présent – la double route dallée des Anciens. Pas un seul autre véhicule, ni dans un sens ni dans l'autre. Mathieu essaie tant bien que mal de visualiser la carte consultée une éternité auparavant, la veille : s'ils continuent ainsi, ils finiront par arriver à la côte, à l'océan. Il essaie de l'imaginer, mais la seule comparaison qui lui vienne, c'est " comme le lac, mais encore plus grand, et salé ". Il n'a pu profiter longtemps du Dolgomor, une fois chez les Merril : le brouillard le lui a vite dérobé. Il en a été un peu déçu : après son malaise initial, il s'était fait à cette immensité plane dans le lointain, à cette surface à la solidité trompeuse... Les récits de Lissa, voiliste et véliplanchiste enthousiaste, avaient quelque peu contribué à l'amadouer, aussi. Maintenant, malgré son intention renouvelée de ne pas se laisser séduire par le voyage et les tentations inévitables de la curiosité, il ne peut s'empêcher d'éprouver une étrange excitation mêlée d'angoisse à l'idée de voir peut-être l'océan : un espace pratiquement sans limites... Deux des petites lunes sont levées, une sourde luminescence derrière les nuages qui s'écartent peu à peu ; la pluie a cessé. La demi-face grêlée de la Lune apparaît à son tour, et les trois petites lunes flottent maintenant dans le ciel qui se dégage, illuminant les nuées d'orage qui filent vers le nord et la savane noire et blanche aux ombres mouvantes, ses arbustes, ses petits buissons.

« C'est encore loin ? » finit par demander Mathieu. « Sur la côte, trois heures », répond le vieux. Mathieu sourit. Mais voilà que la route fait encore un coude, repartant vers le sud ! Il se renfrogne.

Très peu d'habitations le long de la route, la plupart isolées, ou regroupées par trois ou quatre, pas plus : on ne peut parler de villages ; elles semblent d'ailleurs toutes abandonnées. Les quelques villages habités, explique Viateur, se trouvent à l'écart de la route, au bout des petites pistes non dallées qui s'ouvrent ici et là dans la savane. Ils en traversent pourtant un, sans ralentir, et apparemment désert : pas une lumière, ni la vague phosphorescence diffusée par la pierre dorée, la nuit, dans une demeure habitée. Dans un cercle d'arbres-à-eau, trois fontaines ponctuent la place carrée contournée par la route. À la sortie du village, un éclat métallique attire l'attention de Mathieu sur la bande d'herbe qui occupe le milieu de la route redevenue double. Il tressaille : c'est une sorte de stèle métallique – il reconnaît le brillant lisse de l'adixe ; d'une dizaine de mètres de hauteur, elle repose sur une base massive mais qui s'effile en s'incurvant vers le sommet où brille une petite sphère intensément lumineuse. Comme sur la flèche surmontant l'édifice de l'île Voïstra. Il se retourne pour la regarder disparaître derrière la voiture.

« Un pylône », dit le vieux, le dispensant de poser la question. « Il y en a des milliers sur tout le continent. Un artefact des Anciens. Il y en a un là où nous allons, tu pourras le voir de plus près. »

Mathieu se replonge dans la contemplation du paysage nocturne, en se demandant vaguement ce qui fait étinceler ainsi la sphère au sommet du « pylône ».

La route bifurque plein sud peu après le village, et ils la quittent pour s'engager dans une piste assez large, mais cahoteuse, qui serpente dans la savane. Ils roulent entre deux murs d'herbe illuminés par les phares, comme dans un couloir, c'est un peu oppressant ; Mathieu sourit presque : trop d'espace, pas assez d'espace, va-t-il finir par trouver le juste milieu ? Mais c'est hypnotique, ce mur onduleux qui défile... Un mouvement blanchâtre, loin devant eux, le tire soudain de la torpeur qui recommençait à s'emparer de lui. Il plisse les yeux. Des chevaux ? Trop gros. Tout à coup, un son étrange traverse les vitres de la voiture, un sifflement qui s'achève en grondement rauque. Viateur a ralenti. Une forme apparaît devant la voiture et Mathieu se rejette instinctivement de côté, mais déjà l'apparition s'est effacée. Il la voit pourtant encore. Une tête noire. Des yeux au reflet verdâtre, phosphorescent, et au-dessus...

« Des licornes ? » murmure-t-il, le cœur battant à grands coups, les mains moites.

« Des tovik, acquiesce le vieux. Nous sommes chez elles, ici. » Il y a comme un sourire dans sa voix.

Mathieu attend une suite qui ne vient pas, retient un haussement d'épaules et s'absorbe de nouveau dans la contemplation du paysage, espérant voir d'autres silhouettes au galop. Mais il n'y a plus rien, seulement cette étrange clarté qui monte progressivement à l'horizon, à l'est. Une ville ? Aucune ville par là, si on peut se fier aux cartes. Une sorte de miroitement chatoyant, presque scintillant. Il y aurait même une nuance de bleu, mais c'est plus une impression qu'une véritable perception... La zone claire ne s'étend pas au reste du ciel, en tout cas, elle demeure immobile, nettement localisée. Et de plus en plus intense.

« C'est quoi, cette lumière ? » finit par demander Mathieu, au bout d'une vingtaine de kilomètres, après avoir attendu en vain une explication du vieux, et certain de ne pas obtenir de réponse.

Le vieux sursaute, la voiture fait une petite embardée: «Tu vois la lumière ?»

Quoi, il n'aurait pas dû ? Mais c'est une réaction intéressante, peut-être y a-t-il quelque chose à en tirer: «Oui. C'est quoi ?»

Le vieux reste un moment sans bouger, les bras raidis sur le volant, puis il se laisse aller dans son siège. «C'est la mer.»

Mathieu ne comprend pas tout de suite: «C'est l'eau qui brille comme ça ?»

« La mer, dit le vieux avec patience, pas l'océan. On va passer à côté.»

La *Mer* ! Mathieu a tellement pris l'habitude de voir les cartes de Virginia avec les bandes blanches le long des côtes qu'il en a oublié ce que cela signifiait: des territoires recouverts par la Mer. Et la Mer est là, sur l'océan qu'il ne verra pas, finalement, et la côte est bien plus proche qu'il ne le pensait. D'ailleurs, depuis une heure, ils se trouvent de nouveau sur une route dallée, les ondulations de la plaine s'accentuent, jusqu'à constituer de véritables collines de plus en plus élevées. On arrive bientôt sur une dernière ligne de crête...

Une brume lumineuse s'étend jusqu'à l'horizon, animée de mouvements paresseux et fluides au-dessus d'une surface indistincte mais étrangement bleue dans la nuit, un bleu qui semble plus une lumière qu'une couleur prise dans une masse.

La voiture ralentit, s'arrête. Le vieux éteint les phares, ouvre sa porte et descend, avec un petit grognement.

« On est arrivés ? » dit Mathieu, soudain alarmé sans savoir pourquoi.

« Non. Mais si tu veux voir la Mer de plus près... »

Il sort à son tour dans la nuit humide et tiède où les insectes stridulent à l'infini, fait quelques pas hésitants en observant la brume luminescente en contrebas, qui le dispute à la lueur des lunes. Le flanc de la colline s'arrête net, une ligne coupée au couteau, plus sombre par contraste. « Va, dit le vieux, on a le temps. »

Mathieu descend en se frayant un chemin à travers les hautes herbes humides ; le vieux le suit plus lentement. Il n'y a pas de plage, pas de berge comme au bord du lac : la terre, en l'occurrence l'herbe, s'arrête, la " Mer " commence. Après une brève hésitation, Mathieu tend une main dans le scintillement lumineux : les lignes de son bras ne s'estompent pas. Intrigué, il s'accroupit. Sous la brume lumineuse s'étale une masse à l'éclat bleuté, apparemment solide mais parcourue de lents courants plus sombres qui apparaissent et disparaissent au hasard. Des pulsations clignotantes semblent suivre le même rythme que les courants, si ce sont des courants. Fasciné, Mathieu tend de nouveau la main, pour toucher la masse bleue.

Une poigne de fer l'immobilise, le redresse. Le vieux, avec une expression si angoissée que le réflexe irrité de Mathieu se dissipe. Il voit rétrospectivement ce qu'il allait faire, se donnerait des gifles. Qu'est-ce qui lui a pris ? La Mer absorbe la matière vivante !

Ils remontent la pente herbue jusqu'à la route. Les phares font briller les dalles de la route, décolorées par les lunes. Un immobile silence vibrant semble émaner de ce qui s'étend au bas de la colline, repoussant les mille bruits de la nuit.

Dans la voiture, après avoir bouclé sa ceinture, le vieux ne redémarre pas tout de suite. Mathieu s'assied à son tour sans fermer sa porte, contemple un moment, médusé, la lumière bleutée. Qu'est-ce que c'est ? Qu'est-ce que ça peut être ? Il avait fini par y penser comme à un phénomène naturel, normal malgré ses manifestations bizarres mais si bien décrites, circonscrites : les livres étaient à la fois si désinvoltes et si discrets ! Propagande, encore. Il s'est laissé berner, endormir comme un vulgaire mangeur de râcle ! Cette... – il n'arrive pas à penser " chose ", rectifie intérieurement – ce phénomène, est tout sauf normal !

Il referme sa porte, se tourne vers son compagnon et demande, presque humblement: « C'est quoi, alors ? »

Le vieux se passe une main sur la figure tandis que la voiture démarre et s'engage dans la piste, plein nord : « La Mer, murmure-t-il. Je t'expliquerai plus tard. Promis. » Il a l'air soudain épuisé, et Mathieu ravale sa protestation, en se calant dans son coin sans insister après avoir bouclé sa ceinture. Il se jure bien de lui rappeler cette promesse – et le vieux aura bien d'autres explications à donner.

31

La route longe la Mer puis la surplombe en s'en éloignant, escaladant collines après collines jusqu'à ce qui commence à ressembler à une vieille montagne, ou du moins, pour ce que Mathieu peut en deviner dans l'obscurité, à un haut plateau érodé mais encore assez accidenté. Enfin, dans le lointain, de la lumière, qui se résout peu à peu en un édifice bas et large, une grande villa ancienne coiffée de sa terrasse. Quelques fenêtres donnant sur l'extérieur sont éclairées, au rez-de-chaussée, et les murs émettent aussi la vague phosphorescence nocturne de la pierre dorée activée par la présence humaine, mais la lumière que Mathieu a aperçue de loin est en réalité celle du pylône annoncé par le vieux, avec sa sphère brillante.

Mathieu descend de la voiture après Viateur, déconcerté : il pensait arriver dans ce qu'il imaginait comme "un nid de Rebbims ", envisageant il ne savait quel grouillement militarisé. Mais le nid n'est apparemment qu'un nid : une maison perchée dans les hauteurs, vaste certes, mais unique et isolée, loin de tout.

Sa seconde surprise est de constater celle de leurs hôtes. Quoi, on ne les attendait pas ? Viateur ne les a pas prévenus en cours de route ? Ce ne sont pas des *danvérani* ? Le jeune homme blond qui leur ouvre la porte puis, dans la salle commune, les quatre autres adultes – et quelques minutes plus tard les quatre jeunes en pyjamas, tout ébouriffés – ont la même expression stupéfaite; bien que joyeuse. Aux accolades, aux regards échangés, au ton des quelques commentaires, ils n'ont pas vu Abram Viateur depuis très longtemps. Et tous ces gens parlent à qui mieux mieux, à haute voix. Si d'autres échanges silencieux ont lieu, Mathieu n'a évidemment aucun moyen de les déceler – comme chez les Merril. Très bien : la comédie chez les Merril consistait à ne pas sembler surpris, ici à feindre de l'être. À quelles fins, il n'en a pas la moindre idée, mais on finira bien par se dévoiler ici comme là-bas. Il essaie de retenir les prénoms au passage – pas un seul nom de famille – se voit présenter comme " Mathieu ", serre les mains qu'on lui offre avec naturel, croise des regards aussi fermes et chaleureux que les poignées de main. Ces gens sont d'excellents comédiens ; ce qui était compréhensible pour les Merril, vivant parmi leurs ennemis, mais l'est moins ici, à près de mille kilomètres de Léonovgrad, au fin fond d'une région déserte. On ne pose cependant pas de questions sur les raisons de leur présence, il en prend note. N'importe où ailleurs, ce pourrait être par politesse, pour leur laisser le temps d'arriver, mais il préfère réserver son jugement.

Après les avoir débarrassés de leurs bagages et envoyé les enfants préparer des chambres, on les assied à la grande table de la salle commune, où l'on venait de faire la dernière collation de la soirée.

« Avez-vous mangé en cours de route ? » s'enquiert l'homme blond d'âge moyen que Viateur a appelé "Gunther" et dont la ressemblance avec le jeune homme qui a ouvert la porte – " Stéphane " – est assez frappante pour qu'ils soient père et fils.

« Je prendrais bien un morceau, admet Viateur en se passant les mains sur la figure. Mathieu ?

— Oui. »

" Joanna " – la quarantaine trapue, chignon brun-roux épris de liberté, regard bleu-vert doucement myope derrière d'archaïques lunettes à monture d'écaille – sourit et quitte la pièce avec le dénommé Stéphane. Restent Gunther, la jeune femme aux cheveux noirs appelée " Nathalia ", un peu en retrait, et l'autre adulte, " Henri ", un homme dans la soixantaine, trop maigre pour sa carrure d'athlète, courts cheveux bruns grisonnant au-dessus d'un long visage chevalin, rides d'expression profondes et amères, en partie démenties par des yeux bruns au regard vif, bouche tordue par un sourire en biais. Lequel de ceux-là est le patron, alors ? – Mathieu a compris, avec bien du retard, le sujet de la plaisanterie récurrente chez les Merril. La personne qui se met le moins en avant, la dénommée Nathalia ? Celle qui a l'air le plus aimable, Gunther ? Ou " Henri ", qui se carre dans sa chaise en disant d'une voix grave et rocailleuse : « Abram Viateur, le patriarche errant lui-même en personne. C'est toujours votre nom, Abram Viateur, oui ? »

La question est bizarre, à la fois par son contenu et son intonation à la fois amusée et vaguement provocante ; la réaction du vieux est intéressante aussi : petit hochement de tête, un demi-sourire un peu las, un « Mais oui » soupiré qui impliquent une complicité de longue date dans l'argument.

« Et ce jeune homme est le nouvel Isaac ? » reprend l'autre sur le même ton en se tournant vers Mathieu, qui s'efforce de rester impassible malgré sa perplexité immédiatement agacée : que veut-il dire ? Ça va recommencer comme chez les Merril, alors, tout le monde sauf lui sachant de quoi on parle ?

« J'espère bien que non », réplique Viateur, sans sourire cette fois et d'un ton bref.

« Henri », dit la femme nommée Joanna, sur un ton de reproche à demi souriant.

« Excusez-moi », dit l'autre – et Mathieu a la surprise de voir que c'est à lui qu'il s'adresse. « Il y a très longtemps que nous n'avons pas vu Abram, et quand il vient en visite par ici, en général, c'est qu'il y a... eh bien, une situation d'urgence, n'est-ce pas, Abram ? »

Viateur hoche la tête. Mathieu enregistre, surpris : " urgence " ? Ne le surveillait-on pas, n'avait-on pas tout préparé depuis longtemps ? Ou bien c'est la tentative de recrutement par les Gris qui a accéléré le processus...

Il y a un moment de silence, après cela ; on a posé devant eux assiettes et couverts, une miche de pain, du beurre, un gros morceau de fromage marbré rouge et blanc que Mathieu goûte avec circonspection puis avec plus d'enthousiasme, et un pichet de bière au goût un peu âcre. Le vieux mange machinalement, l'air distrait.

« Tu restes, Abram ? » demande la jeune femme aux cheveux noirs, Nathalia – son visage aux pommettes accentuées a une expression un peu triste, comme le regard de ses yeux ambrés.

Viateur hoche la tête, puis, avec un sourire las, il se tourne vers Mathieu : « J'ai beaucoup de choses à expliquer à ce jeune homme. »

Un petit flottement. « On pourrait commencer par les présentations officielles », dit enfin le dénommé Henri. Avec une accentuation de son sourire – ou de son rictus – il tend de nouveau la main à Mathieu, qui la serre machinalement : « Henri Lefèvre.

— Gunther Bordes », dit l'homme blond – il est trop loin de l'autre côté de la table pour tendre la main, mais il sourit. « Ma femme, Joanna. » Elle hoche la tête, et son chignon glisse un peu plus. « Stéphane est notre fils, dit-elle. Nathalia – un coup d'œil affectueux – notre fille adoptive. Comme les enfants... »

Ils reviennent justement dans la salle commune, un peu essoufflés, après une cavalcade sonore au plafond et dans un escalier de bois invisible. Les deux plus jeunes, cinq ou six saisons environ, portent des noms exotiques, "Hoshiro" et "Maïko", et se ressemblent assez pour être frère et sœur jumeaux : cheveux noirs, brillants et raides, figure ronde aux larges pommettes, petit nez plat, étincelants yeux noirs en amande au regard coquin ; les deux autres sont aussi différents entre eux qu'ils diffèrent des Bordes : Érin, une blonde d'une dizaine de saisons, à la peau à peine bronzée et aux yeux d'un bleu surprenant, aux transparences d'aigue-marine, et un garçon aux cheveux bruns et bouclés, l'air très sérieux, Sébastien, qui a huit saisons

« Et vous, Mathieu, vous êtes... ? » dit enfin Lefèvre – et Mathieu croit comprendre pourquoi il a initié la ronde des présentations. Il se demande, à la fois irrité et désemparé, s'il va dire "je ne sais pas" quand Viateur répond à sa place :

« On vérifiera demain. » Le vieil homme se lève en prenant appui sur la table, avec une petite grimace. « Il est tard. Merci de votre accueil. Je vais me coucher. » Il tapote l'épaule de Mathieu : « Pardonne-moi, mais je suis fatigué. Essaie de dormir. Demain, promis. » Au bout de la table, Nathalia s'est levée et semble l'attendre, l'air inquiet ; il effleure sa joue au passage en murmurant avec un sourire las : « Ça ira. Bonsoir, ma belle. »

Tout le monde s'est levé sans plus de commentaires, Mathieu en a machinalement fait autant ; Hoshiro et Maïko viennent chacun prendre une de ses mains, et Érin se plante devant lui avec gravité : « Viens, on va te montrer ta chambre. »

Il se laisse entraîner, malgré lui, se dit après coup, bien plus tard, trop tard, que c'était bien calculé : il n'allait pas résister à des enfants, n'est-ce pas ?

32

Mathieu ouvre les yeux sur la chambre étrangère, sans bien savoir s'il se réveille à cause d'un rêve dont il ne se rappelle déjà plus rien ou d'un bruit venu de l'extérieur. Il écoute. Silence, même pas des voix lointaines. Il est tard, à vrai dire, bien plus de huit heures ; il a raté le petit-déjeuner. Il referme les yeux. Voilà. C'est le matin du grand jour. Des explications promises. Il devrait être excité, mais il se sent plutôt étreint d'un bizarre accablement à la pensée de tout ce qu'on va lui apprendre.

De tout ce qu'on va lui raconter, rectifie-t-il en se levant pour se rendre dans la salle de bain. Comme d'habitude, aucune garantie que ce sera la vérité, ni même une vérité. Après sa toilette, il finit de défaire son sac – il s'est couché tout de suite, la veille, s'est endormi plus vite qu'il ne l'aurait pensé compte tenu des circonstances. La lampe de paragathe rose fera très bien sur la commode de palissier ; il y a une lampe sur la table de chevet – une lampe électrique, et qui fonctionne, la demeure des Bordes se trouvant de toute évidence au-dessus de l'influence de la Mer ; ils doivent avoir un générateur, ou des panneaux solaires. La gravure aux licornes... Il faudra un autre cadre, mais là, sur le mur en face du lit, une bonne façon de se réveiller.

Il se fige en reconnaissant alors le bruit qui l'a tiré de son sommeil : un long sifflement qui s'achève en grondement. Il se précipite à la fenêtre donnant sur l'extérieur, en tire les rideaux à la volée. Le soleil finit de se lever ; la luminosité semble une promesse de beau temps ; des pans de ciel bleu et rose apparaissent entre les hauts nuages qui filent majestueusement vers le nord-ouest.

En contrebas, dans la grande prairie flanquée d'affleurements rocheux qui occupe l'arrière de la maison, se trouvent trois licornes. Deux blanches et une noire, plus petite. Elles marchent tête basse, la corne parallèle au sol herbeux qu'elles fouillent du museau ; le vent soulève leur crinière et le panache de leur queue ; de temps à autre, elles poussent leur cri étrange.

Mathieu n'a pas été le seul à l'entendre : les enfants courent vers elle dans la prairie, suivis plus posément par les adultes. Hoshiro et Maïko arrivent les premiers et, avec l'agilité d'une évidente habitude, s'accrochent à la crinière de la plus petite des deux licornes blanches pour grimper, minuscules, sur le dos de l'animal. Les deux autres licornes continuent à s'avancer au-devant des adultes, sifflant en sourdine, le museau tendu. L'autre licorne blanche – en fait, elle est plutôt de couleur crème, avec des esquisses de rayures plus claires – s'arrête devant Érin et baisse la tête pour lui permettre de lui caresser les naseaux.

Mathieu finit de s'habiller à la va-vite, retrouve son chemin tant bien que mal depuis l'étage jusqu'à l'escalier extérieur, descend à son tour dans la prairie. Il s'approche avec lenteur. Le souvenir de sa rencontre sur la plage, après l'île Voïstra, s'est un peu estompé – un souvenir émerveillé plus qu'une image bien précise. Étaient-elles aussi grandes, les siennes ? Lefèvre, qui mesure au moins un mètre quatre-vingt-dix, arrive tout juste au garrot de la plus grande. Ce ne sont vraiment pas des chevaux : les proportions sont différentes, l'arrière-train et les pattes postérieures bien trop puissants et musclés, la tête bien plus massive que celle d'un vrai cheval, le cou plus long et arqué. Et bien sûr, la corne, plantée au-dessus des grands yeux un peu protubérants : d'un ivoire lisse et crémeux, l'épaisseur d'un bras à la base, elle s'incurve vers le haut en s'effilant, longue, acérée, formidable.

Érin et Sébastien ont grimpé sur l'autre licorne blanche, qui trotte en rond, pattes haut levées comme à la parade, tandis que l'autre, portant Hoshiro et Maïko, est partie au galop vers l'extrémité de la prairie. La licorne noire se tient avec les adultes et, comme ceux-ci, elle observe ses congénères et leurs cavaliers. Le cœur battant, Mathieu s'approche d'elle à pas lents ; sa robe n'est pas vraiment noire, il y distingue des pommelures en irisations rousses, plus claires. Il est tout près maintenant, admirant les lignes incurvées de la croupe, des flancs, la force nerveuse des jarrets...

Les nuages dévoilent brusquement le soleil, et Mathieu voit son ombre s'allonger soudain dans l'herbe sous la licorne. L'animal pousse un sifflement strident, bondit des quatre pattes pour s'écarter en faisant volte-face, danse un instant en regardant fixement Mathieu, puis baisse la tête, et charge.

Il saute de côté avec maladresse, mains levées en un geste futile ; au dernier moment, la licorne dévie légèrement de sa course, ou détourne la tête : sa corne le fouette de biais, lui déchirant la paume de la main droite, le front, et le haut de la poitrine.

Il crie, une seule fois, entend d'autres cris faire écho au sien. Le choc l'a envoyé rouler à terre presque sous les sabots de l'autre licorne, qui se cabre en sifflant. Il roule sur lui-même sans savoir ce qu'il fait, aveuglé par le sang, étourdi, se retrouve sur les genoux tandis qu'un bras lui entoure les épaules, le soutient, le relève. À travers le sang, il voit le visage consterné de Nathalia ; à quelques pas, les trois licornes trottent nerveusement, sans cavaliers, la corne haute, ébauchant ruades et sauts tout en grondant. Viateur, Lefèvre, les trois Bordes et les enfants se trouvent entre elles et lui.

Nathalia enlève son chemisier de coton, elle est nue en dessous mais ne s'en soucie pas, elle roule le tissu en boule pour essuyer le sang qui coule sur la figure de Mathieu. « Tu lui as fait peur, dit-elle d'un ton d'excuse. Elle ne t'a pas senti approcher. »

Hébété, sans comprendre ce qu'il voit, Mathieu contemple les lignes plus claires qui s'entrecroisent sur la peau brune des seins de la jeune femme, sur son torse. À quelques mètres de là, Viateur a posé une main sur le cou de la licorne noire. Il ne la tient pas, il ne la tire ni ne la pousse – même s'il n'était pas si petit auprès du grand animal, l'hypothèse serait absurde. Mais, malgré elle car elle détourne la tête, les naseaux ouverts, l'œil écarquillé, il l'amène néanmoins vers l'endroit où se trouve Mathieu.

« Celui-ci est Mathieu », dit le vieil homme d'une voix enrouée. Il lâche la licorne, s'approche de Mathieu, le tire devant l'animal. « Mathieu », répète-t-il en lui tenant le bras levé comme pour montrer à la licorne qu'il est bien réel. La licorne se secoue en un mouvement étonnamment humain, comme si elle ne pouvait en croire ses yeux, puis, la tête relevée pour écarter de lui sa corne, elle tend le museau vers Mathieu. Il se force à ne pas reculer, le souffle chaud passe sur sa poitrine. « N'aie pas peur, murmure Viateur. Elle regrette. »

La petite licorne noire renifle encore un moment l'odeur du sang, et Mathieu peut sentir un bref contact velouté sur son front. Puis elle recule ; il y a une petite tache rouge sur son museau ; elle siffle tout bas puis fait demi-tour pour s'en aller à pas lents rejoindre les deux autres qui s'éloignent.

« Viens, dit le vieil homme d'une voix soudain très lasse, il faut soigner ça.

— C'est vraiment curieux », dit Lefèvre derrière eux, alors qu'ils entrent dans la salle commune. « À ma connaissance, les licornes n'ont jamais attaqué personne.

— Elle ne l'a pas vu du tout, elle a eu peur, dit Joanna Bordes. Assieds-toi, Mathieu. Érin, va chercher la trousse. »

Mathieu se laisse tomber sur une chaise, les jambes molles, encore sous le choc : « C'est pour vérifier que vous les avez appelées ? » demande Lefèvre.

Mathieu fait un effort pour sortir de son hébétude : « Vérifier quoi ? » Puis il se rend compte que l'autre s'adressait à Viateur.

« Pas grand-chose, finit par dire le vieil homme. Elles ne le perçoivent pas plus que nous. Pendant le voyage, j'ai cru... » Il ne finit pas sa phrase, se tire une chaise et s'assied un peu lourdement.

Joanna Bordes écarte le chemisier sanglant que Mathieu tenait pressé contre sa poitrine, le remet en place en faisant « Hum », puis : « Couche-toi sur la table, Mathieu. » Il obéit, hébété. Elle lui appuie une seringue à pression sur le front, il y a un petit sifflement, une brève fraîcheur remplacée par... rien. Il ne sent plus la douleur, ni son front. Même chose sur la poitrine, puis sur la main. Il balbutie avec retard : « Les licornes ? » Il ne peut rien dire de plus. Les licornes... sont des espèces de *danvérani*, elles aussi ? Joanna Bordes, qui est en train de faire quelque chose sur la poitrine, se redresse avec un sourire de sympathie navrée.

« Étoile a eu peur parce que pour elle tu étais... comme un fantôme, ou une apparition. Une impossibilité. Tu n'aurais pas dû être là, mais tu y étais. » Elle se penche de nouveau. « Ne bouge pas. Ne regarde pas, si tu veux. »

Elle continue à s'affairer sur sa poitrine complètement insensibilisée. En dedans, il a mal. Pas une douleur physique, mais le creux d'un incompréhensible chagrin.

Dans sa chambre, où il est remonté ensuite pour changer de vêtements, il entend quelqu'un frapper à la porte, voit sans surprise Abram Viateur dans l'embrasure. Il dévisage un moment le vieillard, se détourne et finit d'enfiler sa chemise, en retenant une grimace de douleur : l'effet de l'anesthésique est en train de se dissiper. En dedans aussi, la peine commence à faire place à la rage familière.

Le vieil homme ne dit rien. Il s'est arrêté devant le lit sur lequel, près du sac à moitié vide, se trouve toujours la gravure aux licornes. Au bout d'un moment, il se retourne vers Mathieu : « C'était Étoile, le soir de notre arrivée, sur la piste, avec ses compagnons. Elle pense que c'est à cause de moi, que c'était moi qu'elle avait perçu. Mais elle dit que sur le coup, elle ne savait pas trop pourquoi elle les a fait passer par là. »

Quand il est sûr qu'il pourra parler sans se trahir, Mathieu remarque : « Vraiment bavarde, cette licorne. »

Viateur ne bronche pas : « Elles sont aussi intelligentes que nous. Et elles perçoivent, même si ce n'est pas tout à fait de la même façon que nous.

— Nous », répète Mathieu avec un lourd sarcasme.

Le vieil homme s'assied sur le lit, en ménageant ses genoux. Un peu tassé sur lui-même, mains à l'abandon sur les cuisses, il contemple Mathieu.

« Que sais-tu, Mathieu ? demande-il enfin avec un soupir. Qu'as-tu appris, que te rappelles-tu ? »

Mathieu reste muet, complètement pris au dépourvu, bientôt si furieux qu'il ne pourrait rien dire même s'il le voulait.

« Je suis obligé de te poser la question, Mathieu », dit le vieux – patiemment, il explique, il est tolérant. « D'habitude, quand les Gris relâchent un bloqué profond qui n'a pas débloqué, il ne se rappelle pas grand-chose, et surtout rien de ce qui lui est arrivé pendant qu'il était avec eux. Ils ont des drogues qui permettent d'effacer la mémoire de façon très sélective, mais en général ils ne prennent pas la peine de le faire correctement et la personne se retrouve... eh bien, le terme courant est " idiotisée ". Certains sont comme... des bébés, ou des simples d'esprit. De toute évidence, ce n'est pas ton cas. Tu t'es très bien tiré d'affaire jusqu'à présent, compte tenu des circonstances. Mais j'ignore jusqu'à quel point tu te souviens. Ça ira plus vite si tu me dis ce que tu sais. »

Mathieu laisse échapper un rire bref et rauque : « Pourquoi je vous faciliterais les choses ? »

Viateur soupire : « Pourquoi t'aurais-je amené jusqu'ici si j'étais un Gris ?

— Vous êtes un Rebbim, c'est quoi, la différence ? »

Le vieil homme a une petite mimique appréciative. Puis son sourire s'efface : « Et tu n'as pas la moindre idée de la différence ? »

Mathieu hausse les épaules avec violence : « Vous êtes tous des *danvérani*, et moi je suis un tête-de-pierre. Ils voulaient m'utiliser, vous aussi. Quelle différence ?

— Ce n'est pas nous qui t'avons emprisonné dans les souterrains, Mathieu », murmure enfin le vieil homme.

« Qu'est-ce que vous en savez, des souterrains ? » rétorque aussitôt Mathieu.

Le vieux ne se démonte pas : « Il y a très longtemps, bien avant que nous n'arrivions sur cette planète, on les utilisait pour déclencher ou confirmer les capacités spéciales dont étaient pourvus les Ranao. »

Rien de nouveau. « Vous y êtes allé, vous savez comment ça se passait ?

— Non. Mais j'ai trouvé quelques références à l'existence et au but du labyrinthe dans d'anciens documents. Des documents ranao, je veux dire. Les Anciens aussi étaient parfois bloqués, semble-t-il. »

Mathieu pense à Galaas et à ses silences dont il a fini par comprendre qu'ils étaient le plus souvent perplexes, rit avec amertume : « Mais pas des comme moi !

— Peut-être pas. Il existe beaucoup de mutations différentes parmi les humains, comme il y en avait parmi les Ranao. La plupart des bloqués, chez les humains, manifestent des capacités spéciales quand ils se débloquent. Tu dois être un mutant. Une nouvelle sorte. Pourvu d'une protection à toute épreuve. Même moi... »

Il se tait comme s'il avait failli trop en dire, mais Mathieu s'en moque, tout d'un coup. Il aimerait bien s'étendre, il a un peu le vertige ; mais pour rien au monde il ne veut se trouver près du vieux. Il va se laisser tomber dans le fauteuil près de la fenêtre, oublie d'y aller doucement, grimace. Des mutations, hein ? Et différentes. Pourquoi pas ? Ça cadrerait bien. Le vieux le regarde avec une expression bizarre ; quoi, c'est sa façon à lui de s'excuser, venir lui dire qu'il est un mutant trop bien réussi au lieu d'un mutant raté ?

Le vieux est allé s'asseoir de l'autre côté du lit pour continuer à lui faire face ; il a enlevé ses verres teintés, ses yeux sont bruns, profondément cernés, la peau de son visage est toute parcheminée, marquée de milliers de petites rides. Il a peut-être plus de quatre-vingts ans, après tout. Bien conservé. À moins que les cheveux blancs ne soient une perruque.

« Te rappelles-tu qui t'a enfermé dans le souterrain de l'île, Mathieu ? » demande soudain le vieil homme, comme s'il avait pris une décision.

Mathieu se raidit, hausse les épaules – en grimaçant de nouveau: «Les Gris.»

Le vieux a légèrement froncé les sourcils : « Et à Morgorod? À l'École, qui s'occupait de toi?

— Les Gris!» répète Mathieu avec plus de violence.

«Plusieurs Gris ou un Gris en particulier?

— Qu'est-ce que ça change, c'étaient tous des Gris!» s'exclame Mathieu en se levant avec brusquerie. Curieux, il ne sent plus rien. Seulement la colère qui lui étreint la poitrine, lui fait battre le cœur à toute volée. C'est quoi, ces questions imbéciles ? Comme si c'était à lui de répondre à des questions!

Le vieux reste silencieux, et au moment même où Mathieu va lui ordonner de quitter la chambre, de le laisser tranquille, il dit posément: «Bon. Eh bien, je vais te dire ce que je sais à ton sujet et comment je l'ai su. Nous surveillons de loin en loin ce qui se passe dans les Écoles. En particulier avec les bloqués profonds. Certains deviennent d'excellents télépathes et...

— Des quoi?»

Le vieux lève un peu les sourcils, soupire brièvement: « Des danvérani. C'est une des mutations. Il y en a d'autres. Déplacer des objets sans les toucher, se déplacer soi-même... Qu'y a-t-il?

— Les batzi », murmure Mathieu. Il revoit le cercle de l'œuf dans la cour de la première École, et Géry qui flottait à quelques centimètres du sol, assis en tailleur, les yeux fermés, et les maîtres qui l'ont emmené sans même le réveiller.

«Les manos, les batzi, oui», dit le vieux; il semble un peu surpris. « Les Gris les éliminent tout de suite. Trop physique pour eux. Trop animal!»

Il y a dans sa voix un éclair de sourde colère. Malgré lui, Mathieu demande: «Pas pour vous, les Rebbims?

— Bien sûr que non ! Hoshiro et Sébastien en sont. Qui t'a parlé de cela, Mathieu? Les manos, les batzi?

Il hésite, démonté par la confidence. Il ne va sûrement pas parler du souterrain ni de Galaas. Il finit par dire : « À la petite École, j'en ai vu un, une fois, un garçon. Il jouait à l'œuf et... Ils l'ont emmené. Ils ont dit que c'était un batzi et que ce n'était pas bon d'en être un.»

Le vieil homme hoche la tête d'un air pensif, semble se secouer. « Je vois. Pour en revenir à ce qui nous occupe, en surveillant... un des Gris qui s'occupait de toi à Morgorod, j'ai appris en même temps ton existence et ta mort dans le souterrain, puisqu'il te croit mort. » Il soupire, comme de regret. « Je n'étais pas... passé à Morgorod depuis très longtemps. Je ne savais rien de toi. Du Gris en question, j'ai seulement obtenu ton prénom – Mathieu – et que tu avais été un bloqué... hors de l'ordinaire. Je t'ai cru mort aussi, puisqu'il le croyait. »

Le vieux fait une petite pause : « Il semblait fort triste de ta mort, remarque-t-il. Y en avait-il un... qui s'occupait plus spécialement de toi ?

— Quelle importance ? réplique Mathieu, exaspéré. Comment m'avez-vous retrouvé ? »

Le vieux le dévisage un instant d'un air pensif, presque calculateur, et Mathieu se raidit. Mais l'autre dit : « Par hasard. » Il répète plus bas, d'un ton à la fois ironique et accablé : « Par hasard. Les bloqués non débloqués qui se retrouvent dans les ghettos sont en général très diminués, surtout les bloqués profonds. Quand Merril t'a rencontré, il a bien vu que tu étais différent, tu ne correspondais pas au profil habituel. Rien dans leurs listes sur une lignée Galas. Ils étaient inquiets. Tu aurais pu être... un projet spécial des Gris, qui aurait réussi. L'information s'est rendue jusqu'à moi. J'ai fait le rapport avec ce que j'avais appris de... ce Gris : le bloqué profond qui s'était échappé dans le souterrain et y était mort. Je suis venu voir, au cas où. »

Sa voix s'enroue, il se racle la gorge.

« C'est quoi, ces listes ? » demande enfin Mathieu, buté.

Le vieux se lève, s'étire, fait quelques pas boitillants, puis se rassied avec un petit grognement : « Tout le monde n'a pas exactement les mêmes. Beaucoup de données se sont perdues pendant la " guerre de libération " – et la Peste. Sonya Merril... n'a pas tellement confiance dans les listes qu'elle ne connaît pas. C'est compréhensible. » Il semble méditer, reprend : « Pour abréger un peu – il a un drôle de petit sourire, qui s'efface tout de suite – dis-toi que les mutations existent depuis très longtemps, qu'elles sont héréditaires, qu'elles évoluent d'une génération à l'autre, parfois en nature, mais la plupart du temps en degré d'intensité, et qu'on a très tôt pensé à établir des listes généalogiques pour suivre ce qui se passait – et ce sont aussi des index génétiques, bien entendu. » Il fronce les sourcils, demande d'un ton sceptique : « Sais-tu ce qu'est la génétique ? » Mathieu hoche la tête et le vieil homme semble surpris mais il poursuit : « Eh bien, nous vérifierons dans nos listes à nous, avec ton ADN, à quelle lignée tu peux éventuellement appartenir, Lefèvre va s'en occuper, mais... »

La suite ne vient pas : le vieux semble soudain plongé dans une morose rêverie.

« Mes parents... ne sont pas morts ? » demande enfin Mathieu d'une voix altérée.

Viateur tressaille, comme surpris par le son de sa voix, ou par sa question, puis son visage prend une expression encore plus sombre. « Je n'en sais rien, Mathieu. Je ne sais pas qui étaient tes parents. Nos premières recherches dans les fichiers des Gris de Bird n'ont pas donné de résultat. On ne t'aurait pas fait ce qu'on t'a fait si tu avais été un enfant de Gris. Et si tes parents n'étaient pas des Gris et qu'on n'en trouve pas trace... Ils sont certainement morts, et s'ils ne le sont pas, il vaudrait sans doute mieux qu'ils le soient.

— Mais vous saurez... qui je suis. Mon nom. »

Le vieil homme le dévisage un instant, hésitant : « Pas avec une certitude absolue. Il faudra que Lefèvre t'examine, de toute façon. Les tests... »

Mathieu se retrouve soudain debout, saisi d'une fureur insensée. Stupéfait – dans la petite partie de son cerveau qui n'a pas succombé – il s'entend hurler : « Non ! Non, vous entendez ? Si vous voulez me découper en rondelles, vous le ferez sans ma permission ! »

Effrayé maintenant de la violence qui le fait trembler, il tourne le dos au vieux et s'écarte de quelques pas vacillants sans voir où il va.

Après un moment, il entend la porte se refermer.

Après un autre moment où il reste debout, la tête vide mais tout le corps vibrant d'une féroce énergie nerveuse, il a de nouveau une sensation de vertige. En se couchant il sent un froissement sous sa main. La gravure aux licornes. Il la regarde un instant, puis la chiffonne en boule et la jette par la fenêtre ouverte.

33

Le lendemain matin, Mathieu se réveille tôt, en sursaut, d'un rêve indistinct. Il marchait... il avait mal aux genoux... Ses blessures le font un peu souffrir, ce doit en être la raison. Il attend qu'il soit passé huit heures pour se lever, tout en écoutant les bruits de la maisonnée : vers sept heures, des pas dans le couloir, deux adultes, une cavalcade enfantine calmée par un "Chhh, Mathieu dort" – une voix de femme, Joanna. Après huit heures il attend encore une bonne demi-heure malgré les protestations de son estomac, que le petit-déjeuner soit vraiment terminé, puis il se lève et s'habille. Sa poitrine est toute raide, son front et sa main pulsent de battements douloureux. Ça passera.

Il n'y a personne dans la cuisine, mais un couvert est placé sur la table, avec du pain, du beurre, des fruits, du lait et du fromage ; un pot de café se tient au chaud sur la cuisinière. Il se sert, tout en tendant l'oreille. Aucun bruit, sinon des voix tranquilles quelque part au fond du rez-de-chaussée : les enfants, et Nathalia. C'est le rythme et l'intonation d'une leçon.

Un cliquetis sur les dalles du couloir menant à la cuisine. Un chien ou un chat, sans doute. Le cliquetis s'arrête dans la porte et Mathieu lève les yeux. Le couteau avec lequel il beurrait son pain cesse son va-et-vient sur sa tartine, tandis qu'il contemple l'animal, médusé. Ni chien ni chat. Ou les deux ensemble. Féline, la tête fine et triangulaire, mais pas les molles oreilles soyeuses et retombantes, dont l'une est bizarrement dressée et tournée vers Mathieu, à l'écoute. Et pas la longue queue préhensile rabattue sur le dos et dont l'extrémité s'enroule et se déroule nerveusement. Un *banker*. Un chachien.

Sorti des souvenirs de fresques, du dictionnaire de setlaod et de la brève note descriptive accompagnant sa mention dans les livres consultés à Morgorod. L'animal reste immobile sur le seuil de la cuisine, grands yeux mordorés fixés sur Mathieu, corps trapu et haut sur pattes au poil blanc ondulé, sans doute posé au bord de la fuite.

Non : sans quitter Mathieu des yeux, le chachien fait un pas en avant. Ce sont bien les griffes de ses pattes postérieures, alternativement rentrées et sorties de leur gaine, qui cliquètent sur les dalles polies. Mathieu n'ose pas reculer sa chaise pour se dégager de la table. Il pose couteau et tranche de pain, avec lenteur, en se demandant comment il se défendra si l'animal l'attaque, lui aussi.

Après une petite pause quand Mathieu a bougé, le chachien s'est remis en mouvement, la queue toute droite en l'air maintenant. Pas de crocs découverts, pas de poils hérissés, pas de grognement d'avertissement, mais ni le dictionnaire ni le livre sur la faune indigène ne décrivaient le comportement habituel de ces animaux. Si Mathieu se hasardait à interpréter la face mobile du chachien, il dirait que la bête est intriguée, ou curieuse – les deux oreilles sont dressées, maintenant, et ma foi la bestiole aurait plutôt l'air comique si elle ne pesait pas au moins vingt kilos. À un mètre... moins d'un mètre... Mathieu se tourne au fur et à mesure autant qu'il le peut – il est coincé dans le pied de la table – pour faire face à l'attaque si elle se déclenche.

Le chachien s'assied brusquement sur ses hanches et se gratte sous un bras – plutôt comme un singe, maintenant. Il contemple Mathieu, la gueule un peu entrouverte, la tête de côté. Puis il avance une patte – les doigts en sont assez longs, et préhensiles aussi, mais les griffes sont rentrées – et lui touche la cuisse, délicatement. Puis plus franchement, la main posée bien à plat. Un bref sifflement, puis une sorte de son cliquetant ressemblant tellement à un rire que Mathieu en reste médusé. D'un seul bond souple, le chachien saute sur la table et tend une main vers le fromage.

« Pas sur la table, Katik ! » avertit une voix féminine en provenance du couloir.

Le chachien arrache un petit morceau de fromage, regarde Mathieu – il jurerait que l'animal a cligné de l'œil

– et s'enfuit par l'autre porte tandis que Joanna Bordes entre d'un pas pressé. Elle s'essuie les mains sur un grand sarrau bleu maculé de terre glaise. « Il ne faut pas la laisser faire, elle vous mangerait sur la tête ! dit-elle en riant. Bien dormi, Mathieu ? »

Il se rappelle sa résolution, hoche la tête en silence, se remet à beurrer consciencieusement sa tartine. En fait, il a mal dormi, réveillé plusieurs fois par des cauchemars indistincts. Mais ça ne regarde personne.

Joanna Bordes va se faire couler un grand verre d'eau : « Ne t'étonne pas si elle te suit partout pendant un moment. Elle est très curieuse. »

Jamais vu de tête-de-pierre, elle non plus, hein ? En fait, il aimerait poser la question, indépendamment de son irritation-réflexe. Si les licornes "perçoivent", comme ils le lui ont laissé entendre la veille, pourquoi pas les banki ? Ni les chats ni les chiens rencontrés auparavant n'ont jamais manifesté ce genre de comportement à son égard, mais ce ne sont pas des animaux indigènes, n'est-ce pas ?

Oh et puis c'est trop bête de s'interdire ainsi une information qui l'intéresse. « Les chachiens sont comme les licornes ? »

Joanna Bordes lui sourit en remontant ses lunettes d'un doigt : « Pas autant, mais oui. Il y a plusieurs espèces intelligentes sur Virginia. Les essaims d'oiseaux-parfums, par exemple... »

Mathieu tressaille sans bien savoir pourquoi, mais Joanna Bordes ne s'en est pas rendu compte : « ... les plumetiers...

— Ce sont des arbres ! » proteste Mathieu, prêt à se fâcher de nouveau. Elle le prend pour un imbécile ?

« Eh bien, pas vraiment. Ils sont mobiles pendant la moitié de leur vie. Mais leur durée est très différente de la nôtre, comme leur type de conscience. C'est difficile de communiquer avec eux.

— Vous l'avez déjà fait ?

— Moi ? Oh non, je ne suis pas assez puissante. Mais Henri, oui. Et Abram, sûrement. »

Mathieu se rembrunit à la mention de Viateur, se remet à manger en emmagasinant l'information. Lefèvre et Abram sont de puissants *danvérani* – de puissants *télépathes*. Pour le vieux, il s'en doutait. Pas que ça le concerne vraiment, eh ? Lui, il est bien à l'abri dans sa tête de pierre.

« Tu l'ignorais, n'est-ce pas ? poursuit Joanna Bordes d'une voix soudain attristée. Les Gris ne veulent rien en savoir, et ils s'arrangent pour que personne d'autre ne le sache non plus. Ça les offense, que des créatures qu'ils considèrent comme des animaux soient douées de conscience, à plus forte raison quelque chose qui ressemble à une plante ! Mais ils ne sont déjà pas capables d'accepter les manos et les batzi chez les humains, alors... »

Elle soupire, repousse des mèches folles : « Quand tu as faim, n'importe quand, explore la cuisine et le frigo, et n'hésite pas à te servir ou à te faire à manger. Viens visiter le verger et le potager sur la terrasse, aussi, si tu veux. »

Et elle quitte la cuisine sur un dernier sourire.

Mathieu finit de déjeuner, agacé. Il n'avait pas du tout l'intention de rejoindre les autres pour les repas, mais maintenant qu'on lui a accordé, pratiquement, la permission de s'isoler... – comme s'il avait eu besoin d'une *permission* ! Ou bien s'agissait-il d'une suggestion, *on ne veut pas* qu'il se joigne au reste de la maisonnée ? Mais non, ce n'est guère plausible. On ne s'est pas donné ce mal chez les Merril, pourquoi le ferait-on ici ? Et puis, il ne recherchera pas la compagnie des Bordes, mais il ne fera pas des efforts démesurés pour les éviter.

Fort de cette résolution, il va explorer la maison. Il doit bien y avoir une bibliothèque ici aussi, surtout si on instruit les enfants sur place ?

Il suit les voix de Nathalia et de ses élèves jusque dans une petite pièce donnant sur l'arrière de la maison. Quand il s'encadre dans la porte ouverte, Maïko et Hoshiro, assis en face de la porte à des petites tables faites à leur mesure, le voient et lui sourient en lui faisant un petit signe de la main. Sébastien et Érin se retournent en même temps que Nathalia, le saluent à leur tour. Il n'est pas un sauvage, il leur répond. Ils se remettent à travailler – une dictée pour Érin et Sébastien, apparemment, les deux autres font du calcul. Dans les étagères, au fond de la pièce, il y a des jouets, des boîtes de jeux et des livres, mais ce sont plutôt des albums, ou des ouvrages pour enfants.

« Il y a une bibliothèque, ici, des livres ?

— Bien sûr, tu continues le long de la cour, c'est juste après l'atelier de Joanna.»

La jeune fille s'est levée à demi, Mathieu l'arrête d'un geste: «Je trouverai. Merci.»

Il sort sous la colonnade qui fait le tour de la cour intérieure, aperçoit la banker mollement drapée sur le rebord du bassin central, à l'ombre du majestueux arbre-à-eau ; des oiseaux invisibles mènent dans les hauteurs une conversation affairée. L'atelier de Joanna... voilà ; un atelier de poterie: Joanna est assise à sa roue, les mains dans la glaise, et elle ne lève pas la tête au passage de Mathieu. Dans la bibliothèque, à la porte ouverte aussi – toutes les portes sont-elles donc ouvertes, dans cette maison ? – il y a Abram, assis dans un fauteuil, le dos à l'entrée, reconnaissable à sa crinière de cheveux blancs en désordre.

Mathieu poursuit son chemin. Au moins, il sait où ça se trouve, maintenant. Et des livres, il y en a: du plancher au plafond, quatre murs, et plusieurs étagères indépendantes. Presque trop. Il faudra demander s'il existe un index !

De l'autre côté de la cour, près de l'escalier menant à la terrasse, une autre porte ouverte. Mathieu ne peut retenir un recul instinctif: l'éclat amorti du métal, les cadrans, les écrans, le bourdonnement sourd... Lefèvre a dû percevoir son mouvement du coin de l'œil, car il se tourne vers lui: «Ah, Mathieu ! Bien dormi ?»

Mathieu dit encore “ oui ”, machinalement. Il reconnaît la machine placée sur le bureau, en tout cas : un ordi, plus petit que celui des Merril, mais de même style. Micromécanique, alors, et fonctionnant à l'air comprimé.

Lefèvre suit son regard, sourit, donne une petite tape amicale à la machine : « Mon ordinateur. Tu sais ce que c'est ?»

Mathieu hoche la tête. Amed lui a fait faire la visite guidée de celui de Sonya Merril ; il en semblait très fier: peu de commerçants en possèdent dans la basse ville, la machine étant dispendieuse. En fait, vite perdu dans le jargon technologique d'Amed – qui met de l'argent de côté pour l'inscription, fort coûteuse, à l'Institut polytechnique afin de se spécialiser dans ce domaine – Mathieu n'a pas compris grand-chose, sinon que c'est une machine purement mécanique. On grave l'information sur des disques de matière plastique, un long sillon ininterrompu lu ensuite par une aiguille glissante; l'affichage aussi est mécanique: les points formant l'image changent de couleur quand on les lève de quelques microns, reviennent à la couleur originale quand on les abaisse. « Les prochains modèles seront plus puissants, avec un affichage nanomécanique en couleur », a conclu Amed, visiblement très excité.

Amed, qu'il ne verra plus jamais, très certainement. Et qui n'était certainement pas non plus ce qu'il voulait lui faire croire. Mathieu demande, pour ignorer le chagrin stupide qui lui serre la gorge: « Pourquoi pas un électrique ?

— Électronique, tu veux dire. Ma foi, avec 256 K de mémoire, celui-ci en fait assez pour mes besoins présents, je peux le transporter dans une valise quand je vais ailleurs, et il fonctionne tout le temps, partout. Mais entre donc ! »

Mathieu secoue la tête et s'enfuit.

Il monte sur la terrasse, l'explore pendant une bonne heure – plantes terriennes et indigènes s'y tiennent bonne compagnie – puis il retourne dans la bibliothèque. Abram n'a pas bougé.

Mathieu continue son exploration de la maison, agacé. Il y a un sous-sol, plus frais, c'est agréable ; Stéphane et Gunther Bordes y travaillent ensemble dans un autre atelier, à peindre et à cuire la céramique produite par Joanna: on la vend pour eux à Léonovgrad. On vient prendre livraison des pièces ici ? Toutes les quatre semaines, acquiesce Stéphane. L'information ne tombe pas dans l'oreille d'un sourd : s'il veut repartir d'ici, il n'a pas besoin de Viateur. À moins que les collecteurs ne soient aussi des Rebbims, auquel cas ils ne l'emmèneront pas si les Bordes s'y opposent. Mais ce doit être un camion, il pourrait essayer de s'y cacher...

Puis il se rembrunit : s'enfuir d'ici, mais pour aller où, pour faire quoi ?

Rester dans la maison lui est soudain insupportable. Il sort par l'arrière, traverse la prairie – vide – pour escalader les rochers qui la délimitent et examiner le paysage environnant. La demeure des Bordes, comme il s'en était douté, se trouve au sommet d'une série de plateaux, restes d'une ancienne montagne qui court parallèle à la côte, légèrement incurvée vers l'est. La maison se trouve à l'extrémité sud de la chaîne ; d'épaisses forêts d'arbres-rois et de racalous en adoucissent les contours, se perdant dans la brume au nord-ouest. Vers la côte, en pente assez abrupte, s'étagent des bandes de prairies suspendues de largeurs inégales, parfois boisées de petits bosquets, qui ont dû en des temps lointains être des plages, marquant les niveaux successifs de l'océan en retraite. Tout en bas, à peut-être trois ou quatre kilomètres, c'est la Mer et sa luminescence bleutée.

Un chemin assez large traverse les rochers qui délimitent la prairie des Bordes, serpente dans la petite falaise et se poursuit à travers la prairie d'en dessous. Mathieu le suit jusqu'à la seconde prairie, jusqu'à la troisième. Y aura-t-il des licornes ? Désire-t-il en rencontrer à nouveau ? Mais les prairies sont désertes, hormis de grasses bestioles de la taille d'un bras, au pelage brun et lisse, qui détalent devant lui et se cachent dans les rochers ; quand il passe à bonne distance, elles se dressent de toute leur hauteur et se martèlent la poitrine de leurs pattes, sans doute pour avertir leurs congénères – ou pour lui faire peur ? Il sourit et poursuit son chemin encore un peu, deux prairies plus bas, puis il regarde le soleil pour avoir une idée de l'heure, se rend compte en se retournant ainsi qu'il en a haut à remonter et décide d'arrêter là son expédition. Il s'assied dans l'herbe pour se reposer un peu à l'ombre d'un prunellier rose en fleurs – ils abondent dans cette prairie, et des petites étoiles au cœur blanc émane une senteur poivrée qui lui fait froncer le nez, mais qui semble sans doute aphrodisiaque aux insectes bourdonnant alentour.

Il lui faut davantage de temps pour revenir – il a un peu surestimé ses forces, ou sous-estimé le choc de la veille. Il ne se hâte pas, et quand il revient à la maison des Bordes, c'est l'heure de la collation de fin de matinée ; comme chez les Merril, la famille est assemblée dans la cour près du bassin, à l'ombre de l'arbre-à-eau. Même Katik est là, accrochée sur le dos d'Érin. Mais pas Abram. Il n'est quand même pas toujours dans la bibliothèque ? « Oui », lui dit Nathalia en lui tendant une grande assiette de crudités et de fromages qu'il est bien obligé de prendre. Mais il va s'asseoir à l'écart, près de la fontaine à la vasque en escalier qui se trouve à l'autre extrémité du bassin. Personne ne vient le déranger, bien que Maïko lui apporte avec un sourire une carafe de jus de fruit pétillant et un verre mais elle repart tout de suite sans avoir essayé de lui parler.

Mathieu attend que tout le monde soit reparti vers ses occupations de fin de matinée, retourne vérifier à la bibliothèque. Les cheveux blancs sont toujours là au-dessus du dossier du fauteuil, à croire que le vieux n'a pas bougé de toute la matinée. Mathieu revient à l'étage par l'escalier de la cour, exaspéré. Invisibles sous les vastes frondaisons de l'arbre-à-eau, les enfants rient et s'aspergent dans le bassin avec la banker ; pour un peu il les rejoindrait – chaleur et humidité ont grimpé avec le soleil. Mais il rentre dans sa chambre, ferme les rideaux et s'étend sur le lit, morose. Il n'aurait pas dû aller se promener dans les falaises, ses blessures lui font vraiment mal à présent ; peut-être devrait-il demander un analgésique à Joanna Bordes... Mais non, il n'a plus envie de voir personne pour le moment. Plus tard.

Qu'est-ce qu'il va faire, ici, qu'est-ce qu'il peut faire ? Il sait bien ce qu'ils veulent. Il peut leur résister, le plus longtemps possible – mais s'ils se lassent ils finiront bien par le forcer à les subir, ces examens, ces tests. Ils doivent pourtant savoir qu'il les a déjà tous passés, que les maîtres les font passer chaque saison dans les Écoles ! À Morgorod aussi, même si c'était moins souvent. Peu de temps après son arrivée, et ensuite... la saison de ses douze ans. Et la dernière fois, c'était juste avant... juste avant le souterrain... il ne se rappelle pas bien, et quelle importance, il les a passés, tests et examens, jusqu'à plus soif, toujours avec les mêmes résultats, qu'est-ce qui leur fait croire que les résultats seraient différents avec eux ? Gris, Rebbims, ils désirent la même chose, emploient les mêmes méthodes... Ou enfin, presque – les Rebbims sont plus hypocrites, voilà tout ! Mais les résultats seront les mêmes : tête-de-pierre, bloqué profond, peu importe l'étiquette, il l'est et il le restera.

Peut-être qu'ils le laisseront tranquille, quand ils s'en rendront compte. Peut-être qu'il devrait au contraire se soumettre tout de suite à ces examens, pour avoir la paix une bonne fois pour toutes.

À moins qu'ils ne veuillent l'examiner justement pour s'assurer qu'il est vraiment bloqué, indébloquable, totalement impossible à repérer, et le recruter ensuite pour leur lutte contre les Gris.

S'ils luttent vraiment contre les Gris. Si tout cela n'est pas encore une autre charade des maîtres, une machination absurdement compliquée pour...

Pour quoi ?

Mathieu veut se retourner sur le ventre, mais ses blessures se rappellent de nouveau à lui et il reste comme il était, yeux au plafond, bras le long du corps. C'est dit, tout à l'heure, après la méridienne, il ira trouver Lefèvre. Qu'on en finisse ! Ensuite, ils seront bien obligés de dévoiler leurs batteries.

Il ferme les yeux, pose ses mains entrelacées sur son ventre et commence les exercices de respiration qui amorcent la recherche de l'œuf. Ça l'endort toujours. Que ça lui serve à quelque chose, pour une fois. S'il fait la méridienne plus tôt, il se réveillera plus tôt, et il pourra aller vérifier plus tôt à la bibliothèque. Vide, on l'espère. À moins que le vieux n'y dorme, dans son sacré fauteuil !

34

Le vieux était à la bibliothèque. Lefèvre accueille Mathieu dans son laboratoire avec un plaisir évident : « Alors, tu as décidé de faire ces tests ? » dit-il avec son sourire tordu.

« Pourquoi, rétorque Mathieu aussitôt irrité, j'ai le choix ?

— Mais bien sûr », répond l'autre du tac au tac, sans paraître démonté. Il a même l'air sincère.

Mathieu hausse les épaules, regarde autour de lui. Lefèvre, aussitôt, lui explique ce qu'il va faire, lui décrit les machines. Il reconnaît quelques mots au passage – polygraphe, électrodes, encéphalographe, électromyogramme, kit de rétroaction biologique. Il reconnaît aussi les cartes de Rhine avec leurs symboles – étoiles, rond, carré, lignes ondulées... On commence toujours par là, bien entendu, les tests de base, avec ou sans les électrodes collées sur la peau. Il ne devine pas les cartes, il ne déséquilibre pas la balance ultrasensible, il ne trouve pas l'objet caché par Lefèvre dans le labo. L'autre ne s'y attendait pas, apparemment; il passe très vite aux tests psychologiques, et là, les électrodes restent. Dans les taches d'encre, Mathieu décrit des papillons, des fleurs, des arbres, des animaux, tous paisibles – et peu lui importe ce qu'il voit réellement ni ce que peuvent dire les tracés de l'aiguille sur le papier qui se déroule inlassablement. Les puzzles à deux ou à trois dimensions, il passe au travers sans problème – il a toujours été bon là-dedans. Les tests de QI sont agaçants: il y a des mots qu'il ne connaît pas: c'est quoi " fratricide"? Ensuite, pour se venger, il s'amuse aux dépens de Lefèvre avec l'écriture automatique: il écrit en setlaod; mais l'autre annote les tracés de l'encéphalogramme, prend les feuilles, n'insiste pas. Et enfin, les associations libres. Mathieu s'impatiente. Où sont-ils allés chercher ces listes de mots stupides? "Jourdain"! Il ne sait même pas ce que c'est, un jourdain!

« C'est un nom propre. Une rivière de la Terre. Dans la Bible. Tu n'as jamais lu la Bible? C'est aussi un personnage de pièce de théâtre, dans une comédie très ancienne de la Terre, Monsieur Jourdain... »

Mathieu se lève brusquement, exaspéré: « Non, je ne connais pas! Dites donc, il y en a encore pour longtemps avec ces idioties? »

Lefèvre dit: « Ce sera tout pour ça », range sa liste – écrite à la main, en plus! Quoi, ils lui en ont fabriqué une spéciale pour lui? C'est un comble! – et dit: « Viens par là, on va faire les tests médicaux. »

Mathieu le suit, de très mauvais gré. S'immobilise au seuil de la petite pièce attenante au laboratoire, le cœur en panique sans savoir pourquoi. Il règne une légère odeur de désinfectant, des cabinets vitrés s'alignent le long des murs de pierre rouge et dorée, remplis de bocaux, de boîtes, d'instruments, alternant avec des machines montées sur des tables roulantes. Une grande table étroite et haute occupe le milieu de la pièce, avec un appui-tête séparé, rembourrée d'un cuir mince de couleur grenat, placée juste sous le large plafonnier à la lumière blanche.

« Enlève pantalon et t-shirt et assieds-toi là-dessus. On va commencer par les réflexes, d'accord ? »

Mathieu s'exécute en se morigénant intérieurement. Il a décidé qu'il allait subir ces tests, il va le faire, et jusqu'au bout !

Réflexes normaux, aucune anticipation des petits coups de marteau caoutchouté, la réactivité de la peau est partout normale aussi... Mathieu se rhabille.

Quand il se retourne, Lefèvre tient à la main une seringue à succion. « Prise de sang », dit-il, toujours avec son sourire tordu.

Mathieu n'a pas réussi à maîtriser entièrement son réflexe de recul. Il se force à ne pas bouger davantage, étonné, agacé, de sentir que son cœur s'est remis à battre la chamade. Qu'est-ce qui lui prend ? La seringue se pose au creux de son bras, il entend le sifflement de l'air comprimé, s'oblige à regarder le sang monter dans le premier tube, le second, le troisième. Lefèvre étiquette les tubes. Le silence devient intolérable.

« Et vous allez retrouver qui je suis comme ça ? Ce sera dans vos listes ?

— Sans doute. Abram a l'air très sûr de son coup. »

Il y a là de l'ironie, une allusion que Mathieu ne saisit pas, mais ça lui est égal. N'importe quoi pour remplir le silence. « Ils ne m'ont pas prélevé de sang, à Orlemur, mais ils m'ont pris mes empreintes. Je croyais qu'ils me retrouveraient juste avec ça.

— Remercie les lenteurs administratives. On stocke les infos et on les traite en lot, une fois par saison. Les grands bloqués n'excitent plus grand monde, maintenant. Ça fait deux générations qu'il y en a, presque trois, et la plupart restent bloqués, ou débloquent en manos ou en batzi. On n'y croit plus guère, chez les Gris. Il faut des dingues comme Jordan. De toute façon, même s'ils avaient établi ton génotype, ils ne t'auraient pas retrouvé. Tu es censé être mort depuis dix saisons, ton fichier a été purgé depuis longtemps. Je me demande bien ce qu'il s'imaginait faire, s'il avait réussi avec toi. Te sortir de son chapeau alors qu'il t'avait déclaré mort, et hop, tout aurait été pardonné parce que tu aurais été un surtélépathe comme lui ? »

QUI ?

Mathieu recule, heurte la table haute qui se déplace avec un petit grincement, se rattrape à moitié, continue à reculer, se retrouve dos à un cabinet vitré où le choc fait tinter du verre et du métal.

En lui une voix continue à hurler : *QUI ? QUI ?* Une autre voix répète en écho, comme une machine brisée, deux syllabes qu'il ne veut pas entendre, qu'il n'a jamais entendues.

Et il est dans le jardin, le jeune homme aux boucles noires repousse son chapeau de paille sur son front en souriant... il est dans la chambre du jardin et les yeux noirs le regardent gravement tandis que le bracelet d'argent se referme sur son poignet... il est dans la chambre, *la chambre grise du souterrain, couché dans la grande chaise rembourrée, pas attaché mais incapable de bouger, conscient mais paralysé, et le visage anguleux se penche vers lui, et les yeux noirs deviennent immenses tandis que la bouche souriante effleure brièvement ses lèvres et que la voix familière murmure des mots qu'il n'entend pas bien, car tous les sons s'éloignent avec la lumière dans un long tunnel et tout ce qui lui reste c'est sa peau, sa peau où toutes les sensations s'exaspèrent, d'une exquise, d'une atroce précision – et il sait qu'il va hurler mais qu'il ne s'entendra pas*.

On lui tient les mains, un corps s'appesantit sur le sien, le bloquant contre une surface dure, une voix dit quelque chose, et il l'entend, c'est son nom, on dit son nom, on dit “Mathieu, c'est moi, Lefèvre, Mathieu, calme-toi ”, et il ouvre les yeux, sur le visage chevalin d'un homme aux courts cheveux gris, aux yeux bruns, Lefèvre, c'est Lefèvre, ce n'est pas... ce n'est pas...

Jordan.

Ces deux syllabes lui brisent les os, il se sent devenir tout mou, ses jambes se dérobent sous lui. Mais l'autre le tient, le soutient, le guide vers quelque part, l'assied.

Au bout d'un moment, Mathieu rouvre les yeux. Il est dans le laboratoire. Dans le laboratoire de Lefèvre. Sur une chaise dans le laboratoire de Lefèvre. Chaque pensée roule et s'étire avec paresse, comme un nuage de lait dans de l'eau. Devant lui, Lefèvre. Penché. Inquiet.

« Mathieu ? »

Pas la voix de Lefèvre. Mathieu fronce un peu les sourcils. Abram. Pas là. Devrait pas entendre sa voix. Puis il pense à tourner la tête. Abram se tient à la porte. Inquiet. Tous inquiets. Pas la peine. Il se rappelle, c'est tout. Il se rappelle tout. Une deuxième fois. Comme dans le souterrain, mieux que dans le souterrain.

C'est drôle, il ne se rappelle pas avoir oublié.

35

On le laisse tranquille, ensuite. Pas de questions, pas de commentaires, à peine des regards, beaucoup d'espace autour de lui. Il lui en faut davantage. Quand le temps est beau, et c'est souvent le cas pendant cette première semaine d'Avril au bord de l'équateur, il part dès le matin, à pied, avec dans son sac des livres pris dans la bibliothèque, et des provisions. Il part et, au début, il se dit qu'un jour il partira pour de bon et qu'ils ne le sauront pas : chaque fois qu'il part, ce peut être la bonne. Puis il prend conscience de la puérilité de cette fantaisie et l'abandonne – mais elle a joué son rôle : elle l'a soutenu pendant les premiers jours ; à ce moment-là, la routine a pris la relève. Il sait que c'est une routine. Il la veut telle.

Au début, la taille de la bibliothèque l'a presque paralysé ; s'il y a un index, il ne le trouve pas sur les lieux, et il ne demandera rien. Les livres sont rangés par ordre alphabétique d'auteur, quand ils ont des auteurs ; les livres anonymes – curieusement, il y en a beaucoup – sont dans une section à part. Certains livres sont rédigés dans les vieilles langues terriennes qui ont fini par constituer le virginien dans ses divers modes, anglam, slavic, asian, afran... Des ouvrages de philologie, des grammaires et des dictionnaires occupent une étagère entière, sur toute une longueur de mur ; Mathieu en emporte toujours dans ses promenades ; souvent, il abandonne la lecture qui l'a amené à chercher un mot ou une tournure et suit pendant des heures les détours des définitions – une dérobade devant la masse d'informations prête à lui sauter à la figure dans les livres eux-mêmes, il en a confusément conscience, mais pas au point de se forcer à en reprendre tout de suite la lecture.

Il s'arrange pour partir avant que tout le monde soit levé, pour revenir après le repas du soir ; il passe par l'escalier extérieur pour monter sur la terrasse et de là rejoindre sa chambre au second. Nathalia, quelquefois, se trouve dans la cuisine ou sur la terrasse ; elle lui sourit, en général sans rien dire, pas un sourire entendu, ni apitoyé ni trop chaleureux, juste un sourire – tu es là, je t'ai vu, c'est bien. Parfois aussi Katik se promène dans le sentier au lever du jour et lui tient compagnie jusqu'à la deuxième ou la troisième prairie. La plupart du temps, il ne voit personne, ne parle à personne. Il occupe son propre espace et sa propre durée. Puisqu'il est invisible à l'esprit de ceux qui l'entourent, pourquoi ne pas se faire réellement invisible ?

Depuis la maison jusqu'à la côte en contrebas, il y a environ deux heures de marche ; les tapoches, dans les rochers, se sont vite habituées à lui, elles ne tambourinent plus en le voyant passer. Quelqu'un d'autre emprunte assez souvent le sentier pour en avoir fait ce chemin de terre battue au travers des prairies. Il sait qui : certains des arbres qui ombragent la dernière prairie avant la Mer – ceux qui ont des feuilles comestibles – sont tous coupés comme au sécateur à trois bons mètres du sol.

La pente herbeuse de la dernière prairie descend vers le scintillement lumineux de la Mer et s'arrête net. Des chemins plus sombres d'herbes couchées s'entrecroisent tout au long de la lisière, mais aucune licorne n'est jamais en vue quand il arrive, tôt le matin. Il s'est trouvé un coin à lui, le plus à l'écart possible des chemins, sous un petit arcanda. En plein milieu de la prairie, non loin de là, un plumetier arrondit sa boule blanche, majestueusement solitaire ; les filaments duveteux de son feuillage sont intacts – Mathieu a compris pourquoi lorsqu'il les a touchés et que la brève décharge l'a fait sauter en arrière. Électricité ? Non, "décharge ionique", lui a assuré le dictionnaire. "Ions positifs de potassium... ions négatifs de carbonate... déplacements de matière et non d'énergie..." Mathieu admire désormais le plumetier de loin.

Les licornes arrivent à la fin de la journée. Les deux blanches et la petite noire. De leur pas fluide, elles sortent de sous les arbres qui bordent la dernière petite falaise et descendent vers la Mer. Elles demeurent un instant à la lisière, immobiles, puis se mettent à longer la brume scintillante. Elles ne paissent jamais là, ni l'herbe ni les arbres ; elles ne galopent ni ne trottent jamais. Il y a quelque chose de méditatif dans leur promenade. Elles s'éloignent en direction du nord-ouest puis, environ deux heures plus tard, elles reviennent, toujours du même pas lent, comme délibéré, remontent la prairie et s'enfoncent sous le couvert des arbres, en suivant toujours le chemin qui les fait passer à au moins deux cents mètres de Mathieu. Vers la fin de l'après-midi, elles apparaissent à nouveau, longent la Mer dans une direction, puis dans l'autre, et repartent.

Mathieu finit par régler sur elles ses journées : chacune de leurs deux promenades a lieu exactement à la même heure, occupe exactement la même durée ; les licornes aussi, semble-t-il, sont des créatures d'habitude. Même la présence de Mathieu ne leur en a pas fait changer. Il se demande si elles l'ont vu, au début : elles ne regardent jamais de son côté. Mais il n'en est pas attristé. C'est assez de pouvoir les voir, magnifiques et paisibles, de partager avec elles cet espace et ce temps. Quand elles sont là, les livres de Mathieu restent ouverts à la même page : leur présence le plonge dans d'interminables rêveries. Des créatures conscientes, des *danvérani* non humains...

Les livres de l'École n'en faisaient pas mention, bien entendu, comme de tant d'autres choses – mais on y a toujours contrôlé ce qu'il y apprenait. Comme on contrôle d'ailleurs ce qu'apprennent les mangeurs de râcle. Les animaux et les plantes indigènes, les Anciens, la Mer... Presque rien de tout cela dans leurs livres et sans doute leurs banques de données: on veut les garder bien aveugles dans leur petite boîte à l'échelle pourtant d'une planète. Mais, Mathieu le découvre bientôt avec surprise dans un de ses nouveaux livres, cela ne date pas des Gris. C'est une vieille crainte qu'ils ont systématiquement exploitée et aggravée. La colonisation a commencé avec la mort incompréhensible de dizaines de membres de la première expédition, elle a continué dans le peuplement de cités inexplicablement intactes et pourtant abandonnées de leurs légitimes propriétaires indigènes sur tout un continent ; même sans la râcle, personne ne s'objecterait beaucoup à ne presque rien savoir des Anciens, ou aux bandes blanches des cartes là où se trouve la Mer.

Et pourtant, en plus de quatre cents saisons, on en a amassé, de l'information sur les Anciens – du moins s'il faut en croire les livres des Bordes. De bien curieux livres, d'ailleurs, souvent d'une facture artisanale, impression et reliure. Quelques-uns sont même des liasses de documents manuscrits, originaux ou reproduits ! Mathieu comprend plus tard, en lisant des comptes-rendus des grandes purges qui ont suivi la seconde indépendance : les Gris n'ont pas seulement éliminé ou " rééduqué " leurs opposants directs, ils ont essayé de rééduquer la mémoire collective en détruisant tout ce qu'ils étiquetaient " propagande terrienne"; les désordres liés à la Peste, à vrai dire, les y ont bien aidés, tout comme leur mainmise croissante sur la technologie moderne. Et ils auraient sans doute en grande partie réussi s'il ne s'était constitué des réseaux clandestins pour conserver et reproduire un maximum d'information. *Samizdat* – Mathieu rencontre le terme au hasard d'un dictionnaire de slavic, établit ensuite le rapport.

Des réseaux qui existaient depuis longtemps, en fait, depuis bien avant la seconde indépendance – le temps se déploie soudain pour de bon dans ces livres, une dimension plus stupéfiante encore pour Mathieu que celle de l'espace. " Nous " disait le vieux : " les Rebbims ", a-t-il pensé alors, en complétant ensuite par " des *danvérani*, des mutants ". Mais les Rebbims sont beaucoup plus anciens même qu'il ne le croyait. Si leur nom est relativement récent – une trentaine d'Années – leur organisation, ou une organisation aux visées identiques, rassembler et défendre les mutants, remonte au moins à la première indépendance, une dizaine d'Années plus tôt, sinon plus loin encore. La seconde indépendance et les Gris sont les conséquences d'une scission dans cette proto-organisation, d'opinions et de politiques divergentes quant à la mutation, lesquelles se sont exaspérées jusqu'au conflit ouvert. Si la première indépendance a été conquise par les mutants unis – à l'insu du reste de la population – sa fin tragique a été orchestrée par les mutants dissidents, tout comme la seconde indépendance. La seule constante, c'est le secret...

Mathieu comprend maintenant l'ironie du vieux, "guerre de libération", "seconde indépendance" – le livre appose aussi partout des guillemets à ces expressions. Les dissidents, les futurs Gris, ont manipulé et utilisé les Terriens pour se débarrasser de leurs frères ennemis, et se sont ensuite posés en libérateurs en éliminant les Terriens. La guerre qui a commencé alors, et qui se poursuit encore, secrètement, cinquante Années plus tard, est une guerre – Mathieu tressaille en reconnaissant le terme – *fratricide*.

C'est une guerre étrange, en vérité, qui semble se livrer surtout autour des berceaux. Une guerre des listes, en quelque sorte. On surveille les lignées, les filiations, les croisements, s'il le faut on leur donne des coups de pouce – le livre en accuse les Gris, mais Mathieu n'est pas prêt à croire le livre, aucun livre : c'est sans doute à qui aura les meilleurs *danvérani*, et le plus tôt possible, quitte à les kidnapper sous le nez de l'adversaire. Les Rebbims, en tout cas, n'éliminent pas leurs manos ni leurs batzi – "télékinésistes", "léviteurs", dit le livre, qui n'utilise jamais les termes plus familiers à Mathieu. On ne sait pas trop quand ils sont nés, ceux-là, d'après le dictionnaire aussitôt consulté ; si la provenance de "manos" est évidente, et même datée (64, Nouvelle-Dalécarlie), on suppose seulement que " batzi " est une graphie du terme anglam "bats", "chauves-souris", et on ne peut le dater précisément. Mathieu a bientôt une autre hypothèse : les Anciens appelaient *tzinan* leurs léviteurs ; on a peut-être collé *bat* et *tzinan*.

Le dictionnaire a été de toute évidence établi par des mutants – ils connaissent l'existence des manos et des batzi, tout comme celle des télépathes – mais ils n'ont pas pensé à " tzinan ". Ils ne connaissaient pas le mot ? Des Rebbims, comme des Gris, connaissent pourtant le setlaod, Mathieu le sait bien. Pas tous, apparemment. Ils ont des secrets même entre eux ? Ça ne le surprend pas tellement... En tout cas, on n'a pas fabriqué une langue rani pour son usage exclusif à l'École de Morgorod, comme il l'a d'abord cru. Il peut s'étonner, maintenant : la langue d'indigènes non humains, disparus bien avant l'arrivée des premiers colons, et on l'a déchiffrée ? Mais oui, et sans mystère – pour des télépathes, bien sûr, pas question d'en informer les autres : les Anciens, qui étaient des *danvérani*, ont laissé derrière eux des documents conçus par et pour des *danvérani*. Logique..

Ils ont abandonné ces documents, pourtant, eux qui ont entièrement vidé leurs villes et leurs demeures de tout objet usuel avant de disparaître ? Mais le livre précise qu'il s'agit d'une découverte accidentelle, lors d'une fouille archéologique sur la côte ouest bien avant la première indépendance, de fines plaques d'adixe qui se sont trouvées passer entre les mains d'un homme capable d'en percevoir la voix télépathique – un membre de l'organisation, de toute évidence. Le dictionnaire n'est pas d'un grand secours à Mathieu, ici : l'adixe est une des énigmes irrésolues des Anciens ; le nom virginien a été attribué de façon arbitraire au début de la colonisation (" A-dix "). C'est la variété " active " d'un alliage couramment utilisé par les Anciens. Pratiquement pas de différence entre les deux variétés, sinon que la variété " active " est extrêmement résistante – et devient inutilisable après refonte. Les pylônes et leur sphère sont également constitués d'adixe, apparemment " actif ", mais sans imprégnation télépathique – ou, alors, inintelligible. On n'a pas idée de la façon dont les Anciens s'y prenaient pour l'imprégnation. Mais elle était courante : des plaques d'adixe séparent les deux couches de pierre qui constituent les murs des Écoles (le livre dit souvent " les temples "), les isolant psychiquement de l'extérieur, et on y trouve de nombreuses salles, souvent souterraines, aux parois entièrement couvertes de résilles d'adixe.

Mathieu hausse les sourcils, revient aux plaques. Le trésor était relativement limité, environ trois mille, et si elles ont permis d'apprendre beaucoup sur la langue des Anciens, elles ont seulement fourni des données lacunaires et frustrantes sur leur histoire et leurs cultures. Lesquelles ont quand même abondamment nourri l'imagination des exégètes : un mur entier de la bibliothèque des Bordes est consacré aux Anciens, a découvert Mathieu avec un accablement presque amusé.

Le terme " bloqué " ne devrait pas tarder à apparaître dans ce chapitre, puisqu'il couvre l'évolution de la mutation. Non que Mathieu n'ait reconstitué par lui-même, mais il lui manque les détails, la perspective. Il les trouve bientôt : on connaît le phénomène du blocage pratiquement depuis le début assigné à la mutation – une vingtaine d'Années après la colonisation – mais c'est un blocage délibéré, et décelable, une façon de se protéger qui s'est développée en techniques très précises avec le temps. Depuis une dizaine de générations, un phénomène différent a fait son apparition : un blocage naturel, inconscient et presque indécelable, selon son intensité ; la barrière des bloqués légers, et même des bloqués moyens, est en partie perceptible et perméable aux " yeux " des télépathes, ou à leurs " oreilles " – ou même à leur " goût " et à leur " toucher " : les métaphores sensorielles varient apparemment d'un individu à l'autre. Et les bloqués profonds, très rares, sont encore plus récents, dit le livre (pas très récent lui-même, au fait, 92) : deux générations à peine, et affligés d'une barrière totalement indécelable, à plus forte raison impénétrable, même par les télépathes les plus puissants.

Or ces bloqués profonds appartiennent souvent à des lignées bien établies de bons, voire d'excellents télépathes, et un vent de panique a suivi leur apparition : impossible avec eux d'avoir une idée de ce qui est bloqué avant le déblocage, s'il a lieu. Et surtout, jusqu'à présent, ceux qui ont réussi à se débloquer se sont révélés des " sensitifs " ou des " petits télépathes " – au mieux. Au pire... Le pire pour un bloqué profond, ce n'est pas de ne révéler aucun pouvoir – même *idiotisé*, on lui permettra de vivre et de se reproduire, au cas où la mutation " normale " interrompue reprendrait chez ses descendants, le blocage n'étant apparemment pas héréditaire. Non, le pire, c'est de se révéler manos ou batzi – " le pire " pour les Gris, en tout cas, qui stérilisent les porteurs de ces mutations. " Politique aussi imbécile que criminelle ", postillonne l'auteur du livre : depuis quelques Années des manos et des batzi sont aussi des sensitifs ou de petits télépathes ; on semble évoluer vers une situation similaire à celle des Anciens, chez qui les pouvoirs se présentaient " en faisceau ".

Mathieu lâche presque le livre, dégoûté : Gris ou Rebbims, ils sont bien tous pareils ! Il est criminel de stériliser manos et batzi parce que ce sont des êtres humains d'abord, pas parce qu'ils sont porteurs de pouvoirs réels ou appréhendés ! Mais ce qu'on peut aussi déduire de ce paragraphe, cependant, c'est que manos et batzi " ordinaires " ne sont pas des télépathes : les Rebbims, qui les acceptent parmi eux, ne sont donc pas tous des télépathes non plus. Une information utile dans les applications qu'elle peut avoir. Hoshiro, Sébastien, ne sont pas nécessairement des télépathes – voilà pourquoi on parlerait à haute voix chez les Bordes...

Mathieu reprend sa lecture, histoire de finir le chapitre, seulement deux pages : il y a peut-être d'autres déductions utiles à en tirer. Mais l'auteur se livre seulement à une longue digression sur la façon hypothétique dont les Ranao géraient leurs propres pouvoirs, sans même faire allusion à la possibilité qu'il y ait eu des bloqués parmi eux aussi. Il ne doit pas avoir eu accès aux mêmes sources qu'Abram, ou il parlerait du souterrain ! Mais le livre date, de toute façon. Quand l'auteur l'a rédigé, aucun bloqué profond n'avait encore débloqué en surtélépathe.

En refermant le livre – les licornes remontent le long de la Mer, il va bientôt être l'heure de rentrer – Mathieu sait bien quelle est la raison réelle de sa frustration. Ce n'est pas dans cet ouvrage qu'il trouvera des informations sur Jordan.

Les licornes traversent la prairie avec une lenteur inhabituelle ; la noire, en passant, tourne la tête vers Mathieu. Le cœur battant, il cesse de rassembler ses affaires : les licornes ont changé de direction et viennent vers lui. Il reste figé tandis qu'elles s'approchent de son arbre, jusqu'à une dizaine de mètres. Elles l'observent, apparemment sans hostilité, la tête un peu penchée les unes vers les autres comme si elles étaient en train de discuter son cas. Il n'ose lever les yeux pour voir si les branches au-dessus de lui sont assez proches pour y grimper en cas d'attaque soudaine. La plus grande des licornes blanches se détourne la première. La licorne noire s'attarde encore un moment à observer Mathieu, émet un petit sifflement vaguement interrogateur, ou perplexe, et s'éloigne à son tour.

Quand il revient chez les Bordes ce soir-là, Lefèvre et Nathalia se trouvent encore dans la salle commune, en train de débarrasser la table. Il ne peut résister au désir de leur parler de ce qui s'est passé.

« Étoile est très curieuse », dit simplement Lefèvre.

Étoile. Ils l'ont déjà nommée ainsi, il s'en souvient.

« Un nom bizarre pour une licorne noire », remarque-t-il.

« C'est le nom qu'elle se donne, dit Nathalia. Les étoiles ont besoin de la nuit pour briller. »

Les licornes se donnent elles-mêmes des noms ?

« Bien sûr, dit Lefèvre avec son éternel sourire tordu. La plupart du temps, c'est aussi le nom que leur donnent les autres membres de leur clan. Les noms s'attribuent par consensus, chez les licornes. C'est un moment important de leur vie, le jour où elles reçoivent leur nom. »

Et Étoile s'appelle « étoile » parce qu'il y a toujours un ciel étoilé dans son esprit, le ciel violet de l'éclipse solaire accompagnant le départ de la Mer. Ce qui est curieux, puisque l'éclipse est toujours partielle de ce côté du continent, et que de surcroît il n'y fait jamais assez sombre pour que des étoiles apparaissent dans le ciel... Mais c'est ce qu'ont perçu ses compagnes, ce que Lefèvre et les autres perçoivent au contact de la licorne noire. Il faut parfois plusieurs saisons à une jeune licorne avant que ne s'élabore clairement l'image unique, ou le réseau d'images, qui constituent sa signature intérieure, son identité profonde : ce n'est pas réellement un choix. Pourtant, la licorne noire a été « Étoile » presque depuis sa naissance. Elle aime la nuit, et elle aime la Mer ; et elle a toujours été curieuse des humains.

« Même des Gris ?

— Oh, elles les sentent venir, ils ne peuvent pas les approcher, soupire Nathalia. C'est comme les banki. Sinon, ils les auraient tous massacrés depuis longtemps.

— Ils n'ont plus de parleurs-aux-animaux dans leurs lignées, de toute façon. Ils les suppriment encore plus férocement que manos et batzi. »

La voix de Lefèvre a une intonation plus agacée que navrée.

« Vous trouvez ça imbécile, ou criminel ? » ne peut s'empêcher de dire Mathieu, sombrement sarcastique.

L'autre le dévisage un moment en silence, avec son petit sourire en biais – décidément trop perpétuel, ce doit être un rictus. « Sont-ils imbéciles, disons irrationnels, parce que criminels – disons cruels –, ou criminels parce qu'imbéciles ? dit-il enfin. Et quel rapport entre les tendances, disons négatives, de l'être humain, et une quelconque rationalité ou irrationalité ? Intéressantes questions. »

Il n'y répond pas, cependant, se contentant de conclure : « Mais effectivement, je n'aime pas le gaspillage. » Et cette fois son sourire est vraiment ironique, bien que Mathieu ignore s'il lui est destiné.

Mathieu remonte dans sa chambre, t-shirt sur une épaule – l'après-midi, lourd et orageux, s'est terminé par une averse alors qu'il remontait entre les rochers de la dernière falaise – tiède, l'averse, pas vraiment rafraîchissante, il va la compléter par une vraie douche bien froide. Alors qu'il débouche de l'escalier dans le couloir, il aperçoit Viateur qui vient vers lui. Il hésite, mais il ne va quand même pas tourner les talons ! Il se compose un visage impassible et s'apprête à croiser le vieil homme.

Qui ralentit en arrivant à sa hauteur. Son regard passe du front à la poitrine nue de Mathieu, avec une expression surprise. Stupéfaite même. Du coup, Mathieu s'arrête en portant machinalement la main à sa poitrine. Il peut sentir le petit bourrelet, sur son sein gauche. Le coup de corne d'Étoile a bizarrement interféré avec une cicatrice plus ancienne, et la marque résultante dessine une escarre violacée sur la peau claire, en forme d'éclair. Sur le front, c'est une cicatrice ordinaire, presque verticale, au-dessus du sourcil droit.

Viateur continue à regarder fixement la cicatrice de sa poitrine. Tout prêt à être agacé, Mathieu lui tend sa main droite, paume tournée vers le dessus: «Et là, ça fait ça», dit-il, sarcastique. La marque sombre suit à peu près la ligne de vie.

Le vieil homme cligne des paupières. « J'ai toujours voulu te demander, Mathieu...» commence-t-il – Mathieu hausse les sourcils, mais le regard du vieux ne se détourne pas et sa voix s'affermit tandis qu'il poursuit: « ... pourquoi tu as choisi de t'appeler Galas, à Orlemur.»

Mathieu sidéré change son t-shirt mouillé d'épaule, pour se donner le temps de considérer toutes les implications de la question. Viateur n'a pas fait le rapport? Les Gris ont pourtant bien dû trouver Galaas dans le poste de surveillance ! Et le pincement de cœur familier: ils ont dû le démonter de fond en comble pour savoir de quoi il s'agissait. Pauvre machine, qui ne se réveillera jamais plus. Mais si le vieux n'a pas fait le rapport, c'est qu'il ne le sait pas. Et il ne va pas lui en parler.

«Quelle importance?»

Le vieux a un petit sourire tordu: «Fais-moi plaisir.»

Mathieu réfléchit une seconde, en accentuant son air buté. En fait, il cherche une explication plausible: «On m'a demandé un nom, j'ai répondu au hasard. Un à-peu-près. Un nom que j'avais vu en passant dans la zone industrielle, je pense. Ça devait être Garras.» Et sa voix peut être sincère: il a effectivement vu ce nom-là par la suite sur le port, un grossiste en pièces de rechange pour gazillacs.

Le vieux hoche la tête avec une expression indéchiffrable. Le croit-il?

«Mon tour, dit vivement Mathieu. Les documents sur l'île Voïstra et le souterrain, dont vous m'avez parlé l'autre jour, ils sont ici?

— Non.

— Rien du tout?» ne peut s'empêcher de dire Mathieu, déçu.

«Non, répète le vieil homme d'un ton un peu agacé. Ce n'est pas grand-chose, vraiment, quelques mentions en passant, un vieux manuscrit récemment déterré dans le Nord.

— Aucun détail.

— Non. Tu en sais sûrement plus que moi sur la question. Te rappelles-tu ce qui s'est passé dans le labyrinthe ? »

C'est dit avec une intonation un peu distraite, comme si le vieux ne s'attendait pas à des révélations bien importantes, et Mathieu est trop heureux de le satisfaire : « Non, très mal. J'ai erré pendant plusieurs jours. Il y avait une rivière souterraine. Des gros champignons dans une caverne. C'est assez flou. J'étais encore sous l'effet de la râcle. »

Viateur fait « Mmmm » en le dévisageant avec une légère curiosité, pour ajouter ensuite : « L'effet n'est pas cumulatif, d'habitude. Mais je suppose qu'avec tout ce qu'ils te donnaient... »

Mathieu était déjà à demi sevré dans le labyrinthe – il s'en est rendu compte plus tard, à Orlemur, quand les dernières traces des drogues ont quitté son système et que son esprit est redevenu complètement fonctionnel – excepté sa mémoire à éclipses. Mais inutile de le dire au vieux, n'est-ce pas ?

« Une chance pour moi qu'il n'y ait eu personne au poste de garde, dans l'île. »

Le vieux dit « Oui » avec un petit temps de retard, il a l'air de penser à autre chose. Il dévisage une dernière fois Mathieu, pousse un grand soupir et reprend son chemin interrompu.

36

Vers le milieu de la deuxième semaine d'Avril, Joanna et Stéphane parlent tranquillement dans la cuisine en faisant la vaisselle du soir – ils ignorent la présence de Mathieu derrière la porte entrouverte, et il n'a pas perdu ses réflexes. Une phrase lui laisse entendre qu'Abram Viateur s'en va le lendemain. Il se retrouve devant la porte du vieil homme, à l'étage, sans trop comprendre ce qui l'a amené là, et frappe sans vouloir se donner le temps de réfléchir.

« Entre, Nattie, je suis à toi dans cinq minutes », crie la voix étouffée du vieux.

Mathieu, un peu interloqué, pousse la porte. Viateur est en peignoir de coton blanc dans la salle de bain, en train de se sécher les cheveux avec une serviette.

« Oh, c'est toi...

— Je peux revenir », dit aussitôt Mathieu en tournant les talons.

« Non, non ! » Le vieux enlève les vêtements qui encombrent le fauteuil placé près de la fenêtre, tapote le dossier: « Assieds-toi.

— Vous attendiez Nathalia...

— Elle devait passer dans la soirée, pas forcément maintenant. Je la trouvais en avance, aussi... Assieds-toi donc, maltchik. »

Mathieu fait quelques pas au hasard dans la pièce, regarde autour de lui, désemparé. Qu'est-il venu faire là ? « Vous repartez dans l'ouest, à ce qu'il paraît. »

Un petit silence, puis le vieil homme soupire : « Tu veux revenir avec moi ?

— Non. » Mathieu s'interrompt, surpris lui-même de sa réponse. Et puis un grand calme l'envahit, car il sait pourquoi il est venu. Bien sûr. « Parlez-moi de Jordan. »

Le silence est plus long cette fois. Quand Mathieu se retourne, le vieil homme est en train de s'asseoir lui-même dans le fauteuil, en ménageant ses genoux. Mathieu prend la chaise du bureau et s'y assied à califourchon en face de lui. Le vieux a l'air bizarre ; il ressemble à un maigre chat mouillé, dans ce peignoir, avec sa crinière blanche habituellement ébouriffée toute plaquée par l'eau, mais ce n'est pas ça... Et puis Mathieu sursaute : ce sont les yeux ! Toujours aussi enfoncés dans les orbites, toujours aussi cernés, mais pas bruns : gris-bleu, très pâle, transparent, presque incolore.

Le vieux doit voir son expression, demande en fronçant les sourcils : « Quoi ?

— Vos yeux... », réussit à dire Mathieu.

L'autre tressaille, porte la main à ses yeux puis se détend : « J'ai enlevé mes verres de contact », dit-il avec un sourire vaguement embarrassé.

Le cerveau de Mathieu se remet à fonctionner. Bien sûr, idiot ! Des clandestins, des comploteurs, ça se déguise, n'est-ce pas ? Mais ça lui a fait un choc bizarre, cette couleur d'yeux inattendue – la même que lui, tiens.

« Tu veux que je te parle de Jordan », dit Viateur, le ramenant à l'instant présent.

Mathieu acquiesce en silence.

« Pourquoi ? »

Mathieu le dévisage un moment, scandalisé. Mais ce n'est pas une question en l'air, le vieil homme paraît très sérieux, presque sévère même. Mathieu retient son irritation : « Je ne sais pratiquement rien de lui. C'était un bloqué. C'est devenu un surtélépathe. Je veux en savoir davantage.

— Tu en sais déjà davantage, réplique le vieux. C'était un bloqué, profond. Il est devenu télépathe, très puissant. Voilà tout ce qu'il y a à savoir sur Jordan. »

Mathieu fait un effort surhumain pour rester calme : « Vous m'avez promis des explications. »

Viateur prend la serviette qu'il avait autour du cou, recommence à sécher les extrémités de ses cheveux où l'humidité s'est accumulée : « Pour ce qui est de Jordan, je peux me l'expliquer à moi-même, Mathieu, à la rigueur. Je ne peux pas vraiment te l'expliquer à toi. Mon Jordan n'est pas nécessairement le tien. Comprends-tu ?

— Non ! »

Le vieil homme soupire. « Tu n'as connu Jordan que par rapport à toi. J'ai connu Jordan... seulement par rapport à lui-même. Je ne l'ai jamais rencontré en personne, Mathieu. Il ne me connaît pas, il ne sait même pas que j'existe. Au début, je suivais son évolution de loin en loin – c'était le fils de deux des meilleurs télépathes parmi les Gris, un cas spécial. Après, quand il s'est débloqué... eh bien, ç'aurait été difficile de ne pas le voir. Je suis allé aux nouvelles. Mais même si on avait pu le reprendre, il était rendu trop loin, il n'était plus récupérable. Il y en a tellement d'autres qui ont besoin de nous, que nous pouvons aider. C'est une question... de triage. On ne peut pas être partout à la fois. »

Mathieu écoute sans comprendre le discours décousu du vieux. Où veut-il en venir ? Qu'est-ce qu'il raconte ? On dirait qu'il est en train de... de s'excuser ! De quoi ?

De ne pas s'être occupé *de Jordan* ? Il a l'impression d'étouffer. Il réussit enfin à dire, à crier, sinon il ne pourrait pas le dire : « Il m'a volé dix saisons de ma vie ! »

Le vieux le dévisage avec une compassion désolée, murmure enfin : « Voudrais-tu vraiment te les rappeler ?

— C'est ma vie !

— C'est dix saisons hors du temps, Mathieu. Les mêmes moments indéfiniment répétés. Dix saisons d'inconscience, alternant avec... » Le vieil homme secoue la tête, sa voix a pris une intonation presque suppliante : « Que veux-tu te rappeler ? Les séances de torture ? Les drogues les ont effacées de ton cerveau, Mathieu, et tu devrais en être heureux...

— Pourquoi pas la première ?

— Parce qu'il ne t'a pas donné de drogues inhibitrices de mémoire cette fois-là.

— *Pourquoi ?* »

Viateur se passe une main sur la figure, la laisse retomber. Il a l'air épuisé, tout à coup. « Ce n'est pas vraiment cela que tu veux comprendre, Mathieu. C'est pourquoi *toi*. Mais c'est ce que je te disais à l'instant. Je ne pourrais même pas vraiment t'expliquer pourquoi lui. Toi seul peux te donner les explications que tu désires. Tu sais tout ce que tu as besoin de savoir, même si tu ne t'en rends pas compte. »

Cette fois Mathieu reste muet. De fureur toujours mais aussi de stupeur, parce que le vieux paraît sincère. Sincèrement navré, sincèrement implorant – sincèrement persuadé de la véracité de son argument, même si Mathieu ne l'a vraiment pas saisi, et sincèrement décidé à ne rien dire de plus sur le sujet.

Mathieu prend une grande inspiration, la retient, la laisse aller. Lefèvre. Il ira interroger Lefèvre. Lefèvre en sait sûrement autant sur Jordan que le vieux, même si ce ne sont pas nécessairement les mêmes informations.

« Vous m'avez promis des explications », rappelle-t-il – il est assez content de son intonation posée. « Qu'est-ce que vous pouvez m'expliquer, alors ? »

Viateur a l'air soulagé, presque reconnaissant même. Il ébauche un sourire : « Tu as beaucoup lu depuis trois semaines, Mathieu, je suis sûr que tu as trouvé dans ces livres beaucoup de réponses à beaucoup de questions. C'était surtout à celles-là que je pensais, et je dois t'avouer – le sourire s'élargit, même s'il est plus triste qu'amusé – que la perspective de toutes ces explications m'épuisait un peu. »

Mathieu n'a pas commencé à vraiment lire avant trois ou quatre jours dans sa prairie, exactement pour la même raison, il s'en rend bien compte, mais du diable s'il va le laisser savoir au vieux !

« Parlez-moi des Merril, pour commencer. »

Viateur hoche la tête : « Ce sont des Rebbims, comme tu l'avais déduit toi-même.

— Sous le nez des Gris ?

— Ils ne peuvent pas surveiller tout le monde tout le temps. Pas plus que nous, au reste. Et les Merril sont très bien protégés, comme tous les Rebbims télépathes en service dans les grands centres. On n'est jamais si bien caché qu'en pleine vue, quelquefois.

— Tout le monde est télépathe, chez eux ?

— Oh non ! Seulement Egan, Sonya et Lissa. Et Carole, que tu n'as pas rencontrée. Et son fils, John.

— Une lignée, alors, les Merril », dit Mathieu. Lissa. Il ne peut s'empêcher d'avoir le cœur un peu serré ; il avait espéré qu'elle au moins...

« Le début d'une lignée. Egan est un télep sauvage – enfin, il n'était pas dans nos listes. Une chance pour lui que ce soit nous qui l'ayons repéré. Sonya vient de chez nous. Les mutations sont héréditaires, mais il en apparaît toujours spontanément, surtout depuis le passage des Terriens. La donne génétique a été pas mal rebrassée quand même... »

Mathieu s'est rembruni ; le vieil homme a dû s'en rendre compte : « Les bloqués n'ont rien à voir avec les Terriens, Mathieu. Il y en avait bien avant le retour de la Terre sur Virginia. Et tous les têtes-de-pierre ne sont pas des bloqués. Le mot est né spontanément quand les Terriens sont revenus, parce que déjà à ce moment la mutation de base avait suffisamment fait son chemin dans la population générale pour que beaucoup perçoivent une différence sans pouvoir la définir, puisque la vaste majorité ignore tout de ce qui se passe en réalité. On a mis ça sur le dos de la froideur, de l'hypocrisie terriennes. De l'obstination des Terriens à ne pas comprendre ce qui était évident à tout le monde, qu'on ne voulait pas d'eux... C'est vrai qu'il y a toujours eu un très mince pourcentage de réfractaires parmi les Terriens, des gens insensibles à l'influence télépathique. Il doit y avoir un rapport, que nous n'avons pas encore réussi à déterminer, avec le phénomène du blocage lui-même – mais ce phénomène-là remonte à bien avant le retour des Terriens sur Virginia.» La voix du vieil homme a pris une intonation à la fois irritée et désolée : « Si les Terriens survivants et leurs descendants n'avaient pas été parqués dans les ghettos, si les mariages mixtes étaient permis, il y a longtemps qu'il n'y aurait plus de têtes-de-pierre. Dès qu'ils ont mis le pied sur la planète, en réalité, ils ont commencé à se transformer eux aussi. Tu t'en es rendu compte à Orlemur, n'est-ce pas ?»

Mathieu hoche sombrement la tête. Trop tête-de-pierre même pour les têtes-de-pierre, oh oui, il s'en est bien rendu compte ! Puis il entend de nouveau ce qu'a dit Viateur et sursaute : «La mutation... est liée à la planète ?»

Le vieux hésite un peu, finit par hocher la tête : «Il y avait sûrement des capacités psychiques latentes dans la population terrienne, mais quelque chose est arrivé ici qui les a généralisées...

— Les radiations solaires ?»

Viateur hausse un peu les sourcils : « Peut-être. Ou une combinaison de facteurs impossible à déterminer, le degré de radioactivité naturelle sur la planète, les conditions de transport des colons dans l'espace... Qui sait, l'alimentation, même !

— Mais la génétique...»

Le vieil homme se met à rire : « Si on avait réussi à déchiffrer les marqueurs génétiques de cette mutation, Mathieu, tu ne serais pas là à me parler. On t'aurait repéré comme mutant à ta naissance, même si la mutation ne s'exprimait pas chez toi, et on t'aurait mis bien au chaud en attendant que tu sois en âge de te reproduire, dans l'espoir qu'elle s'exprimerait chez tes descendants. Non, les sciences de la complexité ne sont pas encore assez développées pour ce genre de tâche. On en est encore pratiquement à la préhistoire sur ce point, du moins aux connaissances datant de la colonisation. » Le regard du vieil homme se perd dans le vide, son visage prend une expression sévère : « Oh, la situation serait toute différente – horriblement différente, sans doute – s'il suffisait d'un examen d'ADN pour savoir qui est un mutant et qui ne l'est pas.

— Je ne suis pas... » proteste Mathieu ; il change de ton en cours de phrase, en pensant aux tests de Lefèvre : « ... un mutant ?

— Compte tenu de ta lignée, je suis certain que tu en es un. Une nouvelle sorte. Henri a beau dire. Pourvu d'une barrière tellement efficace que même moi je n'arrive pas à la déceler. Trop efficace. C'est comme si... »

Mathieu lève les mains pour arrêter la dérive du vieux : « Ma *lignée* ? »

Viateur semble revenir à lui, son visage prend une expression curieuse, presque embarrassée, qui s'efface aussitôt : « Oui. Tu es un Janvier. Enfin, un descendant de cette lignée-là. » Le regard pâle se détourne, se perd de nouveau au loin. « Très ancienne. Beaucoup d'excellents télépathes. Et le premier bloqué – enfin, non, mais pourvu d'une barrière naturelle. Impossible à pénétrer par les télépathes de l'époque, qui n'étaient pas très puissants. Il avait le contrôle, cependant. S'il voulait être vu, on le voyait. La génération suivante, même chose. Ensuite... on les a perdus. Dans les soubresauts de la libération. Et de la Peste. »

La voix du vieux s'est enrouée, il s'éclaircit la gorge. « On croyait la lignée disparue. Ton ADN prouve que non. Nous n'avons pas retrouvé tes parents directs, mais tu peux te considérer comme un Janvier. Mathieu Janvier. »

Il se laisse aller dans le fauteuil, se passe la main sur la figure. « Je suis un peu fatigué, Mathieu. Et je voudrais bien finir de me sécher les cheveux. Et mettre autre chose que ce peignoir. Nathalia ne va plus tarder, maintenant. »

On lui signifie son congé, Mathieu comprend très bien. Mais de toute façon, il est sous le choc. Pas un Terrien, un mutant, un Janvier. Beaucoup à la fois. Il marmonne un bonsoir en se levant et se dirige vers la porte.

« Mathieu... »

Il se retourne. Viateur est toujours assis dans le fauteuil. « Que tu ne te sois pas débloqué avec... les méthodes des

Gris ne veut pas forcément dire que c'est impossible », dit-il, tendu vers lui d'un air anxieux. « Ce serait peut-être possible ici, avec les enfants, le groupe... Tous ensemble... Il faudra essayer. Je dois retourner à Cristobal, mais je reviendrai dans quelques semaines. Penses-y, en attendant. Parles-en avec eux. Il faudra essayer. »

Mathieu considère un moment le vieillard : « Et si je ne veux pas ? »

L'autre a une expression irritée, mais se mord les lèvres et réplique : « Tu ne veux pas en avoir le cœur net ? »

Mathieu éclate d'un rire sarcastique : « Vous voulez savoir si je peux vous être utile, c'est tout. Et quand *vous* en aurez le *cœur* net, si je ne peux vous servir à rien, vous ferez quoi ? Et si je peux vous être utile mais que je ne *veux* pas, vous ferez quoi ? »

Comme pétrifié, le vieil homme le contemple longuement. Avec ce regard incolore, on dirait qu'il est aveugle, ou qu'il voit autre chose, quelque chose qui l'accable.

« Rien, Mathieu, dit-il enfin d'une voix cassée. Absolument rien contre toi. Nous t'aiderons à faire ce que tu veux, si tu acceptes notre aide. » Il se redresse, un élan de colère, les deux mains agrippées aux accoudoirs du fauteuil : « Quoi que tu puisses penser, nous ne sommes pas des Gris ! » Il répète, plus bas : « Nous ne sommes pas des Gris », avec une intonation curieuse – protestation, supplication, essaie-t-il de se convaincre lui-même ?

Mathieu hausse les épaules et quitte la pièce.

37

Le lendemain, Mathieu se lève et part au lever du jour, comme d'habitude, après avoir pris des provisions dans la cuisine déserte, et sans avoir rencontré personne en chemin. Dans les rochers, il salue les tapoches par un petit sifflement auquel quelques-unes répondent en haussant une tête curieuse et en sifflant à leur tour; il se met à rire, continue à dégringoler dans le sentier jusqu'à la prairie qu'il traverse à grands pas élastiques. Lorsqu'il retournera à la maison des Bordes, Viateur sera à Léonovgrad, sans doute déjà dans le train qui l'emmènera vers l'ouest. Le vieux ne reviendra pas avant plusieurs semaines, il sera parti, lui et toutes les réponses qu'il aurait pu fournir. À des questions que Mathieu, il doit l'admettre, ne voulait pas réellement lui poser. Il se sent étrangement léger. Ce jour-là, il rentre plus tôt que d'habitude et mange avec tout le monde dans la salle commune.

Si près de la côte et malgré la présence de la Mer, l'océan qu'elle recouvre continue à modeler le climat: le reste de la semaine, le temps est chaud mais gris, pluvieux et venteux. Mathieu est obligé de rester plusieurs jours à la maison. Il descend pour le petit-déjeuner, prend la collation du matin avec tout le monde, comme le repas de milieu de journée et celui du soir. Entre-temps, il va lire dans la bibliothèque, mais en sort pour se dégourdir les jambes, va observer Joanna ou Gunther au travail dans les ateliers de poterie, aide à la cuisine quand Nathalia le lui propose. Côtoyer les gens de la maisonnée le dérange moins qu'il ne l'aurait cru. Mais c'est que la transition se fait sans heurt: on lui parle et on le traite comme s'il avait toujours été là, sans ostentation et sans embarras.

Il pourrait en être agacé, mais il admet vite qu'il en est plutôt soulagé. Tout comme il finit par apprécier qu'on ne se gêne pas pour ne pas toujours parler en sa présence. Ce sont seulement de brefs échanges silencieux dont il devine parfois la teneur à une réplique ou un commentaire formulés, eux, à haute voix. Ou bien – et il en est trop fasciné pour leur en tenir rigueur – Hoshiro ou Sébastien manifestent leurs propres facultés: pendant la vaisselle, une assiette ou un verre échappés se posent par terre sans fracas, les cartes, les pièces du puzzle ou celles du jeu de dames remuent toutes seules, Maïko se tord en protestant sous des chatouillis invisibles, Érin exige de savoir qui lui a tiré les cheveux, ou joue à cache-cache avec Katik.

Des comportements normaux, en somme, compte tenu des circonstances; c'est plutôt rafraîchissant: adultes et enfants sont simplement eux-mêmes, ils ne mentent pas sur leur propre nature sous prétexte qu'il est là et qu'il est différent. S'ils parlent de lui à son insu... Eh bien, il ne le sait pas et ne s'en porte pas plus mal. Il doit pourtant se rappeler délibérément les Merril et leurs mensonges pour rester sur ses gardes : la vie est si... paisible, ici, si familiale – et si loin de tout. Ces gens sont-ils vraiment des rebelles, des anti-gouvernementaux, des Rebbims ? Ils ne semblent pas se livrer à des activités particulièrement révolutionnaires. Gunther travaille bien à mi-temps dans le petit dispensaire de Raleigh, à une cinquantaine de kilomètres plus au sud – un matin sur deux, est-ce vraiment assez pour des activités illicites ? Le reste du temps, il s'occupe de l'atelier de céramique avec Stéphane. Nathalia et Lefèvre se chargent chacun leur tour de l'instruction générale des enfants, et de la maison avec Joanna.

Maintenant que Viateur est parti, Mathieu comprend que le vieillard avait été un irritant ; une fois cet irritant disparu, les adultes de la maisonnée s'avèrent plutôt plaisants. Et les enfants sont... des enfants, quelles que soient leurs facultés. Ils sont à l'aise avec lui, il en vient à se sentir à l'aise avec eux. Ils l'attirent dans leurs jeux de balle, insistent pour lui apprendre des jeux de cartes, veulent enfin l'inclure dans leurs parties de charades ou les rondes de délirantes histoires à suivre qu'ils organisent parfois. La règle y est toujours de n'avoir absolument pas recours à d'autres moyens que les moyens humains courants. « Ce serait trop facile ! » protestent-ils en chœur lorsque Mathieu explique finalement sa réticence ; le retournement soudain de perspective l'amuse, il accepte de participer.

À mesure que les jours passent, que le beau temps revient, et qu'il ne sent plus autant l'envie d'aller s'isoler dans la prairie au bord de la Mer, il ne peut s'empêcher de penser à la dernière suggestion de Viateur – ordre déguisé, requête... peu importe. Les enfants forment un “groupe”, qui pourrait l'aider à débloquer ? Comment ? Peu à peu, au cours des jeux et des discussions, il hésite moins à leur poser des questions. Ils paraissent avoir une attitude à la fois réaliste et détachée à l'égard de leurs facultés, en parlent avec simplicité. Hoshiro est plus porté à se déplacer lui-même qu'à déplacer des objets, au contraire de Sébastien; Érin est "une télep moyenne", dit-elle – et une parleuse-aux-animaux ; et Maïko, d'après ce que croit comprendre Mathieu, voit à distance, des scènes ou des objets, ce n'est pas clair – ni Maïko ni les autres enfants ne semblent d'ailleurs très bien savoir de quoi il s'agit. Pour ce qui est du groupe, tout ce qu'ils savent c'est qu'ils se rassemblent avec les adultes, qu'ils s'endorment, et qu'alors Maïko a des visions.

Ils n'attachent pas à tout cela une importance excessive – de la même façon qu'on ne prête pas attention au battement de son cœur ou au mouvement de ses jambes. C'est là, c'est naturel. Mais ils en ont toujours assez conscience quand même pour ne jamais embarrasser Mathieu, avec une politesse gracieuse assez étonnante chez des enfants de ces âges et qu'ils doivent tenir de leurs parents adoptifs. De leurs gardiens ? Les deux, sans doute. Mais une évidente tendresse les unit aux Bordes, et pourquoi feindrait-on cette affection ? Un gardien, se prend un jour à penser Mathieu en regardant Nathalia faire voler un cerf-volant avec les enfants et Katik ravis dans la prairie derrière la maison, ce n'est pas seulement quelqu'un qui emprisonne, ce peut aussi être un protecteur.

Il hausse aussitôt les épaules, mais il sait bien que ce qui lui étreint la poitrine n'est pas de la colère.

Lors d'une partie de charades en images, les enfants découvrent son talent pour le dessin. Ils n'ont de cesse qu'il leur dessine chacun quelque chose. Alors qu'il s'applique sous leurs yeux, en tirant un peu la langue, à colorier l'animal fabuleux qu'il a élaboré pour Maïko – mi-tigre, mi-dragon, avec des ailes ajourées – Hoshiro demande soudain : « Ça t'ennuie, Mathieu, de ne pas pouvoir voler ? »

Ils ne lui ont jamais posé de question aussi directe ; Mathieu leur jette un coup d'œil, remarque leur air grave, devine que la question va plus loin. Il soulève son pinceau, cherche quelle couleur poser autour du rose éclatant dont il vient de doter la rosette au centre du poitrail de l'animal : « Eh bien, non, dit-il, un peu surpris d'être sincère. C'est juste quelque chose que tu fais et que je ne fais pas.

— Et Hoshiro ne sait pas dessiner », dit Érin, comme s'il s'agissait d'une conclusion logique.

Et c'en est une en effet, se dit Mathieu en y songeant plus tard. Sauf que Hoshiro pourrait apprendre à dessiner – pas très bien sans doute, il n'est visiblement pas doué pour cela – alors que Mathieu n'apprendra jamais à voler, même mal. Mais il devine soudain leur perplexité, le problème que sa présence leur impose : c'est quoi, la différence, et la normalité ? Jusqu'alors, il ne les avait vues qu'à sens unique : lui différent, et anormal. Mais ces enfants qui vivent ici loin de tout, protégés, peut-être rescapés des Gris... Ils sont différents les uns des autres tout comme ils sont différents de lui – qui est " spécial " chez les Bordes ? Dans la mesure où ils semblent accepter sa différence et la leur sans critiquer ni se moquer, il peut bien les accepter aussi, n'est-ce pas ?

Il a vite déduit de leurs confidences qu'adultes et enfants se réunissent deux fois par semaine pendant un après-midi entier pour les activités du « groupe » ; ce n'est pas un secret, les séances ont lieu dans la salle commune (et non dans le laboratoire de Lefèvre, comme il l'aurait pensé), les portes restent ouvertes. Il n'ose bien entendu pas observer, mais on l'invite bientôt à y assister s'il le désire. Il hésite, soudain un peu embarrassé de sa curiosité, méfiant de leur bonne volonté. C'est ce que désirait le vieux, n'est-ce pas ? Mais ils ont dit " assister ", pas " participer ". Leur bonne volonté n'est pas désintéressée ? La sienne ne l'est pas non plus. Ce serait trop bête de rater une occasion pareille.

Mais si c'était un piège, s'ils profitaient de sa présence parmi eux pour se livrer à une tentative sauvage de déblocage, malgré lui ?

Ils auraient pu le faire n'importe quand, à vrai dire...

Et la pensée sournoise, qui le prend par surprise : s'ils trouvaient quelque chose, s'ils parvenaient d'une façon ou d'une autre à ouvrir ce qui peut n'être après tout qu'une porte trop bien fermée dans son esprit...

Il se secoue avec irritation. Quelle fantaisie ! Peut-être qu'ils n'ouvriraient aucune porte, au contraire ils pourraient l'enfermer plus encore – en détruisant son cerveau par accident, ou les parties de son cerveau dont dépendent la parole, la vue, tous ses autres sens. Ou ils l'ouvriraient trop bien et il deviendrait fou dans le paysage mental ainsi révélé à lui, en proie à des perceptions incontrôlables, ouvert à tous les vents !

Non, les murs de leur demeure sont des murs ordinaires, pierre rouge, pierre dorée, pas une miette d'adixe nulle part : la maison n'est pas protégée. Pas pour rien qu'on place les bloqués dans les Écoles : les échos d'un déblocage inattendu ne peuvent pas en sortir pour aller alerter le bon peuple ! Les Bordes ne prendraient certainement pas le risque d'attirer l'attention des Gris en cas de réussite. Ils doivent de toute façon être parfaitement capables de contrôler un débloqué, comme les maîtres de l'École – il s'oblige à reprendre : comme Jordan. Mais ces dérives sont stupides. Bien plus vraisemblable de supposer qu'il ne se passera rien de spécial. Il viendra, il verra, et c'est tout.

Après la collation qui suit la méridienne, on se réunit simplement dans la salle commune, dont on a tiré les rideaux et poussé la grande table et les chaises le long d'un mur. Les enfants et Nathalia se couchent en étoile sur le tapis, la tête vers l'intérieur, un coussin sous la nuque ; les autres adultes forment un cercle plus large autour des enfants, dans la position du lotus familière à Mathieu. Lui tire une chaise et s'assied à l'écart. Pour l'instant, rien qu'il n'ait connu à la petite École – seule la présence de Nathalia dans le cercle des enfants est inhabituelle. Comme il s'y attendait plus ou moins, ils se livrent tous ensemble à des exercices de respiration, de décontraction et finalement de concentration. Il se surprend à respirer en même temps qu'eux, sursaute. Mais c'était seulement le souvenir, le réflexe.

Silence. Souffles réguliers. Nathalia et les enfants ont les yeux fermés. Dorment-ils ? Leurs doigts, constate Mathieu sans surprise, sont entrelacés dans la position de l'œuf. Les adultes aussi ont les yeux fermés.

Depuis combien de temps est-il là ? Il bâille, change de position. Il a mal dormi pendant la méridienne, il n'arrivait pas à s'empêcher de penser à ce qui allait se passer. Eh bien, il y est, et ce n'est vraiment pas très excitant ! Ou enfin, pas pour lui. Il s'adosse plus confortablement au dossier de la chaise, croise les bras. La pénombre est fatigante, à force. Il va baisser les paupières, juste un instant, pour se reposer les yeux.

Quand il les rouvre, il sait tout de suite qu'il n'a pas dormi, mais qu'un certain temps s'est écoulé dont il n'a pas eu conscience. Un temps certain: à travers les rideaux, la lumière est différente, l'après-midi bien avancé. Et il a un début de migraine. Stupéfait, alarmé, un peu étourdi, il jette un coup d'œil autour de lui. Les enfants n'ont pas changé de position. Les adultes sont toujours immobiles, mais leurs yeux grands ouverts à présent ont un regard fixe.

Mathieu se sent brusquement glacé. Il se lève – ses muscles raidis protestent – s'approche de Lefèvre. Au moment où il va le toucher, l'autre ouvre les yeux et porte les mains à sa tête, le visage contracté, tandis que tout le cercle des adultes s'anime. Soupirs, légers gémissements, on se passe les mains sur la figure, on se frotte les tempes. L'instant d'après, Érin remue, s'assied avec des gestes lents, maladroits. Sébastien se met à genoux en grimaçant de douleur, clignant des yeux étonnés. Hoshiro roule sur le dos en grognant. Nathalia se redresse sur un coude en se tournant vers Maïko, qui n'a pas bougé.

Déjà Lefèvre et Joanna Bordes sont penchés sur la fillette. « Elle dort toujours », murmure Lefèvre avec une intonation plus surprise qu'inquiète.

« Sans nous ? » dit Sébastien scandalisé.

Mathieu hésite, vient à son tour se pencher sur l'enfant. Le mouvement lui fait résonner un gong dans le crâne, et il ne peut retenir une petite grimace: « C'est grave ?

— Je ne crois pas, dit Lefèvre en le dévisageant avec attention. Tu as mal à la tête aussi ?

— Un peu. Mais ça n'a pas de rapport, je n'étais pas... »

Les yeux sombres de Lefèvre étincellent: « Non, il y a quelque chose. Abram avait raison. »

Les paupières de Maïko se soulèvent, le regard de la fillette se fixe sur Mathieu. Elle fait une petite moue, comme si elle allait pleurer.

« Parle, Maïko », dit Joanna avec une tendresse inquiète.

« La licorne, dit la fillette, la... licorne. »

Elle ferme les yeux de nouveau, devient toute molle. Mais Joanna la prend dans ses bras et se relève d'un air soulagé: « Elle dort pour de bon, cette fois. »

Elle monte à l'étage avec Maïko et les enfants pour les coucher, tandis que les autres adultes passent à la cuisine et que Gunther Bordes offre sans rien dire une tournée de verres d'eau où pétillent des comprimés analgésiques. Mathieu boit, repose son verre sur la table, s'étire en observant Lefèvre qui contemple le fond du sien d'un air méditatif.

« Alors ?

— Alors, dit Gunther avec un soupir. C'est la première fois que Maïko continue sans les autres. Il faudra attendre demain matin pour qu'elle nous dise ce que l'aïlmâlan lui a montré. »

Le vocable rani inattendu, et inconnu, fait sursauter Mathieu ; il reconnaît la racine, -mâl, ou -maal, qui renvoie à l'incertain, ou au capricieux ; et -an, le suffixe du singulier dans le mode nordique. -Aïl... La racine la plus proche, -aël, a trait au présent-qui-dure-dans-la-joie, un concept que le dictionnaire traduisait, peut-être inadéquatement, par "éternité". "L'éternité capricieuse" ? Ou bien, si la racine est simplement -aï, " la vision capricieuse " ? La présence de la lettre *l* peut signaler un double sens, alors, comme c'est fréquent en mode nordique.

« La vision capricieuse dans l'éternité ? » dit-il.

Il a la satisfaction de voir Lefèvre lui adresser un regard surpris : « Ils t'ont appris le setlaod ? »

Décidément, le vieux ne leur a pas dit grand-chose.

« Ils m'ont laissé en apprendre un peu, rectifie Mathieu. Mais c'est quoi, exactement, ce que fait Maïko ?

— Exactement, nous ne savons pas trop », dit Joanna en s'appuyant des deux coudes sur la table pour se frotter la figure. « En fait, nous ne savons pas trop ce qui se passe avec les enfants. Nathalia fonctionne comme un catalyseur, semble-t-il. Elle les... rassemble, et quand ils dorment tous ensemble, Maïko... a des visions, comme dans un rêve – c'est le sens du terme setlaod, à mon avis. Les autres ne voient pas avec elle, mais leur présence doit jouer un rôle, parce que sans eux, elle ne rêve pas.

— On ne devrait pas utiliser le terme ancien, intervient Stéphane. L'aïlmâlan, d'abord, c'était un mythe religieux. Et c'était censé être tout à fait autre chose : des visions du passé ou de l'avenir, des séquences entières, avec identification complète, affective et sensorielle, à une personne en particulier, qui orientait la vision. On ne peut pas traduire ça par "rêve". Et en tout cas, Maïko ne rêve pas : ses encéphalogrammes n'indiquent aucune activité de ce type. Elle voit à distance des images sans doute présentes, très brèves, très fragmentaires, et c'est tout. Je ne crois pas que ce soit l'amorce d'un nouveau pouvoir. Seulement une variante de la télépathie.

— Il n'en demeure pas moins que le groupe lui permet de faire quelque chose dont elle est incapable seule », réplique Lefèvre en se tournant vers lui avec vivacité ; à leur intonation respective, c'est un débat familier. « Et il y a Nathalia. Ne pas oublier Nathalia. Les Anciens ne connaissaient pas les catalyseurs. Des regroupements de personnes possédant le même trait, oui – essentiellement des télépathes, mais sans sommeil. Et les aïlmadzi, les rêveurs, fonctionnaient toujours seuls. Je suis d'accord avec Abram, il est en train de se passer quelque chose d'important avec le groupe. Le début de quelque chose d'important, à tout le moins.

— Mais vous, vous ne voyez rien, quand Maïko... rêve, ou voit ? » demande Mathieu, perplexe.

« Non », soupire Joanna ; elle semble vraiment épuisée, comme les autres d'ailleurs. « Nous sommes là pour surveiller leurs fonctions organiques, au cas où il se passerait quelque chose, mais à partir du moment où la synergie a lieu, ils deviennent tous incommunicado.

— Et ça aussi c'est nouveau ! » remarque Lefèvre d'un ton triomphant.

Et peut-être utile. Si les enfants endormis rassemblés par Nathalia se trouvent eux aussi derrière une barrière infranchissable, et si l'on peut en comprendre le principe... Est-ce pour cela qu'Abram voulait le voir participer au groupe ? Un catalyseur de plus ? Mais il ne dormait pas avec les enfants, il n'était même pas dans leur cercle !

En tout cas, Nathalia ne semble pas avoir été touchée comme les enfants ou les autres adultes ; elle n'est pas montée se reposer. Elle s'est appuyée contre le dossier de sa chaise et fait tourner son verre sur le plateau de la table, du bout des doigts, comme si elle se désintéressait de la conversation.

« Et par Nathalia, vous ne pouvez pas non plus savoir ce qui se passe ? »

Personne ne répond, comme s'ils attendaient. Nathalia relève enfin la tête : « Le terme de "catalyseur" est assez adéquat pour décrire ce que je fais avec les enfants, dit-elle enfin d'un ton trop neutre. Un catalyseur, c'est une substance qui n'est pas affectée par la réaction qu'elle déclenche. Hors du groupe, je ne suis pas télépathe. Même pas une sensitive. Je ne sais même pas si je suis télépathe avec le groupe. Je les... rassemble. Je les... vois et je les rassemble. Je ne sais pas vraiment ce que je fais avec eux, et eux non plus. Ça arrive, c'est tout. C'est très difficile à décrire. Une fois la séance terminée, je redeviens une tête-de-pierre. Leurs listes disaient que je devrais être une télépathe, je n'en suis pas une. Voilà. »

Mathieu reste foudroyé tandis que des dizaines de détails insignifiants, enregistrés pendant les semaines écoulées, s'organisent soudain en un réseau d'évidences. Les regards de Nathalia sur les autres, les lignes parfois tristes de son visage – envieuses ? On lui parle toujours à haute voix, on attire vocalement son attention ; comme il a toujours été là pour le constater, il pensait que c'était à cause de lui... Malgré la gentillesse toujours attentive de la jeune fille à son égard, il ne lui a jamais posé de questions ; pour une raison qu'il discerne mal, même Lefèvre, avec ses déconcertants éclats d'ironie, lui semble moins difficile d'approche. Peut-être est-ce l'incertitude où il est du statut de la jeune femme dans la maison : les sourires, les regards qui passent parfois entre elle et Stéphane... Adoptée comme les enfants, mais venue plus tard, pupille, réfugiée ? Dans une sorte d'éblouissement, il reconnaît maintenant la réserve de la jeune fille, en tout cas : c'est la même prudence que la sienne, le même réflexe de se taire et d'observer...

Il se rend compte qu'il la regarde fixement, détourne les yeux, embarrassé, et s'oblige à revenir au sujet présent : « Je pourrais être aussi un catalyseur, alors ? Même sans avoir "dormi" avec eux ? Vous y allez un peu fort, non ?

— Il faudra vérifier ce que Maïko a vu », dit Lefèvre ; il se redresse avec son éternel sourire en biais, qui pourrait aussi bien être à présent une manifestation de perplexité : « Et il faudra recommencer l'expérience. »

Mathieu hésite, mais tout d'un coup ses craintes lui semblent puériles. Si Nathalia... Il se lève pour aller se faire couler un autre verre d'eau, en attendant un peu, de façon perverse, pour voir si Lefèvre ou l'un des autres va se compromettre. Le silence se prolonge.

Mathieu concède enfin: « D'accord. »

38

Une licorne noire, galopant au bord de la mer. C'était la vision de Maïko. Trois jours plus tard, ils répètent l'expérience. Cette fois, Mathieu accepte d'être au centre du cercle des enfants, il fait les exercices de respiration et de concentration avec eux... et ne s'endort pas, ne voit rien, mais perd totalement conscience du temps pendant au moins deux heures. L'effet sur les enfants, et sur les adultes, est encore plus prononcé que la première fois – Joanna et Stéphane ont tellement mal à la tête qu'on doit les aider à se rendre dans leurs chambres, où Lefèvre leur administre un sédatif; quant aux enfants, il leur faut un quart d'heure pour se réveiller, une demi-heure pour Maïko.

Qui a vu la même image, pendant une fraction de seconde – deux heures. Une licorne, noire, peut-être Étoile, galopant le long de la Mer sur un chemin étroit, de trois-quarts face. Maïko la voit arriver vers elle. Elle la distingue très bien, il y a de la lumière pour la voir, bien que ce ne soit pas la lumière du soleil. Les lunes ? Non. Maïko ne peut pas décrire la lumière. Elle n'est pas sûre que ce soit de la vraie lumière.

C'est la première fois que l'enfant voit une scène en mouvement et non des fragments d'images fixes, la première fois qu'elle a une vision récurrente. En l'absence de Mathieu dans le circuit, et dans la pièce – on en fait l'expérience –, elle recommence à rapporter le genre d'images disjointes habituelles au groupe depuis qu'il s'est constitué.

Mathieu doit jouer un rôle – il leur a parlé de son bref tête-à-tête avec les licornes, et Étoile, au bord de la Mer. Mais justement, Lefèvre comme Nathalia se trouvaient là pour qu'il le leur raconte : l'image vient-elle de lui, ou d'eux ? Même si elle vient de lui, est-il un catalyseur pour autant ? Il ne s'endort pas comme Nathalia et les enfants. Les appareils de Lefèvre indiquent une brève apparition d'ondes « aleph », comme il les appelle – des ondes similaires aux ondes alpha sans en être, indicatrices d'une action mentale liée aux pouvoirs, mais non de sa nature ; leur soudaine présence dans l'encéphalogramme de Mathieu a d'abord beaucoup excité Lefèvre. Nathalia présente les mêmes courbes – pendant toute la période où elle dort avec les enfants (ce n'est pas à proprement parler un " sommeil ", mais tout le monde emploie le mot, comme " rêve ", faute de termes plus appropriés, et Mathieu finit par en faire autant.) Pour Mathieu, cependant, cela n'apparaît que pendant une vingtaine de secondes. Dans l'encéphalogramme de Maïko et des autres enfants y correspond alors une brève rafale de petits pics jamais repérés auparavant – que Lefèvre désigne par " aleph 2 ".

Il possède apparemment ce travers de croire que baptiser un phénomène en explique en partie la nature. Mais il sait aussi que c'est insuffisant. Les Bordes et lui se plongent dans d'épais ouvrages traitant de " neurophysiologie " et de " physique sub-quantique " (davantage le domaine de Stéphane Bordes, semble-t-il). La plupart se trouvent dans la section " Anonyme " de la bibliothèque, et beaucoup sont des liasses de reproductions rangées dans des classeurs.

« Les Gris sont très stricts à l'égard de tout ce qu'ils n'éditent pas eux-mêmes », soupire Lefèvre en réponse à la surprise de Mathieu – le contrôle de l'information historique, ou de ce qui concerne les Anciens, ou même des cartes géographiques, pour une population qu'on veut enfermée dans l'espace comme dans le temps, il peut le comprendre, mais les sciences de base ? Les manuels scientifiques à Morgorod portaient pourtant bien en effet sur des sujets plus techniques que théoriques...

« L'information bien comprise est le début de la liberté, poursuit Lefèvre. N'importe quelle information. Et ils veulent aussi garder la mainmise sur la technologie, bien entendu. Seuls des candidats bien choisis entrent à l'Institut polytechnique de Morgorod, je te le garantis ! Mais ils n'ont pas vraiment compris que l'ignorance d'autrui n'est utile que si l'on n'est pas ignorant soi-même. Or, dans bien des domaines, ils se sont coupés eux-mêmes de nombreuses sources d'information, avec leurs préjugés et leurs craintes. D'autres gouvernements, ailleurs et en d'autres temps, n'ont pas survécu longtemps à ce genre d'aveuglement. Mais à vrai dire ils ne disposaient pas du même pouvoir de contrôle que les Gris sur leurs populations...

— Qui est en train de gagner ? » demande Mathieu, plus ironique que vraiment curieux.

Le sourire tordu de Lefèvre s'accentue : « Ça dépend de la personne à qui tu poses la question, non ? C'est plutôt à un pat, pour le moment – tu sais jouer aux échecs ? Tout le monde bouge, mais personne ne peut jouer le coup décisif. J'aurais tendance à dire que la guerre des listes devrait se résoudre à notre avantage : les Gris s'occupent trop à cultiver les lignées de purs télépathes. Ils appauvrissent leur réservoir génétique. La mutation évolue de toute évidence vers des combinaisons de facultés. Que la télépathie n'y occupe pas le premier plan, semble même parfois très faible, voire disparaisse complètement chez certains mutants, ne signifie pas que ces lignées soient "impures", des régressions, comme ils le croient. Moi, je crois que c'est passager.

— Les Anciens présentaient ces faisceaux de facultés », remarque Mathieu pour voir s'il est au courant du labyrinthe de l'île Voïstra et ce qu'il en sait.

Lefèvre ne part pas dans la direction escomptée : « Ah, mais les Gris ne veulent rien savoir des Anciens ! La moitié d'entre eux adhèrent à la théorie selon laquelle les Ranao ont perdu leurs facultés pour créer la Mer, ou à cause d'elle, et l'autre moitié est terrifiée de voir la mutation évoluer vers le même résultat – puisqu'on ne sait toujours pas vraiment ce qui l'a déclenchée : s'il y a évolution, il peut y avoir dévolution, n'est-ce pas ? En conséquence, les Anciens sont aussi tabous que la Mer chez les Gris – et ce qui est tabou pour eux doit l'être pour le reste de la population. »

Mathieu est un peu déconcerté : qu'est-ce qui fait penser aux Gris que les Anciens ont jamais perdu leurs capacités particulières ?

« Les plaques », répond Lefèvre. Les plaques télépathiques des Anciens ont été trouvées dans le sous-sol d'un temple – d'une École, se corrige Lefèvre. L'accès en était impossible à qui n'était pas télépathe, et d'un niveau de puissance assez élevé. « Si les Anciens les ont laissées là, veut la théorie, c'est qu'ils avaient oublié leur existence, s'ils l'avaient oubliée, c'est qu'ils n'avaient plus accès aux sous-sols...

— Et ils n'y avaient plus accès parce qu'ils n'étaient plus télépathes, bon. Est-ce qu'on a pu dater les plaques, ou les sous-sols ?

— Pas vraiment : aucune des plaques connues ne fait mention de la Mer, de près ou de loin. »

Il a mis une légère emphase sur "connues". Mathieu joue le jeu : « Les plaques connues ?

— Les avis divergent sur le nombre initial des plaques. Les Gris en possèdent un certain nombre, et croient que ce sont les seules. Nous en possédons davantage, et nous pensons en général qu'avec celles des Gris c'est tout ce qu'il y a. Mais la plus ancienne référence connue à la découverte cite le chiffre de trois mille quatre cent soixante-sept plaques. Or les plaques des Gris additionnées aux nôtres...

— ... font moins de trois mille quatre cent soixante-sept ?

— Pas mal plus. »

Pris au dépourvu, Mathieu attend la suite, qui ne vient pas : « Et alors ? On avait mal compté au départ, ou la référence est erronée ! » finit-il par dire, un peu agacé, mais curieux.

« Et alors, le chiffre initial était peut-être *très* inexact, et quelqu'un d'autre, quelque part, détient des plaques dont ni les Gris ni nous ne savons rien. »

Mathieu ne peut s'empêcher de rire et Lefèvre hoche la tête avec amusement aussi : « Je sais, mais je préfère garder un esprit ouvert. »

Mathieu réfléchit un instant : « Bon, mais dans les plaques *connues*, il y a quoi ?

— Oh, des tas de choses. C'est très... décousu, je dirais, pas de continuité. Comme un échantillonnage. Des légendes, des relations de voyage, des descriptions de jeux, des récits de bataille, un peu tout et n'importe quoi. Dans certaines plaques, les Anciens n'ont pas encore acquis leurs pouvoirs. Dans d'autres, ils en possèdent certains. Dans quelques-unes, ils les ont tous. Impossible de dire s'ils en ont certains avant ou après les avoir eus tous, évolution ou dévolution. Mais tout se passe avant la Mer. Bien avant, si on en croit les quelques recoupements qui ont pu être faits.

— Rien n'indique comment ils les ont acquis, ces pouvoirs ?

— Absolument rien. On peut tout juste reconstituer hypothétiquement une partie de l'évolution : les pouvoirs plus... physiques semblent venus plus tôt chez eux, par exemple. Mais les premiers mutants ont été des sensitifs, comme chez nous. C'est la mutation de base, celle sans laquelle, apparemment, les autres ne peuvent se développer. Les Gris la méprisent. Ils pensent que la mutation a atteint sa perfection avec les facultés télépathiques, tout le reste ne peut être que régression, pollution, voire péché ! Ils ne peuvent pas ignorer que la population générale, à des degrés divers et à quelques exceptions près, est maintenant constituée de sensitifs, et ils s'en servent tous les jours pour asseoir leur domination, mais pour eux c'est une expression primitive de la mutation, un cul-de-sac, et ceux qui la présentent appartiennent à une variété inférieure de la race. Ils ne le disent pas tous, mais si on gratte un peu...

— Ce n'est pas très compatible avec l'usage qu'ils font des listes », remarque Mathieu.

« Oh, ils sont très doués pour l'aveuglement sélectif – dire une chose, en faire une autre. Non, ils ont un gros problème avec la notion même d'évolution, comme je disais tout à l'heure. Ils n'aiment ni l'idée du passé ni celle de l'avenir. Le présent seul compte pour eux – le présent de leur domination. Tout ce qu'ils font, en réalité, n'a pour but que de le perpétuer. Si l'aëllud avait sur nous le même effet que sur les Anciens, je parie que quantité de Maîtres seraient perpétuellement drogués – il se met à rire tout bas. D'une certaine façon, ça résoudrait une bonne partie de notre problème !

— L'aëllud ? » Mathieu ne connaît pas le terme setlaod, mais le sens général est assez évident : "éternel présent".

« Les Gris en utilisent un dérivé dans la râcle, ça augmente la réceptivité. On devient... influençable. »

Après une petite pause, Lefèvre se tourne vers Mathieu, le regarde droit dans les yeux : « Les Anciens, l'aëllud leur faisait perdre la conscience du temps. D'après Abram, tu y réagis plutôt comme les Anciens. »

Mathieu essaie de dissimuler son tressaillement. Lefèvre est au courant du souterrain, alors, comme Viateur. Sinon du labyrinthe.

« C'est ça... qu'il m'injectait ? dit-il à voix basse. Jordan ? »

Lefèvre hoche la tête, sans le quitter des yeux ; il a bien son sourire tordu, mais Mathieu a décidé une fois pour toutes que cela ne voulait rien dire chez lui. Au moins, il n'a pas l'air apitoyé. « Entre autres. Et il a expérimenté avec les dosages, je pense. Comme avec les impuretés, les mélanges. Mais en gros, oui, de l'aëllud. »

Mathieu va crier " pourquoi ? ", mais la réponse lui apparaît avant même d'ouvrir la bouche. Perdre la conscience du temps, c'est ce qui lui est arrivé avec le groupe. Et Maïko voit la licorne noire. Jordan avait eu ce genre d'idée ? Sûrement pas. C'est un hasard. Plutôt dans l'autre sens : Viateur a eu l'idée parce que...

« Mais ça n'a jamais rien donné avec Jordan.

— Non. »

Mathieu comprend maintenant pourquoi ses trois dernières saisons à l'École de Morgorod sont si discontinues dans son souvenir, parfois si floues. Trois jours après l'avoir installé dans ses appartements, Jordan a commencé à expérimenter avec la drogue. Des dosages minimes d'abord, dans ce qu'il lui donnait à manger et à boire avant les " exercices ". Et ensuite, dans le souterrain... Mathieu était officiellement mort, n'est-ce pas ? Il pouvait faire de lui ce qu'il voulait. Plus de Maître Malik pour regarder par-dessus son épaule et lui rappeler la limite d'âge, quinze saisons, la fin du sursis pour les bloqués profonds qui n'ont pas débloqué. Plus de limites du tout. Plus de garde-fous. Dix saisons. Dix saisons d'acharnement thérapeutique.

Mathieu se rend compte qu'il serre si fort les poings qu'il se fait mal. Lefèvre s'est détourné et feuillette un livre. Par pudeur ? Mathieu déplie ses doigts un par un, sentant les ongles se détacher de sa paume. Dix saisons de sa vie, un grand trou dans sa mémoire mutilée. Et non, il ne veut pas vraiment se rappeler, Viateur avait raison – le réveil, les tortures, la replongée dans l'inconscience, semaine après semaine après semaine des mêmes instants indéfiniment répétés. Mais la simple *idée* de ce temps disparu à jamais lui donne la nausée. Tête-de-pierre, et en plus tête cassée !

« Jordan était un bloqué profond, remarque Lefèvre, toujours sans le regarder. Il s'est débloqué de justesse, à la fin de sa quinzième saison. Malik, qui en était responsable, était un maître... très exigeant. Un homme sévère. Parfois même brutal. Mais convaincu d'agir pour le bien de ses pupilles.

— Et alors ? » réussit à dire Mathieu d'une voix étranglée.

« Et alors, si j'ai bien compris, Jordan t'a plutôt bien traité jusqu'au souterrain. Et même là. Il a prétendu que tu étais mort pendant la procédure d'idiotisation, pardon, de " remodelage cérébral ", mais c'était pour te donner une chance supplémentaire de débloquer. On pourrait même dire qu'il a utilisé au début l'aëllud en combinaison avec d'autres drogues inhibitrices de mémoire à court terme parce qu'il voulait être sûr que tu ne garderais absolument aucun souvenir des essais de déblocage. Pas de traumatisme. »

Médusé, Mathieu regarde fixement Lefèvre, il le voit mal tout d'un coup, un voile sombre lui passe devant les yeux, il cligne des paupières. « Il a essayé de me *protéger*, vous voulez dire ? » réussit-il enfin à marmonner – sa mâchoire est comme paralysée par la rage. Il a l'impression qu'il explose, une lente explosion fixe qui n'arrête pas de gonfler et qui pourtant reste concentrée là, exactement dans les limites de sa peau. « Il l'a fait *pour mon bien* ? »

Il entend à peine Lefèvre dire : « Il l'a fait *aussi* pour ton bien », il éclate d'un rire qui se casse en toux déchirante, se plie en deux, suffoque. Lefèvre se tourne vers lui, main tendue, mais il lui échappe en glissant le long du mur, s'enfuit sous l'arcade vers la porte arrière qui donne sur la prairie, court de toutes ses forces, à se briser les jambes, à se faire péter le cœur, s'il court assez vite il passera à travers... il ne sait pas quoi mais à travers et ça passe, ça casse, il trébuche sur quelque chose et se retrouve étalé de tout son long, le nez dans l'herbe humide. Au bout d'un moment, sa poitrine ne lui fait plus si mal, il se retourne sur le ventre, il regarde le ciel, immense, sans fin, il voudrait que le ciel le broie contre la terre, que ses molécules éparpillées se dispersent aux quatre vents, à jamais libérées, à jamais insaisissables.

39

Les recherches des Bordes dans leur bibliothèque ne semblent pas servir à grand-chose ; après une semaine de lectures et de séances de discussion intensives (auxquelles Mathieu renonce vite à assister, le vocabulaire en étant par trop incompréhensible pour lui), Lefèvre conclut qu'il faudrait des instruments plus sophistiqués que ceux dont ils disposent. Cela sonne comme un aveu d'impuissance. De même, la répétition de l'expérience, semaine après semaine pendant le reste d'Avril, finit par ressembler davantage à un rituel qu'à la " recherche scientifique" dont se gargarise Lefèvre.

Les enfants sont fatigués, les adultes nerveux et irritables. Vers la fin d'Avril, Mathieu décide que la plaisanterie a assez duré. Il est un mutant, bon – les listes, de toute façon, l'avaient déjà indiqué, comme pour Nathalia. Peut-être est-il un catalyseur, d'une autre variété que la jeune femme. Une constante barrière protectrice l'entoure, peut-être semblable à celle, temporaire, des enfants et de Nathalia quand ils dorment ensemble – une barrière que rien ne peut traverser, puisque l'espèce de communication qui s'établit entre les enfants et lui, si c'en est une, n'est pas perceptible aux adultes télépathes présents aux séances. Il y a pour sûr des pics nouveaux dans les encéphalogrammes, sans doute des ondes cérébrales nouvelles à l'œuvre chez les enfants et lui, des transformations neurophysiologiques inconnues dans leur cerveau – mais Lefèvre n'est pas réellement équipé pour ce genre de recherche. Il n'y aurait rien de plus à gagner en poursuivant les expériences.

Mathieu n'a pas envie de discuter sa décision avec Lefèvre et les autres – elle est définitive, tout ce qu'ils pourraient dire n'y changerait rien. Un matin, il va piquer des livres un peu au hasard dans la bibliothèque, passe à la cuisine pour prendre de quoi manger, et descend vers la Mer à travers les prairies bleues, brièvement accompagné par Katik ; mais elle l'abandonne dans la deuxième prairie : Érin a dû se réveiller.

Quelques tapoches sont en pleine frénésie nidificatrice et courent partout, leur poche ventrale pleine de brindilles, de duvet d'oiseau et du sous-poil laineux que les licornes accrochent dans les buissons. En contrebas de la dernière prairie, le scintillement bleuté n'a pas changé, ni l'herbe de la colline – seulement plus longue – ni la boule blanche du plumetier. Il n'y a pas vraiment de saisons, si près de l'équateur ; elles n'étaient guère perceptibles à l'École de Morgorod non plus, d'où il ne voyait même pas le brouillard. Il se demande, fugitivement, comment c'est dans d'autres régions plus septentrionales où l'on peut vraiment voir le temps passer. Son arcanda favori, dégoulinant de fleurs, porte comme une robe de parfum somptueux, musqué, entêtant, et une autre robe bourdonnante d'insectes affairés. Il l'abandonne pour un des racalous qui bordent la petite falaise, bien à l'opposé de l'endroit par où arrivent les licornes.

Et bientôt, à leur heure habituelle, elles sortent du couvert des arbres et descendent vers la Mer, tandis qu'il les observe depuis sa place inhabituelle. Il les regarde s'amenuiser dans le lointain, prend le gros livre qu'il a emporté, l'ouvre à la première page.

Et le referme après quelques paragraphes. C'est le seul qu'il n'ait pas pris au hasard, le premier tome d'une histoire de Virginia. La véritable histoire, ou du moins celle que les Rebbims considèrent comme telle : une série de relations écrites et publiées dans la clandestinité par l'un des premiers chefs du mouvement, un dénommé William F. Hollander, un peu plus de cent saisons auparavant, et continuée par ses successeurs ; la série de cinq volumes couvre les quatre cent huit saisons écoulées depuis le tout début de la colonisation. Il a choisi cette lecture plus par devoir que par goût. Mais quel devoir, après tout ? Il n'a pas vraiment envie de se plonger dans le passé des humains sur Virginia ; c'est comme si, en décevant son désir d'en savoir davantage sur lui-même, les semaines écoulées avaient épuisé en lui toute curiosité. À quoi bon apprendre comment les Terriens sont arrivés sur Virginia, ce qu'ils y ont fait, comment ils en ont été transformés, et les conflits secrets qui déchirent maintenant leurs descendants ? Ni Virginien, ni Terrien, Mathieu. Il n'appartient à rien, à personne. Partout paria au milieu des parias, méprisé dans la première École, isolé dans la seconde, prisonnier d'illusions dans le souterrain, avec le contentement artificiel des tablettes de râcle puis, dans le labyrinthe, avec Galaas. Après le purgatoire d'Orlemur, la relative paix vécue chez les Merril a été un mensonge. Quant aux Bordes et à leur maisonnée... Rien là non plus pour lui. Il ne se sent d'affinités ni avec les Rebbims apparemment plus militants des villes ni avec ceux de l'extérieur apparemment plus désengagés. S'il lui fallait choisir, sans doute choisirait-il de rester avec les Bordes. Mais en réalité, s'il avait vraiment le choix, il essaierait de trouver un endroit complètement désert.

Il repose le livre, ramène ses genoux vers sa poitrine, pose son menton sur ses bras repliés et laisse son regard errer dans la luminescence brumeuse qui recouvre la Mer. Dans le lointain, les silhouettes des licornes ont amorcé leur retour.

Un bruissement d'herbe le tire de sa rêverie incolore. Il se retourne avec un petit tressaillement, voit Nathalia immobile derrière lui ; elle mâchonne une tige d'herbe, sans le regarder.

« Abram a contacté Henri, dit-elle enfin. Maintenant ils sont tous en train de discuter comme des perdus sur le groupe. Je peux ? »

Abasourdi, Mathieu pousse son sac, se pousse lui-même ; la jeune femme s'assied, se cale contre le tronc entre deux racines, ferme les yeux avec un soupir : « Il fait tellement calme, ici. Les gens normaux n'aiment pas être près de la Mer. »

“ Les gens normaux ”. Personne n'utilise cette expression chez les Bordes – sauf elle, quelquefois. Il a envie de dire “ Qui est normal ? ”, mais il s'abstient, demande plutôt : « Quoi, le groupe ?

— Abram voudrait qu'on recommence, mais en prenant tous de l'aëllud. Henri trouve l'idée logique, Gunther et Stéphane estiment que c'est intéressant mais pourrait être dangereux pour les enfants, et Joanna dit qu'on devrait mettre fin au groupe de toute façon. Moi, je n'avais plus envie de discuter. »

Elle rouvre les yeux, et Mathieu fait mine de regarder ailleurs mais continue à l'observer de biais. D'un air las, la jeune femme contemple le brouillard de la Mer. « Et toi ? »

Mathieu arrache une herbe entre ses pieds, à la fois déconcerté et irrité : « J'avais l'intention d'arrêter. J'ai toujours. Qui l'a mis au courant de nos essais ?

— Personne. » Elle arrête sa protestation d'une main levée. « Non, vraiment. Abram a ses propres moyens de savoir ce qui se passe. C'est un télep extrêmement puissant. Jusqu'à nouvel ordre, les Gris n'en ont pas comme lui. Même Jordan. Heureusement. » Elle hausse les épaules : « Remarque, ça ne lui a pas servi à grand-chose avec moi. Ou avec toi. Il est inquiet, je pense... »

Mathieu continue de l'observer à la dérobée. Toute sa méfiance lui revient d'un coup. Pourquoi est-elle venue ? Les autres l'ont-ils envoyée pour le convaincre de se soumettre à ces nouvelles expériences ? S'imagine-t-elle l'amadouer par des confidences, par le rappel qu'ils se trouvent en quelque sorte du même côté de la barrière ?

« Ils t'ont trouvée comment ? » demande-t-il, pour la tester.

Elle reste un moment sans réagir – une confirmation de son soupçon ? Puis elle paraît se détendre, avec un léger haussement d'épaules : « J'avais quinze saisons. La limite d'âge pour les bloqués. Les "bloqués"... Tout est dans le nom, hein ? Puisqu'on est " bloqué ", les maîtres sont là pour débloquer, c'est si simple. La plupart des bloqués légers et moyens débloquent à sept, huit saisons. Presque " naturellement ". Les exercices, la pression familiale – ceux qui ont des familles, ou des familles d'accueil – la carotte et le bâton... Et si ça ne marche pas, un choc au bon moment, et hop ! Les bloqués profonds, là, c'est plus dur. Même après trois générations, ils ne savent pas vraiment ce qui marche ou pas, pourquoi avec celui-ci et pas avec celle-là. Mais leurs trucs fonctionnent assez souvent, alors ils croient qu'ils ont raison. Ils ont toujours raison, n'est-ce pas ? Il faut un certain temps pour trouver le bon choc et le moment adéquat, voilà tout. Moi, mon maître commençait à ne plus savoir quoi faire. Il a décidé de me laisser me sauver de l'École. De me faire un peu goûter à la vie des têtes-de-pierre, dehors. C'était à Bird, fin 99, pendant les pogromes. »

Mathieu, pétrifié, pense au matin des licornes, aux cicatrices qui zèbrent le torse de la jeune femme. Voilà, il sait, maintenant. Il serre l'une contre l'autre ses mains glacées. Jusqu'alors, il n'a jamais pensé qu'il avait eu de la chance.

« J'ai eu de la chance, continue Nathalia, un écho ironique. Des rebs ont repéré les maîtres qui me suivaient, et ils m'ont récupérée avant eux. Ils m'ont sortie de Bird, Abram m'a prise en charge. Ensuite, il m'a amenée ici. Et le groupe... s'est déclenché. C'est arrivé tout de suite.

— Les enfants n'étaient pas là ? »

La jeune femme hoche la tête, elle a deviné la question implicite : « Non. Mais ils ne sont pas nés chez des Gris, heureusement pour eux. C'étaient des " bloqués " aussi. Ils se sont débloqués avec moi. C'est lui qui les a amenés aux Bordes. »

Quelle coïncidence ! Traversé d'une rage qu'il avait presque oubliée, Mathieu arrache une autre tige d'herbe. Et maintenant le vieux a une autre théorie à vérifier, c'est ça ?

« Pourtant, il est parti avant qu'on ne commence avec toi... », murmure Nathalia d'un ton pensif ; ses réflexions suivent la même pente que les siennes, mais apparemment pas dans la même perspective. Elle doit être tellement habituée à servir de cobaye qu'elle n'est même plus capable de réagir !

« Si tu es venue me chercher, c'est non ! dit-il en frappant le sol herbeux du poing. Qu'est-ce qu'il se croit ? Qu'est-ce que vous croyez, tous ? »

Il bégaie presque. Il essaie de faire violence à sa violence soudain réactivée, prend une profonde inspiration, se lève. En bas de la colline, les trois licornes se sont arrêtées, la tête tournée dans leur direction.

« Je ne suis pas venue te chercher ! » La voix furieuse de Nathalia le retourne vers elle. Elle est debout aussi, le visage contracté. Elle répète : « Je ne suis pas venue... », s'interrompt comme si elle suffoquait et reprend un ton plus bas : « Qu'est-ce que TU crois ? »

Elle reste un moment à le regarder fixement, puis elle baisse soudain la tête et tout le reste de son corps se détend, s'affaisse ; quand elle se rassied, c'est comme si ses jambes s'étaient dérobées sous elle. Elle presse son visage contre ses genoux relevés et se met à pleurer sans bruit.

Mathieu ne comprendra jamais très bien ce qui se passe ensuite. Il a dû s'asseoir près d'elle, essayer de la calmer, peut-être la prendre dans ses bras. Mais cette séquence de mouvements, et même les émotions qui ont dû les accompagner, s'effaceront de sa mémoire. Tout ce qu'il se rappellera, c'est le choc répété de leurs corps l'un contre l'autre, comme des coups, alors qu'ils arrachent leurs vêtements, sa bouche sur lui comme une morsure, ses mains sur elle comme s'il était aveugle, et il est aveugle, il ne se rappelle aucune image, seulement des sensations, la dureté douce de ses hanches sous lui, la vibration de sa gorge sous sa joue alors qu'elle gémit, ou qu'elle crie, leur odeur mêlée à celle de l'herbe écrasée, l'étau brûlant et souple de son sexe autour du sien, les ongles qui lui rentrent dans les reins, la force des jambes enlacées aux siennes et qui le tiennent, l'orgasme presque tout de suite, presque simultané, qui se brûle lui-même dans sa propre intensité, on ne peut parler de plaisir, il y a eu plus de plaisir pour Mathieu dans toutes ces autres sensations mêlées le temps d'un éclair, la certitude de ce corps entre ses bras, de ces bras autour de son corps.

Il n'y aura pas d'« après » non plus dans sa mémoire, pas de retour au calme, le souffle qui s'apaise, les corps qui s'écartent un peu, la conscience qui revient lentement. Non : le paroxysme, et puis, sans transition...

Le visage d'Assia endormie, tout près du sien quand il se réveille, son dos à demi nu. Il se serre contre elle, sent son sexe se durcir. La gorge nouée, il murmure, « Assia, Assia », un peu coupable de vouloir la réveiller, mais il a trop envie d'elle et il se met à la caresser, avec maladresse, en écartant encore plus la robe légère à moitié défaite. Assia garde les yeux fermés, mais il sent bien qu'elle ne dort plus, que son corps s'est tendu contre le sien, et au bout d'un moment elle répond à ses caresses, comme malgré elle, elle finit par se retourner, elle s'ouvre à ses baisers, elle rit tout bas, elle soupire, elle gémit, elle le guide, ses mains sur ses seins, son sexe contre ses cuisses, cette fois, oui, cette fois. Il la cherche, elle se raidit, elle se cambre comme pour lui résister mais en réalité elle se frotte contre lui en râlant tout bas à petits coups, d'une voix rauque, méconnaissable. Affolé, la peau en feu, il passe les mains sous ses fesses, il l'attire vers lui, et soudain cette chaleur glissante qui le saisit, où il s'engouffre dans une panique de plaisir, il vole, il flotte, il explose. Une voix, sa voix à lui, il crie, Assia, oh, Assia, et elle crie aussi, elle se soulève, frénétique...

Elle se débat en hurlant, les yeux fous, elle rue, elle le repousse, elle le gifle, elle le griffe, elle le martèle de coups de poing, un cri qui n'en finit pas s'échappe de sa bouche grande ouverte, un cri aigu, terrifié, terrifiant.

Et la porte de la chambre s'ouvre, la lumière s'allume, Assia s'arrache à lui pour aller s'effondrer dans un coin, les bras autour de la tête. Mathieu reste là, appuyé sur un coude, hébété, avec son sexe tendu qui pulse encore pendant quelques fractions de seconde, qui ne veut pas comprendre qu'Assia n'est plus là, ne sera plus jamais là, parce que le premier des hommes qui s'avance vers le lit, c'est Jordan, impassible, et le deuxième est Maître Malik, une expression satisfaite sur ses grosses bajoues, et le troisième est un jeune Maître qu'il ne connaît pas, qui lui jette un regard haineux. Et c'est vers lui qu'Assia se précipite maintenant en hurlant des sanglots, elle tombe à moitié, il la rattrape, s'accroupit avec elle, la serre contre lui en murmurant des mots sans suite.

Le gros Maître Malik se tourne vers Jordan, et lui parle – le visage de Jordan se contracte sous l'insulte : « C'est terminé, Jordan. Le délai est passé. Tu as perdu assez de temps avec lui. Je m'en occuperai, pour le remodelage. »

Jordan reste un moment immobile, comme ramassé sur lui-même. Puis il se détend, se détourne de Malik. Sourit. « Non, je vais le faire, dit-il d'une voix lente. Je me dois bien ça. »

Malik fronce les sourcils, puis sourit à son tour, sans plus rien dire.

Jordan ramasse les habits de Mathieu par terre, les lui tend : « Habille-toi. » Sa voix est calme, mesurée.

Mathieu obéit, il ne sait pas ce qu'il fait, sa tête bourdonne, tout son corps tremble, il va s'évanouir.

« Viens. »

Il suit Jordan, parce que c'est Jordan et qu'il l'a toujours suivi, parce qu'Assia, quand il passe devant elle, se recroqueville dans les bras de son jeune maître avec une expression horrifiée. Il quitte la petite chambre de leurs rendez-vous qui n'ont jamais été secrets. Il suit Jordan muet dans des corridors nocturnes où ils ne rencontrent personne. À l'appartement, Jordan le pousse dans la salle de bain : « Prends une douche, tu sens la femelle. » Quand il revient dans la chambre, Jordan est debout devant la fenêtre, l'air pensif, les mains croisées dans le dos. Il se retourne en entendant Mathieu fermer la porte de la salle de bain, le dévisage un moment, soupire : « Mon pauvre Mathieu... Mais la petite a débloqué, au moins, c'est déjà quelque chose. »

Mathieu vacille, hébété. Il ne comprend pas, il ne veut pas comprendre. Assia, Assia ! Il contemple Jordan, envahi par une rage énorme, dévastatrice, s'il ne bouge pas il va être réduit en cendres, alors il bouge, un, deux pas raides, et il est sur Jordan.

Qui n'est plus là, qui s'est souplement déplacé pour éviter la charge, l'attrape par un bras, le fait pivoter sur sa hanche, l'allonge sur le tapis et s'assied à califourchon sur lui. « Oh, on veut jouer dur. Plus tard, mon garçon. On essaiera ça aussi. Pour le moment, on va faire un petit voyage, pour ne pas contrarier Maître Malik. »

Mathieu s'est durement cogné la tête contre le sol en tombant. Il voit double. Deux Jordans un peu décalés qui tirent de leurs poches de veste deux seringues à pression, deux mains qui s'approchent de son visage. Un seul contact ni chaud ni froid sur sa gorge, un seul sifflement, une seule brève brûlure. Et plus rien du tout.

Il se réveille, un sursaut désespéré, mais non, il ne dormait pas, Nathalia est à côté de lui, encore haletante, ses yeux s'agrandissent, elle dit : « Mathieu ? » et il reste là, à moitié dressé sur un coude, tandis que la banquise des souvenirs finit de s'écrouler en lui, et lui enfin avec elle, secoué de sanglots brûlants, dans l'herbe.

Sans transition, Nathalia le tient contre elle, ils sont à moitié assis, à moitié accroupis l'un près de l'autre, elle le berce, ou il la berce, elle pleure aussi en lui caressant les cheveux.

Cette fois, ils ont dû dormir, il se réveille vraiment. Pour se figer ensuite dans une immobilité terrifiée : un souffle chaud sur son visage, deux éclats verts au-dessus de lui, une masse sombre bloquant tout son champ de vision.

La masse recule un peu, devient la tête d'une licorne, de la licorne noire, d'Étoile. Mathieu s'assied avec des gestes mesurés. Il fait sombre, le soleil va bientôt plonger ; du coin de l'œil, il voit le corps de Nathalia bouger, se redresser. Sans hâte, comme si elle voulait leur laisser une certaine intimité, la licorne s'écarte de quelques pas.

Mathieu regarde Nathalia. Dans la pénombre, son expression est difficile à déchiffrer. Elle dit « Étoile », sans inflexion ascendante, comme une conclusion. Les ombres glissent sur son visage et Mathieu est soudain certain qu'elle sourit. « Où est ma chemise ? » dit-elle.

Ils s'habillent l'un en face de l'autre sans que Mathieu songe à se détourner ; la manche de la chemise de Nathalia est déchirée, trois des boutons de la sienne ont sauté. « Eh bien », dit la jeune fille. Et soudain elle se met à rire doucement, s'approche de Mathieu et se serre contre lui, les bras passés autour de son torse, la joue frottant sa joue rêche de barbe. Elle est un peu plus grande que lui. « Ça va, Mathieu ? »

Il répond « oui », d'une voix enrouée.

Dans la pénombre, découpée en silhouette sur la luminescence bleutée de la Mer, la licorne émet une série de petits sifflements brefs, comme si elle riait elle aussi.

40

Ils rentrent main dans la main. Personne ne fait de commentaires, comme personne n'en fait lorsque Mathieu s'installe quelques jours plus tard dans la chambre de Nathalia. Les Bordes continuent à se conduire comme avant – avec peut-être des sourires plus fréquents à leur égard, presque attendris, en tout cas satisfaits. Y compris Stéphane, et quand Mathieu finit par poser la question à Nathalia, elle reste un moment silencieuse : « Stéphane s'est occupé de moi quand je suis arrivée ici. J'étais... Je ne pouvais pas supporter qu'on me touche. » Elle le dévisage avec attention et, après une petite pause, elle précise : « Qu'un homme me touche. »

Mathieu sent une compassion douloureuse et brûlante se nouer en lui, tend une main hésitante vers la jeune femme qui la prend, murmure contre sa paume : « C'est terminé depuis longtemps. Es-tu jaloux, Mathieu ? »

Il ne se retient plus, la serre contre lui : « Non ! Je veux... je veux que tu n'aies plus jamais mal ! »

Elle lui sourit sans répondre, un sourire qui lui fait battre le cœur. Quand il est avec elle, il se sent transporté, subjugué – et en même temps, il baigne pour la première fois de sa vie dans une vaste paix. Comment est-ce possible ? Assia, c'était la panique, il la regardait et il devait détourner les yeux, il pensait à elle et il perdait le souffle, il la touchait, et il pensait s'évanouir... Mais non, il ne veut même pas penser à Assia, c'est un sacrilège d'évoquer Assia en présence de Nathalia. Nathalia, sa voix un peu rauque, l'arc charnu de ses lèvres, ses sautes d'humeur inattendues, un instant une adolescente timide et un peu brusque, l'instant d'après une femme calme et souriante, “ maternelle ”, pense parfois Mathieu pour qui le terme évoque maintenant quelque chose de concret après un

Mois passé chez les Bordes – et la saison passée chez les Merril, il peut bien l'admettre aussi à présent. Nathalia, avec qui il peut parler des heures durant, Nathalia qui en sait plus que lui – mais dont une partie du savoir s'arrête aux mêmes frontières que le sien, là où commence le véritable univers des Rebbims. Pour la première fois, il y a dans la vie de Mathieu quelqu'un avec qui vraiment partager, dans leurs souvenirs un passé semblable, dans leur présent le même besoin de mots pour se comprendre, un besoin que leur participation identiquement inexplicable aux activités du groupe n'atténue pas. Dans leur futur... Les réflexions de Mathieu se font alors plus confuses et il revient au présent, où il a bien plus à partager avec Nathalia que les activités du groupe: les discussions, les promenades, le plaisir de travailler au jardin ou à la cuisine avec elle, et le plaisir des nuits, différent, mais peut-être tout aussi simple.

Les séances du groupe ont été interrompues: le retour de Mathieu avec Nathalia, ce soir d'Avril, semble avoir tranché la question en ce sens aussi bien pour les Bordes que pour Lefèvre. Si Viateur, où qu'il se trouve, est en désaccord, il ne le manifeste pas, ou personne n'en dit rien à Mathieu. Il lui faut d'ailleurs tomber par hasard, un après-midi, après la méridienne, sur un conciliabule des adultes pour entendre le nom du vieux.

Il se sent au moins aussi gêné que curieux : Lefèvre, Gunther, Joanna et Stéphane sont assis à la table de la cuisine, un peu raides. Ils ne l'ont pas entendu arriver, ce qui est habituel, mais il n'est même pas sûr qu'ils le verraient. Ils ne parlent pas vraiment, laissent échapper un mot de temps en temps, à mi-voix, en marmonnant peut-être de façon inconsciente au cours de ce qui doit être une communication à distance, et avec Viateur, puisque Joanna a dit, sur un ton de protestation, « Mais, Abram... » avant de retomber dans le silence.

Il décide de s'éloigner, d'abord parce qu'il n'y a rien pour lui dans cette conversation, mais aussi parce que... eh bien, elle ne lui est pas destinée. Dans leur chambre, Nathalia lui assure: « Ils nous en parleront si c'est nécessaire.

— Tu crois ? »

Elle lui ébouriffe les cheveux: « Mais oui, Mathieu. »

Lorsqu'il descend plus tard dans la cuisine avec elle – ils commencent à avoir faim – il n'y a là que Lefèvre. Qui dit dès qu'il les aperçoit: « Des nouvelles de Morgorod, Mathieu. Ça t'intéresse ? »

Il allait rétorquer un "Bien sûr !" irrité, se rend compte que c'était une véritable question, répond plus calmement: « Oui.

— Les Gris de Morgorod sont un peu énervés. Le dossier de Nat Galas a suivi son chemin, comme prévu. On a retardé leurs recherches le plus possible, le temps d'évacuer les Merril, mais c'est finalement arrivé au seul qui pouvait faire le rapport, la semaine dernière. »

Mathieu balbutie: « Les Merril ?

— Tout le monde est en sécurité. On avait commencé à les remplacer les uns après les autres dès ton départ de Morgorod. »

Mathieu reste pétrifié tandis qu'il mesure la portée de ces paroles. Les Merril ? Toute la maisonnée ? À cause de lui ? "Remplacés" ?

« Ils sont en sécurité, Mathieu », répète Nathalia en posant une main sur la sienne.

« Jordan n'a pas été très discret dans ses propres recherches, quand il a compris, reprend Lefèvre. Ils l'ont convoqué devant le comité disciplinaire. On ne lui fera rien de toute façon, ils ont bien trop besoin de lui, même s'il est de plus en plus erratique. C'était une transgression relativement mineure, après tout, même si les conséquences éventuelles... » Il se passe les mains sur la figure, glousse tout bas: « Pas qu'ils pourraient lui faire grand-chose, non plus, même s'ils le voulaient...

— Et Abram ? » demande Nathalia.

« Il surveille tout ça. » Lefèvre pique un bâtonnet de rattèle dans l'assiette de la jeune femme, hausse un peu les épaules : « Oh, les vagues se calmeront. Aux dernières nouvelles, pour eux, tu étais toujours un bloqué profond. Si tu es tombé dans les griffes des Rebbims, rien ne garantit que les Rebbims auront plus de succès qu'eux. Ils en ont tellement peu, des bons télépathes, les Rebbims, n'est-ce pas ? Et puis, les bloqués, on en perd, on en gagne. Jordan est le seul qui ait jamais débloqué en surtélépathe – et dans quel état ! Non, toute cette histoire va sans doute simplement consolider la tendance croissante au Conseil depuis deux Années: les bloqués profonds sont un cul-de-sac, on abandonne. Élimination prénatale. Avec l'idiotisation au bout du compte, et ses risques, c'est un moindre mal. Ça devenait systématique, de toute façon.»

Il se tait ensuite, les yeux dans le vide.

Nathalia se lève, caresse au passage le bras de Mathieu, et sort de la cuisine en emportant son assiette.

Mathieu reste interdit, puis explose: «Et vous trouvez ça normal? Vous êtes d'accord? Ce n'est pas du *gaspillage*?» – il crache le mot avec fureur.

Lefèvre a légèrement tressailli. Son rictus s'accentue. Il dit d'une voix posée: «Non, non, et oui. Mais je comprends leur point de vue.» Il semble se perdre dans la contemplation de ses mains croisées sur la table devant lui: «J'ai été un Gris moi-même.»

Mathieu ne peut maîtriser un haut-le-corps et l'expression de Lefèvre se fait encore plus sarcastique – mais ce pourrait aussi bien être un rictus de chagrin: «Et je n'en suis plus un. Curieux, n'est-ce pas?»

Le silence s'installe, se prolonge. «Vous n'êtes plus... un télépathe?» dit enfin Mathieu abasourdi.

— Si.»

Lefèvre l'observe avec attention. Quoi, encore un test? Mathieu s'engouffre avec une sorte de soulagement dans l'échappatoire familière de l'irritation, dit d'un ton provocant: «Pas assez bon pour eux?

— Oh, si. Très bon. Fils et petit-fils de maître, promis aux plus hautes fonctions.»

Mathieu ne lui fera certainement pas le plaisir de poser d'autres questions ! Après un petit moment de silence, Lefèvre reprend: «On ne naît pas vraiment Gris, Mathieu, pas plus qu'on ne naît Rebbim. On le devient. Ça ne dépend pas simplement de la naissance, des facultés – du hasard. On le devient, et on peut choisir de ne plus l'être.» Il fait une pause méditative: «Il est vrai que tu n'as guère eu l'occasion de faire des choix», murmure-t-il enfin.

Il se lève avec des gestes lents, va un peu courbé jusqu'au fourneau, y prend la cafetière.

«Facile de se faire une idée schématique de la situation, je suppose, marmonne-t-il. Les vilains Gris d'un côté, les bons Rebbims de l'autre. Encore heureux qu'ils aient choisi un uniforme gris pour leurs troupes, au début ! Les noirs, les blancs, on n'en sortirait jamais...

— Les bons Rebbims ? » dit Mathieu, sarcastique.

Lefèvre se retourne, l'air un peu surpris, puis émet un petit rire amusé qui prend Mathieu au dépourvu : « Tu t'entendrais bien avec Abram. Les moins vilains Rebbims, alors. Non ? » Il répète, et il est sérieux : « Non ?

— Relativement », concède enfin Mathieu.

Lefèvre vient leur verser du café à tous deux, se rassied. « Je ne prétendrai pas avoir toujours été vertueux, Mathieu, ni l'être maintenant. Converti, repenti... Oui. J'étais un garçon ambitieux et orgueilleux : ni mon ambition ni mon orgueil n'ont beaucoup changé, je le crains. Je les ai appliqués à d'autres poursuites, voilà tout – en essayant de les tenir raisonnablement en laisse. Ma seule vertu – plus un hasard qu'un choix, là – c'est d'aimer savoir pour savoir, indépendamment du pouvoir que peut conférer la connaissance. J'ai quitté le temple de Bird sur un coup de tête : j'avais fait une découverte extraordinaire, du moins j'en étais persuadé, et on s'en fichait éperdument ! On m'a administré un blâme ! J'avais enfreint le règlement, c'est tout ce qu'ils ont voulu voir, ça m'a rendu enragé. Les maudits règlements. Je n'ai jamais pu m'y faire. Pas pour moi, j'étais au-dessus de ça ! Oh, on m'avait catalogué " forte tête " depuis le début, mais j'étais un trop bon télep, et ma lignée trop influente. »

Il se tait un moment, les yeux perdus dans le lointain, et le dessin de sa bouche n'est vraiment plus celui de l'ironie. « J'étais curieux, murmure-t-il enfin. C'est la curiosité qui m'a perdu comme Gris – gagné comme Rebbim. » Il rit tout bas. « Relativement. » Puis il se renverse dans sa chaise, boit une gorgée de café : « Eh bien, que dis-tu du monstre ? »

Le monstre. Lefèvre est-il un monstre ? Sans doute pas. Les enfants l'aiment, Nathalia, les Bordes... Les Gris n'en sont pas forcément non plus ? C'est ce qu'il veut dire, de toute évidence. Mais il s'est toujours trouvé du côté du manche, il n'a jamais eu à souffrir les traitements infligés à ceux qui ne sont pas des téleps fils et petits-fils de Maîtres ! Même Jordan, à tout prendre...

Mathieu prend conscience de ce qu'il est en train de penser, et un grand silence se fait en lui.

Puis il voit l'immobilité étrange de Lefèvre, et une idée soudaine le traverse : si quelqu'un est ici soumis à un test, ce n'est pas forcément lui. Une idée déconcertante. Si Lefèvre veut l'utiliser, réactiver les séances avec le groupe, il aurait tout intérêt à se taire, au contraire. Pourquoi cette confidence compromettante ?

« Vous n'êtes sûrement pas parti par amour de la justice », dit-il enfin d'un ton moins buté qu'il ne l'aurait voulu.

Lefèvre semble se tasser un peu sur lui-même : « Pas vraiment. Par orgueil blessé. Et par amour de la logique. Mais la logique n'est pas forcément toujours loin de la justice. »

Quel veut-il, une absolution ? Mathieu le dévisage en silence, les bras croisés sur la poitrine. Et pourtant, la logique, la justice... Coupable par association, Lefèvre ? Mais il a quitté les Gris, il a même rejoint leurs adversaires. Si les Rebbims sont préférables aux Gris, Lefèvre doit-il être absous ? Cette idée de culpabilité ou d'innocence par association n'est pas si logique, en fin de compte. Ou d'une logique trop simpliste, plutôt, rectifie Mathieu. On l'a maltraité à Morgorod parce qu'on le considérait comme un descendant de Terrien : coupable par association. Doit-il alors considérer qu'on a eu raison de le faire, si lui a le droit de juger Lefèvre coupable ? Il ne peut y avoir deux poids deux mesures. Il faut d'autres critères ? La justice... Tenir compte de ce que Lefèvre est devenu ? Il n'a jamais maltraité Mathieu, ne lui a jamais manifesté de mépris ou de haine – lui avoue même avoir été un Gris, alors qu'il n'avait pas à le faire, que ce n'est dans son intérêt. Lui laisse, en somme, le choix. La première fois qu'on lui offre un véritable choix, et c'est un ancien Gris !

« Le passé est passé, je suppose », finit par murmurer Mathieu. La phrase résonne curieusement en lui, y allume des émotions indécises, qu'il ne veut pas voir se préciser. Il hausse un peu les épaules, prend son assiette et va rejoindre Nathalia et les autres dans la cour intérieure.

◆

Au sortir du brouillard, le lac étincelait comme un bijou, une vaste étendue orangée sous le soleil, car c'était maintenant le printemps, la saison où les bêtes minuscules qui vivent dans ses eaux changent de couleur. Du haut de la dernière rangée de collines, Galaas se retourna avec fierté vers Oghim : « Nous sommes arrivés.

— Je ne vois pas d'île », murmura Oghim.

« Bien sûr, dit Galaas sans se troubler, sa Barrière la rend invisible de loin. Il nous faut aller jusqu'au cap du Mérèn-Ilïu. »

Et en effet, quand ils furent arrivés au cap, Oghim put voir la Barrière à un langhi de là, toute proche. Plutôt que la voir, on la devinait – c'était comme une étrange paroi de verre en fusion, ou de la fumée presque solide. Les limites avec le ciel en étaient imprécises, changeantes. Des couleurs se tordaient rêveusement dans les profondeurs et dessinaient des silhouettes qui ne prenaient jamais vraiment forme. Mais tout autour de la Barrière, depuis le cap, on pouvait voir très distinctement le courant impétueux qui l'entourait, comme si elle avait été un gigantesque récif où se seraient brisées les eaux du lac, même quand il n'y avait pas de vent.

« Dois-je voler jusque-là ? » demanda Oghim, un peu incertain.

« Ni voler, ni nager, dit Galaas. La Barrière tue les êtres humains qui la touchent. »

Oghim le dévisagea avec incrédulité : « Tu veux dire que l'île des Dieux est là, et que je ne peux pas y aller ?

— J'en ai bien peur, dit Galaas.

— Pourquoi ne pas me l'avoir dit plus tôt ?

— Tu ne me l'as pas demandé. Et puis, que sais-je, peut-être as-tu encore un autre pouvoir dans ta manche. Les dieux t'ont aidé jusqu'à présent, n'est-ce pas ? »

Oghim acquiesça, mais sans véritable conviction. Il n'était plus si certain à présent que les dieux voulaient sa réussite. Chaque fois qu'un nouveau pouvoir s'était révélé, c'était alors qu'il essayait d'aider autrui, et les dieux en avaient toujours manifesté de l'irritation par le truchement du miroir magique. Cette fois-ci, personne d'autre que lui n'avait besoin d'aide, et il doutait sérieusement d'en trouver.

Au village de Mérèn-Ilïu, la pêche se terminait – les atéhani ne sont bons à capturer qu'après la saison du frai, quand leur poison abandonne leur chair rosée pour venir se répandre pour un temps à la surface de leurs écailles. Mais aucun pêcheur n'accepta de conduire Oghim à l'île des Dieux. Aucun n'accepta non plus de lui vendre sa barque : « Il ne convient pas d'aider un homme à mourir, disaient-ils. Aucun homme vivant n'a jamais traversé la Barrière. »

Mais enfin, dans une petite crique à l'écart du village, Oghim trouva un vieil homme presque aveugle qui ravaudait à grand-peine ses filets. Le prince lui demanda s'il accepterait de lui vendre sa barque.

« Le poison des atéhani a tué mon fils aîné, le deuxième s'est noyé dans le lac. Il ne me reste plus que Karyk, il est trop jeune, et moi je suis trop vieux pour la pêche, comme ma vieille barque. Mais c'est notre seule barque. »

Oghim contempla le lac écarlate ; les atéhani agitaient l'eau de leurs amours empoisonnées. « Et si je te pêchais assez de poissons pour remplir ta quote-part et t'acheter une barque neuve, me donnerais-tu la vieille barque ?

— Je te la donnerais, bien sûr, dit le vieux pêcheur. Mais les poissons sont forts et rusés, et le lac est dangereux, mes pauvres fils en savent quelque chose...

— Ne t'en fais pas pour moi », dit Oghim.

Et sa puissance de keyrsan alla chercher les poissons les uns après les autres dans la chaleur des eaux profondes, les amena à la surface, les traîna sur le rivage où ils ne tardèrent pas à mourir ; et elle souleva le sable pour les envelopper et les frotter, débarrassant leurs écailles du poison qui rendait leur contact mortel.

Le vieillard se jeta aux genoux d'Oghim, plein de terreur : « Prends ma barque, Ô Magicien, et pardonne-moi de ne pas te l'avoir donnée tout de suite ! »

Oghim le releva en disant qu'il n'était nullement un magicien mais un homme comme lui, auquel les Ékelli avaient accordé quelques pouvoirs. À ce moment le soleil sortit des nuages et le vieux pêcheur vit qu'Oghim n'avait pas d'ombre. Il se jeta à genoux de nouveau, trop terrorisé cette fois pour pouvoir parler. Avec un soupir las, Oghim le releva encore et lui demanda s'il connaissait un passage à travers la Barrière.

« Non, dit le vieil homme en tremblant, et si tu veux aller dans l'île, c'est que Hananai t'a rendu fou. Nul homme vivant n'a jamais traversé la Barrière. »

41

Un matin, dans la somnolence langoureuse qui suit l'amour, Mathieu se rend compte avec une sorte de stupeur que le Mois de Mai est bien entamé. Quatre semaines se sont écoulées, plus de cinquante jours qu'il n'a pratiquement pas vus passer. L'amour vaut bien les tablettes orange, pense-t-il avec un amusement qui l'étonne mais le satisfait plutôt : il peut en plaisanter, maintenant « C'est étrange », dit-il à Nathalia, une variante un peu enjolivée de sa pensée, « on mange, on boit, on travaille, on fait l'amour, et le temps passe tout seul. »

Nathalia s'étire avec un sourire repu : « Le corps est un grand maître. C'est grâce à lui que nous sommes au monde. »

Elle aime parler après l'amour. Mathieu aussi. Ce matin-là comme d'habitude ils semblent être sur la même longueur d'onde – une expression dont Mathieu ne se lasse pas parce qu'elle ne devrait pas s'appliquer à des têtes-de-pierre, et même si la théorie des "ondes" télépathiques semble avoir été abandonnée depuis longtemps par ceux qui se sont penchés sur la question, à en croire les ouvrages de la bibliothèque. Il attire la jeune femme contre lui. Il s'est surpris ces derniers temps à se demander à plusieurs reprises ce que faire l'amour peut bien être pour des télépathes ou même des sensitifs, des empathes. Percevoir les sensations, le plaisir de l'autre, être dans le corps de l'autre ? Est-ce possible ? Tout doit s'embrouiller...

« Et que se passerait-il si nous étions de purs esprits désincarnés, alors ? » dit-il en se demandant s'il pourrait, devrait, amener la conversation sur ce sujet.

« Autant que nous le sachions, il n'existe pas d'esprit sans corps. Même la Mer a une matérialité. »

La surprise lui fait oublier ses spéculations érotico-psychiques : « Qu'est-ce que la Mer vient faire là-dedans ? »

Nathalia fronce le nez : « Il faudrait vraiment que tu te remettes aux études, Matt. » Elle prend sa voix de maîtresse d'école : « La Mer est peut-être un gigantesque être vivant et, pour les Anciens, elle est un " esprit " – ils veulent dire " conscience ". C'est leur façon à eux de rendre compte de son influence sur le psychisme, je suppose. Au tout début de la colonisation, il y a eu des cas de folie à proximité de la Mer. On a mis ça sur le compte du traumatisme des premiers colons pour tout ce qui touchait à la Mer. Elle leur avait bouffé la moitié de leur première expédition et, sans électricité, pas moyen d'en savoir beaucoup sur elle, mais quand même ! Enfin, les chroniques de Hollander en parlent, tu devrais les lire. »

Il lui sourit d'un air lubrique : « J'avais commencé, mais on m'a dérangé. »

Nathalia lui donne une petite tape sur la fesse. « Eh bien, continue. » Elle redevient sérieuse : « La Mer a bel et bien une influence, en réalité. Les gens en ont toujours évité la proximité autant qu'ils le pouvaient, même sans comprendre pourquoi. C'est frappant, à Bird. La ville était un immense port des Anciens, tout Orlemur longe la Mer, par exemple, mais quand elle est là on jurerait que personne ne la voit. Tout le monde fait comme si elle n'existait pas. Sauf les Rebbims. »

L'intonation a changé. Mathieu se mord les lèvres pour ne pas questionner. Laisser Nathalia se rappeler, si elle le désire, mais ne pas l'y obliger.

« On peut y naviguer, les Anciens le faisaient couramment. Elle est bel et bien matérielle, tout y flotte, tu sais ? Rien ne peut couler. Sauf la matière organique vivante, bien entendu, sauf qu'elle ne coule pas, elle... se sublime. Il suffit d'être prudent, de ne pas entrer en contact. Mais évidemment, si la Mer n'existe pas, on ne peut pas naviguer dessus, hein ? On ne peut pas *penser* y naviguer... Les Gris ne le font pas, alors personne ne le fait. Sauf les Rebbims. C'est comme ça qu'Abram a pu me sortir de Bird, par le port. Mais même les rebs ne le font qu'en cas d'urgence. Seuls les immortels y naviguent régulièrement.»

Mathieu répète, stupide: «Les immortels.»

Nathalia hoche la tête : « Les Gris ne le savent pas, bien sûr. La secte est censée avoir disparu...» Elle éclate d'un rire incrédule en voyant enfin qu'il ne comprend toujours pas de quoi elle parle : « Des mutants aussi, des rebelles aussi ! Oh, Mathieu, c'est trop long à expliquer ! Va donc faire un tour à la bibliothèque ! Ou demande à Henri, il sera ravi de te faire un exposé. » Elle s'interrompt, méditative, les sourcils un peu froncés. « Quoique, en toute justice, il n'est peut-être pas le mieux placé pour parler des immortels. On devrait t'emmener chez Séoud...»

Un court-circuit dans l'esprit de Mathieu: rebelles, immortels – " Rebbims " ? Une origine encore plus bizarre dans ce cas que ses spéculations historico-philologiques à Morgorod ! Deux mouvements distincts, alors, comme il en avait eu le sentiment: les rebelles dans les villes et les régions peuplées, qui ne sont pas forcément toujours des mutants (mais qui s'entendent avec eux ? Bizarre...) et constituent le bras armé de la résistance aux Gris ; et dans les régions éloignées, se tenant à l'écart, les « immortels », – quel drôle de nom ! – les troupes de réserve, mais surtout occupés de la recherche et de l'éducation des nouvelles générations, comme les Bordes.

« Pas exactement », remarque Lefèvre avec son petit sourire en biais, quand Mathieu suit le conseil de Nathalia. « Les immortels sont plus à part que cela. Mais ils ont beaucoup contribué au début, ils ont fait partie de la résistance aux Gris, et le nom « rebbim » est encore aujourd'hui plus utilisé que " rebs ", même si presque personne n'en sait plus le véritable sens, ni que le mouvement existe encore.»

Il semble un peu réticent. Sa phrase suivante est un écho de celle de Nathalia: «Ce serait plutôt à Séoud de t'en parler.

— Donnez-moi quand même votre version », dit Mathieu.

Lefèvre s'exécute, avec des parenthèses, des digressions, des hésitations assez inhabituelles chez lui.

Les Immortels existent depuis l'époque de la Première Indépendance. C'est une secte religieuse – Lefèvre fait une petite grimace en disant « secte », et corrige : « Une croyance. » Elle n'a toutefois pas commencé ainsi, mais comme une association secrète de mutants – un détail que les Gris n'ont apparemment jamais appris. L'organisation a été officiellement dissoute après la " seconde indépendance ", mais elle survit dans des régions éloignées, surtout dans le sud-est, le long des côtes. Ses pratiques, comme la foi même des Immortels, tournent autour de la Mer et des Anciens, qui avaient apparemment fait de celle-ci le centre d'une religion.

« Les Immortels ont particulièrement fleuri à l'époque de la Première Indépendance : pendant au moins quatre ou cinq saisons, il y a eu beaucoup de curiosité pour la Mer et les Anciens. On a rendu publique la découverte des plaques, par exemple, et ce qu'elles permettaient de savoir sur les indigènes. »

Mathieu est éberlué : « On a appris l'existence des mutants à la population ?

— On ne connaît pas très bien cette période – beaucoup de données ont été détruites, accidentellement ou intentionnellement. Mais oui, on a essayé la transparence. On a commencé, du moins. Le retour de la Terre sur Virginia a mis fin à la tentative. On se tapait dessus entre mutants, mais pas question de laisser les Terriens savoir de quoi il retournait. D'un accord tacite, tout le monde a choisi de revenir au secret total. »

Lefèvre soupire, et son rictus se fait clairement sarcastique : « Parmi les premiers indépendantistes même, on n'était pas d'accord sur la politique d'ouverture, et ce dès le début. Les Gris ont commencé très tôt, semble-t-il... Les Immortels aussi, comme une secte de doux dingues obsédés par " la sagesse des Anciens ". Quand les troubles ont commencé, on ne s'en est pas beaucoup soucié : ils prêchaient le retour à la campagne, l'abandon de toute technologie moderne, le renoncement au monde, un pacifisme tous azimuts – un désengagement qui faisait l'affaire des occupants terriens. S'ils l'avaient pu, ils auraient sans doute encouragé la population à adhérer à la secte ! Mais elle est restée assez marginale, moins à cause de son discours religieux, même adapté des Anciens, que de ses pratiques: spiritualité, renoncement, pacifisme, le message n'est pas nouveau, mais arrivés à un certain degré d'" illumination ", les membres de la secte sont censés se jeter dans la Mer, et ça...

— Un suicide rituel ? »

Le rictus de Lefèvre semble en fin de compte plus agacé qu'ironique : « Eh bien, on peut l'interpréter ainsi, on l'a fait à l'époque. Pour les Immortels, c'est exactement le contraire : la vie éternelle. La Mer dissout les corps et accorde l'éternité aux esprits méritants. C'est ce que croyaient les Anciens – ou du moins ce que le fondateur du mouvement, un dénommé Arturo Jékel, a décidé qu'ils croyaient, puisqu'on n'en sait strictement rien. On sait que les Anciens ont cessé peu à peu d'avoir des cimetières après la création de la Mer, et qu'ils se jetaient dans la Mer à date fixe. On en a conclu : " la Mer rend immortel ", belle logique, hein ?

— Mais on ne sait pas si les Anciens l'ont créée ! »

Lefèvre se met à rire : « Ni qu'ils ne l'ont pas créée. Restons avec les Immortels, d'accord ? De toute façon, ils ne se soucient guère de connaître l'origine réelle de la Mer. Les réponses de leur foi leur suffisent. »

Cette intonation-là est facile à interpréter: Lefèvre n'aime pas trop les gens qui ont des réponses toutes prêtes.

« Vous n'êtes pas un Immortel », conclut Mathieu avec un petit sourire.

Lefèvre ne répond pas tout de suite; il a une expression rêveuse : « Les Bordes non plus. Mais quelle idée fascinante, n'est-ce pas ? L'éternité. Et, d'après les Immortels, les esprits rassemblés dans la Mer continuent à vivre tout à fait normalement – si l'on peut dire. Pouvoir continuer à apprendre pendant l'éternité... »

Ses yeux brillent d'un éclat inhabituel, et Mathieu le dévisage, à la fois surpris et presque amusé : « Pourquoi n'essayez-vous pas ?

— Ah, dit Lefèvre, comme devant un argument familier. Mais il y faut l'illumination, la révélation, ou je ne sais quoi. La Mer refuse les esprits mal préparés. Les incroyants, autrement dit. Et franchement, il y a trop peu de preuves qu'elle " accepte " bel et bien les croyants pour que je me lance dans cette entreprise. D'ailleurs, je ne suis pas fait de la bonne étoffe, avec mon scepticisme invétéré. Séoud prie sûrement tous les soirs pour le salut de mon âme. »

Il se renverse dans le fauteuil où il s'est assis au début de leur entretien et semble se plonger dans une profonde méditation. Mathieu reste silencieux : il a trop de questions à poser pour savoir où commencer. Lefèvre le surprend en se levant brusquement : « Et c'est tout ce que je me sens le droit de te dire sur les Immortels. Tu devrais aller rendre visite à Séoud. »

Mais ils n'iront pas voir le fameux Séoud avant un moment : Abram Viateur arrive chez les Bordes le soir même de cette conversation.

42

Comme lorsqu'il a amené Mathieu, Viateur n'a pas prévenu de son arrivée. Il est fatigué, pressé, impatient. Il n'explique pas pourquoi il est venu, mais Mathieu s'en doute : pousser lui-même, en personne, son idée d'utiliser l'aëllud lors des séances du groupe avec lui. Abram n'y vient pourtant pas tout de suite : il donne des nouvelles de l'extérieur. Elles ne sont pas bonnes. Une nouvelle vague de pogromes anti-Terriens s'annonce ; on a identifié et détruit plusieurs importantes cellules de Rebbims dans l'ouest, à Bird-City et sur le pourtour de la Digue du Golfe, et dans le Nord à Nouvelle-Venise.

Considère-t-il tout cela comme des raisons majeures de continuer les recherches avec le groupe ? Mathieu jette un coup d'œil autour de la table, aux visages préoccupés des Bordes, de Lefèvre, de Nathalia. On n'a pas envoyé les enfants au lit : ils écoutent avec gravité, mais que comprennent-ils vraiment ? Et quelle possibilité ont-ils réellement de refuser les décisions de leurs aînés ?

Après le petit silence qui suit les nouvelles apportées par Viateur, Nathalia prend la parole en premier, et Mathieu lui est reconnaissant d'exprimer à haute voix ses propres réserves : « En quoi est-il si essentiel de reprendre les séances, Abram ? Que peut donc faire un groupe qui soit si important ? Maïko rêve de fragments d'images !

— Les capacités des manos et des batzi augmentent quand on leur adjoint un rassembleur, celles des télépathes aussi, finit par dire le vieil homme comme à regret. Et leurs facultés télépathiques actuelles ou latentes vont nourrir celles de leur rassembleur. Avec la barrière, en plus... C'est peut-être ce qui nous donnerait un avantage décisif. Par ailleurs, ce qui s'est passé avec Mathieu et le groupe est imprévu, peut-être essentiel, on ne peut pas abandonner sans tout essayer. »

Mathieu voit l'expression des adultes autour de la table. Ils n'étaient pas au courant, mais ils comprennent comme lui ce qu'implique la déclaration d'Abram.

« D'autres groupes, étudiés ailleurs », conclut Lefèvre avec lenteur, comme s'il parlait pour les autres.

Le vieil homme incline la tête ; il s'est tourné vers Lefèvre et l'observe d'un air... attentif ? Que manigance-t-il encore ?

« Mathieu aussi ? » reprend Lefèvre.

« Non. Mathieu, c'est encore autre chose, et je ne sais pas quoi.

— Vraiment ? » L'ironie de Lefèvre est palpable.

« Vraiment, dit l'autre d'une voix égale. Même moi je ne sais pas tout », ajoute-t-il après une petite pause.

Les deux hommes se toisent, mais sans agressivité, plutôt comme dans un jeu aux règles anciennes.

« Et l'aëllud, là-dedans ? » reprend Lefèvre.

Le vieux l'observe toujours, sans répondre ; l'une des règles de leur jeu doit consister à trouver soi-même des réponses, se dit Mathieu, à la fois scandalisé et incrédule. Lefèvre s'y emploie, les yeux un peu plissés : « Compte tenu de l'effet sur la réceptivité... et le fait que Nathalia est quand même une bloquée profonde, même si elle n'est pas comme Mathieu... et si, comme vous le dites, il s'établit un circuit entre les capacités des membres du groupe et celles du rassembleur... L'aëllud aiderait le groupe à débloquer Nathalia et Mathieu ? »

Abram hoche la tête : « D'autant que ce sera de l'aëllud pure, l'aëllud des Anciens, pas un mélange. Les effets nocifs sont complètement absents. Vous pourrez en juger par vous-mêmes.

— On n'a jamais réussi à reconstituer... » commence Lefèvre ; puis son sourire en biais s'élargit : « Ah. Un autre de vos projets de recherche. »

Le vieil homme incline la tête en silence.

Tout le monde s'est redressé autour de la table. Mathieu sent la main de Nathalia se glisser dans la sienne ; il lui jette un coup d'œil rapide : elle semble... effrayée ?

« Vous auriez pu nous expliquer tout ça plus tôt », remarque Lefèvre, avec une curieuse intonation narquoise : un point marqué dans la partie, incompréhensible.

« J'avais autre chose à faire, et c'était urgent », réplique Abram. Ils se dévisagent en silence.

« Et en quoi débloquer Nathalia et Mathieu nous permettrait-il de faire échec aux Gris ? demande soudain Stéphane Bordes. D'accord, ils pourraient tous deux être des télépathes puissants, surtout Mathieu, mais les bons télépathes ne manquent pas. L'enjeu véritable, c'est la barrière protectrice. On aide les débloqués à se reconstruire une barrière, mais ce n'est jamais la même après le déblocage. Et celle de Mathieu est unique.

— Justement, dit Abram. Si c'est une nouvelle variété, plus efficace, de barrière naturelle, le déblocage ne la démolira peut-être pas. Et puis enfin, “ déblocage ” ! C'est autant une mise en résonance qu'un “ déblocage ”, il ne faudrait pas oublier ce qui se passe réellement. Le bloqué *se débloque lui-même* en réussissant à traverser sa barrière. Il n'est pas obligé de la détruire. Il se trouve que jusqu'ici la traversée s'avère destructrice. Mais c'est peut-être seulement le choc en retour des moyens extérieurs mis en œuvre pour le “ déblocage ”, qui sont toujours... assez extrêmes en ce qui concerne les bloqués profonds. Avec le groupe et l'aëllud... on entre en territoire inconnu, mais avec une méthode nettement moins agressante.

— Par ailleurs, remarque Lefèvre, compte tenu de la contribution de Mathieu au groupe, même si nous ne savons pas de quoi il s'agit, s'il se débloque comme

Jordan, avec ou sans sa barrière, mais s'il est un catalyseur comme Nathalia, le groupe pourrait avec son aide explorer bien mieux son propre fonctionnement, sa propre barrière protectrice... »

Il n'a pas cessé de regarder Abram, comme s'il vérifiait au fur et à mesure la justesse de ses spéculations à l'expression de celui-ci. Il reprend, les sourcils un peu froncés, une note incrédule dans la voix : « Et compte tenu de la façon dont Mathieu réagit à l'aëllud... Comme de ce qu'étaient censés faire les aïlmâdzi des Anciens, sans aëllud... Le groupe serait peut-être capable de voir dans l'avenir ? » Il se renverse dans sa chaise en faisant claquer ses paumes sur la table : « Ah, non, Abram, c'est trop tordu, même pour moi !

— Très hypothétique, mais pas impossible », dit simplement le vieil homme, tandis que l'onde de stupeur se propage autour de la table.

Lefèvre croise les bras en s'appuyant au dossier de sa chaise: « Encore quelque chose que je devrais savoir ? »

Abram sourit sans répondre, avec ce qui semble plus de la lassitude que du triomphe, puis, après un moment de silence, il jette un coup d'œil circulaire: « Alors ? »

Le silence se transforme. Aux expressions qui se pourchassent sur le visage des uns et des autres, Mathieu devine que des arguments s'échangent à la vitesse de l'éclair ; il se lève brusquement, prêt à quitter la pièce, excédé, mais Nathalia ne le suit pas ; sa main le retient. D'ailleurs, le débat muet semble déjà terminé.

« Ça y est, notre sort est réglé ? » dit-il avec une ironie appuyée.

Les regards convergent vers Nathalia et lui ; Abram soupire en se frottant les tempes d'une main distraite : « Non. Excusez-nous. C'était pour accélérer un peu le processus. Les enfants sont d'accord. Lefèvre et les autres aussi. C'est à vous de dire oui ou non, maintenant. Vous possédez toutes les données pertinentes. »

Cette affirmation n'est même pas digne d'être relevée. « Si c'est tellement important pour vous, pourquoi vous embarrasser de notre opinion ? »

Nathalia dit « Mathieu... », mais il la fait taire d'un geste en poursuivant: « Vous n'avez qu'à nous administrer votre aëllud de force, c'est le résultat qui compte, non ?

Le vieil homme laisse échapper un soupir exaspéré : « Non. »

Mathieu attend la suite, mais l'autre semble soudain trop las pour parler. C'est Lefèvre qui reprend : « Le choix, Mathieu, tu te rappelles ? Vous avez le choix.

— Seulement parce que vous ne pouvez pas nous obliger à choisir dans le sens que vous désirez !

— Je suis d'accord pour essayer », dit Nathalia d'une voix un peu tendue.

Il la fixe, stupéfait. Elle est avec eux ? Elle... l'abandonne ?

La jeune femme ne détourne pas les yeux : « J'ai confiance en eux, Mathieu », dit-elle d'une voix attristée. Elle ajoute plus bas : « Et tu n'as pas confiance en moi. »

Mathieu se laisse retomber sur sa chaise, conscient des regards qui ne l'ont pas quitté. Pas confiance en elle ! Comment peut-elle dire une chose pareille ? Bien sûr qu'il a confiance en elle ! Mais va-t-il donner son accord simplement parce qu'elle, elle a foi en Viateur, Lefèvre et les autres ? Confiance par association ?

En réalité, il peut bien l'admettre, il aurait plutôt tendance à se fier aux Bordes, maintenant, et même à Lefèvre. Abram Viateur... nettement moins. Mais Nathalia le connaît mieux que lui, et elle lui fait confiance. Les Bordes lui font confiance. Même Lefèvre, malgré leur énigmatique affrontement larvé, lui fait confiance. Et après tout, se dit soudain Mathieu, quelle raison a-t-il lui-même de ne pas lui faire confiance, en réalité ? Le vieux s'est trouvé lié à sa soudaine et désagréable découverte d'avoir été manipulé tout du long par les Merril, mais il n'en a pas été responsable. Et il lui a sans aucun doute sauvé la vie. S'il ne lui a pas donné beaucoup d'explications ensuite, c'est peut-être que Mathieu ne les a pas vraiment exigées. Peut-être aussi en sait-il bien moins que Mathieu ne l'imagine... Et puis, Viateur est un télep extrêmement puissant, un Rebbim qui combat les Gris depuis des Années, mais aussi un vieil homme fatigué : il n'a peut-être pas tellement le temps ni la patience de ménager toutes les susceptibilités.

Il observe le vieillard, qui ne le regarde pas et s'est accoudé à la table, le visage à demi voilé par une main. Il jette un coup d'œil à Nathalia, qui le lui rend avec une expression presque implorante.

Il peut dire non. Mais il ne va pas le faire uniquement parce qu'il en a la possibilité, n'est-ce pas ? Ce serait enfantin. Au mieux – ou au pire – il se débloque. Au pire, ou au mieux, il ne se débloque pas ; dans les deux cas, il n'attend pas grand-chose de positif. Mais si cela peut aider Nathalia, et les enfants – et même la lutte contre les Gris...

◆

Les préparations sont assez brèves. Stéphane, Sébastien et Érin essaient une petite dose de l'aëllud apporté par Abram : il ne suscite aucun effet secondaire désagréable ou nocif. Pour le reste, en particulier l'éventuel déblocage, le vieil homme, qui possède une vaste expérience de la chose, restera en dehors du cercle de surveillance des adultes afin de parer à l'éventualité et de dissimuler Mathieu ou Nathalia, si c'est nécessaire.

Mathieu se demande depuis un moment déjà pourquoi on fait tant de cas de sa barrière protectrice : les Rebbims semblent fort bien se dérober à l'attention des Gris, Abram, par exemple. Lefèvre a un sourire presque indulgent : « La télépathie n'est pas une panacée, Mathieu. La plupart des télépathes sont limités par la distance. Du moins – il jette à Abram un de ses petits coups d'œil entendus d'eux seuls – pour le moment. Par leur capacité plus ou moins grande à établir des distinctions plus ou moins fines dans le bruit intérieur que constitue ce registre de leurs perceptions. Et par la barrière plus ou moins efficace des autres télépathes... – un autre coup d'œil à Abram, qui demeure impassible. Les Gris ont beaucoup à faire, vois-tu. Ils consacrent une énorme partie de leur énergie à garder la population tranquille, satisfaite, et ignorante de leur existence. La râcle leur est d'un grand secours, tout comme leurs technologies et le fonctionnement ordinaire de toute bureaucratie, qui remplacent avantageusement le contrôle télépathique. Mais même ainsi, ils sont très occupés – sinon, je ne suis pas sûr que nous aurions pu survivre aussi longtemps. » Il soupire : « Et nous sommes très occupés aussi, un peu de la même façon, sinon ils n'auraient pas pu durer aussi longtemps. »

Deux forces égales, arc-boutées l'une contre l'autre depuis des dizaines d'Années, une image au miroir, les

Gris et les Rebbims... La réflexion de Lefèvre sur l'uniforme des Gris revient pourtant à l'esprit de Mathieu : « ... les noirs et les blancs, on n'en sortirait pas. » Pas une simple image inversée, alors ?

On se livre pendant trois jours à des séances communes de relaxation et de concentration, plus un rituel rassurant qu'une véritable préparation, Mathieu en est persuadé. Comment se préparer à l'inconnu ? Ce qu'ils vont tenter ne l'a jamais été. Puis, alors qu'Abram a du mal à dissimuler son impatience, on décide qu'il est inutile d'attendre plus longtemps. On se réunit dans la salle commune.

L'aëllud pure n'a pas un effet progressif comme son dérivé utilisé dans la râcle : elle agit presque immédiatement, comme ont pu en juger les trois volontaires. D'abord la phase d'intensité accrue des perceptions, qui occupent bientôt tout le champ de la conscience. Abram a conseillé de fermer les yeux, pour soustraire au moins un registre à ce qui va assaillir leur appareil sensoriel.

Mathieu est tenté de rouvrir les siens, désemparé. Il ne perçoit rien de spécial ! Que se passe-t-il ? Il a toujours réagi à la drogue que lui administrait Jordan, et aux tablettes orange !

Il observe les visages de ses compagnons, concentrés sur des sensations qu'il n'éprouve pas, les voit se détendre complètement quand débute la seconde phase : disparition du sentiment de la durée, conscience tout entière projetée dans chaque perception, chacune de celles-ci parfaitement détachée des autres, renvoyant à la conscience globale d'un continuum qui n'est plus une identité distincte mais une sur-identité détachée du temps et de l'espace... (Stéphane s'est alors interrompu avec un petit geste d'impuissance : impossible de décrire l'expérience dans la séquentialité du langage ordinaire.)

Mathieu a le temps d'éprouver une amère déception, le temps de se dire qu'ils vont tous être bien déçus – et la drogue le frappe de plein fouet. La soudaineté, le choc, comme sentir le sol se dérober sous les pas et tomber d'un bloc dans une eau glacée, ou pas vraiment glacée, l'impression en tout cas d'un changement brutal, instantané, de médium. Comme se trouver brusquement pris dans un faisceau de lumière intense après une obscurité totale, ou plutôt traversé, dématérialisé presque. Toutes les notes de musique possibles tenues en même temps et pourtant parfaitement distinctes, toutes les couleurs et toutes les formes, tous les goûts et toutes les odeurs... Et rien de tout cela, aucune comparaison ne convient, ni avec aucune sensation tactile, visuelle, auditive ou gustative, nullement une sensation, peut-être, mais les efforts maladroits de traduction par le cerveau de ce qui se passe. De ce qui ne se *passe* pas : aucune succession, ni commencement ni fin, une totalité sans durée, le présent éternel.

Une éternité, une seconde. Puis tout disparaît. Mais juste avant, ou pendant – après ? – il y a... quelque chose. Est-ce cela, le contact télépathique, cette immense présence ? Les autres diront que non : ils se sont perçus les uns les autres, mais n'ont rien perçu qui puisse être Mathieu. Ils n'ont pas non plus perçu la présence – le contact, la résonance, la voix ? Si vaste, si intense, excédant tellement la conscience de Mathieu qu'elle s'y réduit aussitôt en un point, à moins qu'un point, au souvenir d'un point.

Quand Mathieu ouvre les yeux, les autres n'ont pas bougé. Les enfants et Nathalia sont toujours couchés en étoile autour de lui, avec les Bordes et Lefèvre assis en lotus autour d'eux et, un peu à l'écart, Abram qui a préféré un fauteuil au tapis et qui y est enfoncé, immobile, les yeux clos, sans doute aux aguets.

Il les voit. Quand ils bougeront, il les entendra. Rien de plus. Quoi qui se soit passé, et quoi qu'en soit le résultat pour les autres lorsqu'ils sortiront de leur transe, son « blocage » à lui est toujours là. Mais il est trop bouleversé pour savoir s'il en est désappointé. La tête lui tourne un peu, un effet non de la drogue mais de la brièveté brutale de l'expérience ; son cœur bat à grands coups, les doigts lui démangent, il éprouve le début d'une tension douloureuse dans les épaules. Il respire profondément, se force à se détendre.

Au bout d'un bref moment, Nathalia roule sur le dos avec un petit gémissement, et il s'agenouille près d'elle pour l'aider à se redresser. À son regard – il se demandera plus tard si son expression est déçue ou soulagée – rien ne semble s'être passé pour elle non plus, à part les effets attendus de l'aëllud. Elle hausse des sourcils interrogateurs, il secoue la tête. Autour d'eux, les enfants remuent, les Bordes et Lefèvre se déplient, visages contractés.

Et puis, tous en même temps, avec la même expression alarmée, ils se tournent vers Abram qui n'a pas bougé. Joanna bondit sur sa trousse tandis que Gunther et Lefèvre s'emparent de lui pour l'étendre sur la table; la tête blanche dodeline à l'abandon. Stéphane Bordes arrête l'élan de Nathalia et de Mathieu: « Les enfants. »

Hoshiro, Sébastien et Érin sont déjà assis, l'air un peu hébété. Maïko dort toujours, comme lors des autres séances auxquelles a participé Mathieu. Mais elle ne se réveille pas quand Stéphane la prend dans ses bras; les enfants les suivent en silence hors de la pièce.

Mathieu a pris la main de Nathalia, sans savoir quand, et ils restent tous les deux là tandis que les Bordes s'affairent autour du vieillard. Au bout d'un moment, Mathieu se rend compte que Lefèvre se tient à l'écart aussi, inutile comme eux, avec une expression pourtant plus perplexe qu'angoissée.

« C'est grave ? » murmure enfin Nathalia.

Lefèvre hausse un peu les épaules: « Épuisement. Ça lui est déjà arrivé. Il s'en remettra. Il a fait un effort considérable. Il n'était pas censé participer, mais... » Il secoue la tête, murmure comme pour lui-même: « Quelle puissance ! » Puis, les yeux toujours fixés sur le visage aux narines pincées qui apparaît et disparaît entre les silhouettes affairées de Joanna et de Gunther, il soupire: « Et tout ça pour pas grand-chose, finalement. »

Il s'est passé quelque chose pour les télépathes ? « Quoi ? » demande Mathieu.

Lefèvre se tourne vers eux: « Il existe bel et bien un circuit entre Nathalia et les enfants, nous avons pu le percevoir, cette fois.

— Et moi je vous ai perçus », murmure la jeune femme.

Mathieu tressaille, mais elle lui serre la main: « Seulement à travers le groupe. C'est fini, maintenant. De l'empathie, tout au plus. Il y a... une espèce de brouillage. »

Lefèvre hoche la tête, pensif: « Pour nous aussi. C'est ce qu'Abram a essayé de compenser, je crois... » Il considère Mathieu d'un œil perplexe: « Si c'est ta barrière, nous l'avons perçue, au moins. C'est un début. »

43

Maïko se réveille dans la soirée, le visage illuminé : «La Mer ! C'était la Mer, la lumière. Étoile aime la Mer ! »

Elle n'a pas seulement vu une licorne noire galoper le long du rivage, elle est absolument certaine qu'il s'agissait bien d'Étoile : elle a partagé ses émotions et ses sensations pendant sa vision, qui lui a semblé durer beaucoup plus longtemps que d'habitude : ce qui se passe avec le groupe commence à ressembler davantage à l'aïlmâlan des Anciens. Aucune indication quant au moment où se déroule la scène vue par la fillette. Présent, passé ou futur, le fait qu'il s'agisse d'Étoile semble indiquer que cela se passe dans un temps rapproché, en tout cas.

Pas question de répéter l'expérience de sitôt, malgré l'excitation de Lefèvre : non seulement les enfants mais les adultes l'ont trouvée épuisante, comme s'ils avaient tous fait sans en avoir conscience le même effort qui semble avoir drainé les forces d'Abram. Ou peut-être s'est-il servi de leur énergie pour renforcer la sienne, spécule Lefèvre. En tout cas, c'est le vieillard qui en a le plus souffert. Il passe de son demi-coma à un véritable sommeil dès la matinée du lendemain, mais un sommeil d'où il sort à peine pendant le reste de la semaine. Joanna comme Gunther sont inquiets : son organisme affaibli ne répond pas comme il le devrait aux reconstituants. «Une fois de trop, marmonne Gunther. Il suffit d'une fois de trop, et c'était peut-être celle-là. Il est vraiment très vieux.

— Il se remettra, réplique Lefèvre avec un calme imperturbable. Je l'ai déjà vu dans cet état-là. Il se remettra.»

Mais à mesure que les jours passent pour devenir une deuxième semaine, puis le début d'une troisième, son affirmation se colore d'incertitude. Abram ne se remet pas. Son organisme ne réagit pas, son esprit semble aussi affaibli que son corps : « Il est tout... décoloré », dit Érin, un soir, en redescendant avec Katik de la chambre où elle est allée porter à manger au vieil homme, comme chacun des enfants à son tour ; elle est prête à pleurer. « Est-ce qu'il va mourir ?

— Il va se remettre », marmonne Lefèvre dans son coin de la salle commune, avec une obstination presque machinale.

Joanna lui jette un regard agacé en prenant Érin dans ses bras : « Nous ne savons pas, ma chérie. Il est très fatigué. Il ne faut pas essayer de le toucher, ça le fatigue davantage.

— Mais il ne répond même pas, murmure la fillette.

— Bien sûr. Son esprit est... comme une jambe cassée : si tu te cassais la jambe, tu ne courrais pas dessus, n'est-ce pas ? Il faut attendre. Viens m'aider à ranger la vaisselle avec Gunther. »

Elles disparaissent dans la cuisine et Mathieu va s'asseoir près de Lefèvre qui tient ouvert sur ses genoux un livre dont il ne tourne plus les pages.

« Il se remettra ? »

Le visage chevalin prend de nouveau cette expression butée inhabituelle chez lui : « Il devrait. Je l'ai déjà vu pratiquement mourir, et en fin de compte il s'est retrouvé plus solide qu'avant ! Ça lui prend plus de temps cette fois-ci, c'est tout. »

Est-il contrarié parce que la situation ne se conforme pas à ses attentes, ou vraiment inquiet pour Abram ? Commence-t-il à craindre de perdre un vieil ami, ou un vieil adversaire ?

« Vous le connaissez depuis longtemps.

— Oui. »

Un instant Lefèvre retrouve sa familière expression sarcastique, mais Mathieu soutient son regard sans broncher : il lui est soudain égal d'être deviné. L'autre reprend : « C'est lui qui m'a... récupéré, lorsque j'ai quitté les Gris. Il m'a gardé avec lui pendant toute une Année. Éclairs et tonnerre, je ne te dis que ça ! J'avais un sale caractère, mais il me valait bien. Il m'a eu à la fatigue. » L'expression sardonique s'adoucit : « Entre autres... »

Il referme son livre, se renverse dans le fauteuil, les yeux au loin. « Un jour, il a eu une crise de ce genre-ci, une espèce de coma, j'ai cru qu'il y passerait... mais non. Il m'avait fait jurer de ne pas appeler de médecin s'il lui arrivait quoi que ce soit, de ne pas l'emmener dans un hôpital. Le lendemain de son rétablissement, il est parti. Pas d'autre explication qu'un petit mot disant qu'il avait affaire ailleurs, et me donnant l'adresse de gens qui s'occuperaient de moi, dans le Nord. Et j'ai obéi. Un homme remarquable, Abram Viateur. »

L'intonation suggère bien des questions, trop pour Mathieu. Après un silence, Lefèvre reprend, d'un air rêveur : « Veux-tu savoir pourquoi j'ai quitté les Gris, Mathieu ? Ma fameuse découverte, dont mes collègues n'ont pas voulu tenir compte ? »

Pris au dépourvu, Mathieu finit par hausser les sourcils et demande : « Quoi ? » Si Lefèvre a envie de se changer les idées, ou s'il est en veine de confidences, pourquoi ne pas l'écouter ?

Le jeune Lefèvre était fasciné par les ordinateurs. Ceux des Gris, à Morgorod et dans les tours de communication des autres grandes villes, sont évidemment plus puissants que ceux du commun – ils ne fonctionnent pas à l'air comprimé, eux ! « Le réseau informatique qui couvre Virginia n'est plus ce qu'il était à la haute époque, avant la seconde indépendance, mais il est encore respectable et sert fort bien les besoins des Gris – et des Rebbims qui l'utilisent aussi chaque fois qu'ils le peuvent en secret. On a conservé assez de satellites de communication, de satellites météo, et on a gardé en état le minimum vital des installations de Dalloway, même si le spatioport a été par ailleurs démantelé. La Confédération ne reviendra peut-être jamais, mais si elle doit revenir, on préfère en être averti à l'avance, n'est-ce pas ? »

Mathieu joue son rôle : il acquiesce.

« Au cours de mes lectures et recherches, pour mon propre plaisir, j'avais rassemblé quantité de données disparates sur la Mer, les Anciens, les origines et l'évolution de la mutation, l'histoire de Virginia, celle des mutants – tout ce dont on ne nous parlait qu'avec réticence, ou pas du tout. On n'aimait pas, mais j'étais un Nom : c'était ma lubie, on tolérait – d'autant qu'on n'en connaissait ni l'étendue ni la profondeur, à vrai dire ! J'avais accès à des ordinateurs, bien sûr, mais je vivais à Bird : nos ordinateurs virginiens sont fort ingénieux certes, mais d'une puissance... limitée, surtout à l'époque. Les Tours TC sont exclusivement réservées au gouvernement. En intriguant bien, avec un nom comme le mien, je pouvais avoir accès à celle de Bird, mais on y est extrêmement surveillé, et je n'aurais jamais pu justifier ce que j'y serais allé faire. Par contre, si je me rendais à Dalloway... »

Il lui avait fallu une Année pour mener son projet à bien : changer d'orientation dans ses études, prétendre un grand intérêt pour la météorologie – les satellites météo dépendaient de Dalloway – se faire nommer dans ce coin perdu à la grande désolation furieuse de ses parents, qui avaient pour lui des projets bien plus décoratifs... « Et là, apprendre à connaître cet énorme ordinateur, qui était assez différent de ceux que je connaissais, merci, pour arriver à lui faire faire ce que je désirais, et dans la discrétion la plus totale ! »

Les résultats l'avaient déçu, cependant : pas de révélation grandiose et définitive sur quoi que ce soit. L'ordinateur soulignait essentiellement des faisceaux de convergences en indiquant des axes de recherche intéressants. « En fait, il me montrait surtout ce que j'aurais eu besoin de savoir pour obtenir de vraiment bons résultats, et que je ne savais pas », conclut Lefèvre avec un petit rire amusé.

Mais ce n'est sûrement pas ça qui l'a mis en conflit avec les Maîtres ?

« Non. C'est mon excès d'imagination. » Lefèvre réfléchit un moment, les yeux plissés. « On a très peu de données fiables, vois-tu, sur les dirigeants de plusieurs organisations clandestines ou semi-clandestines qui ont joué un rôle essentiel dans l'histoire des mutants. Même chose pour les dirigeants de plusieurs organisations de résistance aux Terriens puis de résistance aux Gris, non composées de mutants. On a des noms, et parfois des données ordinaires, du genre né-à-le-tant, famille, études, mariage. Très rarement des images. En fait, seulement deux, sur ce qui devrait être au moins une cinquantaine. »

L'une était le portrait, crayonné au dos d'une feuille de papier pendant une réunion, d'un certain Philip Hamilton, responsable d'une vaste organisation clandestine de mutants qui précédait l'époque de la Première Indépendance et qui s'était apparemment subsumée dans le RVI, le parti qui avait conquis l'indépendance. L'autre était une photo 2D visiblement prise en catimini d'un nommé Augusto Calla, l'un des cinq chefs non mutants du groupe Chavès, le premier et le plus important de la résistance anti-Gris, à peu près cent vingt saisons plus tard. L'ordinateur avait relevé pas moins de vingt-cinq points de ressemblance entre les deux portraits – nettement plus que ce qui aurait pu être attribué au hasard ; les deux hommes n'étaient pas non plus parents éloignés, Lefèvre avait pu le vérifier.

« Bon, c'était curieux, mais que faire avec ça ? D'autres éléments étaient plus prometteurs et... Pour abréger l'histoire – une recherche qui m'a pris encore deux bonnes saisons après Dalloway – j'en suis venu en particulier à la conclusion que les Immortels étaient depuis le début une organisation de mutants et non une secte de cinglés, que c'était leur alliance avec les rebelles, entre 75 et 78, qui avait donné naissance aux fameux Rebbims – lesquels comportaient donc beaucoup plus de mutants que nos dirigeants ne voulaient bien le croire, confiants dans l'efficacité de leurs purges passées. Et ils devaient toujours exister. Je suis donc allé voir ce qu'on savait des dirigeants des Immortels. Tiens, très peu de données visuelles là aussi ? Mais une caricature du tout premier, Arturo Jékel, dans un bout d'article de journal humoristique. Et devine quoi ? Arturo Jékel ressemblait terriblement à Philip Hamilton. Et à Augusto Calla. Et lui, il avait sévi entre 64 et 69. Là, j'ai commencé à m'exciter. Bref, j'ai conclu qu'il existait peut-être un homme pourvu d'une mutation particulièrement intéressante dont personne n'avait jamais entendu parler et qui se promenait depuis pas mal de temps sur Virginia. Une mutation qui confère une très longue durée de vie. »

Pris au dépourvu, Mathieu ne peut s'empêcher d'éclater de rire. Lefèvre n'en paraît pas offensé : « J'ai dit que ma découverte m'a paru extraordinaire à l'époque, pas qu'elle est indiscutable. Mon père, que je suis allé trouver triomphalement, a eu la même réaction que toi. Ma mère aussi. Et plusieurs autres Conseillers.

— Vous êtes allé leur déclarer ça ?

— Et j'ai dit que j'étais orgueilleux, ambitieux, et un excellent télépathe, pas que j'étais particulièrement intelligent quand on en venait aux relations interpersonnelles, reprend Lefèvre toujours imperturbable. Pour ma défense, je te ferai remarquer qu'une partie au moins de mes allégations est exacte : les Immortels existent toujours, et ce sont des mutants.

— Mais pas immortels

— Pas que je sache. À moins que la Mer ne confère réellement l'immortalité une fois qu'on y a plongé. »

Mathieu attend la suite, qui ne vient pas : Lefèvre rêve, les yeux au loin.

« Et du coup, pour ça, vous avez quitté les Gris ?

— Eh bien... je suppose qu'ils m'attendaient au tournant. La punition a été beaucoup plus sévère qu'elle n'aurait dû l'être – à mon avis. Et puis, il y avait d'autres choses, ce serait trop long à raconter. Des histoires familiales. De mon côté aussi, vase plein, goutte d'eau de trop. Mais en fait je suis parti sur un coup de tête. Si Abram ne m'avait pas récupéré, je serais peut-être revenu, qui sait. »

Le silence se prolonge. Lefèvre s'est rembruni. Puis il murmure : « Il va se remettre. »

Mathieu ne sait que dire, à la fois attristé et surpris par l'obstination de Lefèvre à nier l'évidence. Pour quelqu'un d'aussi instruit... Du coup, c'est moins déprimant, il laisse son imagination dériver vers Dalloway, avec son gros ordinateur tapi dans les montagnes tel un vieux magicien endormi. Mais, surtout, l'ancien spatioport. Mathieu fait rouler en esprit les syllabes du mot. Un port grand comme l'espace – la porte de l'espace. Une porte, fermée. Comment ont-ils pu la laisser se refermer ? La crainte de la Terre, oui, mais pourquoi ne pas garder au contraire une flotte toute prête si quelqu'un revenait ? La guerre de libération a été très destructrice, et l'écroulement consécutif à la Peste n'a pas aidé, mais s'ils l'avaient voulu, ils auraient pu rebâtir. Ils ne l'ont pas voulu. Ils ont trop peur. Ils ont peur de tellement de choses, les Gris – les Anciens, la Mer, les autres mutants, eux-mêmes... Comment peuvent-ils être aussi forts en ayant aussi peur ?

Peut-être ne le sont-ils pas autant qu'on le croit. Peut-être ne le sont-ils que si on le croit ?

44

À la fin de la troisième semaine de mai, l'état d'Abram s'est à peine amélioré. Il mange sans appétit et ce qu'il mange ne semble pas lui profiter, comme si l'énergie absorbée se perdait dans un puits sans fond. Il se lève pendant quelques heures pour s'asseoir dans un fauteuil à quelques pas de là, lit parfois, en s'endormant souvent, parle un peu, vite distrait. Pour Mathieu, sensible à la seule présence physique d'Abram, c'est une épreuve difficile ; pour Nathalia, qui n'en perçoit pas davantage mais qui a avec le vieil homme des liens profonds, c'est pénible ; pour les autres, qui le connaissaient depuis encore plus longtemps et qui ont l'habitude de sa présence mentale, c'est un malaise quotidien, lancinant. Les Bordes et Lefèvre en protègent les enfants autant qu'ils le peuvent, mais c'est comme si tous leurs gestes, toutes leurs paroles, tournaient autour d'une bulle invisible à Mathieu et dont ils s'efforcent d'éviter le contact douloureux. Katik a disparu on ne sait où.

Puis même l'amélioration minime de la semaine précédente atteint un plateau, s'y maintient deux ou trois jours, et s'inverse : l'état du vieil homme se met à empirer. Il ne peut plus se lever, il ne réagit plus du tout aux traitements. L'atmosphère de la maison devient plus oppressée encore, plus oppressante. À la table du dîner, Nathalia, une fois, parle timidement du dispensaire de Raleigh, et tous les Bordes secouent la tête presque à l'unisson : « Nous avons tout ce dont il a besoin ici », dit Gunther. Lefèvre enchaîne : « Il a toujours interdit qu'on l'emmène dans un hôpital » et, comme dans un numéro bien répété, Joanna conclut, désolée mais ferme : « Il est très âgé, Nattie. »

Un soir, alors que Mathieu débarrasse le plateau du repas à peine entamé par le vieil homme, une main fiévreuse et sèche se pose sur son bras : « Reste un peu », souffle la voix éraillée. Il va poser le plateau sur la table, revient s'asseoir au bord du lit. Le vieillard semble minuscule, une figure humaine réduite à son strict minimum ; curieusement moins ridé, comme si l'attrition de la consomption s'était accompagnée d'une implosion générale, la peau rétrécissant à mesure que la chair fondait. La structure osseuse du visage apparaît avec une délicate netteté sous la masse bizarrement épaisse et vigoureuse, par contraste, des cheveux blancs. Lorsque Mathieu a pris place dans la chaise et l'a tirée auprès du lit, les yeux pâles s'ouvrent et se fixent sur lui pour le contempler un moment. Le vieil homme va-t-il parler du groupe, insister une dernière fois pour qu'il continue de collaborer à la recherche, donner à sa requête le poids abusif d'une dernière volonté ?

« Tu m'en veux, Mathieu ? »

Mathieu reste sans voix. « Vous m'avez sauvé la vie à Morgorod », dit-il enfin.

Le vieillard le contemple toujours avec une attention fixe, comme obstinée : « J'aurais dû... plus tôt. »

Mathieu le dévisage sans savoir que dire, puis il prend avec maladresse entre les siennes la main abandonnée sur le drap : « Vous avez fait tout ce que vous pouviez.

— Pas... tout... expliquer... je ne pouvais pas...

— Je comprends », dit Mathieu, sans vraiment savoir comment interpréter la phrase, avec ses pauses aléatoires. « Ne vous en faites pas pour ça. »

Le vieillard ferme les yeux en secouant faiblement la tête, puis reste immobile, en respirant avec bruit. Au bout d'un moment, son souffle se calme un peu et, comme il semble s'endormir, Mathieu s'apprête à se lever. La main d'Abram se crispe sur la sienne.

« Connais-tu l'histoire d'Oghim, Mathieu ? »

Il parle avec délibération, d'une voix distincte, comme s'il n'avait fermé les yeux que pour concentrer ses forces. Mathieu se rassied, incertain. Mais il peut bien lui dire, maintenant : « Pas vraiment. Dans le labyrinthe...

— Galaas, les épreuves », souffle le vieil homme avec une esquisse de sourire.

Il savait. Il savait tout du long ! Mais Mathieu n'arrive pas à se mettre en colère. Il tapote la main émaciée : « Oui. Ne vous fatiguez pas.

— Tu connais... la fin ? » continue pourtant Abram.

— Non. » À peine le début, en fait : Galaas lui a très succinctement expliqué la raison d'être du labyrinthe, et comment les épreuves en sont modelées sur les aventures d'Oghim – un personnage légendaire, de toute évidence.

Il y a une pause puis, au moment où Mathieu va demander « Pourquoi ? », le vieil homme dit d'une seule traite, comme un triomphe : « Il retrouve son ombre. »

Sa main décharnée lâche celle de Mathieu, se tend en tremblant pour effleurer son front, la cicatrice violacée du coup de corne d'Étoile. Il répète, un murmure qui se perd dans le silence : « Il retrouve... son ombre. »

Mathieu reste abasourdi tandis que le visage du vieillard se détend et que son souffle se fait plus régulier.

« Il dort », répond-il au regard interrogateur de Nathalia quand il vient la rejoindre dans leur chambre. Sans savoir pourquoi, il n'a pas envie de lui rapporter les paroles du vieux. Ses dernières paroles, une sorte d'héritage – une promesse ? « Il retrouve son ombre. » À bien y penser, c'est peut-être ce à quoi Mathieu s'attendait, en fin de compte, une façon détournée de le pousser à poursuivre les recherches avec le groupe. Il se surprend à sourire malgré lui dans l'obscurité : le vieux reste fidèle à lui-même jusqu'au bout, alors.

Il n'arrive pas à s'endormir. Il a le cœur lourd. Il en est surpris. Quand a-t-il cessé de détester Abram ? Mais il ne l'a jamais vraiment détesté, n'est-ce pas ? C'était de penser à tout ce que le vieil homme devait savoir... Et maintenant, il songe aux questions qu'il ne lui a pas posées, qu'il n'aura sans doute jamais plus l'occasion de lui poser. Au bout de plusieurs heures, avec des gestes mesurés pour ne pas réveiller Nathalia, il se lève et quitte la chambre, pieds nus sur la pierre qui s'allume de reflets furtifs à son passage. Un moment, immobile sur le palier, il regarde la marée lumineuse s'élargir autour de lui pour gagner les marches de l'escalier menant dans la cour, attentif à la qualité du silence et de la pénombre. Des ébauches de souvenirs flottent en écho dans sa mémoire : l'École de Morgorod, la nuit où il voulait se sauver, où il voulait trouver Jordan, la lumière sans ombre du labyrinthe, l'obscurité bientôt lumineuse de la salle ronde où la main de Galaas l'a entraîné et guidé... Il commence à descendre les marches, précédé par la luminescence dorée de la pierre. Ce sera une nuit sans sommeil, il en reconnaît les symptômes. Une nuit de lecture : l'histoire complète d'Oghim doit bien se trouver quelque part dans la bibliothèque des Bordes.

Il fouille dans les étagères concernant les Anciens, il consulte les tables des matières, les index. Pas d'Oghim, même dans les ouvrages qui sont des transcriptions ou des résumés de plaques – bien entendu, s'il faut en croire Lefèvre, il y a des plaques dont personne ne sait rien ! Mais de toute façon la bibliothèque des Bordes n'est pas exhaustive en ce qui concerne les plaques.

Par contre, les divagations théoriques à partir des plaques ne manquent pas. À partir de quelques lambeaux de légendes qui flottent ici et là dans certaines, par exemple, et comme si les exégètes n'étaient pas satisfaits des énigmes déjà assez nombreuses posées par les Anciens, certains ont apparemment spéculé sur l'existence d'une *autre* race d'Anciens, différente des Ranao et séparée dans le temps, d'origine indéterminable – bien sûr – mais responsable – comme c'est pratique – de tous les artefacts et phénomènes bizarres ou inexpliqués de la planète ! À commencer par la Mer. Et les Grands Travaux qu'elle a rendus nécessaires : les énormes digues, partout où elle aurait envahi des terres basses, la reconstruction des villes et des ports des zones côtières, et les centaines de villes nouvelles pour loger les populations déplacées des deux autres continents... – une tâche immense, effectuée apparemment en une centaine de saisons, et sans les technologies modernes qui seules expliqueraient – selon l'auteur de l'ouvrage – une telle efficacité.

Mathieu, qui avait commencé à lire avec amusement, s'assied, les jambes molles. *Galaas*. Les Anciens ne disposaient bel et bien pas de technologies sophistiquées avant la Mer – ni après. Du moins pas de celles reposant sur l'usage de l'électricité, encore moins de l'électronique – qui seule pourrait expliquer une machine aussi perfectionnée. Galaas. Galaas immobilisé par le retour de la Mer. " Je dormais. Le labyrinthe n'a pas été utilisé depuis très longtemps, et je dormais. " Avant la Mer, le labyrinthe, c'est ce qu'avait dit Abram. Bien avant la Mer, ou Galaas aurait su qu'il allait s'arrêter très bientôt, en voyant le ciel violet de l'éclipse.

Et Galaas n'a sûrement pas été construit par les Anciens.

Et Mathieu a décidé depuis longtemps qu'il n'a pas été construit par les Gris.

Il reste longtemps immobile, le souffle coupé. Abram doit être au courant, il faudra aller lui en parler demain ! Ou alors, non, sans doute pas... Lefèvre d'abord, sûrement Lefèvre !

Il se force à se calmer, cherche à tout hasard "Galaas" dans les index et les tables des matières. Rien non plus – normal, sans doute, si on ne parle d'Oghim nulle part. Il interrogera Lefèvre demain.

Il se trouve au bas de l'escalier de la cour quand il entend la porte arrière s'ouvrir dans son dos. Il se retourne, surpris – doit-il être alarmé ? Une silhouette massive se dessine dans la pénombre, devient un homme de très haute taille tenant une assez grosse mallette, et qui entre en refermant la porte d'une seule main, sans regarder ce qu'il fait, mais sans bruit. La lueur douce de la pseudopyrite commence à gagner les bandes serties dans les murs de la cour. Vêtu d'une veste sombre, sur une chemise et un pantalon sombres, l'homme dépasse Mathieu de la tête et des épaules ; il a des cheveux courts et clairs – blancs ? –, la peau foncée, et des yeux dont la pénombre dérobe couleur et regard.

Ils restent face à face un moment. Puis l'inconnu s'engage dans l'escalier, et Mathieu poursuit son chemin. Il tombe de sommeil.

Le lendemain matin, on le secoue, Nathalia. Devant son expression, et avec un tressaillement de chagrin qui le surprend, il s'apprête à apprendre la mort d'Abram.

Mais Abram n'est pas mort. Ou du moins on n'en sait rien. Il a disparu. Tout le monde vient de se réveiller, et il a disparu.

En bas, avec les autres, Érin dit soudain : « Les licornes. »

Ils sortent pêle-mêle pour aller à leur rencontre et Mathieu se rend compte alors à la taille des ombres que la matinée est presque terminée. Ont-ils donc dormi si longtemps ? Les trois licornes se trouvent dans la prairie derrière la maison, Étoile et les deux blanches, Herbe et Cascade. Elles restent un moment immobiles en face d'Érin, puis Étoile se cabre avec un sifflement sourd, fait volte-face et part au galop, bientôt suivie des deux autres. Lefèvre et les Bordes se retournent vers Nathalia et Mathieu, incrédules. Le visage de Lefèvre, en particulier, a une expression presque hébétée : « Elles disent... qu'Abram s'est jeté dans la Mer, murmure-t-il. Il les a appelées pour qu'elles l'emmènent. Et il s'est jeté dans la Mer. »

Ils rentrent, se dirigent machinalement vers la cuisine. D'un commun accord, sans un mot, Nathalia et Mathieu se mettent à préparer la collation de fin de matinée qui servira aussi de petit-déjeuner, tandis que les Bordes et Lefèvre se laissent tomber dans des chaises autour de la table, accablés d'une stupeur qu'ils n'arrivent pas à secouer.

« Abram », dit enfin Lefèvre avec une intonation presque scandalisée. « Dans la Mer ?

— Il allait souvent chez Séoud, murmure Joanna après un moment. Dans le temps. Quand ma mère était encore là. Ils y allaient ensemble. »

Ses phrases arrivent par saccades de plus en plus lentes, et finalement, elle se tait.

« Qu'est-ce que les licornes ont dit, exactement ? » demande Mathieu tout en posant les couverts

Lefèvre murmure : « Juste ça. Il les a appelées pour qu'elles l'emmènent, et il s'est jeté dans la Mer. » Puis, plus haut : « Tu es le dernier à l'avoir vu, hier soir. Comment était-il ?

— Pas en état de se tenir debout ! » proteste Mathieu. Et il lui a fallu non seulement se lever, mais peut-être s'habiller, descendre l'escalier, monter sans aide sur le dos d'un des grands animaux, supporter la longue descente jusqu'à la Mer...

« Un dernier sursaut d'énergie ? » marmonne Lefèvre ; il tourne sa cuillère dans son bol vide, les sourcils froncés : « T'a-t-il dit quoi que ce soit ?

— Il m'a demandé si je connaissais l'histoire d'Oghim. »

Lefèvre arque des sourcils perplexes.

« Cette nuit, j'ai vu... », poursuit Mathieu. Il fait une pause brève, tandis que tous les regards se tournent vers lui. « ... que cette histoire ne se trouve pas dans la bibliothèque », achève-t-il avec l'impression déconcertante d'avoir voulu dire autre chose, mais quoi ? « Enfin, je ne l'ai pas trouvée. Vous l'avez ?

— Non », dit Lefèvre. Nathalia a versé deux louches de gaspacho dans son bol, il y a plongé sa cuillère, mais il continue à l'y faire tourner sans manger. Une lueur d'intérêt s'est allumée dans son regard. « C'est quoi, cette histoire ? » Il jette un coup d'œil autour de la table : « Nous ne la connaissons pas. Elle ne se trouve pas dans les plaques, en tout cas. Et toi, tu la connais ? »

Moins surpris qu'il ne l'aurait cru, Mathieu résume le plus brièvement possible : le petit prince qui veut retrouver son ombre et se découvre des pouvoirs au cours de sa quête, en compagnie d'un vagabond nommé Galaas.

Lefèvre écoute, les yeux plissés. Les autres semblent plus déconcertés que lui. Il demande enfin : « Que t'a dit Abram, exactement ? »

Mathieu hésite, hausse les épaules : « Que ça finissait bien. »

Ils se regardent un moment en silence puis, avec un petit branlement de tête perplexe, Lefèvre se met à manger.

◆

Oghim et Galaas aidèrent le vieil homme à porter les poissons au village avec son fils, puis ils revinrent à la crique. Oghim contempla longtemps les couleurs de la

Barrière, leurs lentes transformations au fil des heures. De temps à autre il consultait le miroir, espérant un signe des Ékelli. Mais le miroir restait froid et muet.

« Eh bien, dit enfin Oghim, puisque nul homme vivant n'a jamais traversé la Barrière, c'est mort que je la traverserai. Si telle est la volonté des Ékelli, qu'elle s'accomplisse. »

Galaas eut beau essayer de le dissuader, le prince ne voulut pas revenir sur sa décision : il n'avait pas fait tout ce voyage pour échouer si près du but. Il préférait mourir plutôt que de rester sans ombre parmi les hommes.

Il s'embarqua donc au matin sur la vieille barque du pêcheur, seul avec son épée. Et lorsqu'il fut arrivé à l'endroit où le courant pénètre dans la Barrière, il se plongea la lame dans le cœur.

45

Après la mort d'Abram Viateur (Lefèvre dit toujours « disparition », quand on se trouve à en parler), deux semaines s'écoulent pendant lesquelles chacun réajuste à sa façon la trame de son paysage intérieur autour de cette absence qui sera définitive. Lefèvre semble y avoir plus de difficultés que les autres, même Nathalia. Il reste des heures à la bibliothèque, plongé dans les livres lus par Abram quand il était encore capable de lire, comme s'ils avaient dû contenir des réponses – mais à quelles questions ?

« Est-il si invraisemblable qu'il soit allé se jeter dans la Mer ? » finit par lui demander Mathieu, apitoyé. Lui-même trouve étonnant qu'Abram ait eu la force physique de le faire ; mais ce n'est évidemment pas ce qui tracasse Lefèvre.

« Je ne sais pas. Dans son état... On est supposé se préparer, il y a tout un rituel... Il a toujours eu des ressources insoupçonnées, mais... »

Il se frotte le front avec une expression presque égarée tout en contemplant les livres empilés sur la table de la bibliothèque. Mathieu finit par comprendre à quoi il fait allusion. A-t-il donc oublié ses commentaires narquois sur les Immortels ? Le voilà qui évoque leurs rituels comme s'il y croyait, à présent ! Essaie-t-il de s'aveugler sur ce qui a sans doute été une auto-euthanasie ? Toutes ces recherches obstinées sont peut-être simplement destinées à donner un autre sens, un sens supérieur, au dernier geste du vieil homme.

Mais autant jouer le jeu : « De toute façon, la Mer absorbe la matière organique, n'est-ce pas ? Quand on s'y jette, préparé ou pas, croyant ou incroyant, on est dissous, non ?

— En théorie, oui, murmure Lefèvre, en théorie... » Il semble prendre conscience de la façon dont Mathieu l'observe, fait une petite grimace : « Mais Abram ne s'est jamais tellement conformé aux théories, en particulier les miennes. » Il s'assied un peu lourdement. « Et cette fois-ci, on dirait qu'il m'a vraiment échappé », murmure-t-il comme pour lui-même. Il relève la tête, son regard met un moment à se concentrer sur Mathieu. « Je l'ai retrouvé par hasard, tu sais ? En 95, une vingtaine de saisons après qu'il m'ait... abandonné. Je n'étais pas supposé le retrouver. Il était très ennuyé que je le reconnaisse, c'était clair. » On dirait qu'il cherche à se convaincre, mais de quoi ? Intrigué, Mathieu s'assied à son tour.

« Et alors ?

— Et alors... » Le regard brun retrouve peu à peu son acuité ; Lefèvre dévisage Mathieu en silence, semble prendre une soudaine décision : « ... Il s'appelait Constantin Apatridès, quand je l'ai rencontré pour la première fois. Et Serje Pérégrino la deuxième fois. J'avais vingt-trois saisons la première fois, près de quarante-cinq la seconde. Lui n'avait pas vraiment changé. Oh, la coiffure, la couleur des cheveux, pas de lunettes, le style... des détails. Mais il était toujours vieux. Il a toujours été vieux, un peu plus la première fois, un peu moins la seconde. Et quand Abram Viateur est arrivé chez les Bordes, la première fois, il y a une dizaine de saisons, il était toujours aussi vieux. J'ai soixante-huit saisons. Il en avait au moins quatre-vingts quand je l'ai rencontré pour la première fois. »

Mathieu, stupide, ne peut que répéter : « Et alors ?

— Et alors, ça lui en fait au moins cent-quarante ou plus ! Apatridès, Pérégrino, Viateur, Mathieu ! Tous des noms qui renvoient au voyage, à l'errance. Sans patrie, pélerin... un « viateur », c'est quelqu'un qui fait la route, ou qui prépare la voie, est-ce que je sais... Il y en avait une bonne vingtaine, des noms comme ça, parmi ceux qu'avait rassemblés l'ordinateur de Dalloway ! Et il ne s'est jamais laissé prendre en photo, même avec les enfants ! » Il paraît faire un effort pour se calmer, conclut de façon abrupte : « Et maintenant, il a de nouveau disparu. »

Mathieu le contemple avec une stupeur incrédule. *Son immortel ?* Lefèvre a pensé... Oh non ! « Abram est mort, dit-il avec une compassion désolée, inquiète. Il n'a pas disparu, il est *mort*, Henri. Il a été dissous dans la Mer. »

Lefèvre n'a pas l'air d'avoir entendu ; il se tasse un peu sur lui-même, les yeux au loin : « Je lui ai dit cent fois. Toutes mes théories, sur tout. Il riait toujours. Quelquefois, il s'amusait à remonter un scénario complètement différent avec une partie de mes arguments, en ajoutant des détails que je ne connaissais pas, mais qu'il me disait d'aller vérifier. Et quand je vérifiais, ça se tenait – juste assez, pas trop... C'est devenu une sorte de plaisanterie entre nous, avec le temps. Une plaisanterie, un jeu, une bagarre – selon les époques... J'ai du mal à admettre... » Sa voix s'enroue, il se met à tousser. Pour la première fois depuis qu'il le connaît Mathieu pense qu'il est vieux – c'était un terme qu'il réservait toujours à Abram. Le pétillement familier s'est éteint dans les yeux bruns, le rictus est amer. « J'ai du mal à admettre que je me suis trompé, je suppose... » Après un petit silence, il ajoute encore plus bas : « J'ai du mal à admettre qu'il ne sera plus jamais là. »

Le temps passe. Après un délai raisonnable, pourtant, la vie devrait reprendre son cours. C'est-à-dire qu'on devrait recommencer les expériences avec le groupe, puisque Lefèvre semble avoir interprété en ce sens – comme Mathieu – les dernières paroles du vieil homme. Mais la cinquième semaine de Mai est presque terminée, et personne n'aborde le sujet. La période de deuil semble se prolonger, au contraire, le flottement s'aggraver en confusion. Alors que Mai glisse vers Juin, que le ciel et le paysage extérieur tournent à l'Été – jours plus humides, air plus dense, herbe déjà verdâtre, chaleur assourdissante – l'atmosphère de la maison s'alourdit, au contraire, malgré la température relativement plus fraîche entre les murs rouges et dorés. Tout le monde paraît de plus en plus distrait, les enfants un peu moins, mais même Nathalia, comme absorbés par un souci persistant. Visages toujours un peu contractés, paroles rares, sautes d'humeur inhabituelles... Mathieu se force pendant quelques jours à ne pas poser de questions, soudain renvoyé à des comportements qu'il a un peu oubliés – pour ménager toutefois ses compagnons plus que lui-même, à présent. Enfin il n'y tient plus, il interroge Nathalia : se passe-t-il, ou s'est-il passé, un événement dont il n'est pas au courant ?

« C'est la Mer, Mathieu, dit enfin la jeune femme d'un air malheureux. Elle part dans deux semaines et elle est en train de devenir... active. » Elle ne le regarde pas. « D'habitude, je ne sentais rien. Mais maintenant... je ne sais pas pourquoi, maintenant... »

Elle sait pourquoi, bien sûr, et Mathieu aussi : elle a commencé à se débloquer lors de la séance avec l'aëllud, juste assez pour devenir plus sensible à l'influence de la Mer.

« Ça ne veut pas dire que je suis une télep pour autant », ajoute-t-elle d'un ton curieux, mi-fâché, mi-nostalgique.

Mathieu, lui, ne sent absolument rien. Tant mieux, sans doute : il ne leur envie pas les migraines de plus en plus sévères qui les accablent. On est obligé d'avoir recours à des doses croissantes d'analgésiques ; ce sera la même chose d'ailleurs pendant au moins deux semaines après le retour de la Mer, au début de Janvier. Si c'est « l'esprit de la Mer » qui entre en activité, remarque

Lefèvre avec une pâle imitation de son ironie habituelle, ce n'est un esprit ni disert ni adroit : « Imagine qu'on te tape sur la tête avec un marteau pour attirer ton attention !

— Pourquoi ne pas aller ailleurs ? »

Lefèvre hausse les épaules : « Il faudrait aller assez loin. Ça semblerait curieux. Et puis, à force d'interagir avec la Mer, on finira peut-être par s'endurcir. »

Il ironise : une interaction avec « l'esprit de la Mer », c'est l'interprétation des Immortels pour expliquer le malaise aigu qui se manifeste chez les téleps du voisinage. On a de plus grandes chances de communiquer avec la Mer dans ces périodes-là, selon eux. Avec la Mer – ou avec les êtres qu'elle a absorbés depuis des siècles, ce n'est pas clair. Les Immortels s'embarquent en tout cas pour de brefs voyages d'une heure ou deux à cet effet. Cela fait partie de leur préparation au départ.

« Ils communiquent avec la Mer ?

— C'est ce qu'ils prétendent. Mais pas tous. Seulement les baïstaos. »

Mathieu hausse les sourcils devant le terme inconnu.

« Ceux qui ont accédé à la Révélation, à l'Illumination, explique Lefèvre. Les Parfaits, Ceux Qui Peuvent Rejoindre La Mer. »

L'intonation épingle partout des majuscules narquoises, mais Mathieu n'est plus dupe : l'autre est aussi fasciné que lui, en réalité – et sans doute constamment agacé de l'être.

« Et que leur dit-elle ?

— Des Choses Profondes, bien entendu, rétorque Lefèvre en accentuant son sourire en biais. Tu n'as qu'à consulter leur Livre de la Mer.

— Mais si la Mer leur parle, si on peut communiquer avec elle...

— Si la Mer disait quoi que ce soit de vraiment important, il y a longtemps qu'on le saurait, Mathieu. Les Immortels ne sont pas les seuls bons télépathes de Virginia. »

Le ton bref laisse percer l'agacement, et Mathieu ne peut s'empêcher d'insister avec une certaine malice : « Mais vous n'avez jamais essayé.

— Les Immortels non plus, crois-moi ! Une dizaine de jours avant le départ, on ne peut pas approcher de la

Mer à moins d'être drogué jusqu'aux yeux, et encore. Oh, ils font bien deux ou trois petits tours en bateau – assommés par un cocktail de sédatifs. Ajoute à ça une bonne dose d'autosuggestion et, au retour du bateau, tu as communiqué avec l'esprit de la Mer.

— Vous en êtes sûr ? » insista Mathieu, vaguement déçu, mais sans le montrer.

Les yeux un peu plissés, Lefèvre tourne et retourne entre ses doigts un coupe-papier d'ivoire. « La Mer est un phénomène physique, Mathieu. Qui a des effets physiques répertoriables et répertoriés. Les bateaux y flottent. La matière organique vivante s'y dissout. Elle neutralise l'énergie électrique – pas au niveau moléculaire, heureusement, ça nous permet d'exister ! La Mer n'est ni un fantôme ni une illusion ni une manifestation de la transcendance divine. Elle a une existence physique dans le monde physique. On l'a photographiée depuis l'espace. Elle a aussi une influence neurophysiologique indéniable, il existe assez de tests pour la mettre en évidence chez nous ! Qu'on ne vienne pas me parler de l'esprit de la Mer ! Qu'on ne vienne pas me dire que la Mer déballe à qui veut l'entendre de pieuses considérations sur la sainteté de l'âme humaine et les bénéfices d'une vie saine et non violente. Qu'on vive selon ces préceptes, fort bien, si tout le monde en faisait autant, et en particulier les Gris, nous aurions sans doute bien moins de problèmes. Mais que ce soit la Mer... »

Il fait un effort visible pour se calmer, pose le coupe-papier qu'il était près de briser. « Je veux bien admettre qu'elle soit d'une façon ou d'une autre capable de reproduire des configurations énergétiques qui seraient les " esprits " de ceux dont elle dissout les corps – et l'hypothèse de la survie d'un esprit humain sans corps est encore à prouver. Mais admettons. Admettons même que la quasi-matérialité de la Mer constitue un " corps ", un support matériel de rechange, et que les esprits ne soient pas fixés une fois pour toutes, mais bel et bien capables de continuer à exister, à évoluer. Même dans ce cas, " l'esprit de la Mer " n'est jamais que la somme de ces esprits réunis, et ce qu'elle raconte est seulement ce que ces esprits peuvent savoir ou penser. Rien de surnaturel là-dedans. »

L'argumentation raisonnable de Lefèvre est un peu trop appuyée, comme l'était son ironie la première fois qu'il a parlé à Mathieu de la Mer et des croyances des Immortels. « Mais cette seule possibilité-là est déjà assez intéressante, non ? » remarque Mathieu.

« Intéressante ? Fascinante, tu veux dire ! D'après les Immortels, les esprits joints à la Mer le sont aussi entre eux, télépathie collective instantanée ! Mais ils conservent quand même leur individualité et leurs facultés. Les manos restent des manos, par exemple... Ce sont peut-être eux qui font flotter les bateaux, eh ? Et tout le monde a accès aux connaissances de tout le monde. Si on considère que les Anciens se sont jetés dans la Mer pendant des centaines d'Années, imagine tout ce qu'on doit apprendre là-dedans ! Et pendant l'éternité, en plus, puisque la Mer est censée être éternelle... »

Il n'est plus qu'à demi ironique.

« Mais vous n'avez jamais essayé. Vous ne croyez pas à ce que racontent les Immortels. »

Lefèvre se met à rire, comme s'il n'était pas dupe de ce rappel – ni de ses propres déclarations. Quand il reprend la parole, c'est presque avec son habituelle intonation sarcastique : « J'ai analysé les drogues qu'ils prennent avant de s'embarquer. Il y a là de quoi assommer un bœuf. Et j'ai lu les rapports des téleps non Immortels qui ont essayé de s'embarquer avec ou sans drogue pendant les phases d'activité, à plusieurs reprises au cours des quarante dernières saisons – eh oui, il y a quelques esprits curieux chez les Rebbims, Mathieu ! J'ai même trouvé quelques fragments de rapports remontant à la Première Indépendance. Étant donné les résultats catastrophiques de toutes ces tentatives, et sachant quel effet la Mer a déjà sur moi deux semaines avant son départ ou après son retour, je n'aurais même pas dû essayer. Mais je l'ai fait. J'ai effectué un stage chez Séoud. Ça n'a vraiment pas été concluant. J'ai interrogé plusieurs baïstaos avant leur départ, mais ils n'ont jamais voulu me laisser les examiner à fond, bien entendu. Tabou religieux et tout ça... »

Il se remet à jouer distraitement avec le coupe-papier : « Si les Immortels ont réussi à établir le contact avec l'un de leurs baïstaos dans la Mer, reprend-il plus bas, ça n'a pas dû être très concluant non plus, parce qu'ils n'en ont jamais parlé.»

Il se lève brusquement : « J'avais dit que je t'emmènerais chez Séoud, non ? Autant y aller maintenant pendant que je peux encore le supporter. Puisque tu sembles immunisé, ils accepteront peut-être de te laisser faire un petit tour avec eux. Tu auras des données de première main.»

46

La communauté des Immortels se trouve sur la côte à une centaine de kilomètres plus au nord sur la même ancienne chaîne de vieilles montagnes : elle s'abaisse ici pour devenir un haut plateau plus franchement rocheux qui s'arrête net au bord de la brume lumineuse. Partis très tôt, ils arrivent vers dix heures du matin. Après les commentaires de Lefèvre, Mathieu s'attendait à trouver des sages en longues tuniques bleues, l'air inspiré, comme certains Anciens dans les fresques de la première École, ou à Morgorod. Mais non : si les huit membres de la communauté, trois hommes et cinq femmes, portent bien du bleu – une chemise ici, un foulard là, jamais dans les mêmes nuances – ils ont tous des physionomies et des statures de gens bien plantés dans le monde, et même, pour Séoud, de bon vivant. Le chef des Immortels (leur pasteur ?) a plus de soixante-dix saisons, les autres – ses disciples ? – ont tous dépassé la soixantaine ; il semble y avoir des couples, mais c'est difficile à évaluer au premier coup d'œil ; ils vivent une vie simple, consacrée à l'étude, au jardinage et à la méditation, dans une grande villa apparemment construite sur le modèle des maisons anciennes une cinquantaine de saisons auparavant.

Et ils ne semblent pas particulièrement affectés par la proximité de la Mer, alors que Lefèvre ne peut réprimer de temps à autre une grimace de douleur quand il bouge trop rapidement et qu'une vague de migraine vient lui battre les tempes. Ils ne semblent pourtant pas "drogués jusqu'aux yeux".

« La prière », grogne Lefèvre en réponse à la question de Mathieu. « Fait des merveilles, il paraît. »

Séoud lui adresse un sourire indulgent : « Tu n'as jamais vraiment essayé, Henri.

— Jamais essayé ? » s'indigne Lefèvre – avec une petite grimace, car il a trop vivement levé les mains au ciel. « J'ai fait une retraite d'un Mois chez vous !

— Mais c'était par défi », dit Séoud avec douceur.

En ravalant visiblement une réplique, Lefèvre explique à Séoud la raison de leur visite ; l'autre accède en souriant à sa requête, toujours avec la touche d'indulgence affectueuse qui semble constituer l'essentiel de son attitude à son égard. Un voyage est prévu pour la matinée même : si Mathieu veut ensuite faire la méridienne et manger avec eux avant de repartir, il sera le bienvenu.

Lefèvre évoquera-t-il la mort d'Abram ? Après tout, les circonstances doivent en être d'un intérêt particulier pour des Immortels, sans compter le fait que le vieil homme semble avoir été un familier de la maison. Il serait intéressant de savoir s'ils ont perçu quoi que ce soit la nuit où Abram est allé se jeter dans la Mer. Lorsque Lefèvre, avec une indifférence suspecte, pose exactement cette question à Séoud, Mathieu se dit soudain que c'est sans doute la raison réelle de la décision de Lefèvre et de leur visite aux Immortels : il s'est servi de lui comme prétexte.

Mais Mathieu oublie son amusement un peu navré devant la réaction de Séoud. Séoud est absolument stupéfait. Séoud n'était pas au courant. Séoud n'avait même pas su qu'Abram se trouvait chez les Bordes !

Mathieu se retourne vers Lefèvre, scandalisé : « Vous ne leur avez rien dit ?

— Abram voulait tenir sa présence secrète », marmonne Lefèvre.

Sa présence, peut-être, mais sa disparition ? Lefèvre en profite-t-il pour tester les Immortels ?

Séoud s'assied, jambes coupées. Sa sérénité bonhomme a volé en éclats, sans que Mathieu puisse décider si c'est parce qu'il vient d'apprendre brutalement la mort d'un vieil ami, parce que cet ami lui a caché sa présence, ou parce qu'il a commis en se jetant dans la Mer une sorte de sacrilège. En tout cas, après quelques minutes de silence, Séoud dit d'une voix altérée que non, ils n'ont rien perçu de particulier la nuit de la disparition d'Abram. D'ailleurs Lefèvre ne semble pas avoir vraiment escompté une autre réponse. Il reste debout devant Séoud, les bras croisés, le visage contracté – par la migraine, sans doute, par le remords peut-être.

« Depuis non plus, ajoute Séoud. Et nous avons fait trois voyages sur la Mer. »

Le commentaire de Lefèvre n'a pas l'inflexion ironique qu'aurait attendue Mathieu : « Ça ne veut rien dire. »

Mais quel entêtement absurde ! Si les Immortels sont vraiment capables de communiquer avec les esprits de ceux que la Mer a absorbés – Lefèvre n'y croit pas, de toute façon, n'est-ce pas ? – et s'ils n'ont pas perçu la "voix" du vieux, cela peut au moins signifier que celui-ci ne s'est pas jeté dans la Mer et peut donc toujours être l'immortel que Lefèvre veut voir en lui. Et voilà que Lefèvre semble préférer penser que le vieux s'est bel et bien jeté dans la Mer pour y être dissous, réduisant ainsi sa fantaisie à néant !

« Nous ne savions pas qu'il pouvait rejoindre la Mer », ajoute Séoud à mi-voix ; il se mord les lèvres ; après une pause, il reprend : « Nous ne savions pas qu'il l'avait rejointe et nous ne l'avons donc pas cherché. »

Lefèvre le dévisage avec une expression curieuse : « Vous allez le chercher, maintenant ? »

Séoud a retrouvé son calme, son sourire – et son indulgence à l'égard de Lefèvre : « Mais oui », dit-il avec gentillesse.

Lefèvre reste un moment sans réagir – si totalement dépourvu de réaction, même, que c'en est suspect. Puis il fait une grimace délibérément trop sarcastique : « Dis-lui au revoir de ma part. »

Avec une affectation de désinvolture, il tape sur l'épaule de Mathieu – en modérant son geste trop tard, ce qui le fait grimacer derechef: « Amuse-toi bien, Mathieu. Moi, je rentre. Séoud te ramènera quand vous aurez fini. »

Il s'en va sans plus de cérémonie. Une Immortelle conduit Mathieu dans sa chambre, où il se rafraîchit. Puis il s'étend sur le lit, nu et encore humide de sa douche, pour y lire le livre qu'il a emporté, un simple roman – il sera toujours temps, plus tard et si on le lui permet, de consulter "le Livre des Immortels".

Au bout d'une heure, on vient frapper à sa porte : Séoud, qui dit simplement « Nous sommes prêts. »

Il s'habille en hâte et le suit.

Le petit bateau ne s'éloigne guère – juste assez pour rendre le rivage et la maison invisibles à Mathieu dans la brume luminescente. Séoud et Malika, la femme qui pilote le bateau, voient plus loin que lui sur la Mer, comme d'ailleurs les Bordes, Lefèvre ou n'importe quel télépathe un peu puissant. Ils distinguent bien mieux aussi sa lumière bleue. Les Anciens ne percevaient aucune brume, s'il faut en croire leurs fresques. « Peut-être un jour pourrons-nous aussi voir la Mer en face », a dit Séoud.

En entrant dans la brume de la Mer, Mathieu songe fugitivement au brouillard de Morgorod. Mais c'est totalement différent. Il n'y a pas de musique, mais il y a la lumière. Même si, d'après Séoud, c'est autant une illusion que la brume. « La Mer existe là, ajoute-t-il en touchant le front de Mathieu, comme le rêve, le mythe, ou l'amour. C'est là qu'est sa véritable réalité, là que s'établit le véritable contact. »

Comme Abram, Séoud manifeste de l'intérêt lorsque Mathieu remarque qu'il perçoit la luminescence de la Mer, distincte de la brume : les vrais têtes-de-pierre ne voient qu'un épais brouillard occultant complètement la Mer elle-même. « Vous êtes bien des nôtres », murmure-t-il ; il veut évidemment parler des mutants en général plutôt que des Immortels ; Mathieu ne commente pas.

Le bateau avance dans un mouvement fluide. C'est plutôt une grosse barque un peu montée en graine, d'ailleurs, avec un mât équipé d'une voile triangulaire, présentement roulée, deux bancs de nage à l'avant (les rames sont rangées à l'intérieur le long de la coque) et un minuscule habitacle à l'arrière pour le pilote, plus un cockpit qu'une cabine. Le tout est propulsé par une turbine à gaz remarquablement peu bruyante – Mathieu est presque choqué, puis sourit de sa surprise: les Immortels n'ont pas envie de ramer tout en communiant avec la Mer, c'est leur droit, n'est-ce pas? Séoud est assis sur le banc le plus proche du poste de pilotage, appuyé à la paroi de planches, les mains croisées sur sa bedaine, et semble tout simplement apprécier la promenade.

« Vous n'êtes pas supposé... prendre des drogues ? » dit enfin Mathieu, un peu éberlué par toute cette absence de décorum.

L'autre a son sourire indulgent: « Nous les avons prises tout à l'heure. Elles mettent un certain temps à faire effet.

— Mais vous n'avez pas mal à la tête?

— Pas vraiment. Vous non plus.

— Je suis... immunisé. J'ai une barrière.

— Nous aussi », dit Séoud ; il observe la réaction de Mathieu d'un air presque malicieux et ajoute : « Pas la même que la vôtre, cependant. La nôtre... nous est conférée par la méditation et les exercices, et elle n'est pas aussi impénétrable que la vôtre.

— Et Henri n'a jamais pu?

— Henri est un télépathe puissant et habile, mais il a toujours été... impatient. Il n'est venu que pour se faire prouver que nous disions la vérité. On ne somme pas la vérité de prouver qu'elle est vraie. On est un avec elle, et on sait alors qu'elle est la vérité. Henri... n'a jamais su être un. »

C'était une description assez exacte de Lefèvre, après tout.

« Et Abram? »

Séoud reste un long moment silencieux. « Abram... a toujours été trop un », dit-il enfin.

« Mais il est dans la Mer, maintenant.

— Dans la Mer, peut-être, mais pas forcément avec elle », soupire Séoud. Il se frotte les tempes et, sans élaborer davantage, se couche par terre entre les deux bancs avec un petit coussin sous la nuque, en se croisant de nouveau les mains sur le ventre. « Il va encore falloir un certain temps », prévient-il. Puis il ferme les yeux et ne bouge plus.

Mathieu l'observe un moment mais, comme il ne se passe rien de particulier, il se tourne sur son banc et s'appuie au plat-bord, le menton sur les bras, pour contempler la Mer. L'éclat bleu en est nettement plus sombre au contact de la coque ; les courants que Mathieu a remarqués à plusieurs reprises s'y propagent en tout sens, avec rapidité ; presque à la limite de la vision, quelque chose pulse au même rythme dans le scintillement brumeux qui occulte le ciel nocturne, un clignotement rapide, presque hypnotique, très différent du mouvement lent et majestueux qu'il a perçu lors de sa première vision de la Mer.

Il se retourne. En face de lui, dans le petit poste de pilotage, Malika regarde droit devant elle avec une expression rêveuse ; à ses pieds, Séoud a maintenant les yeux grands ouverts, et fixes. Son souffle soulève à peine sa poitrine.

Le bateau ne grince pas, ne craque pas ; la turbine ronronne. Le vent léger – ce n'est pas encore " le vent de la Mer ", qui ne commencera à souffler vers le large qu'au début de la dernière semaine de Mai – ne porte pas d'autres odeurs que celles du vernis et du bois mêlées. Mathieu se sent flotter dans un univers clos à la fois infiniment présent et curieusement dépouvu de réalité. Peut-être est-ce le silence, le scintillement, la solitude, malgré les deux êtres humains qui partagent son espace physique sans qu'il puisse les rejoindre dans l'autre espace où ils communiquent, peut-être, avec la Mer. Quelles visions passent devant les yeux de Séoud, de Malika à la barre, quelles voix s'entrecroisent, peut-être, dans cette dimension invisible qui lui demeurera toujours fermée ? Il est sur la Mer, il pourrait y demeurer des heures sans en être affecté... alors que ceux qui la désirent avec passion ne peuvent l'approcher sans en payer le prix – que ce soit le désir serein des Immortels ou celui d'un Lefèvre, plus ambigu mais peut-être plus intense d'être dénié.

Et lui, Mathieu, que désire-t-il ? En ce moment précis, dans la solitude peuplée d'invisible, il lui semble ne rien désirer, pas même – son regret secret malgré la relative harmonie découverte avec Nathalia – une place à lui où il pourrait être lui-même et non ce qu'on désire le voir être ou ce qu'on lui rappelle, même sans le vouloir, qu'il n'est pas. Il y a seulement la lumière bleue, le mouvement léger du bateau qui ne va nulle part, cette étrange suspension au milieu d'un décor à la fois immense et limité, cet instant, qui imite l'éternité.

Quand Séoud se redresse, Mathieu a l'impression de se réveiller aussi. Puis, au moment où il commence à prendre conscience de la façon curieuse dont Séoud le dévisage, le gros homme se relève et s'assied sur le banc avec des gestes mesurés, comme si toute sa masse était devenue de verre. Sortie de sa rêverie – ou de sa transe – Malika se penche pour lui tendre une gourde de métal argenté. Il boit longuement, se racle un peu la gorge et tend la gourde à Mathieu.

Mathieu la prend avec un vague sentiment de déjà-vu, qui se précipite lorsque le goût âcrement épicé du liquide roule sur sa langue. Il tousse, se force à avaler.

« Shmeïlé », dit-il – alors seulement il sait que c'était vraiment un souvenir.

« Un vin reconstituant, on le fait dans le Nord », dit Séoud, en setlaod, avec une intonation un peu surprise.

« Avez-vous appris quelque chose ? » l'interrompt Mathieu en virginien, délibérément, pour briser la structure qui s'ébauche et dont le parallèle avec sa première rencontre de Galaas le met soudain terriblement mal à l'aise.

Séoud semble hésiter. « Difficile à dire. » D'abord, ils ne perçoivent pas vraiment des voix individuelles mais une rumeur de foule, où se détache parfois une voix dont ils ne savent pas vraiment si elle s'adresse à eux. Si on leur parle, ils ne peuvent d'ailleurs pas répondre : le contact, s'il y a bien contact, se fait à sens unique... Séoud parle lentement, en cherchant ses mots, difficulté de traduire ce qu'il a éprouvé, ou bien il est encore sous le charme – ou sous le choc.

« Et que disent-elles, ces voix ? »

Séoud hésite encore plus longtemps. Peut-être s'agit-il là de secrets que sa religion lui interdit de révéler aux profanes. Mais dans ce qu'il a déjà dit, où sont les messages édifiants dénoncés par Lefèvre ?

« Nous ne sommes pas certains, dit enfin Séoud, surprenant Mathieu. Quand l'une de ces voix parle... – il soupire – ... c'est si difficile à expliquer... »

Malgré les tentatives d'élucidation de Lefèvre ou des Bordes, Mathieu avait encore tendance à considérer la télépathie comme une sorte de contact magique, instantané et parfait. Ce n'est pas le cas, il en prend enfin vraiment conscience en écoutant Séoud. Si l'empathie est directe et immédiate, la télépathie est un processus plus complexe. D'ailleurs, il en existe plusieurs variétés différentes, plusieurs degrés menant de l'empathie proprement dite à ce qu'on peut considérer comme une " transmission de pensées ", même s'il se passe apparemment autre chose qu'une "transmission" (c'est lorsque Lefèvre essaie de préciser ce qui selon lui se passe que Mathieu décroche toujours : le jargon scientifique lui semble devenir trop compliqué pour être honnête).

« Il faut des symboles communs pour le contact entre téleps. Des configurations neurophysiologiques assez identiques dans le cerveau pour assurer la résonance. Les symboles les plus couramment utilisés sont ceux du langage. Quand deux téleps parlent des langues différentes, la communication devient difficile, voire problématique si les deux langues ont des structures et des concepts suffisamment éloignés les uns des autres. Il faut élaborer un autre "langage" commun. Et puis, entre personnes corporelles, le corps intervient – presque tous les télépathes sont aussi des sensitifs, et nous percevons les modifications biochimiques induites par les émotions. Mais les voix qui nous parlent dans la Mer sont désincarnées... »

Les voix de la Mer qui s'adressent parfois aux Immortels – si elles le font vraiment – ne parlent évidemment pas le virginien. Elles ne parlent même pas toujours en setlaod, semble-t-il ! Et les symboles transmis ne se négocient pas comme dans un véritable échange, puisque la communication s'établit dans un seul sens. Les Anciens qui se trouvent dans la Mer parlent, avec la Mer ou entre eux. Mais pas aux Immortels.

« Nous ne comprenons pas encore Ses paroles », conclut Séoud. L'intonation indique une phrase rituelle maintes fois répétée, et Mathieu imagine l'agacement de Lefèvre s'il était présent... Mais Lefèvre ne semblait pas avoir été au courant de ce que vient d'expliquer Séoud. N'a-t-il pas fait une retraite chez les Immortels ?

Séoud secoue doucement la tête avec un sourire de regret : « Henri a essayé de s'entraîner à nos techniques de méditation. Il n'a rien voulu savoir d'autre, et nous n'avons pas jugé bon de lui dire ce qu'il n'entendrait pas. Après avoir analysé les drogues que nous prenons pour aller sur la Mer, il a décidé que nous devions mentir lorsque nous disions percevoir les voix, et il a refusé de venir sur la Mer avec nous.

— Et quelle preuve ai-je que vous ne mentez pas, moi qui ne suis même pas télépathe ? » remarque Mathieu au bout d'un moment.

Séoud écarte un peu les mains : « Aucune. »

Mais Mathieu a déjà décidé de considérer la description faite par Séoud de ce qui se passe lors du contact avec la Mer, avec ses incertitudes et son absence de spectaculaire, comme une présomption suffisante de véracité.

« Avez-vous entendu Abram ? » demande-t-il en concédant implicitement à Séoud un point que celui-ci, de toute évidence, n'a pas cherché à gagner.

Une ombre passe sur le visage rond : « Non. S'il est avec la Mer, elle l'occulte complètement... Mais elle ne l'a jamais fait pour ceux d'entre nous qui l'ont rejointe : nous pouvons toujours reconnaître leur... structure, si nous ne pouvons pas leur parler. »

Mathieu assimile en silence ce détail également ignoré de Lefèvre : « Et eux, ne peut-il s'empêcher de demander, ils vous parlent, vous les entendez ?

— Non, soupire Séoud. Nos baïstaos sont encore trop mal préparés, malgré leurs efforts. Nous sommes des enfants qui apprennent à marcher. »

À l'intonation, Mathieu devine que demander d'autres éclaircissements lancera Séoud dans une grande tirade religieuse, et il n'insiste pas. Il ne se sent plus le goût de mieux savoir ce que représente la Mer pour les Immortels en dehors de l'expérience ambiguë de leurs contacts avec elle. Quelles que soient les réponses de leur foi, elles ne peuvent en être pour lui ; il sera toujours incapable d'y faire la part de la réalité et celle du désir. Un peu dans la position de Lefèvre, somme toute. Mais Lefèvre est un télépathe ; il pourrait, s'il le voulait vraiment, rejoindre les Immortels. Mathieu, même s'il le voulait, ne le pourra jamais. Et pourquoi le voudrait-il ? Il n'y a pas de place pour lui là non plus.

Une fois revenu sur le rivage, il demande à Séoud s'il pourrait le faire ramener chez les Bordes tout de suite après la méridienne. Il n'a même plus envie de consulter le Livre des Immortels. Séoud aquiesce sans faire de commentaires, et trois heures plus tard un autre Immortel, Maurice, le reconduit le long de la piste qui serpente dans la montagne. Mathieu n'a pas envie de parler, et l'autre, intuitif sans doute, ne parle pas.

Lefèvre est sur le pas de la porte quand ils arrivent. Il ne presse pas Mathieu de questions – il semble se donner assez de mal pour simplement rester debout – mais Mathieu ne se fait pas prier pour raconter son bref séjour sur la Mer.

« Pas d'Abram... », murmure Lefèvre.

« ... mais ça ne veut rien dire », conclut Mathieu à sa place. Va-t-il s'obstiner dans sa fantaisie ? « Les licornes vous ont pourtant dit qu'il s'est jeté dans la Mer.

— Les licornes peuvent être trompées. Et elles peuvent mentir.

— Et de toute façon, vous ne croyez pas à la communication des Immortels avec la Mer », lui rappelle Mathieu, agacé à présent.

« Je crois... que je ne crois rien, dit Lefèvre en levant un doigt. Je sais que je ne sais rien.

— Vraiment ?

— La plupart du temps.

— C'est aussi une sorte de foi.

— Le scepticisme ? Une passion, tout au plus », réplique Lefèvre avec un fantôme d'ironie.

47

Après avoir senti comme un grand froid s'emparer de lui, Oghim eut l'impression de s'endormir et juste le temps de songer, tristement, qu'il avait échoué. Puis, sans transition, il entendit une voix qui disait : « Éveille-toi, Oghim ».

Il essaya d'ouvrir les yeux, mais en vain.

« Éveille-toi, Oghim », répéta la voix.

Il sentit qu'il était étendu sur une surface dure, et que la voix résonnait comme dans un vaste espace clos, mais il ne parvint pas à ouvrir les yeux.

« Éveille-toi, Oghim », dit la voix pour la troisième fois.

Alors seulement Oghim put ouvrir les yeux. Il se trouvait au milieu d'une salle immense dont il ne pouvait distinguer les limites dans la lumière des Ékelli. Il s'assit et chercha la blessure de son cœur – mais il ne la trouva pas. Une grande joie l'envahit à l'idée qu'il était enfin arrivé dans l'île.

« Tu as fait un long voyage pour arriver jusqu'à nous, Oghim Karaïdar, dit la voix qui venait de la lumière. Désires-tu toujours retrouver ton ombre ?

— Oui ! dit Oghim.

— Nous t'avons doté de nombreux pouvoirs en chemin, te voilà plus qu'un humain, reprit la voix. Cela ne te suffit-il pas ? »

Oghim s'agenouilla, incertain tout à coup. « Suis-je plus qu'un humain ? murmura-t-il. Vous qui voyez dans les cœurs, ne voyez-vous pas comme le mien est plein de crainte, de doute, d'orgueil ? Je ne suis qu'un humain. Moins encore, puisque je n'ai pas d'ombre. Rendez-la-moi, je vous en prie, et peut-être alors pourrai-je me rendre digne de vos bontés.

— Il te faut choisir, Oghim, dit la voix résonnante. Ton ombre ou tes pouvoirs. »

Oghim resta un long moment silencieux, atterré. Il songeait à tout ce qu'il pourrait accomplir grâce à ses pouvoirs... Mais ne voulait-il pas vivre parmi ses frères et sœurs les humains ? Comment le pourrait-il si le soleil ne marquait pas sa place à côté d'eux sur la terre ?

Et pourtant, il se rappelait l'ivresse de voler comme un oiseau dans le ciel libre.

« Ô Ékelli, vous êtes cruels, dit-il en pleurant. Donnez-moi mon ombre et reprenez vos pouvoirs. La puissance de l'amour est aussi grande, et elle ne me séparera pas de mes frères. »

Il resta à genoux, tremblant de son audace. Mais il entendit les voix des autres Ékelli qui manifestaient leur approbation devant son choix.

« Voici ton ombre, Oghim Karaïdar, dit la voix qui venait de la lumière. Elle a toujours été en toi, et elle y sera toujours. Mais à présent les autres pourront la connaître aussi. »

Et dans la lumière se forma comme un nuage qui prit peu à peu la forme d'un corps humain devant Oghim. C'était une jeune fille, et elle lui ressemblait comme une sœur. Tremblant, exultant, Oghim tendit la main et toucha son ombre. Un instant elle resta devant lui, souriante, puis Oghim la sentit pénétrer en lui par la main qui la touchait, et lorsqu'il regarda à ses pieds, il vit une forme noire découpée par la lumière des Ékelli, et qui lui ressemblait.

« Nous sommes moins cruels que tu ne le penses, Oghim Karaïdar, reprit la voix. Tu conserveras tes pouvoirs, toi ainsi que tes descendants. Continue à en faire bon usage et ils ne te quitteront pas. Utilise-les pour le mal, et c'est ton ombre qui te quittera, sans qu'il soit au pouvoir de personne, alors, de jamais te rendre à toi-même. »

Et c'est ainsi qu'Oghim Karaïdar devint le premier humain à recevoir tous les dons des dieux, le premier hékel.

48

Mathieu rêve. Le rêve de la rue grise, de la rue douloureuse, un rêve qu'il n'a pas fait depuis des semaines. Il ne marche même plus, il rampe, en s'accrochant du bout des ongles dans les rainures qui séparent les dalles incolores. Il n'y a plus personne, nul fantôme-espion à demi translucide pour le voir, le désigner, le trahir. Il est seul et il rampe, tout le corps brisé. Il rampe vers la place à la peau élastique, la voilà, sans transition il se trouve au milieu, perdu comme un minuscule iris dans un œil immense, si isolé, si vulnérable sous le ciel invisible et pourtant lourd... Il continue à ramper misérablement pour s'échapper, retourner dans la rue dont les murs ne le protégeront pas vraiment, mais tellement moins exposée. Il fait bien attention, maintenant, il ne met pas les ongles, il se tortille comme un ver en s'aidant de ses poignets aux mains bien relevées pour se traîner sur la pellicule molle et pulsante de la place, mais son corps entier est devenu un rasoir, un mince rasoir tranchant, et derrière lui, sous lui, la membrane se fend, les lèvres luisantes s'ouvrent sur un grand rire doux et cruel, et en sanglotant il roule, il coule, il sombre dans la pénombre rouge, aimante, féroce.

En sanglotant il se réveille, en criant un nom, le nom. Mais dans la fraction de seconde qui sépare le sanglot du cri, alors qu'il n'a pas réintégré son corps, alors qu'il est encore tout rêve, il pense, comme une concession extrêmement difficile, avec une sensation intérieure d'arrachement, que le bleu et non le rouge est la couleur de l'eau. Instantanément, le temps d'un éclair, il baigne dans du bleu.

Et il crie. Et il ouvre les yeux dans la lueur fantomatique des murs de la chambre, hors d'haleine, le cœur déchiré, et Nathalia est là qui le caresse, qui le berce, qui lui dit que c'était un rêve, juste un rêve, Mathieu, juste un rêve.

Il se serre contre elle, il écoute son cœur s'apaiser. Du rêve, il ne reste que des blocs épars d'images qui sont des sensations qui sont des émotions, et la certitude, comme du plomb en fusion.

« Je ne le tuerai jamais, n'est-ce pas ? dit-il d'une voix qu'il entend enfantine. Jordan. Je ne le reverrai jamais. Je ne pourrai jamais savoir.»

Nathalia murmure tout bas : « Non, Mathieu. Mais tu sais, en réalité. Tu sais bien.»

Abram lui a dit la même chose, le souvenir en flotte paresseusement dans sa mémoire. "Tu sais tout ce qu'il y a à savoir sur Jordan." Et c'était vrai. C'est vrai. Pourquoi ce poids brûlant dans sa poitrine, alors ? S'il comprend, ne devrait-il pas être apaisé ? Pardonner ? Le simple fait de penser ces trois syllabes le remplit d'une répulsion si profonde qu'il a envie de cracher. Non. Il sait. Il comprend. Et il n'oubliera jamais, et ce ne sera jamais fini.

Appuyé aux pierres fraîches et maintenant lumineuses du mur, il n'arrive pas à se perdre dans la chevelure parfumée de Nathalia blottie contre sa poitrine, dans la douceur miraculeuse de sa peau. Il ne peut s'empêcher de revenir sur le rêve. Comme on s'acharne sur le sang croûté d'une blessure, il essaie de traverser la catastrophe rouge pour revenir à cet instant, cette fraction de seconde, cet éclair, juste avant de se réveiller : *le bleu et non le rouge est la couleur de l'eau*... La phrase n'arrête pas de lui tourner dans la tête, au point de devenir une comptine en se transformant, *le bleu, est non le rouge, est la couleur de l'eau*, tandis qu'il essaie de recapturer l'image, la sensation, l'émotion qui l'a accompagnée. Une descente... non. L'arrachement douloureux lui-même ne s'est pas fait vers l'extérieur. Si mouvement il y a eu, c'était une implosion et non une explosion, ou moins la sensation d'une descente que l'impression d'un retour. Un retour.

« J'ai hâte que la Mer soit partie », murmure soudain Nathalia, inconsciente de la pente différente de leurs pensées. « J'ai hâte qu'on puisse recommencer avec le groupe.

— Non », s'entend dire Mathieu – avec le même soudain sentiment de détente et de déchirement qu'à la toute fin du rêve. Le visage de la jeune femme, tourné vers lui, se fait incrédule, puis anxieux. Sa certitude à lui s'efface presque mais il s'y accroche, obstiné : « Toi, tu continueras. Je suis sûr que vous n'avez pas besoin de moi. C'est l'aëllud qui a commencé le déblocage pour toi. Il faut continuer. Moi non. J'en ai fini avec ça. »

Elle proteste. Ils protestent tous, plus tard. Il les écoute sans rien dire – étonné de pouvoir ne pas répliquer, même quand Nathalia lui dit qu'il a peur de ce qu'il est, que son refus de continuer les recherches est une fuite. Lefèvre hoche la tête. Mathieu aussi : c'est plausible, il comprend qu'on puisse le penser. Mais c'est faux. La discussion continue pendant plus d'une heure, chacun revenant aux mêmes arguments sous des formes différentes. Mathieu écoute, accablé mais calme, même quand Nathalia se met à pleurer et sort de la pièce en courant. Tout d'un coup, avec une évidence qui devrait l'atterrer mais qu'il accueille avec un détachement étrange, il voit la nature de leur relation, il comprend que Nathalia n'est pas seulement sortie de la pièce, que leurs chemins viennent de diverger. Elle veut continuer, elle continuera les recherches avec le groupe, la confluence mystérieuse de l'aëllud et des enfants achèvera sa métamorphose, elle rejoindra leur univers, celui de Lefèvre, de Joanna, de Gunther – et de Stéphane, qui s'est levé pour courir derrière elle.

Il attend un moment dans le silence qui suit le départ de Nathalia. Puis il se lève, les observe tour à tour, Joanna désolée, Gunther pensif, Lefèvre irrité. « Le choix, vous vous rappelez ? dit-il à Lefèvre, mais il leur parle à tous. Eh bien, j'ai choisi. »

Il sort de la cuisine, va prendre à la bibliothèque le premier livre qui lui tombe sous la main, et descend vers la côte.

Ce n'est pas son heure habituelle : sous le couvert des racalous qui étendent leurs ramures au-dessus du chemin, les trois licornes s'avancent, revenant de leur promenade matinale au bord de la Mer. Il s'immobilise. Le chemin n'est pas assez large et elles marchent en file, lentement, Étoile la première, la tête basse pour saisir au passage les touffes de fine herbe bleue à l'abri des arbres. Elle est à une dizaine de mètres seulement de Mathieu quand elle l'aperçoit, et se fige en soufflant, un son de surprise – de crainte ? Par-dessus son encolure apparaissent les têtes blanches et curieuses de ses compagnes et, pendant un bref instant, elles composent un animal fabuleux, une licorne à trois têtes, deux blanches autour d'une noire, presque comiquement symétriques. Mais il n'y a rien de comique dans leur immobilité, dans le sifflement menaçant qui monte de la gorge d'Étoile pour se transformer en grondement bas.

Mathieu s'écarte du chemin sans les quitter des yeux, recule entre les branchages serrés des racalous. L'immobilité du trio de licornes se brise d'un coup, la tête noire d'Étoile cesse de suivre son mouvement, sa corne se relève, la procession tranquille reprend son cours.

Il les regarde passer devant lui, disparaître peu à peu dans la lumière tamisée de l'allée, le long de la falaise. Il poursuit son propre chemin vers la Mer, parce que c'est ce qu'il avait commencé de faire, le seul endroit où il peut envisager d'aller à présent, là où l'univers n'aura pas changé, ou pas trop : le plumetier sur la peau ondulante de la prairie, le scintillement brumeux au ras de l'herbe, l'éclat bleuté qui travaille en dessous à ses incompréhensibles desseins.

Au bout d'un moment, par habitude, il ouvre le livre. Le quatrième tome des chroniques de Virginia, écrit par Fergus (pas d'autre identité que ce nom, ou ce prénom), un successeur de William F. Hollander à la tête des Immortels en voie de devenir des Rebbims, après la guerre de libération, au lendemain de la Peste. Mathieu n'a pas terminé le deuxième tome, à peine feuilleté le troisième. Pas grave. C'est même exactement ce qu'il lui faut, devoir reconstituer comme un puzzle ce qui est arrivé dans les chapitres précédents. Mieux qu'un roman policier. Cela l'occupe jusqu'à la méridienne, puis jusqu'au retour des licornes, qui s'éloignent lentement pour lentement revenir le long de la Mer, Herbe et Cascade très en avant – il peut distinguer les deux mâles l'un de l'autre à présent, Cascade un peu plus petit, la robe plus claire. Ils remontent la prairie en premier, sans lui jeter un regard, et disparaissent dans le sous-bois derrière lui. Étoile commence à gravir à son tour le chemin tracé dans les herbes. Elle s'arrête à la hauteur de Mathieu, la tête tournée vers lui.

Et elle change de direction, pour venir s'immobiliser non loin de son arbre. Le ciel brumeux d'Été est presque blanc, comme opaque au-delà du scintillement inaltérable de la brume ; la silhouette de la licorne s'y détache comme sans relief au-dessus de Mathieu. La ligne aiguë de la corne se déplace tandis que la tête massive se tourne de côté et qu'un œil à la phosphorescence verte se fixe sur Mathieu. Le museau un peu camus se baisse, vient pousser doucement ses pieds ; il y a un sifflement doux, comme désolé.

« Ce n'est rien », dit Mathieu. Il est assez navré lui-même. Comme pour Jordan, comme pour Nathalia, il comprend, mais ce n'est pas assez pour effacer la peine.

49

Pendant la dernière semaine, les adultes comme les enfants vivent dans une hébétude qui ne laisse guère de possibilités à la conversation. Mathieu, de toute façon, passe la majeure partie de ses journées au bord de la Mer. Nathalia et lui dorment toujours dans la même chambre – c'est tout ce qu'ils y font désormais, mais elle en a besoin. Avec tendresse, avec tristesse, elle se blottit contre lui, ensommeillée ; avec la même tendresse résignée il la sent dériver dans le sommeil. Quand ils parlent, c'est de sujets anodins. Il sait qu'elle n'essaierait pas de le faire changer d'avis – mais il préfère ne pas avoir l'occasion d'éprouver sa propre résolution.

Le jour du départ de la Mer, juste avant la méridienne, ils avalent tous une dose particulièrement forte de somnifère : ils ne pourraient supporter éveillés le contrecoup intérieur de l'activité de la Mer au moment où elle disparaît, vers le milieu de l'après-midi. La veille, Joanna a assuré à Mathieu que tout ira bien et qu'on n'aura pas besoin de lui, mais il veut rester pour s'assurer tout de même qu'il ne se passera rien de fâcheux. Il ne parvient pas à dormir pendant la méridienne, écoule l'heure suivante à la bibliothèque, ouvrant et refermant des livres dont aucun ne le retient longtemps, s'interrompant de temps à autre pour aller surveiller les dormeurs, trouve Katik couchée en rond aux pieds d'Érin ; la banker pousse un petit sifflement malheureux en le voyant, se laisse même caresser.

Il traîne encore un peu, monte sur la terrasse. L'éclipse est déjà commencée, un mince liséré noir sur la face du soleil. La zone d'ombre s'épaissit à l'ouest, tandis qu'une teinte violacée envahit le ciel.

Après une dernière ronde dans la maison silencieuse, il n'y tient plus, il sort.

Il s'engage dans le sentier. Pas une tapoche en vue. Les oiseaux pépient toujours, cependant. Dans la lumière qui n'est déjà plus tout à fait celle du jour, le chemin familier prend des allures étranges. Le vent qui souffle sans discontinuer de l'intérieur des terres depuis le début de la semaine semble une main forte et chaude qui pousse Mathieu dans la pente, à travers rochers, bosquets et prairies, tandis que le jour s'assombrit en des teintes d'orage. Le long de la dernière falaise, les odeurs du couvert, exacerbées par la chaleur, ont une intensité presque palpable qui monte à la tête.

Il s'assied. La Mer est une étrange aurore bleutée : la luminescence scintillante de la brume s'arrondit en coupole dans le ciel métamorphosé. Tout à l'heure, l'éclat familier fera place à une ondulation de collines peu élevées filant vers l'océan invisible au loin, de la terre sablonneuse scalpée de sa végétation par le séjour de la Mer. Le mystère de la Mer. Des phénomènes physiques inexpliqués parce qu'impossibles à étudier scientifiquement, protesterait Lefèvre. Mais inexpliquée parce qu'inaccessible, présente et pourtant impossible à toucher, la Mer : un mystère. La foi des Immortels paraît soudain plus séduisante à Mathieu que le scepticisme rationnel de Lefèvre (est-il si rationnel, au reste ?). Tout à l'heure, lorsque les deux *baïstoï*, les deux “ parfaits ”, qui ont atteint l'Illumination – quelle qu'elle soit – se jetteront de leur bateau dans la Mer, ils affirmeront à la fois la présence du mystère et leur participation à sa vérité, la seule façon peut-être de la connaître, même si elle n'est plus alors transmissible.

Un froissement d'herbe le redresse. Une forme plus noire dans la pénombre, deux éclats phosphorescents et verts : Étoile, qui s'avance vers lui à pas lents, comme hésitants. Il s'assied, les bras autour des genoux, il n'arrive pas à être alarmé. Elle s'approche tout près, tête basse à cause des feuillages où sa corne s'embarrasse et, après une courte pause, elle lui pousse un peu l'épaule du museau.

Il lève une main, incertain. Osera-t-il la toucher lui-même ? Le souffle chaud court à intervalles réguliers sur sa peau, la tête massive ne bouge pas. Il tend les doigts, effleure le dessus velouté des naseaux. Pas de réaction. Il s'enhardit jusqu'à caresser franchement le poil dru. La licorne ne bouge toujours pas, une immobilité qu'il sent tendue, volontaire. A-t-elle choisi ce jour d'obscur soleil pour faire sa paix avec lui ?

Avec des gestes mesurés, il se met debout, les yeux rivés à ceux de la licorne dont la tête suit son mouvement. Il pose de nouveau une main sur le museau baissé. Ils restent un moment ainsi, immobiles. Puis la licorne se détourne, elle va repartir... Non ? Elle s'immobilise de nouveau, présentant son flanc à Mathieu, la tête tournée vers lui. Comme si la proximité allait lui permettre de mieux comprendre son intention, il s'approche, car oui, il y a une intention dans les yeux phosphorescents fixés sur lui. Il n'a jamais été si près. Du grand corps immobile émane une odeur animale et chaude comme il n'en a jamais sentie : musc, terre, herbes écrasées ; des feuilles arrachées sont emmêlées dans la crinière noire.

La licorne tend le museau, le cou arqué, pousse de nouveau Mathieu. Que veut-elle ?

Quelques pas l'éloignent de lui, quelques pas la ramènent. Elle lui présente encore le flanc. Le pousse encore du museau.

Elle veut qu'il monte sur son dos ? Il le demande à haute voix, stupidement, tout en caressant la courbe frémissante du flanc qui s'offre à lui. Pour les enfants, elles s'accroupissent parfois, mais Étoile ne semble pas vouloir en faire autant pour lui... Peut-être en agrippant la crinière, en sautant avec le pied posé brièvement sur l'articulation de la patte avant... Mais c'est si inélégant... et peut-être inconfortable pour l'animal.

Le museau de la licorne le pousse une fois de plus tandis qu'elle émet un sifflement bref et impérieux.

Mathieu entortille ses mains dans la crinière épaisse, prend son élan... sent contre ses genoux la poussée que lui donne le museau de la licorne, et se retrouve à cheval, le cœur battant à tout rompre. Il est plus assis qu'à cheval, en fait – le dos musculeux est trop large. Il se glisse en avant jusqu'à se trouver plus près de la tête que du milieu du corps, dans le creux entre les épaules, mais c'est une position curieusement confortable.

Étoile fait un pas, et Mathieu s'agrippe en hâte à la crinière. La licorne ne semble pas en être incommodée. Elle marche un moment de long en large, puis se met à trotter vers le bas de la prairie. Mathieu se raidit, inquiet, mais une fois qu'il a trouvé le bon angle d'assise, les genoux relevés pour se tenir avec les pieds, le mouvement devient fluide, harmonieux, et son angoisse s'envole, même lorsque la licorne prend le galop le long de la Mer. Il n'est jamais monté à cheval, mais c'est sûrement différent, comme doit être différente la sensation du cavalier. Il ne se sent guère cavalier, au reste, pas ce qu'il imagine d'un cavalier: quelqu'un qui dirige et domine. Mais invité, un passager. Curieusement enveloppé par la course de la licorne, comme si elle était autour de lui, et non lui sur elle. Des images fugitives, les vagues de l'océan jamais vu, Nathalia dans la marée triomphante de l'amour...

Et au dernier moment il ne pense plus mais il sait, et il ne bouge pas, et la licorne infléchit brusquement sa course pour plonger dans la Mer.

Un éclair bleu. Il est seul. Il flotte face au ciel. Au-dessus de lui, le scintillement clignotant de la brume. Sous lui une surface mouvante qui épouse étroitement la forme de son corps, le soutient, le porte. Et puis... Ni le noir ni l'inconscience, mais l'instant d'après, sous la même luminescence bleutée, bercé par la même houle, un sentiment troublant de discontinuité.

Et les voix. Une multitude murmurante, autour de lui... En lui ? Mais lointaines, discrètes, comme on parle bas autour d'un dormeur à peine éveillé.

Il n'a pas le temps d'aller au-delà des sensations, de commencer à penser. Une vague le soulève, le porte en avant, le dépose sans heurt sur une surface plus dure où il reste étendu sur le dos sans bouger. Comme il a les yeux ouverts, il regarde. Comme il regarde, il voit : une vaste étendue baignée d'un violet profond, le ciel, l'éclipse. L'espace d'un éclair, il est de nouveau sur l'île Voïstra, exaltation et terreur mêlées, est-il vraiment sorti du labyrinthe ?

La mémoire lui revient, le temps et l'espace reprennent leur place, ou il reprend sa place dans l'espace et le temps. Le ciel est trop violet. Il se redresse, il se relève. Étoile ?

Aussitôt des questions fusent dans sa tête, qui ne lui appartiennent pas et dont il ne comprend d'abord que la stupéfaction. Il regarde de tous côtés, affolé. Pas de soleil. La face grêlée de la Lune, irradiant une intense lumière violette. Il ne comprend pas. Il sent comme un mouvement dans la pénombre de l'éclipse, mais il ne voit personne. Il y a seulement cette vibration ténue, derrière lui, du côté de la Mer.

Mais voilà que le mouvement se précise devant lui, et ce sont des points de lumière mouvants, des torches, des gens qui tiennent des torches, qui courent vers lui et dont la rumeur, incompréhensiblement, court aussi dans sa tête. Un homme s'est détaché de la foule. Vêtu d'une courte tunique bleue, il est grand, massif, sa peau imberbe brille d'un éclat doré dans la lueur de sa torche. Sous les épais sourcils presque jointifs, de grands yeux encore agrandis par la stupeur, des yeux à la pupille ovale.

Mathieu recule d'un pas en balbutiant : « Galaas ? »

Mais ce n'est pas Galaas.

◆

Après avoir remercié les Ékelli, Oghim quitta leur temple. Il se dirigeait vers le rivage de l'île quand il sentit une étrange et soudaine torpeur l'envahir. Terrassé, il se coucha sur le sol et ferma les yeux.

Et dans ce sommeil qui n'en était pas un, il lui vint une vision.

Un jeune homme était dressé dans sa vision, et il ne ressemblait à aucun des hommes qu'il avait pu rencontrer au cours de son long voyage vers le Nord. Il portait un pantalon très court qui lui découvrait les jambes jusqu'à mi-cuisse et un curieux maillot rouge sans manches, collant, largement échancré sur la poitrine. Il avait la taille d'un adolescent, une peau claire, presque blanche, et ses yeux étaient d'une couleur inconnue des humains sur Tyranaël : bleu très pâle, presque incolore, comme le ciel de l'été, parfois, au-dessus du Hleïtan. Sur sa poitrine au-dessus de l'échancrure de son maillot, on voyait une cicatrice plus sombre en forme d'éclair. Le jeune homme contemplait un grand Tyrnaë penché vers lui, et son esprit était en proie à la plus grande confusion. Enfin, il fit un pas en arrière en prononçant le nom de Galaas, et c'était une question.

◆

Un murmure naît peu à peu parmi les gens assemblés, se fait voix, se fait cri. Mathieu, sans savoir comment, sait que ces inconnus le reconnaissent. Il est stupéfait mais sans savoir pourquoi, il n'a pas peur. Les gens crient : « Od Atan ! Od Atan ! » Et il comprend qu'ils crient : « L'Étranger, l'Étranger. »

◆

« L'Étranger, l'Étranger », criait la foule exultante, comme si elle avait reconnu le jeune homme. Et le jeune homme comprenait ces paroles, mais sa confusion ne diminuait pas. Une très jeune paalao aux cheveux rouges vint rejoindre le Tyrnaë qui se tenait devant l'Étranger. Elle offrit ses mains en signe de bienvenue, et dit au jeune homme de ne pas avoir peur.

« Je m'appelle Matieu », murmura-t-il, dans la langue d'Oghim.

Et tout disparut, comme soufflé par le vent.

◆

Mathieu contemple l'adolescente aux cheveux rouges qui lui tend ses mains ouvertes, paumes tournées vers le haut. Il sait, toujours sans savoir comment, qu'elle est trop intimidée pour parler. Il sait que l'homme qui n'est pas Galaas est un Rani, comme la jeune fille, comme les hommes et les femmes qui se pressent autour d'eux et les observent en murmurant. Il perçoit leur exaltation et leur respect, leur stupéfaction, leur crainte, leur émerveillement, il sent qu'il pourrait en percevoir davantage s'il pouvait passer au travers de l'invisible sphère de silence qui l'entoure depuis qu'il a repris conscience.

Et soudain quelque chose traverse cette frontière. Un mélange déroutant de sensations fuyantes, ou d'émotions, qui parviennent à Mathieu par bouffées comme la rumeur d'une pièce lointaine alternativement révélée et masquée par une porte battante en train de se fermer peu à peu. Quelqu'un lui parle, ou essaie de lui parler. Quelqu'un dit son nom dans sa tête, *Mathieu ?... Mathieu ... c'est toi ?* Il ne sait s'il a senti, vu ou touché cette question, mais on la lui a posée, en virginien, et il ne sait comment il le sait mais c'est Abram, et sans savoir où diriger ses paroles, ses pensées, il crie éperdument : « Oui, oui, c'est moi, oui ! »

Où es-tu ?

« Je ne sais pas ! Étoile... elle m'a emporté dans la Mer et elle a disparu et je suis avec des Ranao et... »

La Mer... est partie, Mathieu... Elle t'a... emporté... de l'autre côté. Le contact déroutant se défait, revient, de plus en plus faible. Encore quelques bribes, lointaines, presque effacées, incompréhensibles. Puis plus rien. Abram a disparu. La porte est refermée.

Mathieu parcourt des yeux le demi-cercle des Ranao. À la périphérie de sa vision, l'éclat bleu de la Mer vibre sous sa luminescence impalpable. La Mer. Il se trouve au bord d'une prairie, au bord de la Mer, mais la Mer a disparu du bord de sa prairie à lui. Au-delà des Ranao, de leurs bouches silencieuses et leurs pensées sonores, aucun plumetier ne brille là dans l'herbe là où se tenait le sien. La Mer est partie. Il est parti avec elle. Elle ne l'a pas dissous. Elle l'a emmené. Ailleurs.

Il regarde ceux qui l'entourent et, plus près, le géant doré et la jeune fille aux cheveux rouges. Ils attendent, pleins de ferveur. L'adolescente offre toujours ses paumes ouvertes. Il va poser les mains sur ces mains tendues. Si c'est un rêve, tout s'évanouira.

Les mains sont chaudes et bien réelles sous les siennes. C'est peut-être un rêve tout de même, peut-être est-il endormi sous son arbre, et il rêve. Mais il n'y croit pas vraiment. Il sait, d'une certitude intime et incontournable, qu'il ne rêve pas. Il cesse de lutter.

« Je m'appelle Mathieu », dit-il en setlaod.

◆

Oghim se réveilla sur la berge de l'île. « Que m'est-il arrivé ? » demanda-t-il à haute voix.

« Je ne sais pas », dit Galaas, qui était assis près de lui.

Oghim, encore plus étonné, lui demanda comment il avait fait pour franchir la Barrière, mais Galaas répondit simplement : « C'est ici que j'habite, quelquefois. »

Oghim comprit alors qui l'avait accompagné dans son voyage. Il s'agenouilla avec respect, mais l'Ékelli le releva et l'embrassa en disant : « Tu m'as offert ton amitié lorsque nous nous sommes rencontrés pour la première fois, Oghim. Ne sommes-nous plus des amis ? Raconte-moi plutôt ce qui t'est arrivé pendant ton sommeil. »

Mais lorsqu'Oghim eut terminé son récit et lui demanda de nouveau le sens de sa vision, l'Ékelli ne put que répondre encore : « Je ne sais pas. »

Et Oghim lui-même ne le sut pas avant très longtemps, mais il avait fait un Rêve, le premier de tous les Rêves qui ont été ou seront vrais un jour. Il ne disposerait jamais à sa guise de ce pouvoir, au contraire : c'était le pouvoir qui disposerait d'Oghim, et des enfants de ses enfants. Mais il lui avait été accordé pour lui permettre de connaître la générosité du temps, d'apprendre que tout, quelque part, était, serait ou avait été – et qu'il en était bien ainsi.

Arrivé au bord du Lleïtltellu, Galaas étreignit de nouveau Oghim, avec regret : « C'est ici que nos chemins se séparent. Je dois rester pour un temps parmi mes compagnons. Va, la Barrière ne peut plus t'arrêter. »

Oghim traversa de nouveau la Barrière et retourna chez les siens. Mais plus jamais il ne revit Galaas, l'Éternel Vagabond Divin.

Élisabeth Vonarburg...

... fait figure de grande dame de la science-fiction québécoise. Elle est reconnue tant dans la francophonie que dans l'ensemble du monde anglo-saxon et la parution de ses ouvrages est toujours considérée comme un événement.

Outre l'écriture de fiction, Élisabeth Vonarburg pratique la traduction (*la Tapisserie de Fionavar*, de Guy Gavriel Kay), s'adonne à la critique (notamment dans la revue *Solaris*) et à la théorie (*Comment écrire des histoires*), tout en offrant aux auditeurs de la radio française de Radio-Canada une chronique hebdomadaire dans le cadre de l'émission *Demain la veille*.

Depuis 1973, Élisabeth Vonarburg a fait de la ville de Chicoutimi son port d'attache.

Extrait du catalogue

ALIRE

Collection « Romans » / Collection « Nouvelles »

001	*Blunt – Les Treize Derniers Jours*	Jean-Jacques Pelletier
002	*Aboli* (Les Chroniques infernales)	Esther Rochon
003	*Les Rêves de la Mer* (Tyranaël -1)	Élisabeth Vonarburg
004	*Le Jeu de la Perfection* (Tyranaël -2)	Élisabeth Vonarburg
005	*Mon frère l'Ombre* (Tyranaël -3)	Élisabeth Vonarburg
006	*La Peau blanche*	Joël Champetier
007	*Ouverture* (Les Chroniques infernales)	Esther Rochon
008	*Lames soeurs*	Robert Malacci
009	*SS-GB*	Len Deighton
010	*L'Autre Rivage* (Tyranaël -4)	Élisabeth Vonarburg
011	*Nelle de Vilvèq* (Le Sable et l'Acier -1)	Francine Pelletier
012	*La Mer allée avec le soleil* (Tyranaël -5)	Élisabeth Vonarburg
013	*Le Rêveur dans la Citadelle*	Esther Rochon
014	*Secrets* (Les Chroniques infernales)	Esther Rochon
015	*Sur le seuil*	Patrick Senécal
016	*Samiva de Frée* (Le Sable et l'Acier -2)	Francine Pelletier
017	*Le Silence de la Cité*	Élisabeth Vonarburg
018	*Tigane -1*	Guy Gavriel Kay
019	*Tigane -2*	Guy Gavriel Kay
020	*Issabel de Qohosaten* (Le Sable et l'Acier -3)	Francine Pelletier
021	*La Chair disparue* (Les Gestionnaires de l'apocalypse -1)	Jean-Jacques Pelletier
022	*L'Archipel noir*	Esther Rochon
023	*Or* (Les Chroniques infernales)	Esther Rochon
024	*Les Lions d'Al-Rassan*	Guy Gavriel Kay
025	*La Taupe et le Dragon*	Joël Champetier
026	*Chronoreg*	Daniel Sernine
027	*Chroniques du Pays des Mères*	Élisabeth Vonarburg
028	*L'Aile du papillon*	Joël Champetier
029	*Le Livre des Chevaliers*	Yves Meynard
030	*Ad nauseam*	Robert Malacci
031	*L'Homme trafiqué* (Les Débuts de F)	Jean-Jacques Pelletier
032	*Sorbier* (Les Chroniques infernales)	Esther Rochon
033	*L'Ange écarlate* (Les Cités intérieures -1)	Natasha Beaulieu
034	*Nébulosité croissante en fin de journée*	Jacques Côté
035	*La Voix sur la montagne*	Maxime Houde
036	*Le Chromosome Y*	Leona Gom
037	(N) *La Maison au bord de la mer*	Élisabeth Vonarburg
038	*Firestorm*	Luc Durocher
039	*Aliss*	Patrick Senécal

040	*L'Argent du monde -1* (Les Gestionnaires de l'apocalypse -2)	Jean-Jacques Pelletier
041	*L'Argent du monde -2* (Les Gestionnaires de l'apocalypse -2)	Jean-Jacques Pelletier
042	*Gueule d'ange*	Jacques Bissonnette
043	*La Mémoire du lac*	Joël Champetier
044	*Une chanson pour Arbonne*	Guy Gavriel Kay
045	*5150, rue des Ormes*	Patrick Senécal
046	*L'Enfant de la nuit* (Le Pouvoir du sang -1)	Nancy Kilpatrick
047	*La Trajectoire du pion*	Michel Jobin
048	*La Femme trop tard*	Jean-Jacques Pelletier
049	*La Mort tout près* (Le Pouvoir du sang -2)	Nancy Kilpatrick
050	*Sanguine*	Jacques Bissonnette
051	*Sac de nœuds*	Robert Malacci
052	*La Mort dans l'âme*	Maxime Houde
053	*Renaissance* (Le Pouvoir du sang -3)	Nancy Kilpatrick
054	*Les Sources de la magie*	Joël Champetier
055	*L'Aigle des profondeurs*	Esther Rochon
056	*Voile vers Sarance* (La Mosaïque sarantine -1)	Guy Gavriel Kay
057	*Seigneur des Empereurs* (La Mosaïque sarantine -2)	Guy Gavriel Kay
058	*La Passion du sang* (Le Pouvoir du sang -4)	Nancy Kilpatrick
059	*Les Sept Jours du talion*	Patrick Senécal
060	*L'Arbre de l'Été* (La Tapisserie de Fionavar -1)	Guy Gavriel Kay
061	*Le Feu vagabond* (La Tapisserie de Fionavar -2)	Guy Gavriel Kay
062	*La Route obscure* (La Tapisserie de Fionavar -3)	Guy Gavriel Kay
063	*Le Rouge idéal*	Jacques Côté
064	*La Cage de Londres*	Jean-Pierre Guillet
065	(N) *Treize nouvelles policières, noires et mystérieuses*	Peter Sellers (dir.)
066	*Le Passager*	Patrick Senécal
067	*L'Eau noire* (Les Cités intérieures -2)	Natasha Beaulieu
068	*Le Jeu de la passion*	Sean Stewart
069	*Phaos*	Alain Bergeron
070	(N) *Le Jeu des coquilles de nautilus*	Élisabeth Vonarburg
071	*Le Salaire de la honte*	Maxime Houde
072	*Le Bien des autres -1* (Les Gestionnaires de l'apocalypse -3)	Jean-Jacques Pelletier
073	*Le Bien des autres -2* (Les Gestionnaires de l'apocalypse -3)	Jean-Jacques Pelletier
074	*La Nuit de toutes les chances*	Eric Wright
075	*Les Jours de l'ombre*	Francine Pelletier
076	*Oniria*	Patrick Senécal
077	*Les Méandres du temps* (La Suite du temps -1)	Daniel Sernine
078	*Le Calice noir*	Marie Jakober
079	*Une odeur de fumée*	Eric Wright
080	*Opération Iskra*	Lionel Noël
081	*Les Conseillers du Roi* (Les Chroniques de l'Hudres -1)	Héloïse Côté
082	*Terre des Autres*	Sylvie Bérard
083	*Une mort en Angleterre*	Eric Wright
084	*Le Prix du mensonge*	Maxime Houde
085	*Reine de Mémoire 1. La Maison d'Oubli*	Élisabeth Vonarburg
086	*Le Dernier Rayon du soleil*	Guy Gavriel Kay
087	*Les Archipels du temps* (La Suite du temps -2)	Daniel Sernine
088	*Mort d'une femme seule*	Eric Wright
089	*Les Enfants du solstice* (Les Chroniques de l'Hudres -2)	Héloïse Côté
090	*Reine de Mémoire 2. Le Dragon de feu*	Élisabeth Vonarburg

MON FRÈRE L'OMBRE
est le cinquième titre publié
par Les Éditions Alire inc.

Ce deuxième tirage
a été achevé d'imprimer
en octobre 2011 sur les presses de

Transcontinental

Imprimé au Canada par
Transcontinental Métrolitho

Imprimé sur Rolland Enviro100, contenant
100% de fibres recyclées postconsommation,
certifié Éco-Logo, Procédé sans chlore, FSC
Recyclé et fabriqué à partir d'énergie biogaz.